魅妃

恨倾城 上

忧然 著

重庆出版集团
重庆出版社

图书在版编目（CIP）数据

魅妃——恨倾城　上 /忧然著. —重庆：重庆出版社，2009.9
ISBN 978-7-229-01138-3

Ⅰ. 魅… Ⅱ. 忧… Ⅲ. ①长篇小说—中国—当代
Ⅳ. I247.5

中国版本图书馆 CIP 数据核字（2009）第 151023 号

魅妃——恨倾城（上）
MEIFEI HENQINGCHENG SHANG
忧　然　著

出　版　人：罗小卫
责任编辑：郑　玲　曾令琳
装帧设计：重庆出版集团艺术设计有限公司·蒋忠智

重庆出版集团
重庆出版社　出版

重庆长江二路205号　邮政编码:400016　http://www.cqph.com
重庆出版集团艺术设计有限公司制版
自贡新华印刷厂印刷
重庆出版集团图书发行有限公司发行
E-MAIL:fxchu@cqph.com　电话:023-68809452
全国新华书店经销

开本:720 mm × 1 000 mm　1/16　印张:13.75　字数:284 千
2009 年 9 月第 1 版　2009 年 9 月第 1 版第 1 次印刷
ISBN 978-7-229-01138-3
定价：23.00 元

如有印装质量问题，请向本集团图书发行有限公司调换:023-68706683

版权所有　侵权必究

一夜灭门,她从将门千金沦为舞女歌姬,她的心中,只有报仇的信念。她以为,她的感情在那一夜已经泯灭!可是他的出现,却成为她生命中唯一的阳光!

　　他,一个大她16岁的男人;一个视他为女儿的男人,她却肯为他付出一切。

　　在他离去的那天,心也死了,她的仇恨更加刻骨,她的心,更加冰冷。

　　为了复仇,她入宫为妃,以纤纤柔弱之身挑战一国栋梁之臣;为了复仇,她甘为人质,挑起两国战火纷争。

　　爱她的人,为她惨死,为她国破家亡。她爱的人,却今生无缘,唯有痛一世!

目 录
CONTENTS

楔子 /3

第一卷　血雨霜天 /7

第二卷　心字成灰 /24

第三卷　九重宫阙 /57

第四卷　相思劫数 /89

第五卷　祸国妖妃 /153

楔 子

龙元五年,雍城,沉谧夜色隐匿金煌殿宇。

子夜,漫天凉星凝辉,今晚的"水芙宫",怕是这恢宏皇宫中,最气派的一处。

今夜,皇帝下诏,入宫不过三月却宠冠六宫的沐婕妤,正式册为淑妃,并赐居"水芙宫",谁人不知,除却皇后寝殿"凤元殿"外,这后宫之中,便属"水芙宫"最是贵雅奢华。

素月飞华、天水如霜,金泥红边金诏书被月色映得晃亮。

沐婕妤!不!沐淑妃一身绯红挑金丝凌霞披曳地透迤,金色织锦抹衣凤飞云卷,鎏金彩雀飞舞乌云,粉红初绽的绢丝牡丹斜插鬓际,沐淑妃斜眼望去,镜中自己,翠黛如烟、红唇若点,倾城绝色,华艳妖娆。

她冷冷一笑,镜中的女子,便是自己吗?如今,竟已贵为后宫四妃之一!

"皇上驾到!"

正自想着,一尖细的声音便刺耳传来,随而,一阵匆急而略带兴然的脚步声踏入殿来。

淑妃敛眸,却坐着不动。

织金缎袍袂影翻飞,映入淑妃眼帘,淑妃方缓缓起身,淡淡道:"淑妃参见皇上。"

幽幽的叹息自头顶而来,扶起女子的手,温柔而颤抖:"纤纭,朕……要如何才可令你微笑?"

大瀛朝当今陛下赵昂,睥睨众生的九五之尊,却唯有在她的面前,总感到挫败和力不从心。

淑妃淡漠抬眸,一双眼,尽是夜色的清寒,淑妃不语,不是不知如何回答,而是她自进宫以来,便是极少说话的。

"纤纭!只要朕能给你的,都会给你!哪怕……"赵昂一顿,纤纭目光却微微一动:"哪怕什么?"

冰冷的追问,眼神却迫人犀利,赵昂怔忪片刻,轻轻低下头去。

纤纭冷笑,她如何不知,如今的一切,都是拜眼前男子所赐,可她却不能控制自己,她看着他的眼神,只能是这样冰冷的。

"不能许下的愿便不要许,否则……我会当真!"纤纭漠然略有嘲讽地道。

赵昂猛地抬头,向来柔润的目光里,突有清光闪过:"朕说的……都是真的!你难道不知何为金口玉言吗?"

金口玉言!

似有什么倏然剡割进心里!纤纭眉尖儿一牵,红润脸颊突地苍白。

金口玉言……她如何不知?她怎么不知?她……便是体会得太过深刻,才会令自己变成今天这般模样!

想着,唇上突地一热!身子被一双手紧紧扣住,纤纭回神,眉心却紧紧蹙起!

辗转无章的热唇,在冰冷香唇上炽烈游走,那急欲探究芬芳香泽的柔软,渐渐失去了原有的温柔!

胸中突有激流涌动,几乎冲破心口!

那说不出来的厌恶、几欲窒息的痛苦,令纤纭身子不自觉挣扎起来:"放开我!你说过,不会逼我!"

可赵昂的攻势却愈发强烈,手上用力,绯红色凌霞披便散落在地,露出纤巧凝白的肩,热烈的吻便落在冰雪肌肤上贪恋不止,狂烈不歇,赵昂气息紊乱,黑眸迷离:"纤纭,不要再折磨朕!不要……"

"放开我!"纤纭抵在男人胸前的手,此时却显得无力,如何也推不开他!

纤纭虽略懂武艺,却不若自小习武的赵昂!

她紧咬红唇,任由他将自己放倒在锦幔红纱之中,锦被的柔软却如同刮骨的钢刀,一刀刀切割着自己!

倏地拔下发上金簪,朝赵昂后背猛然刺去!

"别怕,以后,都有我在!我不会不要你,永远不会!"

一张熟悉的脸倏然浮现眼前,猛然下刺的手,莫名停滞在半空中!

温柔而又粗重的一句,来自这个正狂躁的男人,言犹在耳,回响不息,纤纭侧目,潋水明眸映入男子痴狂的面容,眼前却模糊了!

曾几何时,有一个人亦是这般信誓旦旦地对她说过:"别怕,以后,都有我在,我永远不会不要你!"

这一句话,曾是自己心灵的依托!甚至……是她活下去的勇气!

可是今天……

物是……人已非!

咸涩的滋味沾湿唇角,泪落,心痛如绞!

"皇上,皇上!"殿外,内侍的声音匆急,慌忙闯进内殿。

赵昂一怔,停住手上动作,目光却如同火燎:"好大的胆子!竟敢闯进内殿!"

内侍吓得跪倒在地,颤声道:"回……回皇上……兰淑媛刚刚生下一名皇子!"

"哦?"赵昂立时起身,放开身下已然停止挣扎的女子,回眼看她,只见她泪眼迷蒙,望着床幔绯红色绫纱飞舞,眼中竟是难以得见的楚楚风情。

他和衣起身,深深一叹!

今夜,他本可得到她!可是……难道……竟真是天意吗?

赵昂转身,阔步而去!

纤纭樱唇颤抖,侧眸,一滴泪流落红枕,她起身,望满床被襟凌乱,却惊讶于适才自己的一忽出神,竟令她差点失了她最是珍视的清白!

她紧紧捂住胸口,却无法将心痛消减半分!

赵昂的一句话,令她忆起了昔日种种的快乐与心酸!

曾经,那说出"永远不会不要她"的人,如今,已在别的女人身边!而她,却只能面对着不爱的人,心里却依然记念着他!

他,便好像是她心头的魅影,挥之不去、思之痛极!

"纤纭……"

突地,轻而柔韧的声音刺入耳鼓,沐纤纭猛地回神,朝屏风边望去。

天地仿佛豁然变色!

纤纭几乎不可置信自己的眼睛,描画精细、墨韵飞舞的龙凤双栖屏风后人影一晃,一男子乍现眼前,清雅沧桑的脸容,却不着岁月半分痕迹,眼眸幽深如潭,却面色沉重:"为什么?纤纭?为什么……你要这样糟蹋自己?你是在惩罚我吗?"

纤纭心口剧痛——

是他!竟会……是他!

月色凄迷,犹若白霜,女子泪眼婆娑!

欧阳夙!那曾切入心扉、至今仍令自己心心念念、刻骨相思的人,如今,竟就在眼前!

纤纭眼角带泪,却冷冷一笑:"欧阳夙,你终还是来了。"

"是不是我来了,你便不会再折磨自己?"男子一步步走近,高大的身影遮覆住殿内耀亮的烛光:"跟我走,纤纭!"

纤纭缓缓低头,望着他伸来的手,淡漠一笑:"欧阳夙,此情此景,你还以为我仍是那个任你一句话便可上天入地无所不从的小女孩吗?"

"为什么纤纭?为什么……你要变成这样?为什么你要……"

"因为,那个说过'不会不要我'、'永远不会'的男人……已经有了别的女人!"纤纭紧

咬下唇,狠狠凝望着眼前男子,那爱入骨血、却痛入心髓的男人!

泪水纷纷跌落,绝色容颜被打得凌乱。

男子一惊,眼神亦被刺痛般一顿,他凝眉望着她,嘴唇颤抖:"纤纭,只要你愿意,欧阳叔叔仍然会照顾你一辈子!永远不会……"

"你知道!我要的是欧阳夙!不是……欧阳叔叔!"纤纭声音哽咽却毅然坚定。

欧阳夙一怔,几乎痛绝的眼神,望进纤纭眼里,却仍旧化不开她眼中的爱恨纠缠!

可是纤纭,你可知道,我们之间的距离……并不仅仅是十六岁的年龄而已啊!

我们之间……有太多的不得已,深如沟壑!

"错了!全错了!"

欧阳夙冷笑,那笑痛入心骨:"也许,十二年前……我们……便不该相遇!"

十二年前!

纤纭泪落如雨,凝望欧阳夙的眼神,恍如……隔世!

第一卷：血雨霜天

Xueyu Shuangtian

一 血惊天

瀚海阑干千尺冰，愁云惨淡万里凝。

二 怜薄命

若似月轮终皎洁，不辞冰雪为卿热。

一　血惊天

瀚海阑干千尺冰，愁云惨淡万里凝。

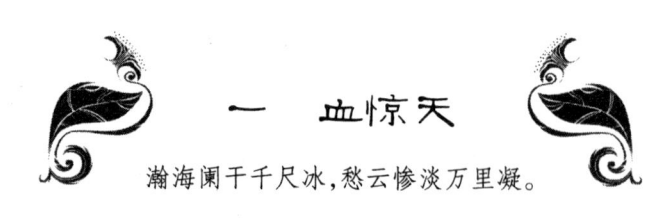

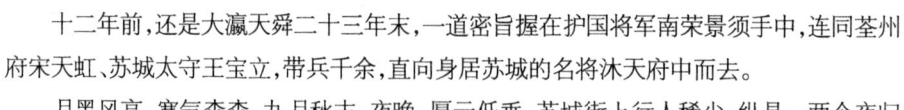

十二年前，还是大瀛天舜二十三年末，一道密旨握在护国将军南荣景须手中，连同荃州府宋天虹、苏城太守王宝立，带兵千余，直向身居苏城的名将沐天府中而去。

月黑风高，寒气森森，九月秋末，夜晚，厚云低垂，苏城街上行人稀少，纵是一两个夜归之人，也被赫然而至的军队震慑得躲进身边的角落，不敢做声。

人人闭户，长街再也无人。

天际处星色无光，空气憋闷，仿佛就要下起雨来！

"红绸，我接到王丞相冒死相告，你快带着两个孩子先走，定要保全我沐家这一点血脉。"

沐府中，沐天面色焦急，紧紧扣住小妾红绸的肩膀，红绸怔然地望着他，一双美目，泪意盈盈："不，红绸死也要与将军在一起。"

沐天摇头，恳切地望着她："红绸，算沐天求你，我沐家这一次，定逃不过这灭顶之灾，难道你要眼看着我沐家被杀得一个不留，自此……绝后吗？"

红绸愣住，泪水流连在眸心中，一身水红色香绸映在沐天凄痛的眼中，映红了他深黑的眸子，他的焦急一览无余。

大瀛与楚诏国常年对峙，沐天，乃抗击楚诏名将功臣，功在社稷，怎么……也会有今日这般惶惶的神色？

许真是到了绝境吗？

红绸怔怔！

此时，一直安静坐在身后的女人，放开怀中同样安静的女孩，缓步走到红绸身边。女人一身纯白色羽缎针绣裙，裙摆浮动，有若天边纯美的流云，唇际惨笑如风，荡漾在人心中，却是无比的安宁与贞和。

"红绸，你我姐妹多年，感情深厚，你是我们唯一可信赖的人，我们唯有将纤纭托付给你，

才能安心,况且,你还有莘儿,莘儿才不到两岁,是沐家唯一的香火。"

说着,裙幅一荡,女人倏然跪倒在红绸身前。

"姐姐……"红绸忙伸手扶她,却谁知沐天以堂堂将军之身,亦随着跪在了自己面前!

"将军!"

红绸泪水簌然而下,想她曾经只是"风月楼"卑微的歌妓,因逃出"风月楼"而被人追杀,幸得沐天夫人萧涟所救,萧涟因为生下女儿沐纤纭后,身子虚亏,不可再育,因红绸琴棋书画、歌赋诗词无一不晓,又对萧涟敬重有佳,正为丈夫寻一妾室以续香火的萧涟,便将红绸纳入府中。

红绸深感大恩,又怎能承此大礼,想着,亦跪倒在二人面前,三人相对,眼神中,凄然怅惘!

曾经的繁华、曾经的安然,就要一夕而去了吗?

萧涟紧紧握住红绸的手:"红绸,我定是要与沐天在一起的,就求你……定要保全咱们的一双儿女!"

沐天亦郑重地望着她:"这是些可带的财物,再犹豫可就来不及了!"

"将军!"红绸咬唇,凝望着沐天,泪水湿透了衣袖。

"娘……"

身后安静的女孩,一双水盈盈的眼,望着跪在地上的三人,沐天拉过女儿,目光留恋不舍的望着,女儿沐纤纭年仅7岁,模样像极了曾称苏城第一美人的母亲。

"纤纭,你答应爹,以后万事,定要听姨娘的话。"沐天目光怜惜,语色却沉重。

沐纤纭眨动双眼,却不说话!

"答应爹!"沐天扣紧女儿的肩,纤纭吃痛,巧眉凝结:"娘……"

向来柔和的母亲亦凝重了脸色,严厉地望着女儿:"纤纭,你跟娘发誓!发誓一辈子都要听姨娘的话!"

纤纭吓住了,泪珠儿凝结在眼中,不语。

"发誓!"最是严苛的竟是母亲,母亲清和的目光凝了尖风,反而更加可怖。

一滴泪滑落唇角,小纤纭终于颤颤开口:"纤纭发誓,一辈子……一辈子都听姨娘的话!"

红绸已然泣不成声,她知道,这是最后的诀别,最后的嘱托!

"纤纭!"萧涟终于将女儿拥进怀里,容色凄然、泪水涟涟:"纤纭,你定要记住今天所说的话,定要……好好地活下去!"

突地,门外传来慌乱的脚步声,一人身穿副将甲衣,顾不得什么,便冲进门来:"将军、夫人,南荣景须的人已到了门口,便要杀进来了!"

沐天连忙站起身,将纤纭推在红绸怀中:"快,去抱了莘儿,带着纤纭你们速从后门离开!"

萧涟亦起身,随在沐天身后!

"娘……"纤纭奔过去,仍旧拉紧母亲的衣裙,萧涟低眼望她,泪水挂在绝美凝白的脸颊上,晶莹有若珠玉,却狠狠别过头,决然地推开女儿:"快走!"

纤纭哭喊道:"娘……"

萧涟头也不回,跟在沐天身边,沐天稍稍顿步,听着女儿一声声哭喊,闭目仰天,怎不心痛如绞,可是……

"娘……"

"纤纭,记住你跟娘发下的誓言!记住!"萧涟转身,与沐天的背影,迅疾消失在深黑的夜幕中!

星天无光、夜雾如水冰凉,小女孩无助的目光,突兀在暗淡的星光里,飘零犹若孤叶。

"娘……"

纤纭仍旧哭喊着,红绸连忙将她拉在身前:"纤纭,快跟姨娘走,你答应过娘,要听姨娘的话,是不是?"

红绸收敛住汹涌的泪水,任它们狂灌进心里,她知道,此时,她必须坚强,必须……按照沐天所说去做,沐天说的没错,只有留住沐家的血脉,方能以图日后报仇雪恨!

可是为什么?究竟是为了什么?一道密旨,便要去了一代功臣名将全家的性命?!

拉住沐纤纭的手,紧紧一握,望一眼窗外月白如霜,风,吹散夜雾似泼,冷冷月色凝结在唇际边,红绸目光坚定,仿欲穿透夜的森凉!

※

沐府已被紧紧包围,红绸拉着纤纭向西园而去,西园乃自己居所,不满两岁的儿子沐莘尚在西园中。

"快,纤纭,快一些!"红绸水红色丝绸裙流荡在夜风中,耳中远远传来纷沓的脚步声和兵甲躁动的声音!

她回眼一望,前院已被火把映红了整片夜空,红绸心头一紧,刺入耳中的,是刀枪相击的声音!

叫嚣声、激吼声、四散奔逃的声音,一瞬之间、响彻夜空!

月光仍是安静、凄惨的冷白色,红绸手心冰凉,不禁瑟瑟而抖。

"姨娘,爹娘还会回来吗?"女孩的声音稚嫩清晰,红绸方赫然发现,不觉中自己已停下了脚步,望着前院火光冲天,泪水早已奔涌出眼眶!

那是残忍的红色耀亮整片夜空的悲怆!

她仿佛听见了沐天的声音——

红绸,快走,快走,定要留住我沐家唯一的血脉!

泪水迷离而落,眼前似乎是沐天兵甲冷然,浴血刀剑的身影!

手上一紧,连忙回身而去,却见西园内,亦是火光熠熠,脚步声、喊杀声赫然而起,纷乱嘈杂的一片预示着西园内狼藉的一幕!

糟了!

再次转身欲向回去,可杂乱交错的脚步声亦渐渐逼近,仿佛青砖地面,皆被震彻得颤颤发抖!

"给我杀,一个……不留!"男子嘶哑又略带得意快感的声音,犹如利剑穿破夜雾而来。

血雨腥风的场面煞然划过脑海!

红绸一惊,连忙拉紧纤纭,左右望去,只见幽青繁密的藤草中,黝黑的大水缸,在这喧嚣嘈杂的一夜,静静立在偏僻的角落,那本是沐天用来汲取雨水,清洗宝剑而用,只是这些年久不用了,一直废弃在那里,蔓草青藤已爬满了缸身,那破败与陈旧,却不想,竟成了此夜唯一的光明。

"走,躲进水缸去。"

不能再犹豫,红绸望一眼西园,泪水干涩在唇角!

她知道,已来不及再去抱莘儿,已来不及……再去抱出自己年幼的儿子!

莘儿,娘,对不起你!

忍泪闭目,与纤纭一同躲进水缸当中,盖子只留一条缝隙,隐约漏进凄白月光。

"姨娘,你为什么不去抱弟弟?"

红绸身子一瑟,心痛的感觉几乎深入到骨血中,喉中艰涩如哽,却是无语。

去抱莘儿,她如何不想?她怎么不想?

只是……她清楚地知道,此去定然是自投罗网,一切……都来不及了,也许,便连纤纭的命,也会不保!

那么,她又如何对得起沐天与萧涟的重重嘱托?

"姨娘……"

纤纭正要追问,却听水缸外传来女人清烈的声音:"你们这些真正的乱臣贼子,定会有报应的!"

是萧涟!

纤纭身子一动,红绸连忙按住她,轻轻捂住她颤动的嘴唇。

外面,是一阵淫笑的声音,心头一震,红绸透过缝隙望去——

只见,外面是林立的兵卫与萧涟白衣胜雪。沐天被四个人紧紧扣住,俊削的脸上,血色鲜明,一双乌眸,腾着灼灼燃烧的烈火。

萧涟羽缎白裙随风流荡,乌黑长发犹若细绸舞乱在绝美的脸上。她站在众人中央,没有人钳制她。红绸看不到她的目光,却能想象,她此时眼中的坚决与鄙夷。

是的,鄙夷!

萧涟,苏城第一美人,绝色倾国、清傲淡泊,曾是多少皇亲贵族、名将功臣竞相追逐的美人,哪怕只是一睹真颜,亦是令无数人向往之事!

只听说,苏城太守王宝立便是其一!

红绸心底蓦的一转,一手仍旧捂住纤绐的嘴唇,一手却轻轻将水缸盖子向侧微微移去!

她想要看清,除了南荣景须,都还有谁……落井下石、做出如此天理不容之事!

月色稀薄,火光却腾腾如剧。她,定要记住仇人的每一张脸!

耀亮明红闪耀在一排立开的人的脸廓上,愈发显得狰狞恐怖!

果然,最左侧的便是一直垂涎萧涟而不可得的苏城太守王宝立;中间的,一身甲衣、目光森森,定便是一手遮天的护国将军南荣景须;而最右侧的,神情猥琐、目光游离的瘦小男人,她亦见过的,便是最会趋炎附势、唯利是图的荃州府宋天虹!

"你们……要杀便杀,萧涟只求与夫君死在一起,不需你们任何施舍!"

此时,萧涟声音仍旧镇静,她的衣裾飞扬,青丝如瀑,羽缎白裙拂地翩然,飒飒如仙。

王宝立一派急不可耐的神情,正欲言语,南荣景须却拦住他,冷笑开口:"哼,早听闻沐夫人乃世间难见的绝色美人,今日一见果然名不虚传!"

说着,瞥一眼被压一旁的沐天,神情不甚清明,语色却是极淫亵的:"沐天,我想,你也想要你美丽的妻子活命是不是?只要你一句话,只要你令她甘心服侍于我,我定保她此生锦衣玉食、绫罗绸缎,享之不尽,否则……"

他没有再说下去,眼神落在萧涟身上,萧涟目光清冽,却是鄙视的眼神,她傲然不屑的神情,犹似满园盛放的清艳菊花,傲骨一身、迎风不折!

沐天突而仰天长笑,嘶哑着声音:"南荣景须,要杀则杀,休要花言巧语!"

此时,王宝立上前一步,凑在南荣景须身边:"将军,听说沐天还有一小妾红绸,也是艳色绝伦的美人儿,当年,是'风月楼'的头牌歌妓呢,就住在西园!"

"噢?"南荣景须挑眉笑道:"都说青锋将军沐天为人刚正不阿、豪迈正气,却不想也不过个好色之徒而已!"

"将军,待我将那红绸一并拿来如何?"宋天虹亦随着道。

南荣景须点头:"好啊,本将军倒要看看,他沐天如何的铁石心肠,能不能眼睁睁看着自己的妻妾惨死在面前而仍是这样大义凛然的神情!"

黑暗的水缸内,红绸心头猛地抽紧,捂住纤绐嘴唇的手微微颤抖。

"慢!"萧涟莲步轻移,突地走上人前,高贵优雅的姿态,目光傲视众人:"妻妾?休要将我与那歌妓相提并论!即便是死,和沐天死在一起的,也只能是我!"

众人一怔,须臾,南荣景须方扯开薄薄的唇角,举起粗糙的大手,手指划过萧涟细腻的脸颊,钳起她尖巧的下颔,贪恋地望着:"哦?原来,惊为天人的美人儿也会争风吃醋吗?"

萧涟眸子如秋水荡漾,向侧瞥去,温和的目光在明戈执戟、执火明杖的闯入者脸上一一扫过,每一个人,似都不可直视她的目光,微微低下眼去。

是的,萧涟的美,是傲视众生的美,是即便满怀杀意的兵将,亦无可抗拒的风华!

她的目光,最终落在沐天眼中,那种忧伤与悲凄才真正流淌如天水倾泻!

沐天与那目光一触,他……是懂得的!

萧涟,要为红绸争取最多的时间,才能保住沐家唯一的血脉!

心痛,好似千万只毒虫啃噬着心脏,几乎碎裂!

沐天紧紧闭目,他可想见即将发生的一切!

果然,淫邪的笑声冲进耳鼓,随着,便是衣帛撕裂的声音!

淫秽的场面无需亲眼瞧见,便是切割心脉的剧痛!

回风低吟、恣意侵袭!

男人欲望的呻吟、粗暴的喘息,都在风中暴露无疑!

沐天知道,他们,想要羞辱他!想要他亲眼看着心爱的妻子被人淫辱!

他多想挣扎开,多想阻止这一切,可是……

红绸、纤纭、莘儿……你们逃出去了吗?你们……逃了多远?

男人急促的呼吸仍然继续,淫声浪语不绝于耳!

那发自不同男人的低吟声层层迭起,欲望宣泄后的快感长啸,汹涌澎湃后的畅快淋漓,都一点一滴撕扯着沐天的心!

直到那声音由高转低,渐渐平息,唯有风,好似悲鸣,呜咽吼叫!

沐天方缓缓睁开眼,雕玉回廊、漆柱似血,萧涟静静躺在冰凉的地板上,雪白的羽缎裙衫凌乱在台阶上,似春水漾开的纹理、却残忍得划破他一直坚沉的黑眸,落下滚热的泪来!

"涟儿!"沐天悲声低吼,猛烈挣扎!

萧涟,他此生唯一挚爱的女人。他,竟会令她遭受到这样的侮辱而无能为力!

南荣景须整整衣衫,向兵卫示意,兵卫齐齐放开压住沐天的手,沐天身上一松,便向萧涟身边扑去!

他解下衣衫,覆在妻子暴露的身躯上!

月色惨淡、夜风冰冷,女子容颜苍白、云鬟散乱,被狠狠咬破的嘴唇,鲜血仍旧渗流而出,沐天知道,她是努力不叫自己发出任何声音,绝不在精神上服从于这群暴徒的淫威,满足那些人邪恶的兽欲!

萧涟目色无光,眼角却渗出涟涟泪水,沐天紧紧握住萧涟的手:"涟儿……"

他们有千言万语、无尽流连,却不能说!

萧涟转眸望向他,一双冰眸,映着月色无情的寒意,唇边抹开惨淡的微笑,沐天将她紧紧拥在心口!

他懂,他懂!

红绸……你一定已经逃了很远了是不是?是不是?

"嗤"的一声,尖锐的刺进心里!

沐天只觉,腰间有硬物抵住自己!

颤颤低眸,但见萧涟纤柔的玉手紧紧握着莲丝低刻榴花簪,深深插入在腹中,长长的花簪下,绽开一朵妖冶凄迷的血色莲花。

血水蜿蜒而下,萧涟如水秋眸,漾开最后一缕惨淡的涟漪,缓缓闭上!

沐天骇然怔住,抱着妻子的手微微颤抖!

穿好衣服的王宝立,终于如愿以偿的王宝立,既而道:"将军,杀了他!"

南荣景须却摇头,邪恶地笑着:"不必!"

三人挥手转身,只听身后传来男人悲凄的吼叫声,寒剑出鞘的声音、破入肌骨的声音,令三人相视大笑!

这时,跑来一人,向南荣景须禀报道:"将军,没见着沐天的小妾……"

说着,低语在南荣景须耳边,南荣景须低笑,道:"带回去,然后……"

冷冷回眸,那森冷的眸心,那泯绝人性的眼神!

南荣景须淡淡道:"赏他们夫妻一把火!"

言毕,与众人浩荡而去!

两侧兵队随着,只留下数人,他们手持火把,却没有立即放火,而是冲进各个房间中去,搜寻着有没有值钱的东西可以带走!

红绸躲在水缸里,身子已然僵住,她,亲眼看见了那三人对萧涟恣意蹂躏的暴行,亲眼目睹了沐天挥剑自刎的伤绝!

她不知道,出了这座水缸,会不会看到沐府的尸山血海、血肉成泊!

可是……

她低头,赫然发觉怀中的小女孩,身子剧烈颤抖,一丝清光刺目,漏进破败的水缸中!

红绸心上一紧,但见那水缸低处,破有一块不算大、却足能看清外面情状的一块漏洞。

难道……

难道纤纭……竟亲眼目睹了适才如此不堪的一幕?

难道她……竟亲眼看到了自己的母亲,被残忍奸淫的场面吗?

红绸身子不禁一抖,她不敢想,亦不容她想,如今要做的,是如何逃离出这已成炼狱的将军府!

她观望一忽,沐府如此之大,想那些人没有这般快的回到这里,于是轻轻移开水缸盖子,将纤纭抱出来,月色如银,方才看见小女孩脸上干涩的泪痕!

"娘……"

红绸连忙捂住纤纭的嘴,目光郑重地嘱咐道:"纤纭,别忘了你答应过娘什么?"

纤纭一怔,向沐天与萧涟的方向望去。

红绸亦望过去,泪水零落!

禽兽!都是些禽兽!

目及之处,尸体横陈、血肉遍地!

红绸咬唇,但见冷风拂过菊花丛,夹杂着淡淡的血腥味道,令她骤然清醒!

"纤纭,快走!"

纤纭不语,却想要向爹娘的方向奔去,红绸狠狠拉住她:"走!"

半是拉,半是抱地拥着纤纭向后门而去,她们不能再穿过西园,那里说不定亦有没有撤走的官兵。

莘儿,原谅娘的无能,原谅娘的力不从心!

所过之处,到处都是鲜血淋漓的死人,红绸全身僵冷,却知道此刻,她必须振作,必须……要坚持下去!

自后门溜出,夜似更加深沉,如同张开的血盆大口,吞噬着最后一丝柔和的月光!

红绸知道,自后门出来,向北不远,便是一片深林,那林中有一座木屋,是曾经自己赖以栖身之地!

也是在那里,她遇到了第一个对她真心以待的男子,救她于水火,却于一日音讯全无,她才不得以走出深林,饥饿难耐之际,遇到了萧涟,自此入住沐府,最终嫁给沐天,便再未见过那个恩人!

她只知道,那人也曾去过"风月楼",对自己爱慕有佳,但却绝不是风月场中的常客,名叫欧阳夙,后来,她问起过沐天,方才知道,原来欧阳夙乃是鼎鼎大名的毒圣,隐匿江湖,已有多年。

正想着,纤纭却突地停下了脚步,红绸正欲催促,却见女孩目光殷殷地向身后望去。

清莹的目光,映着如血一般殷红的颜色!

身后,一片火光有如白昼般耀亮夜空、盛大惨红的大火将整个墨色天幕映得通红,那……是沐府的方向!

隐隐听见人群躁动的声音,火蛇腾腾如龙,钻天浩大!

红绸亦呆呆地望着,膝上一软,"扑通"跪倒在地:"将军……姐姐……莘儿!"

撕心裂肺的哭喊,划破天幕,穿越火光!

红绸狠狠咬唇,几乎痛绝:"我红绸对天发誓,这血海深仇,我一定要报!一定要替沐家讨回公道!"

可纤纭却只是站着,轻盈的薄衫,舞动在冷风狂烈的嘶吼中!

她仿佛能嗅到那烧焦的味道,仿佛能目睹那被大火吞噬的家!

断壁残垣、破败萧条!

夜,乍寒!

纤纭眸中倏然融了渐渐浓郁的恨色,满溢的仇恨令小小双拳紧紧握住。她冷冷转身,竟没有流下一滴眼泪!

红绸惊觉,转眸寻着纤纭,纤纭却已然默默走向了夜的深处——

娘,我一定会活下去,一定……会好好地活下去!

纤纭一身飘扬的水蓝色薄纱,被夜,融做了凝冻的冰凌!

二　怜薄命

若似月轮终皎洁,不辞冰雪为卿热。

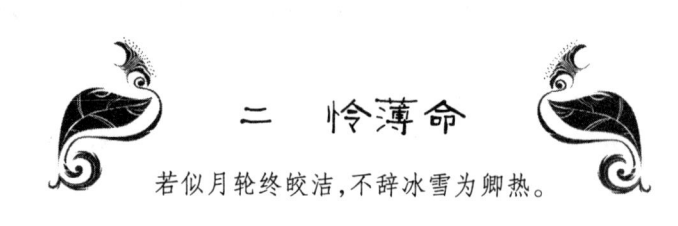

虽已过去多年,林间竹屋却仍在,红绸与纤纭暂时栖身于此,为防南荣景须派人追杀,一连几日,二人只以野果果腹充饥。自那天后,纤纭再也不曾开口说话,只终日呆呆坐在窗台边,看窗外林雾迷离、云起云落。偶尔一片孤叶飘零,落进竹榭窗台,她才会稍稍移开目光,捻起手边枯败的黄叶。

她将每一片孤叶收好在精雕细刻的妆盒中,好似她无比珍视的无价之宝,渴了喝水、饿了吃东西,却始终不发一言。

红绸默默看着,急在心中。

约莫过有七天,红绸着了素衣,将长发挽起,以薄纱敷面,打算到街上打探消息,她们总不能长期呆在这森冷的深林中。

"纤纭,我要去街上,会买些东西回来。"红绸望着纤纭孤冷背影,轻声说。

纤纭依旧不语。

红绸叹气,出门瞬间,终还是忍不住转身嘱咐:"我回来之前,你万莫出门。"

如料的,得不到任何答案。

九月时节,秋盛风萧,昔日风光旖旎、喧嚣熙攘的苏城仿似清冷了不少。

红绸缓步走在街市上,不觉间便走到了沐府门前,透过墨青色薄纱,她隐约望见曾凛凛风光的将军府,已成破败的府第、焦黑断裂的府门、阴森可怖的漆黑,哪里还有昔日的繁盛与庄重?

眼眶不禁酸热,几乎滴下泪来。

连忙收敛心神,转身而去,她不能久留,她不可久留! 一切繁华都已在身后!

南荣景须,是权倾天下、可动朝纲的权臣名将,以他之能,若要搜寻她与纤纭二人,该不是难事,只是苏城虽冷,却是不是自己的心境早已不同?

她稍稍掀开薄纱，一缕秋阳刺眼。阳光普照下，人群涌动、街市繁华，苏城一派依旧，看上去，并未因苏城最是显赫的沐家一夜大火而有分毫改变！

略感心安，却不敢稍有怠慢，仍旧放下薄纱，买了些吃食，便匆匆向回走去。

一路未见异样，未见一兵半卒，该是安全了吧？

秋风瑟瑟，林间便有些凉，枯叶飒飒有音，令红绸不禁背脊生寒，瑟缩一下，不觉加快了脚步，不知是否心中忐忑，总感到有些许恐惧自身后袭来！

越走越是迅疾，可那恐惧感却愈加强烈。

难道……

红绸手上一紧，猛然回身！

身后，是一片空阔，高树苍苍、林木秋黄，狂乱的心跳兀然安稳，闭一闭眼，缓缓转身！

"红绸！"

一男子声音倏然刺破宁静，红绸大惊，手中吃食落地，一双美目惊光毕现。

只见身前男子一身淡青长衣，俊目有光、薄唇风流，有若刀削的坚毅脸廓，豪毅中无分毫粗犷，飘逸的长衣，与秋风舞作一处，尤显得身量挺拔修长。

那男子惊喜神情只有一瞬，随而便有淡淡怅惘流动在清亮的眸子中。

"欧阳夙……"红绸不可置信眼前的一切，在如此穷途末路之时，竟还可遇见曾经的故人！

可是他怎么会在这里？

欧阳夙上前两步，读懂了红绸眼中的惊诧："我听说沐家变故，便回来了苏城，没想到……还能见到你。"

红绸轻轻低下头，缓缓向前走去，欧阳夙亦慢步跟着。

红绸终于一声叹息："我与纤纭躲在水缸中，幸免于难！想到曾经栖身在此……"说着，无奈一笑："没想到……这竹屋竟是我的福地。"

"我回到苏城，一直没有你的消息，以为你……"欧阳夙嗓音柔韧，轻声说："直到刚才，我看你在沐家门前停留，觉得该是你！"

红绸不语，只任秋风吹开一头乌发。脚下，是碎裂的枯叶咯吱作响，风过无痕，欧阳夙追问道："以后……你打算如何？"

"报仇！"红绸突而定住了步伐，两个字，说得掷地有声，尤不似她这般纤柔的女子。

"报仇？"欧阳夙微微惊讶，踱步至红绸身前："你一介女子，如何报仇？你可知那南荣景须是何等人？以你一己之力……"

"不是一己之力！"红绸扬眸，紧紧凝住欧阳夙的眼睛："还有纤纭！沐纤纭，沐家……唯一的血脉。"

想着，心内一痛，唯一的血脉！

强忍住眼中的泪意，心，却更加疼痛——莘儿，她没来得及救出自己的儿子，没能来得

【第一卷】血雨霜天

及救他！

"红绸！"欧阳夙轻轻抬手，想要搭住红绸抖动的双肩，却终究没有落手："北边告急，南荣景须奉旨出征，才没有将整个苏城掀翻，搜寻你二人，否则……"

"这就是天意！"红绸猛地回过身，泪水划过一条凄凉水痕："是上天不叫我们死！叫我们留住命，为沐家上下百余人报仇雪恨！"

"红绸！"

"不要再说了！"红绸捡起掉落在地的食物："如果你出现只是为了说这些，那么……请你离开！"

欧阳夙追上红绸，拉住她单薄的衣袖："红绸，你该知道，我想帮你！"

红绸脚步一顿，转眸望他："帮我？"

欧阳夙点头，目光诚恳。

红绸秋眸流转，渐渐平息下心神："那么……你跟我来。"

欧阳夙一怔，只见红绸莲步匆匆，轻纱撩开落叶旋旋细细，他望着，曾经痴心过的女子，怎么如今这样陌生？

这一路分外熟悉，无需红绸带路，欧阳夙也能自己寻着，那竹屋仍如旧时，可人却已然不同，她是红绸，可她……是沐家的红绸，不再是曾经需要保护，如惊弓之鸟的女子！

红绸推开门，略略舒下口气，纤纭依旧坐在窗阁边，一身纯白色绉纱茜丝裙，随着窗外拂进的秋风微微飘扬。

她恍若无觉，只是望着窗外早已枯败的景色，不动分毫。

欧阳夙疑惑道："她是沐纤纭？"

红绸点头："是，那夜后，她就是这样了！"

红绸将东西放在桌上，对纤纭道："纤纭，吃些东西，这是我从街上买的，你从前……最喜欢的点心。"

窗台边的女孩缓缓转身，欧阳夙却略微一惊。

她墨发如丝，纠缠在风里，却掩不住一双水眸晶莹剔透，只是这双眼，太过冰凉，仿佛不曾有过半分温度，她对自己视而不见，只安静坐在桌旁，拿起点心，一口口吃着。

欧阳夙走近身边，低身唤道："纤纭……"

沐纤纭头也不抬，连长墨发也静静地垂着，纹丝未动。

七岁的女孩，一双冰冷的眼睛，犹若寒潭中一颗黑色珍珠，旷远而幽如深渊。

"沐纤纭！"

突地，红绸夺下纤纭手中细软的糕点，糕点的碎屑便扬洒起来："你到底要干什么？"

许久的沉默，是女孩唯一的回应。

红绸泪水坠落："沐纤纭，你难道忘了曾与你娘发下的誓言？难道忘了你要一辈子都听

我的话吗？这么多天了，问你什么也不说，只知道坐在窗子前向外望，你在望什么？你在看什么？难道……你忘了父母的仇？忘了沐家的满地鲜血、忘了你母亲……"

突觉失言，她没有再说下去，泪水却蜿蜒在脸颊上，欧阳夙愣了愣，却见沐纤纭犹若未闻，拿起适才被红绸夺下的糕点，继续吃。

仍旧无语！

红绸几乎痛绝心肠，她以为，她不是一个人，她以为，她们可以一同面对以后艰难的日子！

可是……

红绸咬紧嘴唇，沐纤纭生犹若死，又叫自己情何以堪！

欧阳夙望望安静似冰雕般的女孩，安慰道："红绸，纤纭还是个孩子，突遭变故，她怎可能一下子就走出来，你勿要太过心急，况且……"

"收起你的说教！"红绸拭去眼泪，淋水美目犹似有万剑穿透眸心："她……必须走出来！因为……她是沐家的孩子！"

说着，走向内室，途经沐纤纭身边，不甘地凝视着她："沐家……没有这般软弱、这般……没有出息的女儿！"

拂袖而去，欧阳夙蓦然看见，女孩手中握着的糕点被掐出深深痕迹，女孩目光，突而由冰冷变作凄厉的一束！

欧阳夙一惊，那样的眼神，纵使闯荡江湖多年的他，也不禁寒战，若非她身形果真幼小，他绝不会相信，这样的眼神，是来自一个七岁的女孩！

今夜，天幕黑沉，星色无光。

凄凉的白月，被浓郁乌云遮掩去微薄的光芒，漆黑仿似没有穷尽，只有飘零干枯的叶发出最后哀戚的"沙沙"声。

女孩白衣扬袂，弱影纤纤，纤纭——真真是人如其名的女子！

"风凉气闷，想是会有一场大雨。"

女孩身子一抖，似被这突如其来的一句惊吓，淡淡回眸，只见月光下，欧阳夙青衣翩然，目光清朗，仰望夜空的眼神，无一丝复杂。

她迅疾移开目光，并不在他身上多做停留，夜空，在他的眼里是星月交辉，可在纤纭眼中，却只是一片灰暗与萧索。

"这是你的吗？"欧阳夙转身，唇角牵着淡淡笑意，柔和的目光，在清冷月色下更显得清澈。

纤纭看向他，目光终有微微一动，眉心却紧紧凝住，眼神愈发狠厉！

"为什么你要收集这些叶子？它们……都枯败了。"欧阳夙微微敛笑，眼神中便多了一丝怜惜，手中举着纤纭用来装枯黄叶片的盒子，等待着她的回答。

纤纭突地伸手去夺,欧阳夙却将整个雕盒倏然一扬,精雕细刻的盒子仍在手中,只是那纷纷落落的枯黄瞬间散漫作一幕凄凉屏障。

一片片飞叶,飘扬而坠,坠落在暗夜萧条的景色里,更添一抹哀戚。

最后一片叶落下,沐纤纭冰凉的眼眸仿似被水淹没般透明,她目光淡淡流殇,仿佛那坠落的是她的生命,是她的心!

欧阳夙怔忪了,为什么这个女孩的每一个眼神,都仿佛不是她这般年纪!

他缓缓放下手中的盒子,一声叹息:"对不起,我以为激怒了你,你就会说话了。"

欧阳夙略感歉然,连忙低身,欲将那满地吹散的枯叶残黄重新收整在盒子中。

"它们……就像我!都已经没有家了!"

风过留声,欧阳夙乍然一惊,举首望向女孩,女孩清灵悠润的声音好似云天外袅袅而来的仙音,可是那眼神,却冰凉彻骨、寒似玄霜!

她……竟然说话了!

女孩望着他,目光凄然:"我想给它们一个家,哪怕……只是一个很小的木盒子,可那……也是一个家!"

泪水沿着凝白的脸颊落下,冰似的落得人心中酸痛。欧阳夙站起身,高大挺俊的身形,为女孩遮掩去一些夜的冰凉,隐隐的抽泣声,变得越发清晰,她紧紧咬唇,咬出了一道淡淡白痕。

"纤纭……"欧阳夙轻声唤她,缓缓走近身边:"我可以叫你纤纭吗?"

沐纤纭只是哭泣,不语!

她的身子,便真好像那一片片飘零的枯叶,颤抖得令人心疼,欧阳夙不禁轻轻搂过她,将小女孩搂在自己怀中。她没有拒绝,反而将手,轻轻搭在他的腰际,这莫名所以的感觉令她安然。

"你为什么不肯说话?"欧阳夙轻轻问她,生怕再次惊吓到这脆弱的女孩。

纤纭已渐渐停止了哭泣,缓缓抬眼,一双玉眸凝泪,却坚定:"你能带我回家吗?"

"回家?"欧阳夙一惊,不解地望着她,纤纭亦仰头凝望着眼前的男子,年仅七岁的她,只及他的腰间,却企图平视他的眼睛:"对,你能带我去吗?"

夜空忽有一声闷雷滚过,一瞬即逝,欧阳夙望望天,道:"要下雨了。"

转眸再望沐纤纭,她只是望着他,不再说话,可是那眼神,却是咄咄逼人的。

欧阳夙心下一软:"好,我带你去,可是你要答应我,去过了……就不许再折磨自己,不许不说话,不许……再叫你姨娘担心。"

纤纭眉间儿一蹙,眼神有一瞬间尖锐,欧阳夙无端一颤,纤纭冷道:"你并不关心我,你关心的是姨娘。"

欧阳夙一怔,随而道:"是谁都好,你可答应?"

沐纤纭望着他,眼神深邃,许久,方才点了点头。

一路穿梭深林,夜深,风寒透襟,才走到城边,便有雨滴零星落下。

欧阳夙见纤纭衣衫单薄,连忙将身上青色长衫解下,为纤纭轻轻披上,纤纭抬眼,身子略微一挣,却被一双强有力的手按住:"下雨了。"

纤纭抬眼,但见欧阳夙目光柔润,唇角微笑却渐渐凝住,她转眼,握住长衫的手倏然握紧!

长街静谧,不觉间,竟已是走到了沐府早已破败的大门前!

曾庄素威严的府门,如今却只余一片废墟,依稀可见当晚触目惊心的惨烈!

断壁残垣、满目凄凉!

雨,渐渐成束,女孩脚步沉沉,似一步一步艰难地向前走去。

"不要去。"欧阳夙拉住她,关切道:"危险……"

是的,被大火几乎焚烧殆尽的房屋,定然是禁不得风雨的,如此雨夜,若要进到那一片废墟当中,只恐怕会有未知的危险。

纤纭冷冷挣开他,缓步踏上阶台,那曾是白玉凉石精雕而成的台阶,如今已成焦黑,哪里还有当时的片缕光华?

纤纭低眼,冷冷而笑。

欧阳夙紧跟在她身后,只见她裙角灰黑,纯白色绣缎鞋,也已然被焦黑色染满污垢。

"纤纭……不要再进去了……"

滚雷阵阵,冷雨有愈发滂沱之势,大雨倏然如泼,渐渐落成氤氲水雾!

欧阳夙眼目微眯,紧紧拉住她:"纤纭!"

"走开!"沐纤纭扬眸,一双眼冰冷得犹如冷雨风吹:"我爹在里面,我娘、我弟弟……都在里面!"

嘴唇被狠狠咬破,一丝咸腥沁入口鼻,随即便被雨水冲作无味!

冷雨,顺着早已湿透的墨发丝丝垂落,只是那落在脸颊上的却不知是雨还是泪?

"不要这样,若你是这样,又令你爹娘在天之灵如何心安?"欧阳夙扣住纤纭颤抖的双肩,雨势不见分毫收敛,她纤小瘦弱的身子便似轻羽,欲随风雨而去!

"爹……娘……"倏然塌陷的天地,笼罩在心头久久不可挥去的阴霾,似被这一场暴雨冲刷殆尽!

强忍了多日,终于还是在这一刻崩溃!

"我什么都没有了,什么都没有了!"女孩娇细的声音已然嘶哑,任凭冷雨灌入肌骨:"他们都不要我了!都不要我了!"

惊雷炸响天幕!

她突地仰头向天,目光决绝,仿佛欲穿透这暴雨惊雷,直上云霄:"我沐纤纭对天发誓!我沐家的血海深仇,一定……要让他们……十倍来偿!"

身子僵冷,站立不稳,重重跌坐在大雨里。

大雨倾盆,青色披衫漂泊在风雨中,泪,被雨水融做一束束凋落的冷云,雷声不绝、暴雨不歇,纤弱的女孩,脆弱的倒在烈烈狂风中,树蔓在冷风中狂摇,冰冷的雨柱,恣意摧破焚毁烧焦的窗阁。

欧阳夙连忙跪下身,心疼地将女孩拥紧在怀中,为她遮挡住来势汹汹的风雨:"不,你还有姨娘,你还有我,欧阳叔叔会照顾你们,不要怕、不要怕!我永远不会不要你!"

女孩靠在欧阳夙坚实的胸膛上,泪水和着雨水,与他湿透的衣襟牵连一处,她只觉眼前一黑,耳边,便只有一句话,穿透过风雨、分外清晰——

纤纭,不要怕,我不会离开你,永远不会!

许久以后,沐纤纭方才知道,这句话,穿破的岂止是无情的风雨,更是自己不可预期的漫漫人生!

第二卷：心字成灰 Xin Zi ChengHui

三 胭脂楼

斜风细雨不曾晴，倚阑滴尽胭脂泪

四 恨相逢

长相思兮长相忆，短相思兮无穷极，

早知如此绊人心，何如当初莫相识。

五 风流子

恨君却似江楼月，暂满还亏，暂满还亏，待得团圆是几时？

三　胭脂楼

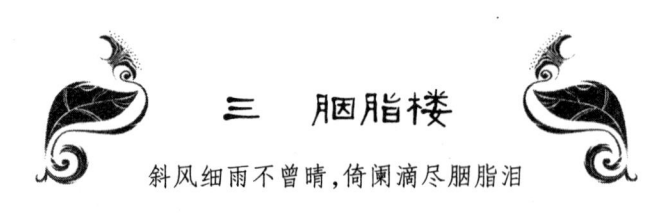

斜风细雨不曾晴,倚阑滴尽胭脂泪

时节如流,转瞬而已!

龙元二年,九年过去,改朝换代,太子即位已有两年。

康城,曾一文不名的荃州边镇小城,近两年,却人流穿涌,街市繁盛,城北更被酒绿轻红渲染上几分浮华的奢靡。

荃州本位于连绵不绝的小山之中,山路难行、地势崎岖,本是颇穷困的,康城便更加如此,可自从八年前,"胭脂楼"的出现,便如同一场久旱甘霖,倏然普降,忽如一夜春风来,康城,已是远近闻名的小城。

"胭脂楼",近年颇具盛名的青楼教坊,绯幔红纱,莺歌燕燕,虽位于康城北偏隅一角,却掩不住粉香脂浓,随轻软细风妖娆整个荃州,似只要踏入荃州境内,无需走近康城,便可被阵阵流雾香风熏得陶醉。

于是,歌舞升平便成就了一座小城的兴盛。

然而此日,这座小城却不甚清净,繁闹的街道,人群聚拥,却人人神色谨慎,小心翼翼,繁闹中有莫名升腾的紧张气氛。

"听说没有,宋大人昨晚无端端就死在了'清水亭'。"

"啥啊,我可是听说,是死在河里了,被人捞上来的。"

"嘘,你们还要命吗?"一人连忙阻住二人交谈:"敢如此议论朝廷大事?"

正说着,便闻纷沓的脚步声由远及近,伴着阵阵叫喊的声音。

"让开!"为首的是铠甲鲜明的兵卫,手持卷书,与兵刀剑戟相映生寒,众人退避而开,立时噤声,一个来不急退开的男子被一把抓住,狠狠甩倒在地:"把他抓起来!贼眉鼠眼的,看着就不像好人!"

身后立时有两三个士兵将他扣住,那人破声大喊:"不是我,不是我啊……冤枉啊……冤枉!"

"还有他!"喊冤声犹在耳边,为首之人便又将一愣住的男子甩给身后兵卫,那男子极是瘦弱,书生摸样,被身彪体悍的兵将倏然扣紧,甚至连喊冤都不记得,只是全身僵硬的任由人拖拽着向前走去。

众人皆不禁倒抽一口凉气,再没人敢上前一步!

一路上,官兵街市横行,见人就抓,恐慌的凝云,倏然萦绕在康城灰白色上空,曾歌舞笙箫的城镇,如今,却被刀剑喊杀声冲没了安逸。

望着一队兵将远远而去,方才有人敢发出深深的叹息:"看来,这事儿闹大了。"

"是啊,一朝州府横死荒野,怕是要彻查。"

"唉,彻查不怕,只怕刚有几年好日子过,这荃州府又要不安宁了!"一年纪略长之人摇头而去。

人群随着渐渐散去,却散不去三三两两的议论!

街头巷尾、三街六巷隐隐充斥着惊悚的味道。却唯有两人,穿梭过拥挤人群,背影清逸如同烈烈夏日中一抹清风拂面,游离于这一片恐慌之中,那双背影,青的飘逸、白的翩然,青白相映作炎夏长街中一道明丽风景。

"是你,对不对?"男子的声音极轻,有些许忧虑,宋天虹死于"笑花红",在这荃州境内,除了自己怕只有她可以做到!

"你明知道的。"女子清冷的回答中,略有一丝调笑,微微抬眸看他。

但见她一双美眸明兮,被纯白薄纱缚住的脸颊,不泄露半分情韵,只有那一双眼,潋滟生华。

男子一叹:"纤纭,也许……我不该教你的,我没想到……你……"

"你是想到的,只是……"女子清冷的声音中有一丝凝滞:"只是你欧阳夙……不能拒绝姨娘。"

突地顿住脚步,望着欧阳夙的目光,是极少见的冰冷!

欧阳夙一怔,她淡漠的眼神,仿是这夏日不可消融的玄冰,纤纭望他一忽,冷道:"若你可以,九年前,便不会留在我们身边!"

原来,自那晚雨夜过后,纤纭便不再沉默,红绸惊讶于纤纭的改变,仅仅是一夜之间!从此,欧阳夙便留在了她二人身边,毕竟她们只是柔弱的女子,身边确是需要个人的,红绸便没有推搪,她心中亦自有盘算,想欧阳夙号称毒圣,她见纤纭未有排斥于他,便一心想要欧阳夙将一身用毒本领尽数教习给纤纭,想来,日后报仇,必有所用!

欧阳夙答允,只想暂且平息红绸心中的仇恨,只是他没想到,这仇恨,却随着时间的推移,愈加浓烈,她对纤纭的严厉超出了欧阳夙的想象。跌倒要自己爬起来,炼药期间,更不许片刻休息,纤纭几乎没有闲余的时候,她有太多要学,琴棋书画、诗词歌赋、舞乐笙箫,红绸更叫她从小以薄纱敷面,否则不准出门!

故，即使身在"胭脂楼"，却除了他与红绸，无人真正见过沐纤纭。

亦是因此，自他们离开苏城，落脚在荃州的那一刻起，欧阳夙便预料到了今天！

如今果真应验，当年血案的凶手之一，荃州府宋天虹于昨夜暴毙于城郊"清水亭"中，死时神色安宁，唇角带笑，欧阳夙知道，那是自己的独门秘药"笑花红"！一切，已无需再想！

欧阳夙神思恍惚，怔怔地望着眼前女子，这么些年，他眼看着她的个性愈来愈是孤僻，可是，无论对别人如何，她看着自己的眼神，却从来如一，似一缕日光，和煦温馨，徜徉在心怀。

可今天，她却冷冷地看着自己，说起九年前，她的眼里竟连自己的影像都是模糊的！

沐纤纭这样的眼神，他似是第一次面对："纤纭，九年前我留下，并不是因为谁，欧阳叔叔只是想保护你们，可是，却不想你……"

"官兵！"纤纭骤然打断他，眼神凝在"胭脂楼"门口，欧阳夙转首看去，眉峰一聚，下意识挡在纤纭身前："怎会如此快？"

如同巍峨高山，隔绝开眼前的惊险。

纤纭抬眼看他，他的目光焦虑，眉峰聚集，如是风浪席卷而过，却毅然坚决地挡在自己身前。

似乎，从小，便是这样，只有他，会在意她的喜怒与悲伤。风大，会为她披衣，下雨，会为她撑伞，仿佛他在哪里，阳光就在哪里！

纤纭轻轻拂开他挡在身前的手，淡淡一笑，那笑遮掩在薄细的白纱下，隐约可见："该来的总要来。"

"纤纭……"欧阳夙拉住她。纤纭顿足，望望欧阳夙修长的手指，凝视他的眼神："有你在，对吗？"

欧阳夙一怔，薄风拂过夏日闷热的气息，纤纭的目光却是清泉，盈盈冰澈，欧阳夙点头："当然！"

"那就好了。"纤纭回身，一身柔质飞纱卷缎裙翩然风中，欧阳夙凝在身后的眼神，她无需看见，便知定是忧虑与焦心的。

她微微敛笑——

欧阳夙，只要你在，纵是刀山火海，我也不怕！

你……可知道？

踏入"胭脂楼"，便见平日细声软语、娇柔作态的女子们，个个噤声，面色苍白，有的，甚至不敢抬起头来，红绸一身绯红色宽襟罗裳裙，裙幅透迤丝软，绉纱如新，一串明灿珍珠明润通透，酥胸半露、风姿别致。

虽是近三十的年纪，却风韵犹存，见纤纭与欧阳夙回来，只道："你们先上楼去，这儿没你们的事。"

"慢着！"坐在红绸对面的男人，一身昱亮甲衣，豁然站起身来，一双眼睛定在沐纤纭身

上,上下打量:"这姑娘,也是你们这儿的?"

红绸低一低眼,故作镇静道:"是,也不是。"

"什么是不是的?别跟本将兜圈子!"那男人走近沐纤纭身边:"你是谁?可是这儿的姑娘?"

他目光如同猎食的黑兽盯住纤纭,纤纭鄙夷地望他一眼,不语。

那男人显然大为光火:"你哑巴吗?本将问话,敢不答?"

纤纭依旧不理,转身而去。

"来人!"身后,是男人恼羞成怒的声音暴戾而来:"把这女人给我抓起来,若非做贼心虚,本将问话,如何不答?"

说着,粗大的手,倏然扣紧在纤纭肩上,欧阳凤眼神一肃,正欲上前,红绸却盈盈起身,微笑道:"林将军且慢。"

那人眼神斜侧向她,微眯的目光,划过转瞬即逝的得意,却不说话。

红绸缓步向前,低笑一声:"林将军,身为荃州子民,宋大人之死,红绸亦甚感心痛,只是……"

红绸玉白手指搭上那人手背,将那双粗糙的手,自纤纭纤巧细肩上拿开,目光突地肃然:"征将军林保风战功赫赫、位高权重,如何会自京城千里迢迢地来亲自过问此案呢?"

那人一怔,面色骤然暗淡。

红绸柔然一笑:"莫不是这荃州风水秀美?康城别具风景?"

一语有暗暗嘲讽,林保风脸色由暗转阴,强自镇定道:"哼,当朝二品州府横死荒野,如此大事,皇上甚为重视,故命本将前来,定要彻查此案!"

"哦?"红绸细眉微挑,倩笑如云:"据红绸所知,林大人是今日才到荃州,便匆匆赶来我这'胭脂楼'查问,红绸可真是三生有幸,得有将军如此抬爱……"

一句话说得林保风面上局促,身边有想笑而不敢笑的声音,隐隐刺入耳中,林保风大窘:"好个伶牙俐齿的女人,难怪这'胭脂楼'隐在这个边洲小城,亦可艳名远播、声名在外,就是京城柳巷花街中也是颇负盛名!"

"过奖。"红绸一笑,缓缓坐下身来,眼角挑动,心思尽在其中。

哼!这样的达官显贵她见得多了,虚伪自私、貌似威武,其实心中猥琐之极,定是听闻荃州康城"胭脂楼"的声名,故借此因由,便往荃州一行,以掩人耳目,公然流连烟花之地。

红绸整整衣襟,淡淡道:"本朝律例,凡朝廷官员,无论大小,皆不可出入青楼教坊,否则……"

红绸唇角微牵,并未说下去,林保风脸色已然大变,但见她一小小女子,傲慢非常,却不肯落了下风:"哼,本将是公事公办!"

"哦?"红绸回眼盯向他:"敢问将军,可有人证物证?证明宋大人之死与我'胭脂楼'有关吗?即使有关,也该要将我等带入公堂审问,红绸斗胆,请将军将人证物证一一列明,那么要抓要罚、要打要杀，我'胭脂楼'悉听尊便！"

一句说得句句在理、字字如针，林保风脸色一忽红、一忽煞白，望着红绸，粗重的喘息声胀得脸色通红："好啊，真好个'胭脂楼'……"

说着，眼神狠狠瞪向一边不语的沐纤纭，但见她一身纯白，薄纱敷面，唯露的一双清美秀目，冰冷如霜。

"哼！本将便是怀疑此女与本案有关，这就带回去审问，你可有异议？"林保风一把抓住纤纭，却瞪着红绸，红绸凝眉，依旧镇定："将军可有证据？"

"宋家家丁便是证人，据他证实，宋大人临死前一天，曾来过'胭脂楼'。"说着，将纤纭用力拉在身边，眼神仿欲穿破那层薄薄柔纱，迫不及待欲要窥视那薄纱下绝丽的风景："若此女与此事无干，如何要这般遮遮掩掩？话也不说，还蒙着个脸？单凭这形迹可疑，本将便可将她带走问话！"

"林保风！"欧阳夙终于忍无可忍，手中长剑寒光森森，手起剑落，寒光刺入林保风眼中："放开她！"

林保风一愣，侧首而望，只见男子长发披散，面容俊朗，一双眼，杀气凛凛却风姿飒飒，林保风冷冷一笑："你又是何人？"

目光在沐纤纭身上一扫："她的常客吗？"

"我说了，放开她！"欧阳夙指腹加力，剑身挺而向前："否则，休怪我宝剑无情！"

"好！太好了！"林保风突地纵声大笑："你刺！你若敢刺，此案便也结了，定是你与宋大人争风吃醋，为此女大打出手，将他杀死，便如……今日的情形，是与不是？"

"昏官！"欧阳夙剑锋一横，正欲上前，纤纭却突地开口，冰冷的眼神，凝视在林保风脸上："这位将军，敢问案发何处？"

林保风转眼看她，女子一双潋水明眸，清波漾漾，如同夏日柔风吹乱清湖，无端撩人心怀，他声音立时放低，略有柔和："'清水亭'，这人尽皆知！"

纤纭望望被他抓住的手，薄纱之下，神色不明："那么将军可敢与民女一行？一探……究竟？"

林保风一怔，唇角随即撇开贪图的笑纹，眼风扫在欧阳夙脸上，冷哼道："好！还是姑娘会说话，这案子……自要往案发之地方可查清！"

说着，再望红绸一眼，她的脸色如旧，不着半分喜怒："不知红姨意下如何？"

红绸眼也不抬，冷声道："将军请便！"

"好！"抓住沐纤纭的手倏然加力："姑娘，那就请吧？"

纤纭望望他，一身雪白，翩然风情，清寒眼波自欧阳夙眼前拂过，方有微微温度。

"纤纭……"欧阳夙一声，便被红绸阻住，红绸起身，绯红色华锦丝裙与纤纭的白，摇映生姿。

欧阳夙望红绸一眼，眼睁睁看着纤纭被挟持而去，胸中突有热火攒动："红绸！"

红绸凝视着他，向身边姑娘挥一挥手："你们都去吧，这当口儿上，没事儿别出来晃荡。"

众姑娘早已花容失色，闻听此言，连忙各自散去。

欧阳夙方道："红绸，你明知她要做什么，为何……"

"她不会有事。"红绸淡淡道："若有万一，只怪她学艺不精！"

欧阳夙怔忪，这些年来，红绸似再没有喜怒，人说风月场上尽薄情，可是，她与纤纭并非单单只是风花雪月的关系！

她……是纤纭的姨娘啊！

"红绸！你会害了纤纭！"欧阳夙凝眉，似有万分沉重："万一她失手……"

"那……便是她福薄！"红绸近乎无情地打断欧阳夙，欧阳夙几乎不可相信眼前女子冰冷的一句："红绸！她……她是沐家仅存的血脉，你口口声声说要为沐家报仇，却要他们唯一的女儿从小生活在仇恨之中！如今更不顾她的死活，你于心何忍？"

"欧阳夙，你凭什么教训我？"红绸目光突而阴沉，冷冽道："说到底，这……都是我们沐家的事，与你无关！"

"红绸！"

"你是我们什么人？我们如何活法，要你来多管？"红绸面色潮红，映着她白皙肌肤更如雪冷，她森然地望着他，质询的眼神，几欲刺破欧阳夙忧虑的目光。

楼内，倏然安静，唯有阵阵脂粉浓香，穿透胸怀！

欧阳夙目光渐渐平静，忧虑亦化作轻愁："红绸，这些年，我视纤纭如女，我只望你们……能好好地活下去！"

"多谢！"红绸别开目光，冷道："若你真真这样心思，就只管将一身本领教习给纤纭，其他……什么……也别管！"

拂身而过，艳红色绸裙，撩开欧阳夙青色长衣，欧阳夙深深一叹，手中长剑紧握！

外面仍是青天白日，想纤纭下手，定没那般容易，况且那林保风虽是猥琐，却也是战功赫赫的征将军，位次仅在护国将军南荣景须、平将军付崇原之下，想来功夫不浅，若纤纭果真失手……

他不敢想下去，心内一阵揪紧，连忙提剑转身，匆匆向"清水亭"而去！

夏日炎炎，轮日当空红烈，碧蓝晴空，不着片云，金灿的阳光倒晃得人心中焦躁。

欧阳夙步履匆匆，青衣飘逸，修俊身姿惹得街上女子纷纷侧目，只是那眉宇间的凛冽之气，又无端令人望而生畏。

"清水亭"位于城郊山林之间，荃州山水算不上秀美，平日这里也鲜有人来。

沿一条偏僻小径进林，便是一片空阔之地，一条细流淙淙林间，此处幽静，分外惊人！

欧阳夙只觉心上发慌，眼看便要到了，整个小山林却静得离奇，他眉心一蹙，暗暗握紧剑柄,小心提防。

突地,有隐约打斗声音传入耳中,欧阳夙一惊,连忙加紧步伐:"纤纭!"

他一声疾呼,转弯,但见"清水亭"中,一男一女已然缠斗在一起,那男人身形消瘦、行动如风,却不是林保风!

正自思想,只见女子一个回身间,已是落在下风!

纤纭武艺并不算高,自己只教她些皮毛而已。欧阳夙忙飞身上前,跃入凉亭之中,二人显然皆是一惊,那男子本拉紧纤纭的手腕上猛地一痛,惊痛之下,连忙松手,再抬眼时,纤纭已在欧阳夙怀中。

那男子脸上微有震惊之色,随即隐去,活动下手腕,竟仍然酥麻无比,可见其功力之高。

他上下打量着眼前男人,他脸廓坚毅、深眸冷峻,约莫中年年纪,虽面无表情,可望着自己的眼神却冒着腾腾烈火。

"你是谁?"欧阳夙问道。

那男子一身锦衣,淡紫色外袍,腰间束一条灿金腰带,阳光一晃,夺人眼目。

"我吗?路人而已,只是不能够放走杀人凶手!"男子眉间带笑,他皮肤偏白,嘴唇倒是红润,说起话来,略显轻浮。

欧阳夙望向纤纭,关问道:"可有受伤吗?"

纤纭摇首,依在欧阳夙胸前,只觉环在腰间的手,有无比强烈的热度温暖全身。

欧阳夙点头,护着纤纭在自己右侧,自男子身边拂身而过,便似若无其事。

"不能走!"那男子在身后喊道:"她杀人了,杀的……还是朝之重臣!"

欧阳夙脚步一顿,男子追来的脚步声便响在身后:"我亲眼看见她杀了人!她在面纱上抹了毒,征将军揭开面纱后,便全身僵硬,暴毙而亡,她拿出新的面纱戴上,并且……将征将军尸体运去了那边的山洞中!"

"哦?"欧阳夙转回身,盯紧状似激动的男子:"好个伸张正义的侠士,那么,你既是目睹了这一切,又为何袖手旁观?见死不救?"

那男子脸色骤然一变,清俊的面容拂过一丝红光,转瞬即逝的神色,被欧阳夙逮个正着,但见那男子目光幽幽拂落,落定在纤纭遮掩不住的绝色容颜上。

纤纭却无半分所动,男子的目光却愈发痴狂,他分明记得,薄纱飞落瞬间,仿佛一阵凉风清爽拂来,却撩动心头一忽热烈火焰。

青山碧水、绿树高林,亭台之中,女子一身白衣翩翩,胜雪欺梅,冰凉彻骨的眼神、一览无余的清傲,翠黛含烟绵长,秋眸似水潆潆,纯白色薄纱飞舞风中,冰肤玉肌、香雪缠绵,绝色亦不可描摹其半分风华,可那清静如水的眼眸中,却无端蕴着淡淡冷绝的光。

他一时愣住,林保风却已僵死在眼前!

他方知那迷魅人心的冰冷目光,原来……果真是致命的毒药!

欧阳夙见他目光放肆,贪婪在纤纭身上,眉心深深一聚,拉过纤纭:"我们走。"

纤纭始终不语,二人转身,那男子方一声喝住:"站住,她……"

"别再跟来!"欧阳凤回身一剑,剑上生风,寒光刺眼森然。

那男子立在当地,欧阳凤眼神阴枭:"否则……休怪我剑下无情!"

纤纭目光仍旧平静,只仿佛这一切与她无关,转身瞬间,一片翠叶惊落在男子肩上,男子方才回神,望着欧阳凤与纤纭缓步而去的背影,他脚步一动,却又突地想到什么,没有再追上去。

"那个人不简单!"一路上,欧阳凤面色沉沉,忧虑无半分褪减。

"哦?"纤纭淡淡道:"何以见得?"

欧阳凤望向她:"那人可准确说出征将军,便可见其颇有来历!"

纤纭一怔,眉心微微凝蹙,不觉放慢脚步,亦望向欧阳凤,欧阳凤继续道:"他衣着华丽,功夫亦是如此,那样华丽的身手,该不是江湖路数。"

纤纭仰头望他,暖阳如熏,熏起双颊轻红烟云,欧阳凤侧脸如削,眼神清肃,过往种种,掠过眼前,莫名令她迷醉:"若他追来,你真的会为我杀人吗?"

欧阳凤顿住脚步,神思却似并不在这一句上:"不行!我们必须回去看看。"

"去哪里?"纤纭问道,欧阳凤拉紧她,眼神小心:"山洞!"

无需点破,纤纭自知欧阳凤所指,想光天化日、众目睽睽之下,自己与林保风同时离去,可回去的却只她一人不说,林保风尸体怕不难被发现,到时,便是有千百张嘴也是辩驳不清的!

"我不在乎!"纤纭跟在欧阳凤身后,痴痴地看着他背影如风。

欧阳凤眉心微的一蹙,心中微痛。自小,纤纭似乎便是这样,并未见她真正在意过什么!除了自己送她的一管玉箫!

欧阳凤轻轻一叹,适才,红绸的一句一句犹在耳边,若是叫纤纭听见,又该有怎样的心寒?

纤纭正欲再言,却见已是林雾氤氲,山气浮霭,纤纭微微一笑,原来,望着他,竟会是如此美好的事情,时光便于眼前稍纵即逝!

她唇角含笑,似乎,并不是来看一具死于自己之手的尸体!

"你确定是这里吗?"欧阳凤诧异的一句,方令纤纭回神,纤纭侧眸寻去,一惊:"是这里,可是……"

与欧阳凤相对而望,不禁背上一寒,面面相觑。

眼前,青灰山石,苔绿蓉蓉,空空如也!

尸体呢?

纤纭怵然一惊:"我明明……"

"别说了!"

欧阳夙拉了纤纭,连忙转身出山,心中跌宕起伏,他步子匆急,神意沉沉,纤纭被他拉着的手,感到一种从未有过的奇异力道,是担忧,却又好似有种种纠结。

纵是心中有千百个疑问,她亦是无语,自她长大,他已很久没有拉过她的手,这一刻,她不想错过。

四 恨相逢

长相思兮长相忆，短相思兮无穷极，
早知如此绊人心，何如当初莫相识。

　　回到"胭脂楼"，欧阳夙依旧拉着纤纭，直向红绸房中而去。
　　纤纭一惊，不急询问，欧阳夙便少有的破门而入，在她印象里，一向沉稳的欧阳夙是极少有这般举动的。
　　坐在房中的红绸亦是一惊，片刻惊诧后，放下手中白璧吊兰杯，平静道："有事吗？"
　　欧阳夙转身闭紧房门，风逸坚沉的脸廓，冷云层层："不能再这样下去！"
　　"你说什么？"红绸望一眼身后的纤纭，多少心中有所猜测，脸色一沉，转向另一边："我说过，我沐家的事，无需你多做过问！"
　　"你有为纤纭想过吗？"欧阳夙眼眉紧蹙，少有的激动："你可知，今日……她虽得手，却差点被人抓去？"
　　"哦？"红绸猛然回身，望向安静立着的纤纭："是吗？"
　　纤纭不语，只待欧阳夙继续说："纤纭杀了林保风，可她与林保风共同离去，有目共睹！你叫她如何逃过如此嫌疑？况且……"
　　欧阳夙深深一叹，方道："况且我与纤纭返回她放置尸体的山洞时，却不见了林保风的尸体！"
　　"什么？"红绸起身，疑道："竟会有这种事？"
　　欧阳夙低眼，目光忧虑："不仅如此，还有个身份不明之人，怕是盯上了纤纭，他……看见了纤纭杀人！但很奇怪，却未出手阻止，而且，他竟然知道林保风的身份！"
　　"可有灭口？"红绸冷道，欧阳夙全身一战，猛然抬首，眼神惊异："你为何不问纤纭可有受伤？可有躲过这次嫌疑？"
　　红绸丝袖一拂，重又坐好在圆桌边："他死了，纤纭自然不会受伤！"
　　"那你又置纤纭于何地？"欧阳夙不可置信，这……便是自己相识十余年、只望尽心照顾的女子！

"欧阳凤，我说过，你只管教习纤纭你毕生所学，如你不愿，随时可以离开，可是……"红绸纤指紧紧握住白璧雕杯，指尖泛白："可是……若叫我放弃沐家上下血海深仇，万万……不能！"

一字一句，进出唇齿，掷地有声！

欧阳凤凝眉："为了报仇，是不是……什么……都可以牺牲？"

"是！"红绸坚定回答，罗裙华裳不动半分。

许久，屋内静极，那静却如同嗜心魔影缠绕在三人心中。

叹息声声、各有所思，一时，竟是无语。

"红姨，红姨……"

门外，突地传来女子娇细的唤声，红绸这才侧目，眼风扫过欧阳凤的眼，他眼神忧郁，神色凝重，红绸心中莫名一凛，欧阳凤，她再了解不过，他虽号称"毒圣"，却有一腔热血，亦自来看不惯自己管教纤纭，红绸起身，途经纤纭身边，却见纤纭眼神依旧，无半分流动，是悲是喜，是怨是怨，从不泄露一丝！

与红绸不欢而散早非头次，可每一次，欧阳凤皆是留了下来，起初确是为与红绸旧谊，可渐渐地，他不能想象自己离开，纤纭将会面对怎样的人生，纤纭性子已是冷僻孤傲，不易近人，一次次地面对危险，却只能一个人！

这次亦是如此，"清水亭"的神秘少年，宋天虹、林保风接连暴毙，若自己一走了之，又要纤纭如何面对？

红绸……会保护她吗？

一口清酒入喉，凉洌心口，欧阳凤举杯望天，窗外一片夕阳染红，"胭脂楼"内，管乐丝竹、歌舞笙箫，渐渐响彻四周。

欧阳凤起身，一袭青衣淡泊，拂过桌案琴台，低眼间，那琴上尘灰淡淡，欧阳凤凝眉，这琴，他似已很久未曾拨动。

于是安身落座，修长俊指，挑动琴弦，火红色天际便突如晴空万里、碧蓝如洗、深幽林涧风舞叶落流瀑沧沧，如日透乌云、波动孤舟，琴声旷远而悠长、铮然流畅，一曲琴音便于指尖肃然飘袅。

江湖之远、宿命轮回，在一弦一动之间，尽收心底。

突地，旷远中沁入一丝淡淡伤感，琴声便如同融入碧水潺潺，一纵温柔绵绵似水。

欧阳凤指尖儿一动，眼风扫向门边，但见一女子白衣素净、翩然皎洁，碧箫如玉，回旋婉转，音音扣人心扉。

是纤纭！

好似白月误落尘间，又如柔水流淌缠绵。

琴声忽地一转,铮铮却寂寂,箫声幽幽,扬扬亦洒洒,寂静天地,音律摇摇,那琴箫之音,便飘然冲破浪涛,直向彼岸天际而去!

"纤纭!"欧阳夙一串流音划过,寂然之音,戛然而止,纤纭亦缓缓放下手中玉箫,轻柔道:"许久未听你弹琴了,你有心事?"

欧阳夙浅浅一笑,举杯饮尽:"没什么……"

"你在担心我?还是……姨娘?"纤纭缓步走近,雕木琴台,男子一身青衣洒逸,侧影翩翩。

欧阳夙转眸,一惊!

只见纤纭轻轻摘下面上薄细面纱,一帛素白,便随手而落,胭脂红唇、清眸似水,傲瞰众生的绝色容颜乍现眼前。

欧阳夙一愣,这许多年了,他似从没有如此仔细地看过纤纭,她竟已出落成这般绝色的女子——

绝代风华流艳,姿颜独有芳华,大有当年苏城第一美人萧涟的风姿,只是眸底总有冰雪,清冷不绝。

俊朗眉眼微微熏醉,这清酒喝了数年,唯独今日,方感觉劲道如此猛烈。

连忙移开眼目,豁然起身。

"怎么?你不敢看我?"纤纭亦起身,缓步走至欧阳夙身后。

欧阳夙踱步窗边,遥目远望,夕阳余晖,艳色迷蒙,男子负手而立,背影映着夕阳,风姿便如若高峨雪山,瑰伟隽立,气度非凡。

"有事吗?"欧阳夙略感不安,随手整好青色衣衫。

背上,突地袭来柔软的香腻,欧阳夙怵然一惊,只觉一阵淡香沁人,低眼之间,一双素手,已紧紧环抱在自己腰间!

"纤纭!"

欧阳夙连忙扣住纤纭手腕,欲挣脱开这温软的怀抱,却被她更紧地抱住,那纤柔臂腕的力量,竟令他一时愣住。

"你可知,我为何从不叫你欧阳叔叔?"纤纭整个身子贴紧在欧阳夙健实的背脊上,欧阳夙怔松,如兰气息自背脊透入心间,扣在纤纭手腕的力道渐渐弱去:"纤纭……"

"我喜欢你!"纤纭打断他:"欧阳夙,我……喜欢你!"

好似轻描淡写的一句,带了无比的温柔与娇媚,欧阳夙方豁然大惊,更惊讶于自己的一时晃神,连忙一个转身,男人的力道,令他轻易挣脱开女子的怀抱,他转身望着她,惊异的眼,不可掩饰的慌乱,欧阳夙别开身,竟不可直视她似水柔情的眼神。

"纤纭,欧阳叔叔……有些醉了。"欧阳夙避开她凝视的眼睛,向琴台边走去,纤纭却闪身在他的身前,拦住去路:"我喜欢你!"

修长身子明显一僵,欧阳夙神情一肃,眉峰忽的紧锁:"纤纭,不要胡闹。"

"我没有胡闹！"纤纭眼神沉定，秀眸生澜："欧阳夙，我喜欢你！在这世上，我只愿听从你一个人。"

她眸如玉烟，似一泓碧泉清澈流情，欧阳夙眉心紧致，低一低眼，忽而涩然一笑："欧阳叔叔也喜欢你，你便和叔叔的女儿一般。"

纤纭目光陡然一冷，绝色容颜如被霜雪覆上层浓郁的凉薄："你明知……我并非看你作叔叔！"

欧阳夙抬眸，望纤纭秀眉凝霜："我要嫁给你，做你的妻子，我沐纤纭对天发誓，此生此世，此心不渝！"

欧阳夙一怔，不曾料她竟如此直接，纤纭的眼神，仿佛林涧细流，流动淙淙清冷又可穿石的温柔。

片刻，欧阳夙方道："纤纭，你还小……"

"我不小了，我已满十六，早可以嫁人了！"纤纭打断他，眼中明光莹润。

"可是纤纭……"欧阳夙无奈一叹，眸中隐有沉重之色，望着纤纭晶莹欲碎的眼眸，欲言又止。

"可是什么？"纤纭望着他，从小，她似从未有过今日这般热烈的眼神，殷切的目光流连在欧阳夙闪烁无定的神情中，可那神情，渐渐暗淡，欧阳夙深如幽潭的眼亦缓缓闭住："纤纭，我……只能是你的欧阳叔叔！"

从来温柔的嗓音，此刻冰冷如霜。

真相总是残忍！纤纭怔住，许久，屋内皆只有淡淡青木香烟袅袅升腾。

"不！"终于，纤纭上前一步，纤指紧紧抓住欧阳夙青衫衣袖："不！你喜欢我的，从小，你看我的眼神，便和看着别人的不同！包括姨娘！"

欧阳夙紧闭双目，任由女子恣意摇晃他的身子。

"你骗我！也骗你自己！"纤纭无法撼动他分毫，眼神却锐利如刀："欧阳夙，你自欺欺人，否则……你为何不敢睁开眼睛看着我！"

欧阳夙心头一颤，漆黑眼前，反复萦绕这九年来的种种种种，脑海流光碎影穿梭如昨，他似方才赫然发觉，纤纭对自己，果真是与众不同的！

人前，她是冷若冰霜的千年雪莲，可唯有面对自己时，她的笑容便如春风漾入碧波明湖，潋滟流光。

可是……

欧阳夙忽的心内大乱，这么多年，他眼看着她从七岁的小女孩，长成亭亭少女，却从来都将她如女儿一般看待，怎知世难预料，从不曾想，她竟会是这般心思……

"你看着我！看着我！"纤纭声音已然哽咽，却坚决如初："我要你看着我！"

"看着你又怎样？"欧阳夙终是强自定下心神，睁开双眼，映入女子片刻惊诧的目光。

九年来，他从未对她如此疾言厉色过！

缓缓垂首,声音转为低柔,却无奈叹息:"纤纭,不要任性,你是与人接触太少,我会去与红绸说,不能……再叫你过这样的日子!这是不正常的!"

紧紧抓住他衣袖的手渐渐松缓,欧阳夙抬眼,但见女子一双泪眼,泪珠滴滴流淌,晶莹犹若珠玉跌碎在凝白面容上,刹那凌乱如雨。

欧阳夙心中一痛,纤纭的目光,总能轻易刺痛他内心柔软的一处,从小便是,也便要他对她多出一分别有的怜惜,可却不想,这怜惜,竟会害了她,令她痴狂至此!

这……绝非他的本意!亦是他无论如何也不可预料的!

欧阳夙终究心疼,劝道:"纤纭,回去吧,你还小,只是不懂自己的心!"

"是你不懂!"纤纭咬紧红唇,泛出淡淡白色:"是你不懂你的心!"

"纤纭!不要再任性!"欧阳夙突而板起面孔,表情肃厉,纤纭一怔,望着他,随即冷笑:"不要任性?哼!可以劝我不要任性的人,只有欧阳夙!你是谁?"

如霜眼眸,泪水凝然。

欧阳夙凝望着她,垂首,肃然神情亦渐渐转为冰冷:"我是……欧阳叔叔!"

坚决的目光,对上涟涟泪眼,一瞬之间,仿佛凝结了彼此气息中仅存的微弱温度。

天地仿佛崩塌眼前,九年来,自己自以为坚不可摧的天地,终于……一夕塌陷!

纤纭只觉周身一软,立即被一双手稳稳扶住,心头更如刀割——

这双手,曾扶持自己走出过人生最阴暗的时光,可如今,却反戈一击,又生生……撕扯开自己的心!

转眸瞬间,泪落潸然。

"你可知……姨娘方才被何人叫去?"纤纭目光悲绝,泪水仍如窗外飘零的白桂。

欧阳夙凝眉不解,纤纭冷声道:"林间,目睹我杀林保风之人!"

欧阳夙骤然一惊,纤纭目光便移落在琴案流光零星的琴弦上,继续道:"他对姨娘说,三日后,他定来'胭脂楼'看我一舞,并掷下重金!"

"那……红绸怎么说?"欧阳夙心头一紧,习惯性扣住纤纭细肩,纤纭侧目一望,欧阳夙惊觉,连忙松手,缓缓移开目光,纤纭冷笑道:"姨娘叫我出舞,并且……那一晚,属于我!"

纤纭一字一顿,犹如针尖儿!欧阳夙一怔,随而豁然开朗——

原来!原来如此!适才,纤纭一切的痴狂举动似乎都有了答案!

身在"胭脂楼"八年,却从不曾见客的她,终于,还是走到了这一步!亦是因为如此,她……才会说出了深藏心中九年的秘密吗?!

欧阳夙连忙道:"纤纭,不可以!你……你该有自己的决定,你可以不必任何事都听从于红绸,况且……"

"况且,林保风尸体离奇失踪,若按常理想,官兵早该查到'胭脂楼'来,却为何迟迟不来?"纤纭凝视他,欧阳夙俊朗眉眼掠过思索万千,许久,不语。

纤纭淡淡道:"你也曾说,那人既知林保风为征将军,便必定不简单。"

"你是说，林保风尸体失踪与他有关？"欧阳夙略一思量，急声道："那么……你便更不该去……"

"我说过，可以阻止我的人……只有一个！"纤纭疼痛纠缠的眼神望进欧阳夙眼中，欧阳夙神思一晃，纤纭目光便化为冰凉霜水："欧阳夙！这世上，只有欧阳夙一人可以阻止我出舞，因为……我只为他而冰清玉洁，只为他而守身如玉，为了他……我可以做任何事情，死又何惧？"

欧阳夙身子一震，纤纭的眼神，似冰雪初融的晚冬寒梅，不可否认，心头有莫名撼动，可终究不过浅浅一叹，目光望向窗外渺然天际！

纤纭冷冷一笑，那笑却痛彻心扉："我给你三天时间，三天后……我沐纤纭要么是你女人，要么……便沦为舞女歌姬！"

一字一句，一声一泪！

拂袖，转身出门，九年来，纠结于心的彻骨情意，便被关掩在一扇轻薄的房门之中。

纤纭泪落如雨——

欧阳夙，你可知道，我爱你，胜过爱我自己千百倍！

我因你……才会珍惜自己！

三天，"胭脂楼"一切如故，粉香脂浓、歌舞升平，人人于烟花风尘里醉生梦死。

这日，康城街市繁闹，大红色绢纱浮灯铺就整条长街，街头至街尾，直到"胭脂楼"门前，灯烛耀眼、绯红漫天，富贵繁华、风月流腻。

"胭脂楼"为迎接今日，已足足准备三天，据说，"胭脂楼"头牌歌舞姬绯纭姑娘首次出舞，只听说此女，艳若仙子、色冠天下，歌声灵透碧霄，舞姿曼妙绝尘，口气之大，令人遐想，于是，远近凡有听闻的富家公子、名门贵族，皆是趋之若鹜，特地赶来者亦不计其数。

"胭脂楼"内管乐欢歌、娇媚笑影，繁花开得妖冶，醉人的紫丁香馥郁熏浓。

一男子紫衣飒飒，面容和润，薄唇间笑意清淡，若有似无，折扇挥舞，风度翩翩，落座于正中雅席，那被隔离开人流却隔不开香浓的雅席，唯他一人。

他凝视着一方香艳舞台，绯红纱幔重重如帘，垂帏曳地，微风拂动，绫绡花幔便如潋潋荡漾的春水，幽幽淌入每个人心中。

男子正自愣神，眼前却一片迷蒙。

舞榭歌台，香烟漫漫袅袅，好似轻云薄雾缭绕星天，绯红色绫纱随烟浮动，云雾倏然散开，悠然雅乐盘旋而起，几名女子舞衣荡漾，舞袖飞红，台下陡然寂静，几名翠衣女子袖飞如云，簇拥、飞展，再层层荡开，忽的，乐声猝然一转，由高转低，一白裳女子，出云轻盈，似云中仙子，踏云而来，腰身款款翩然，迎风弱柳、柔美无骨，流盼回眸，一双玉眼缱绻情深。

台下一阵惊叹！

色冠天下、艳绝群芳，果真名不虚传！

"好！"

"真是个美人儿啊！"

赞叹之声不绝于耳，雅席间的男子，眼目微眯，折扇缓缓合闭。

纤纭身段婀娜、姿容绝世，一双流波秀眸，便足可倾倒世间男子，魅惑众生！

只是那双眼，潋滟中却似有太多浓浓化不开的悲伤！

纤纭鄙夷地望着台下惊呆的众人，一张张虚假贪婪的面容，一个个色欲横流的笑脸，纤纭冷笑，这一群人中，有哪一个及得上他半分？

可是……

纤纭足点纱绸，旋转如飞！

绯红色舞衣荡起流雾香风，阵阵扩散而去！

那眼中的悲伤愈加浓郁，终于破碎在长袖翻飞中！

欧阳夙，他果真没有来！三天！她足足在他窗阁下的凉亭中等了他三个日夜，风冷、月凉、心寒！

三天了，她不吃不喝、不眠不休地站在那里，痴痴地望、痴痴地等、痴痴地盼！

可那屋中，灯烛熄了又燃，燃起又熄！

他，却始终没有出来看她一眼！

曾经，她以为，她在他心中很重要、很重要！可是如今……

他——

竟可眼睁睁地看着她在一众贪欢好色的男人面前扭舞献媚！

泪水纷纷跌落，随舞动的衣袖遗落在长袖飞舞之中，凝结！

舞步愈发匆急、旋转、旋转、旋转！

终于落定！

纤纭紧紧咬唇，悲伤的眼眸，抬首之间，对上一双凝视的眼睛，心头陡然一动，可那风雅的俊脸，虽有几分欧阳夙的傲岸风采，却终究……不是他！

乐声渐弱，隐隐淡去，如此烟花之地、风月流连之所，突而被淹没在一汪忧伤悲绝的音海中！

台上女子，那舞，竟令人无端心生悲切，情，欲碎；曲，欲断；人，欲绝！

舞乐终于止歇，绯衣女子目光瞬间冰冷，她环望四周，她等的人……终究没有出现——

欧阳夙，你……竟……如此绝情！

"好！"突地，一人拍掌而起，纤纭望去，只见雅席间的男子，缓缓起身，正是那略有几分风雅之人，她目光渐渐冷却，此人，亦是那日目睹她杀林保风而定要她出舞之人！

紫衣男子缓步走近台榭，目光惊艳："绯纭姑娘？"

纤纭心中一刺，绯纭，是啊，在这秦楼楚馆、烟花风月之地，自己不再是纤纭，而是绯纭！

纤绘淡淡一笑："这位公子，可真真是人生何处不相逢。"

"呵呵，是啊。"紫衣男子轻笑："难得姑娘还记得我？"

说着，自腰间取下一金丝线云纹锦囊，手上生风，用力一掷，眨眼瞬间，那锦囊便飞落在"胭脂楼"主红绸面前："红姨，这些……可够与绯绘姑娘共度良宵？"

话音未落，身边便一片奚落之声，更有人拍案而起："哼，只有你有钱吗？钱？本大爷也多的是！"

紫衣男子扫他一眼，唇边似仍旧带笑："哦？那么……你有这个吗？"

众人眼前寒光一闪，银色辉芒乍然掠过多嘴男子眼前，那男子身子立时一软，倒抽一口凉气！一柄寒剑已抵在那人喉间。

片刻，哑然无声。

"好了好了，今儿个可是我们绯绘姑娘头回献舞。"一女子娇声打破静寂，众人望去，但见红绸丝裙摇动，款步而来，望一眼紫衣男子，又望向个个心有不甘、猴急难掩的男人们，风柔一笑："各位有所不知，今儿个绯绘姑娘之所以出舞，全是这位公子掷下重金之故，不然各位也没这个眼福，所以啊……我们自也要善始善终，这绯绘姑娘今儿个，全凭这位公子的。"

人群一阵躁动，红绸忙补充道："若是有哪位觉着我们绯绘还勉强看得过的，下一次出价请早。"

紫衣男子一笑："红姨可真真有信之人。"

"不敢，公子请！"红绸目光一转，眼风在纤绘面上扫过，但见纤绘目若寒星、犹自望着二楼偏隅的房间！

红绸眉一凝："绯绘，还不与公子上楼去？"

音色中带了严厉，纤绘秀眉一蹙，转身之间，泪眼凝噎！

纤绘房中，女子褪去一层绯红色薄细外纱，一身白裳，清丽胜雪："此处只你我二人，公子此来何意？便不妨直说。"

紫衣男子关掩住房门，回身之间风雅的眉眼多了几分调笑："哦？我……一定有事吗？绯绘姑娘既是风月之人，有恩客上门，又何谈来意？"

纤绘冷笑，眉间有一蹙不耐："哼，看上去衣冠楚楚，却不料亦不过纨绔子弟而已。"

"姑娘此言差矣。"男子走近身来，纤绘凝眉，骤然转身，不欲正面于他，男子声音忽的低柔："你叫绯绘？明明是如此绝色佳人，却为何……要做杀手？"

"杀手？"纤绘一怔，随而笑道："小女子并非杀手。"

"哦？"男子追问道："不是杀手为何要杀人呢？"

"这与你无关！"纤绘终于转身，目光冷冷地望着他："你如何得知我所杀之人乃是征将军？林保风的尸体可是你拿去了？你这身手师承何处？你……到底是什么人？"

那男子一愣，随而折扇一挥，悠慢地坐下身去："姑娘真是奇怪，在下的问题姑娘一个不

答,却反过来质问起我来了。"

纤纭最是恨人话中有话,淡淡道:"你不说也罢,那么……就请吧?"

男子抬眸,手中折扇倏的顿住:"呵,姑娘,在下可是掷下重金才得与姑娘一度春宵啊?"

风雅的笑,那眉眼却分明轻浮,纤纭目光一肃,冷声道:"你不怕……我杀了你?"

"杀我?"男子眉心一舒,倒笑得云淡风清:"难道姑娘不曾听说,'牡丹花下死,做鬼也风流'啊!"

纤纭闻言,无名之火莫名攒动心间,绸袖微扬,香风淡淡,玉手翻飞,掌上生风,直朝男子挥去,男子一愣,闪身躲开,折扇拂动纯白绸袖,纤纭只觉腕上一痛,已被他牢牢握住。

"手下败将竟如此嚣张?"男子紧攥住纤纭纤柔手腕,纤纭沉声道:"手下败将? 不错! 你自认可是他的对手吗?"

"谁?"问一出口,男子便已了然:"你说……那天那个男的?"

纤纭眼神中莹光一掠,随而,却隐隐垂下眼睫,那犀利迫人的目光,便被敛在墨色轻盈的睫影下。

男子心头一动,目光不觉痴愣:"他是你什么人? 师傅吗?"

心思一转,又道:"是他叫你杀人的吗?"

纤纭豁然抬眸,忧伤稍纵即逝:"我说过! 与你……无关!"

"怎么无关?"男子缓缓放开纤纭的手:"难道……林保风之死,你以为如何会这般轻易的过去吗?"

纤纭怔忪:"你到底是什么人?"

男子折扇挥动,眉心间的风雅总教人有莫名的抗拒感:"呵,在下姓荣,上子下修,荣子修! 身份嘛……你迟早会知道。"

"故弄玄虚!"纤纭撇开眼目,这个人,她自心里感到厌烦。

"你心里有许多伤。"荣子修话锋突转,温柔如同屋内细细柔烟:"不然,你舞得不会那般悲切,看得人心里发酸。"

纤纭心中一揪,那暂被遗忘的痛,便深入四肢百骸、刺入心扉!

悲伤!

竟连个局外人都可轻易看出,可是那个人,她认为这世上唯一了解她、关心她、爱她的人……却怎会不知她的彻骨心伤?!

泪意不禁涌动,潋滟明眸水光幽幽,紧紧握住双手,指甲深入掌中,如同割破了心!

忽地转身,向外走去——

欧阳夙,你果真不再爱我、不再在乎我、不再心疼我吗? 我是纤纭,是你说过一辈子不会离开的人啊! 你只是一时说说吗? 还是……你当真从没有爱过我?

我,定要问个清楚!

楼下，舞乐笙歌、莺声燕语仍旧不绝于耳，纤纭一身雪白，裙裳拂过楼阁廊柱、绯幔流纱，莲步匆匆，终于在那扇房门前站定！

"欧阳夙！你在里面！你在里面……是不是？"

屋内，有依稀灯烛幽幽弱弱，却分明是光影陆离。

纤纭略一思量，掌如风动，那扇隔绝了他们三天的门，豁然破开，熟悉的淡淡青木香扑面而来，屋内，灯烛幽黄如昔，琴台之上，碎影流光，纤纭定眸一望，却大惊失色！

只见，竹木琴台边，一女子莹红色菱缎丝绸裙拂地透迤，纤腻指尖儿滑过映光琴弦，抬眸之间，一双丽眼似星璀璨，正是红绸！

"怎么？看见我很惊讶吗？"红绸嘴角儿勾动一丝笑意，缓缓起身，语声不紧不慢。

纤纭愣住，脸色顿白如纸，她环望四周，灯火如辉、青纱静垂，他时常泼墨挥毫的云毫笔还静静搭在墨砚之上，一切仿佛如常，只是……那执笔之人，却已不在！

纤纭猛地回身，望向红绸："他呢？"

"谁？"红绸敛笑，目光严肃。

"欧阳夙！"纤纭一字字渗出唇齿。红绸目色更似冷冰："欧阳夙也是你叫的吗？你该叫欧阳叔叔！"

纤纭一怔，眼光骤然冷却，心思陡转——

红绸如何会在这里？如何……会说出这样一番话来！难道……

曾凝露横波的漾水清眸，此刻却幽沉得可怕："姨娘何以在此？"

红绸淡淡道："我在这里难道很奇怪吗？"

纤纭眼神一动："那么……他呢？"

"走了！"红绸口吻如同眼神一般冰凉。纤纭贝齿紧含，冷道："是你……是你要他走的，是不是？是你……"

"是你！"红绸一声喝断，目光肃厉如刀："是你逼走了他，是你……不肯当他是欧阳叔叔，所以……他只能离开！试问哪一个男人可以将自己看着长大的孩子当做自己的女人来看？"

心口，仿佛被巨大的力量撕成碎片！

眼前一阵晕眩，是他告诉她的吗？是他……对红绸说了这一切，然后……选择离开吗？

纤纭紧紧咬唇，泪水划过唇际，沁着咸腥的涩然："不可能……不可能……他说过，永远不会不要我！永远……不会离开我！永远不会！"

身子一阵不稳，幸被桌案勉强撑住，墨长秀发悄然垂下，遮覆住女子凄痛的绝色容颜，只可见那一滴滴晶莹泪珠，颗颗破碎在桌案上："不可能……不可能……"

红绸一声叹息，声音终于柔和下些许："纤纭，忘了他，他……不是你该想之人。"

"那么是谁该想之人？"纤纭倏然抬眸，凝视住红绸："你吗？"

红绸目光一聚，"啪"的一声，清脆打响在纤纭耳边，面颊顿时辣痛如火，纤纭跌坐在圆

椅上,秀眸扬起,犀利在红绸脸上!

红绸秀眉紧拧,目光沉痛:"纤纭!你太叫我失望了,从小……我是怎样告诉你的?你忘了你的母亲吗?忘了沐家上下一夜灭门的血海深仇吗?"

纤纭唇边血痕凝然,身子倏然绵软,缓缓滑下圆椅,跌坐在地板上。

泪水顿时决堤,原本幽弱昏黄的烛光,却仿佛晃得人睁不开眼来!

欧阳夙,你好狠的心!

纤纭紧咬的唇,渗出丝丝血滴。

许久的静默犹如噬心的可怕鬼魅,直入到心底!

焰烛一点点燃尽,焚烧成夜色里一丝丝撩人烟火!

纤纭泪已干涩,她目光空洞,缓缓起身,颓然走向门口,不曾望红绸一眼,仿佛适才的一切激烈从没有发生过!

自七岁起,她每一天都无时无刻不盼望着快些长大,可是,九年的爱、九年的盼、九年的等待,竟只需要三个日夜便可灰飞湮灭!

九年里,他的每一个眼神、每一句话、每一次疼惜的目光,都在她心中不曾淡去,一分一毫、一点一滴都不曾!在她注定悲凉的一生中,她,却会因他而喜、因他而悲、因他而笑!亦只有在他的面前,她才感觉是有生命的!

可是,人去楼空,今已非昨,脑海中碎影重重,皆成了断肠回忆!

长相思兮长相忆,短相思兮无穷极,早知如此绊人心,何如当初莫相识![1]

纤纭苦笑,原来……心,真的可以化为灰烬!

泪水纷纷陨落——

再见了,欧阳夙,再见了,我生命里唯一的阳光!

………………

(1)选自李白《秋风辞》:秋风清,秋月明,落叶聚还散,寒鸦栖复惊。相亲相见知何日,此时此夜难为情;入我相思门,知我相思苦,长相思兮长相忆,短相思兮无穷极,早知如此绊人心,何如当初莫相识。

五 风流子

恨君却似江楼月，暂满还亏，

暂满还亏，待得团圆是几时？

"回忆当初，多少柔情深深种，关山阻隔，且把歌声遥遥送，多少往事，点点滴滴尽成空，千丝万缕，化做心头无穷痛，自君别后，鸳鸯瓦冷霜华重，漫漫长夜，翡翠衾寒谁与共，临别叮咛，天上人间会相逢，一别茫茫，魂魄为何不入梦，情深似海，良辰美景何时再，梦里梦外，笑语温柔依依在，也曾相见，恍恍惚惚费疑猜，魂儿梦儿，来来往往应无碍，旧日游踪，半是荒草半是苔，山盟犹在，只剩孤影独徘徊，三生有约，等待等待又等待，几番呼唤，归来归来盼归来……[1]"

三年，有多长？是否足以忘记一个人？

欧阳凤，三年了，你走了三年，这三年来，你在哪里？可还曾记得"胭脂楼"中，有人为你望断云和月……

哀莫大于心死！自三年前，欧阳凤走后，纤纭从此再不着白裳，将玉箫封存在随身的木盒中，封存了所有的阳光、快乐和期许！

康城命案不了了之，"胭脂楼"于三年前迁出康城，落户百里之外的颍州苏城！

苏城，再次踏上这片土地，却早已物是人非。

"胭脂楼"依旧是远近闻名的青楼楚馆，此一掷千金之地，往来贵胄络绎不绝，皆只为"胭脂楼"头牌歌舞姬绯纭。绯纭，色冠群芳、艳绝尘寰，若要一睹芳容，便要付上银钱百两，若要良宵共度便当真要千金一掷，良宵虽好，千金虽重，但绯纭姑娘陪酒不陪客，陪歌不赔聊，却是"胭脂楼"死定的规矩。

可是，这三年来，却唯一人独占了绯纭的夜夜良辰，绯纭所居"云月阁"每夜亦都会飘出同样的歌声，一曲《盼相逢》，悲凄婉转，如歌如诉，不曾改变！

"三生有约，等待等待又等待，几番呼唤，归来归来盼归来……绯纭，这首《盼相逢》你已唱了三年！可每每唱起，皆还是眼中有哀，泪眼凝结，究竟，是什么样的人，让你盼了他三年?"一男子折扇轻摇,清酒入喉,眼中愁绪纷纷。

"绯纭不为任何人,倒是荣公子,三年了,你一直跟着我,夜夜千金买夜,到底所为何来?"纤纭十指纤纤,自琴弦上缓缓拨动,一串流音悦耳,可女子的音色却冰冷如初。

荣子修微微一笑,眼中意味不明:"难道,你不该感激我吗?不是因我,你们……可如此顺利地迁出康城,而不受命案牵连吗?"

纤纭冷冷一笑:"荣公子大可以告发我们,可是亦难逃一个包庇纵容之罪!"

"我不怕。"荣子修敛笑,眉心蹙起微微忧色:"我只怕你再入歧途!这三年,你白天都不在'胭脂楼'中,而是……在苏城太守王大人府前观望,每至黄昏才回,绯纭,你想杀他,对不对?"

荣子修直言不讳,袅袅仙音顿然止住!

纤纭猛地举首:"对!我就是要杀他,可惜,他自从贺太后寿回到苏城,便卧病在床,这两年也一直安于休养,不近女色,否则……他早已是我毒下亡魂,又何须等到今日?可是好在,他终究色心难改,我'胭脂楼'名声如此,今晚,王宝立便会前来'胭脂楼'观舞!相信为了美色,他的出手不会比荣公子吝啬!"

荣子修一怔,猛地起身!

眼前女子,艳若桃李,却冷若冰霜,一双眼,明明水光潋滟,却被浓郁杀气无端惊碎一池碧水!他惊讶于纤纭的直接与坦白,眉心忧虑愈加深重:"绯纭,你究竟为何……"

"那么荣公子又为何呢?"纤纭亦起身,一身海棠色挑针纹纱裙拂动如同春水粼粼:"可是美色当前,抑或是动了真心吗?"

一字一句,如同闲话家常,却句句凿在荣子修心坎上!

他疑惑地望着她,她的眼神是从来不曾改变的冰冷,清傲鄙夷的笑,不屑的目光,淡漠的神情,三年了,皆是如此,可却如何令他这般欲罢不能?

"绯纭……"

"荣公子,你的身份,我早已失去了兴趣,若你仍要一直这般跟着我,我亦无法,只是……"纤纭目光一肃,刀锋毕现眼中:"只是……你休想干涉到我一分一毫!"

拂袖而去,海棠色罗纱裙裳拂过身侧,荣子修目光一转,紧紧拉住她柔软纱袖:"我……不会再叫你杀人!"

"是吗?"纤纭冷哼,用力扯出衣袖:"那么……就看看我们谁的本事更大些!"

裙纱翻若惊鸿,女子背影犹如夜色中妖冶绽放的水心莲花,清傲孤高,却如夜色凉无温度!

"今晚,你不会得手!"纤纭出门之际,荣子修在身后低声呼道,纤纭莲步微顿,唇角冷冷一牵:"那么,就试试看!"

苏城,本便是风光旖旎、繁华如梦之地,"胭脂楼"楼起苏城闹市正中,楼宇华贵、雕栏精细,朱玉栏杆贴金抹翠,楼牌半空高悬,三个泥金大字烁烁光辉,磅礴中有柔婉香腻,亦不失温然雅致。

踏进楼内,过堂有夜夜歌舞的水样女子,薄纱灵动,眸若秋水,惹人心神向往,穿过楼堂方可见一榭水台,绯红丝帘漫漫飞舞,流香脂气淡淡于水雾中氤氲散去,酒不醉人人自醉,熏得恩客们酒意深深、意韵阑珊,未见水台歌舞起,便已兴致浓郁。

今晚,苏城太守王宝立着一身宽袍长衫,落座于正对水台的雅席之上,身边护卫四名,点了"胭脂楼"最是奢贵的酒水菜品、佳肴小点,神情傲慢,气派非常。

其余恩客不禁小声议论,过去三年中,每个夜晚,坐在雅席上,标下绯纭姑娘的都是摇着折扇的翩翩公子荣子修,今夜,荣子修没能坐在雅席,只坐在了雅席边的侧席之上,精神俊朗、风度淡然,依旧微眯双眼,唇角牵着若有似无的笑意。

"不知今夜是鹿死谁手啊?"

"是啊,太守大人养病几年,冒着触犯律例的危险,还是来了'胭脂楼',定是为了那绯纭姑娘。"

……

三三两两的议论声中,只闻琴音若流水淙淙,四下豁然安静。但见香榭水台一阵香烟缭绕,纱幔层叠卷起,一帘帘、一幕幕,垂下流苏无数,两旁弹奏女子个个胭脂丝裙、香肌如雪,已是美色难描。然,淡烟浮动中,一女子自帘幔后隐约若现,身姿妖娆如水,一袭桃红色迷离繁花望月裙,仿是用胭脂草晕染而成,纯净鲜明、质地轻软,色泽如若鲜花艳丽,坠以细碎珠翠繁星闪烁,臂上丈许来长的烟罗轻绡,镶金丝绯红流苏,腰肢一摆,流苏拂动,女子眸含烟水,迷魅,令人摇摇欲醉。

两旁弹奏女子便顿然失色,台下一阵惊叹!

王宝立更是站起了身子,一双眼,惊讶于眼前美景,水榭歌台、绝色舞姬,他双掌一击,喝道:"好!"

荣子修望他一眼,冷冷一哼,再观台上,女子冰冷眼神,在王宝立脸上脉脉流连,含情眼眸,迷惑众生,心底不禁有深深叹息,如此佳人,奈何如此!

台下随着台上女子的一抡腰、一摆绸、一回眸、一低眼,气息起伏,胸口有如淘浪阵阵拍打!

乐声减缓,曲音隐去,女子足蹬雪白缎丝菊绣鞋,点足之间,旋舞停息,漫漫纱裙便落落平展,展成层叠如雾的圆润花样。

如此女子,一舞,便可叫星辰无色、月羞花闭!

"好!"王宝立已不禁跑到台前,若非台榭隔着粼粼碧水,怕是他早已逾越了过去,冲上台!

"好!好!"王宝立望着她,女子亦凝眸在他注目的眼神中,面无表情。

王宝立连忙招呼红姨:"红姨、红姨!值!值!如此美人,当真世所未见!"

红绸微笑走到身边,眼神肃厉,唇边却含着笑:"哦?那么绯纭姑娘可值千金一夜?"

"值!值啊!"王宝立一挥手,便有侍人向红绸递上一盘银钱,红绸低眼一看,正欲接过,却被折扇一隔,转眼一望,果然,正是荣子修悠慢道:"红姨且慢,他出多少,我出他两倍!"

王宝立一愣,推开红绸,上下打量起眼前男子,风度翩翩,神姿风俊,一身华衣,倒像是个富家子弟:"哪儿冒出个毛头小子?"

荣子修一笑,摇扇仰头,并不看他:"在下荣子修。"

"管你什么修!"身边一侍卫猛地上前,寒光聚凝楼内璀璨光焰,一柄剑横在荣子修喉间:"小子,你可知你在与谁讲话?"

语未休,荣子修便哈哈大笑:"在下当然知道,可是……"

眼光一转,在王宝立脸上一定,笑意不明:"正因为知道,方才如此有恃无恐!"

王宝立心头一凛,这男子的神情看得他身上一麻,难道……

本朝律例,官员不可流连烟花之地,纵然天高皇帝远,可此人面生得很,又穿着若此,一句话说得一语双关,不得不令他心生忐忑。

"你小子……"

侍卫正欲动手,王宝立却一拦:"慢着!"

王宝立走近两步,望着他:"你是何人?"

"荣子修!"子修合上折扇,眼光淡淡。

"荣……子修!"王宝立凝眉思索,本朝贵胄之中似并没有荣姓之人啊,可是子修……这名字他却似乎在什么地方听过。

见他思索,荣子修便缓步凑近身前,避开红绸一面,在王宝立耳边低语一句,只见王宝立脸色大变,眼中顿有惊恐之色:"原来……原来你……"

王宝立身子颤抖,子修折扇抵在他胸口,淡笑不语,王宝立会意,忙道:"失敬,失敬。"

"好说,好说。"荣子修眼神移向台榭女子,女子眼神顿如冰刀——

好个荣子修!

可她不解,他……到底说了什么?为何令苏城太守王宝立皆是如此恭敬的神情?

红绸亦是不解,惊讶地望着他,荣子修只是道:"红姨,今儿晚上,子修偶遇故人,定是要一醉方休,可是这绯纭姑娘的今夜,我仍然买下!"

王宝立忙殷勤道:"怎可叫公子破费。"

说着示意侍人:"还不将钱给红姨,这钱算我为这位公子所付。"

红绸望一眼:"千两?"

"那还有假?"王宝立显然不知每次荣子修所出价码,望向荣子修,荣子修忙道:"既是如此,红姨你拿着便是。"

"不必了!"台上,纤纭突地一声,一身烟罗纱裙曳地,神情冷如冰雪:"这位大爷真真挥金如土,可是……'胭脂楼'规矩,不卖空夜!每人亦只可出价一次,既然这位大爷已为荣公子出过,那么……"

转眼对向台下其余之人:"各位,今夜可还有人为绯纥出价吗?"

台下顿时寂静无声,随而四散开一阵吵闹——

"我,我啊,我也出千两!"

"我出两千两!"

……

一声声叫价,顿时响彻整个"胭脂楼",是三年中从未有过的景象,三年之中,只要绯纥献艺之夜,夜夜都是荣子修以高价标下绯纥,五千两放在台上,无人逾越,可今日,荣子修既然要走,又只出价千两,真乃是千载难逢的机会!

纤纥望向荣子修,挑唇一笑,含波玉眼,仿佛在说:荣子修,若你可以放弃我,便随你去!

荣子修豁然怔忪:绯纥,难道,你……竟要用自己来要挟我吗?

子修手中折扇紧握,台上女子目光倨傲俯看台下怔住的男子。

荣子修眉心紧凝——

纤纥的目光如同刺破骄阳的凛冽狂风,毫无收敛、呼啸而来,她在拿捏自己,她在警告自己,今夜,要么让她杀王宝立,要么便可能再连累一人横死"云月阁"!

自己已不能再出价,环望四周,一双双如狼似虎的眼神,若是进到"云月阁"岂能如自己般只安心听琴而已,他并不忧心纤纥的安危,忧心的是平白连累了其他人!

如今真真是左右为难、进退维谷!

"如何? 荣公子……"纤纥星眸璀璨,流光晶莹:"不然,你便再为这位大爷出一次价钱,便当礼尚往来,岂不甚好?"

眼光在王宝立脸上一拂,王宝立便不禁心神荡漾,忙望向荣子修,其情态急切,令纤纥冷冷一哼:"荣公子,三年中,凡有绯纥出舞之夜,皆被你买下,今夜,又何须如此吝啬?"

说着,纤眉细挑,对向王宝立:"这位大爷,你说……是不是啊?"

王宝立早已神魂颠倒,听闻此言,却仍是小心地望一眼荣子修,荣子修脸色灰暗,薄唇抿出道细痕!

"哼,本大爷豁出去了,我今儿个出三千!"

只一迟疑,四周便又掀波澜,一男子将银票往桌上一拍:"看了绯纥姑娘三年的舞,难得良机,可不能放过!"

纤纥杏目流转,望那男子一身华锦,却生得一副轻薄低俗之相,反倒心头一喜,笑容便若桃李妖娆:"好,那么若是无人超过这位公子,绯纥今夜便归了这位公子!"

台下叹息声声,荣子修容色暗淡,极力压制的怒火,在深黑色眼眸中攒动,几欲喷薄!

台上女子,丝纱翩然,裙袂翻飞,眼神冷似冰霜,唇边却挂着挑衅欣赏的笑!

是的,她在欣赏,她欣赏着他的无措、他的怔忪、他的窘迫!

她……究竟是怎样的一名女子! 为何,靠得越近,便越感觉遥不可及?!

纤纭莲步款款,裙纱划过红木阶台,如水榭碧水漾漾流淌,身姿如柳,拂风轻盈!

那出价之人已急不可耐,迎身上前。

"慢着!"突地,一男子喝道:"我……出五千金!"

纤纭青葱玉指正要落进那出价男子手中,便被一男子疾声喝断,纤纭唇际微动,果不其然回眸望去,潆潆杏目、如水温柔,却流淌着刺痛人心的清芒。

果然,正是荣子修喝住了她。

纤纭缓缓收回手来,悠然转身,淡笑道:"荣公子,那位大爷,已为您出过了价,您……真真是贵人多忘事。"

她在逼他!没错!她……对他步步紧逼!

心上骤然一冷,那般桀骜的眼神、那般……不可征服的眼神!

绯纭,我……终究输给了你!

荣子修举起折扇,缓缓指向一边的王宝立:"便如姑娘所说,今夜……我……便为这位故人出价!一样的,五千金!"

纤纭微笑,绝美容颜高昂:"公子果是性情中人!"

说着,瞟一眼身边僵在当地的男子:"对不起了这位公子,荣公子为他的朋友,出价高过了你!"

那男子还未回过心神,纤纭裙衫一转,拂身而去,裙裳流纹如水,璀璨生辉的晶莹珠玉,晃乱众人眼目。

凝白玉臂挽着丈许长的轻绡罗纱,已然盈盈俏立在王宝立身边,眼神却依旧落定在荣子修神色复杂的脸上:"大爷,便与绯纭往'云月阁'一行吧。"

王宝立竟略显迟疑,亦望向荣子修:"这……"

"还不快去!"荣子修心头无端火气,一把折扇"咔嚓"断裂在桌面上。

四下陡然静寂!

王宝立更是大惊,美色当前,竟也惊得立在当地一动不动。

纤纭只是淡淡一笑,转眸道:"大爷,请吧?"

王宝立见子修神色肃厉,眼神阴森,那仍紧握在手中的半把折扇,颤抖如剧!

不是王宝立死,就是无辜之人亡!

你利用我对你的感情,牢牢拿捏着我,荣子修深深吸一口气,心肺俱冷——

绯纭,你好狠!

云月阁。

绯幔朱纱、雕木琴台,纱幔被晚风拂动飘飞,落落典雅的闺阁,一鼎金丝镂刻香炉散漫着淡淡不知名的香。

纤纭莲步微微,立在琴台边,玉指划过冰凉琴弦,流水之音,动人心魄。

王宝立站在身后，望女子一身桃红色挑丝望月裙静静垂着，她一动不动，一语不发，已然是迷人心窍的绝丽背影。

　　心口仿有万千浪花拍案击打，王宝立深深吸一口气，这般绝色的女子，真真生平未见。

　　"绯纭姑娘果真名不虚传！"王宝立缓步走近纤纭身后，吸着她身上淡淡弥散的杜鹃花香："我自认平生所见美女无数，却不曾有谁像姑娘这般令人心醉啊……"

　　说着，一双手握紧纤纭细巧的肩，凉丝丝的冰纱触感，令心头猛地一震，手上用力，便要将纤纭拥入怀中。

　　"哦？王大人所言是真？"纤纭身子一挣，缓缓回身："王大人生平，果真未曾见过如绯纭一般的美人吗？"

　　"是真，是真！"王宝立神情急不可耐，一把搂住纤纭柔软素腰："绯纭姑娘之美，真真是天上有而地下无啊……"

　　神情一敛，随而漫开淫亵的笑容："不过……若说从未见过也不尽然。"

　　纤纭心上一凛，潆潆冰眸细光淙淙，望着王宝立似有所思的轻薄样子，双手紧紧握住，绯纱衣袖几乎被指甲穿透。

　　"当年，咱苏城第一美人萧涟，那……也是如谪仙般的美人儿啊。"贪婪邪意的眼神，落在纤纭身上，一双手划过纤纭柔背，低语在纤纭耳边："那萧涟……可是肤如凝雪、吹弹可破，不知比着姑娘……如何啊……"

　　手上倏然加力，桃红色绉纱衣便向下划去，露出白皙凝玉的肌肤，纤纭冷冷侧眸，唇角笑意牵动："王大人……如何啊？"

　　"香，好香……"王宝立眼目微眯，几乎倚靠在纤纭身上："香得我全身酥软软的……"

　　王宝立只觉周身颤抖，手上一点力气也无，却仍挂着奸邪贪婪的笑容："姑娘，我已经为姑娘神魂颠倒、全身无力了。"

　　一语未必，便欲将纤纭抱起，怎奈身上力气一点点流失，仿佛被丝丝抽去一般，甫一用力，胸口骤然疼痛，沿着纤纭玲珑有致的身子突地滑到在地上。

　　王宝立一惊，方觉出不对，周身不但绵软无力，四肢麻木，便连呼吸亦渐渐困难，好似有巨大沉重的巨石压在心口上，且有愈发强烈之势，几欲将心脏压碎！

　　"有一种杜鹃花，金黄璀璨，花叶美观……"女子声音幽幽如水，潆潆若溪，柔软而冰凉："可是……却含有剧毒，加上炉子里熏着的毒香，两毒并发、无药可解！"

　　剧毒！

　　王宝立大惊，猛然抬首，望女子一身垂坠的菱纱裙裳随晚风徐徐拂动："你……你……"

　　女子低眸，纤长如墨的眼睫遮掩住眸心冰冷的寒光："我叫……沐纤纭！"

　　沐纤纭！

　　姓沐！

　　王宝立略一思想，随而几乎震动得抽搐："你……你……你难道是……"

心口疼痛令他紧紧抓住胸口衣襟,在地上猛力翻滚:"啊……啊……你……"

王宝立勉力抬起手,颤抖的指向沐纤纭:"今夜……今夜我……我随你入'云月阁',是……是人人都看见的,我的侍卫……侍卫们也会……也会……你……你逃不掉的!"

纤纭冷冷一笑:"这个便不需王大人费心了,自会有人为纤纭善后!"

唇角笑意如同含苞待放的剧毒杜鹃,深入骨血的笑,刺入心肺!

王宝立猛地起身,却站立不稳,趴倒在地上,一点点向门边爬去:"救命……救……救命……"

香炉中有"嗤"的一响,熏烟淡淡飘渺入窗外云月。

王宝立眼目睁至最大,手指才触到门板上,一声诡异惊悚的叫声刺入耳鼓,倒地,再无声息!

纤纭莲步微微,轻软细裙悠悠拂荡:"你还不进来吗?"

一语方毕,门声缓缓响起,一男子青衣荡荡,眉目深锁,自门外走进屋来:"事发'云月阁',你……难道果真不怕吗?"

果不其然,来人正是荣子修!

纤纭冷笑道:"我说了,会有人为我善后!"

说着,回眸而望,一双水眸,流光冰凉:"荣公子这般大的本领,连征将军之死都可为纤纭掩下,何况这小小狗官乎?"

"我……一定会帮你吗?"荣子修关掩住房门,目光如同被冰刀削成无数碎片,女子映在眼中的容颜,光影斑驳。

纤纭淡淡一笑:"你会!"

拂身而过,站定在荣子修身侧,纤指捻一粒朱砂色红丸:"吃下它,否则你会和他一样!"

侧眸,正对上荣子修沉痛的目光:"还有,以后,不要再穿青色!"

眼神突有恍如隔世的温柔,莹莹秀目,许久……不曾流泻的情致,一瞬,淹没在荣子修一袭翩然青衫上!

这种青色,是曾经赖以存活的依靠!

泪落,连忙转身而去!

闭门刹那,荣子修深深叹息——

绯纭,我该怎样,才可温暖你如此冷酷的心?

七日,整整过去七日,苏城看似平静的上空,飘散着浓郁的诡异,街市静得离奇,人来人往间,人人言语皆是不多。

苏城太守王宝立失踪!人心惶惶、满城风雨,却无人敢多做怀疑!

据王宝立侍从所言,王宝立于胭脂楼云月阁听琴几近清晨,他们护送大人回府途中,王宝立遭人掳劫,来人高手如云,他们终于不敌,眼见王宝立被人掳劫而无能为力!

话虽如此，可这般离奇之事，难免令人生疑，"胭脂楼"亦曾涉康城两宗谜案之事不胫而走，从来最是繁盛的烟花之地，近来犹未冷清，直教整个苏城都弥散着阴云阵阵。

而云月阁中，却依旧琴声入云，袅袅动人。

凉琴柔指，灵音透窗，于莺燕中婉转贞和，于曼妙里悠然生情，丝毫不因近来的流言而有分毫减损。

"纤纭，那个荣子修究竟是何人？你便一点也看不出吗？"红绸坐在圆桌边，望窗边女子安然弄琴，一脸严肃。

琴声缓缓停息，映着淡金日光的窗纸光影重重。

"纤纭确无所知。"纤纭转身，墨色长睫被染上点点金色："姨娘看呢？"

红绸凝眉，微一垂首："此人来路不明，行踪更为诡异，可见他出手阔绰，衣衫华贵，却像个有身份之人！但……"

略一思量，方继续道："但他三年中，紧随着我们，凡你出舞之夜定然重金买下，他明知你是多件命案的凶手，只字不提不说，还着力为你掩饰，才为我们免去了许多麻烦，因此可见，他……不但有身份，还该是个身份极高之人！可是……这样的人，又怎可能离家三年，无所事事呢？"

纤纭冷冷一哼："纨绔子弟，大多如此，流连烟花、好色成性。"

"哦？"红绸慢慢起身，走至纤纭身侧："你这般看他吗？可是我看……他倒是真情流露呢。"

真情！

纤纭身子陡然一震，墨青色绫纱绸衣飘然转开，不出舞的日子，她总爱了最是肃穆的颜色，仿佛那双潺潺杏目，亦被这颜色染了浓浓愁绪。

真情！那一天后，自己就再没有真情了！

纤纭一笑，笑得冷如冰霜："真情流露又如何？只可惜所付非人，我……早已没有了真情！三年前，就没有了！"

红绸骤然一怔，丽眸划过一丝惊诧！

这三年中，纤纭事事顺从于自己，从不反抗、从不多言，只是愈发忧郁少语、沉默不言，她曾以为她会放下的，曾以为……那不过是年少冲动时的懵懂情感，可是……这三年来，她亲眼看着纤纭痴痴不悔的等待，听着她唱了整整三年的《盼相逢》，若非了解这其中复杂纠缠，她绝不会相信如此悲绝的琴音歌声，一字字如泪如血的呼唤，是出自平素冰如霜雪的纤纭之口！

"纤纭，你还是放不下吗？"红绸叹息道，纤纭不语，只冷冷望着窗外，初秋微凉的风席卷片片孤叶飘零，宛然成殇。

"纤纭……"红绸正欲再言，门外却响起轻微的敲门声，随着便是女子柔细的声音："红姨，荣公子来了。"

红绸凝眉,惊奇道:"这个时候?"

此时,日色如新,骄阳炽烈,是这近秋时节最是温暖的时候。

纤纭吩咐道:"叫他进来吧。"

红绸望向她:"纤纭,这个人你还要好生应付,他虽说来历不明,可终究帮了咱们大忙,说不准日后仍要倚仗他也不一定。"

纤纭冷冷一笑:"姨娘,他本领再大,可能大得过南荣景须吗?"

南荣景须!

红绸凝目,多年历练,从来不着喜怒的眼中怒火纵然,纤纭继续道:"不日,我们便要起身去京城,能够倚仗的只有自己!"

纤纭一语坚决,红绸回身,眼色亦凝了郑重:"纤纭,小心驶得万年船,南荣景须可不若王宝立、宋天虹之流,他并不好色,且权倾天下,如今皇上位五年,亦不曾脱离他的掌控,言说辅政,实则掌控,这人尽皆知,他于言行亦颇为在意,在京城那种地方,更不会有官员公然流连于烟花之地,况且,咱们这'胭脂楼'如今传言甚多,亦不宜再开下去。"

红绸顿一顿,又道:"总之纤纭,多一个朋友总比多一个敌人要好。"

说着,门声轻叩,纤纭望去,再望一望略有担忧的红绸,秀眉微凝:"纤纭记下了。"

红绸方点头,转身开门,正见荣子修一身淡紫绸袍,立在门口,洒然微笑:"红姨。"

红绸亦笑道:"好了,你与纤纭聊吧,我便不打扰了。"

荣子修拱手进屋,红绸轻轻带上房门,荣子修转身,纤纭墨青色长裙清素得令人无端心冷。

纤纭缓缓坐下身去,并不多看荣子修一眼:"这个时候来,可有要事吗?"

"有。"子修声音略有沉重,纤纭抬眸,他从来温笑如玉的脸上,今日,却似被阴云笼了浓重黯色,纤纭心上一颤,脸上却不露痕迹:"若是又要与我说教,便不必了。"

说着,随手倒上杯露水清菊茶,早菊的清香杳杳如烟,弥漫入人心深处。

子修似安宁下一些,方道:"不是,子修听说,红姨打算关掉'胭脂楼',你们……要去京城。"

薄玉杯沿在粉唇上一触,微微冰凉。

"公子的消息倒真真灵光。"纤纭侧眸,水光映照在清眸之中,迷离不清。

"是红姨告诉我的。"子修一叹,负手,踱步至窗边,推开红木雕窗,清秋凉风,悠悠送爽,却令人无端心浮气躁:"你……又要去杀人吗?"

纤纭目光一凛,薄玉杯便在桌上重重一落:"对!怎么?公子又要横加干涉吗?还说,不是来说教的?"

荣子修豁然转身,眉心纠蹙:"是又如何?绯纭,那京城是什么地方?天子脚下,戒备森严!你即便得手,又怎能逃出将强兵胜、固若金汤的雍城?"

"不是还有你吗?你不是神通广大、翻手为云覆手为雨吗?"纤纭挑唇冷笑,神色清明却讥诮:"怎么?你的本领到了京城就不灵光了吗?"

她的眼睛仿佛无情云天,霎时便可狂风暴雨、风云变色:"如果是这样,那么……就请你远离我!不要……再靠近我!更不要对我有这么许多不知所谓的说教!"

"绯纭!"荣子修声色一厉,一步跨在纤纭身前:"京城不是你说杀人便可杀人的地方,更不是你说逃便能逃,说走便能走的地方!"

"所以呢?"纤纭豁然起身,眼神凛凛:"况且,你又怎知我去京城便定是要杀人的?"

子修一怔,纤纭语无波澜,可目光却冰冷如初。

不是杀人吗?那么……

见他疑惑,纤纭方缓缓平下口气,重又坐下身去:"听闻当今圣上后宫凋零,皇后贤德,正自广征美女,荣公子想,以绯纭姿容,可能入帝王龙目否?"

"什么!"荣子修大惊,几乎不可置信地望着纤纭,女子一身肃穆难掩芳华的绝色容颜昂然扬起,那一双冰冷双眸,熠熠闪耀着灼热的嘲讽:"很惊讶吗?若你不能帮我,便从此消失,不要……再出现在我的眼前!"

几乎决绝的一句,叫子修心头陡然剧痛,本是风流俊魅的眼,顿时失色如灰暗冷潭:"你……为什么?你可知……那皇宫几乎是所有女人的囚笼,当今圣上专宠辰妃杨氏,便是尊贵如皇后,亦不可分走她半分宠爱,你又何必去做这等傻事,叫自己陷在那金煌的死牢中?"

子修紧握折扇,眼神冷冷一暗:"还是……荣华富贵于你,便真如此重要?"

"当然重要!"纤纭坚定目光,望在子修沉痛的眼中,无丝毫退避:"公子莫要忘记,绯纭出身青楼,烟花女子又哪来那许多洁身自好的贞洁烈女!专宠?哼!荣公子所知倒真切!"

淡淡流香,熏着炉内片片尘屑,飞作香烟徐徐,女子一脸决然、男子终究一声叹息!

"我……竟看错了你!"子修咬牙,沉痛的目光此刻再无光色!

"不错!你看错了我!我不但是冷酷残忍的杀手,更是爱慕虚荣的女人!"纤纭眼神咄咄,迫人犀利,绝色容颜微微泛着桃花冷红:"所以,若荣公子不能帮我入宫!那么……便不要多加阻碍,否则……"

目色如刃,纤纭没有说下去,轻软的墨青色绫绸拂过身侧,只有一阵淡淡兰香钻入鼻息,子修略一失神,随而便紧紧拽住纤纭飘长衣袖,纤纭转眸,男子眼神如同曾展翅翱翔的雄鹰被倏然禁锢般,怆然而无奈:"绯纭,一定……要这样吗?你可知,本朝甄选嫔妃,皆要有显赫的家世,至少也要是七品官家,又或是名流商贾方可有资格进入'玉廷宫'待选?若你有足够强大的背景,丑也是美,若你势单力孤,美也是丑!"

纤纭身子一震,片刻,狠狠甩开他紧拽住自己的手,目光依旧坚决,转身便去。

荣子修却再次抓紧她,这一次,触手之处是一片柔软凝腻的肌肤。

"站住!"荣子修紧抓住她的手,沉痛的眼目中,光色已散漫作<u>丝丝</u>抽痛,他望着她,嘴唇微动,却欲言又止!

纤纭见他如此,冷冷一哼,挣扎开他的掌控,再次抽身。

"我……可以帮你!"

纤纭莲步猛然一滞,转身回眸,惊异只有片刻,冰雪容颜便再无半分热度,疑道:"哦?甄选既被你说得如此艰难,你又凭什么?"

"就凭……我是当今辅政大臣、护国大将军南荣景须之子,南荣子修!"

子修折扇重重拍击在桌案上,一句,犹若晴空霹响的滚天惊雷,乍然在纤纭脑中!

纤纭身子剧烈颤抖,脚下踉跄、站立不稳,几乎贴紧在门板上!

他……他说什么?那个多次救自己于水火、深情款款、生死不顾的男人,他竟说……他是……

她不相信,她不能相信!

纤纭紧紧咬唇,粉淡柔唇被生生咬出一道血痕!

南荣子修只道她惊讶过度,沉痛的目光更笼罩一层黯然:"我自小好游山玩水、生性懒散,虽生在官家,却并不好官场争斗、功名利禄,三年前,我游玩到康城,便再没有回过家!"

南荣子修深深叹息,缓缓闭住双眼:"可是……若你一意要进宫去,为了你,我会回去,我会去求我一生都不愿求的父亲,要你顺利入宫!"

纤纭心中仿佛有万千双手在撕扯着她麻木的心,她本以为,自欧阳凤走后,它便再也不会疼了!

可是……

母亲羞愤而死,父亲横剑自刎的场景仍历历在目,在她听到南荣景须这四个字时,十二年前的一幕幕仍旧清晰有如昨日,是的,她不会忘记,她怎能忘记?!

那一夜,血流成河的一夜、惨绝人寰的一夜、改变了她一生的一夜,早已……是心头烙刻的痕迹,不可磨灭!

她双手紧握,掌心的刺痛丝毫不及心上半分,可是,她知道,此刻,她必须忍耐,必须克制,必须坚持!

她绝不能……令南荣子修看出她内心一分半点的波澜!

极力压抑下心中的波涛汹涌,容色瞬间淡淡:"哦?倒果真吓到了我!从前只道你绝非一般富家公子,却不知竟显赫到这般地步!绯纭真真有眼无珠!"

南荣子修一叹:"绯纭,一路上京,我依旧会护你左右,可是……"

子修慢慢睁开双眼,深黑如墨的眸子,悲凄如死:"可是……我仍然希望这一路上,你会改变主意!"

男子声音微微嘶哑,如被抽空的身子几乎晃动着走到门前,子修回身,女子容颜依旧冰凉!

他无奈叹息,缓步走出云月阁门口!

改变主意!

纤纭跌坐在圆椅上,望着南荣子修悲伤失落的背影,冷冷苦笑——

南荣子修,你可知我为何非要进宫去不可?你说得对,以南荣景须之权势,仅凭我一人之力绝不可能动他分毫!可是……皇帝不同!

当年,沐家一门忠烈,还不是死在一道圣旨之下!

湿润的眼睫打下纷纷雨落,沾湿冰冷容颜——

血债……要用血来偿!我沐纤纭对天发誓,不仅要让南荣景须死无葬身之地!更要让他全家以性命来偿!

纤纭紧握双手,指节欲碎!

‥‥‥‥‥‥‥

(1)歌曲选自:刘盼《天上人间会相逢》

第三卷：九重宫阙

Jiuchong Gongque

六 葬情浓
恨君不似江楼月，南北东西，
南北东西，只有相随无别离。

七 舞惊鸿
遏云歌响清，回雪舞腰轻。
只要君流眄，君倾国自倾。

八 风满楼
笙歌散后酒初醒，深院月斜人静。

六　葬情浓

恨君不似江楼月，南北东西，

南北东西，只有相随无别离。

九月末，落叶时节，纷纷如幻。

荣子修一夕变作南荣子修，纤纭久久站立在窗阁边，任凉风迎送，裙裾微扬，直至日落亦不曾言语，红绸来看过两次，她皆是不语，一切仿佛又回到了十二年前，那个不言不语、不饮不食的小女孩！

世事如棋局局新，想来竟如此可笑！

深夜，纤纭方褪下一身墨青色长裙，换一件软绸纱夜行衣，深黑颜色，将一头乌发挽起，绝色容颜便被遮掩在冷冷黑绸下。

夜如墨，天也无穷！

女子纤丽身量与夜色融为一体，荡荡绸裙与夜风舞作一处！

三年了，她回到这里已有三年，却从不曾穿过长街幽巷，来看一看曾庄素温暖的家！

这里深埋了她短短七年的快乐，却牵扯了她一生的悲哀！

因沐家曾是苏城贵胄，沐天在世之时，多为苏城百姓牟利，又乃抗击楚诏名将功臣，深得苏城百姓敬仰，纵然王宝立曾多次想要将沐家老宅尽毁以做他用，却被百姓悠悠之口阻挠，更有鬼厉之说甚嚣尘上，王宝立便再不敢有丝毫举动。

如今，这座破败荒芜的宅院仍在，夜色之下，便有阴森凄惨的丝丝风声，助长着庇佑它存在的鬼厉之说！

纤纭静静立在夜色里，融融水光模糊了视线——

爹、娘、莘儿！纤纭就要去京城了，就要手刃谗言陷害沐家全家的血海仇人！

你们，一定要保佑我！保佑我顺利入宫，得宠于帝王，手刃南荣景须、血洗南荣府，便指日可待！

夜色森森，裙裾飞扬，秋夜冷风销然如刀！

※

次日,纤纭一如往常,只是神情间有隐约疲累之色,红绸已卖掉"胭脂楼",她们不日便要起身前往京城。

与南荣子修再见时,纤纭冰凉的目光中更有漂泊不定的幽怨。

子修一路同行,纤纭话亦是不多,偶尔目光相对,唯余淡漠的一瞥。

※

大瀛京都——雍城,富胄帝都、气势雍容,街巷交叠间,亦是花柳似锦、绿云丛丛,是江南水乡轻软的柔婉,又是冬日北国滂沱的气派。

匆匆行人,神色气度亦是舒朗傲然,眉目之中有隐约可见的贵气,大概因着帝都的缘故,这里的人也不觉染上些富贵之气。

来到雍城已有三日,南荣子修却只于客栈中日日读书,闭门不出,对于入宫更只字不提。

纤纭每每望他,他都以极其平和的目光迎过来,好似他从未曾表明身份,好似这个京城并不是他的家,他依然住在客栈,依然扇摇微风,好似那一日两人激烈的争执从不曾发生过。

纤纭终于不可忍耐,自从进到雍城的一瞬间,她都无时无刻不感受着割骨般的恨意,这富贵之城、这帝王之都,在她眼里,不过是满目殷血,灰暗无际之地!

"南荣子修!你到底何时安排我入宫?"纤纭推门而入,携一身秋风瑟瑟,子修抬眸望去,缓缓起身,将房门关紧:"你还是……那般希望入宫吗?"

"是!"纤纭目光不容置疑,子修回身过来,极力掩藏多日的从容终于崩塌在她冰冷的目光下:"荣华富贵于你当真那般重要?"

纤纭唇角微牵,冷笑道:"当然,南荣公子莫要忘记,我乃青楼女子,一朝荣耀,何其尊贵,再不用卖歌卖笑,颠沛流离!况且,你不记得我……还是身背数条人命的杀人凶手!若有了皇上的庇佑,还怕人追究吗?"

"只是这样吗?"南荣子修上前一步,紧紧扣住纤纭柔软细肩,眉心紧凝:"若只是这样,这所有的一切,凭我南荣子修也统统可以给你!难道你不知,如今权倾朝野、富可敌国的是护国将军南荣景须吗?"

"哦?"纤纭月眉一挑,眼风讥诮:"是吗?那么公子之意,是要娶纤纭为妻了?"

"只要你愿意!"南荣子修目光殷切,手上力道一紧:"绯纭,只要你愿意,我现在就可以去与父亲说……"

"说什么?说你要娶一名青楼女子为妻吗?"纤纭冷冷一哼:"南荣公子,你南荣家既是如此富贵、如此高不可攀,那么……绯纭自问没有那样的福气!"

南荣子修俊朗眉目纠结,温润的目光,被女子冰冷寒气凝结成雾。

纤纭望着他,望着他目光一点点暗淡,一点点垂下,眼神亦被闪躲的睫影晃得凌乱。

他在思量、在权衡、在拉扯!纤纭尽皆看在眼里,她缓缓坐下身,微微柔和下嗓音:"好!南荣公子,只要你可以说服你那权倾朝野、富可敌国的父亲,那么我绯纭发誓,一定……嫁给你！"

南荣子修身子一震，从来洒脱的他，如今却感觉全身被牢牢束缚，望着纤纭冷傲纤丽的绝美侧影，他多想踱步而去，立忙奔到父亲面前，告诉他，他要娶绯纭为妻！

可是……

一来绯纭出身青楼，身份低贱，以南荣景须之势力，他是瞒不下的！况且，南荣景须虽说权倾朝野，高高在上，可向来谨慎，亦仍旧需要拉拢文官势力方可巩固，故而自己的婚事便早已成了父亲的筹码！

子修向后退去，他缓缓打开房门，近乎麻木的移动双腿。

"公子切记，绯纭要的是明媒正娶，是妻，不是妾！"纤纭起身，清柔动听的嗓音，偏偏冰冷如霜，令人周身一抖。

子修微微侧眸，纤纭分明看见了他眼中复杂的纠结！

屋内静极，唯余彼此的呼吸声各自纠缠！

许久，子修方回过心神，闭门而去！背上，却仿佛有她的目光，在冷冷锥刺着他——

绯纭，为何你的眼睛，总似能穿越到我内心深处，窥探我的一切，亦仿佛看透了这世间所有，于涌动中波澜不惊！

你定是料准了我父亲绝不会应允，是不是？

可是绯纭，为你，我却愿意一试！

京城最是繁华之地，莫过于南荣府所在安远街，长街几里铺陈华丽的青石砖地，"长乐未央"浮雕刻痕精细，如此隆盛奢贵，彰显着这条长街的与众不同！

长街尽头便是南荣府，府门庄严，尤显将门之风，门前守卫肃然执戟，纵是皇城正门浩阳门也不过如此。

南荣子修步履匆匆，侍人丫鬟纷纷拜倒让路，身边浓绿高树遮天蔽日，万花千红密密疏疏，一径通幽，便有山石流水潺潺似雾，氤氲水气漫起淡淡烟波，九月，菊有英、芙蓉冷，南荣府中，却依旧一派风景奇秀！

这个时候，南荣景须该在后园广场上习练刀枪，南荣子修来到后园，果见父亲雄壮身影翻腾如云，手中刀戟挥舞生风，树蔓簌簌，颤抖落叶纷纷。

身边还立着一个少年，容貌整丽、身形潇俊，眉清目秀中有隐隐贵气，他侧目望来，赶忙笑着奔向子修："哥，你回来了？"

刀戟之声戛然而止，子修笑着拍了拍弟弟，走到父亲身前一拜："孩儿见过爹。"

南荣景须浓眉微展，将刀戟放好在兵刀架上，高壮身形遮掩住眼前视线，回身之间，威凛之气顿生："你还知道回来吗？"

"孩儿不孝。"子修嗓音微哑，低垂着眼，脸上神情不明，知子莫若父，南荣景须冷冷一哼："怕是有事吧？"

说着，转目望向身边少年："无天，长大可别学你哥哥，叫他出门办事，便借机一去不回，哼！"再望南荣子修，淡淡道："说吧，何事能让我们南荣大公子甘愿回头啊？"

"父亲。"南荣子修举首，正对上父亲肃然的眼神："父亲，子修不是回头，而是……父亲交托给孩儿之事，早已办妥，之所以三年不归，实在有下情要禀。"

"哼！还敢狡辩。"南荣景须怒道："你敢说这在外三年不是逃避与丞相之女联婚吗？叫你去借机铲除林保风，你呢？却流连烟花，挥金如土，哪里是我将门之后，哪里配做我南荣景须的儿子！"

"父亲，林保风早已死去，他的兵权亦尽数归由父亲接手，此案因与宋天虹一案牵连，便不了了之，更无人怀疑父亲，请父亲明察！"子修低眉，眼光微转，并不敢直视南荣景须的眼神。

南荣景须冷冷一笑，逼近子修一步："明察？我只知道，我的儿子三年不归，日日流连烟花之地，散尽千金只为一风尘女子！可有此事？"

子修心中一颤，他早知道自己的一切都会在父亲掌控之中，他不能否认。

"不错！且……"略微一顿，旋即跪下身去："父亲，孩儿恳请父亲应允孩儿……迎娶……绯纭姑娘为妻！"

"做梦！"南荣景须一惊，眉目森然："绯纭？便是那'胭脂楼'的头牌姑娘吗？南荣子修，你可知自己是何身份地位？你要丢尽我的颜面吗？"

"父亲，绯纭虽出身青楼，却冰清玉洁，三年中，孩儿……"

"住口！"未待南荣子修说完，南荣景须便一掌搁在子修脸上，厉声打断他："我告诉你南荣子修，这辈子，你要娶，就只能娶丞相之女傅南霜！那个青楼女子……你这辈子都别想！"

南荣景须武艺非凡，他的一掌，非常人所能承受，子修伏在地上，扬首，唇角含血："父亲，孩儿不会娶傅小姐，孩儿要娶，三年前……便不会一去不归！若父亲一意逼迫孩儿，孩儿亦只有再次离家不回，便不知所归何日了！"

"你不用威胁我！"南荣景须一脚踢在子修肩头："好，你要走是吗？你走，你走了！便不再是我南荣景须的儿子，到时候，我看你拿什么……去养你那个青楼女子！"

"父亲！"

这时，少年忙低身将子修扶起，转身对南荣景须道："父亲勿要恼怒，想大哥只是一时糊涂。"

"无天，你不要再为他说话，这三年来，要不是你为他说好话，我早把他抓回来了！还容得他在外挥霍三年，如今……竟还将那青楼女子带回京城！都以为……我不知道吗？"南荣景须愤怒非常，胸口起伏不定。

南荣无天，南荣景须小儿子，望望父亲，又向子修连使眼色："哥，还不向父亲赔罪！"

子修一怔，但见弟弟眼神用意，心下豁然明白，连忙再度跪下身去："儿子一时口不择言，还请……父亲息怒。"

子修知道,既然自己这三年来的一切皆在父亲掌控之中,那么,若是自己一力反抗,以父亲个性,完全可能派人杀害绯纭。

南荣景须亦知他心中所想,缓下口气道:"子修,你身为我南荣家长子,比无天大了七岁之多,却一点不能体谅父亲,不如无天半分孝顺!你从不愿求我,却为一青楼女子,不惜低头,哼!没想到,我南荣景须之子,就是这点志气!"

"父亲……"

子修正欲言语,南荣景须却一挥手,目光如炬:"不必再说!我知道你心里想什么!如今,你只有两条路,一条是娶丞相之女傅南霜,一条……便是与我南荣家断绝一切关系,与那青楼女子做一对苦命鸳鸯,看到时候,那烟花女子可愿与你一起吃苦!"

"父亲!"

"不要叫我!"南荣景须丝毫不容子修说话,转身而道:"今日你踏出这个家门,就不要再回来!除非……愿意与傅南霜成亲!"

"父亲……"

还要再言,南荣无天却向他连连示意,子修一顿,缓缓低下眼眸,望见父亲黑绸衣角翻飞而过,跪在地上,仿佛失了心神!

预料之内的完败,预料之外的逼迫!

"哥。"见父亲走远,南荣无天方才父亲子修,凝眉道:"哥,你怎会如此糊涂?"

子修起身,殷切地望着弟弟:"无天,这三年,多亏你在父亲面前美言,父亲向来喜欢听你说话,这一次……"

"哥!"无需子修说完,聪敏如无天早已了然于胸:"大哥不必再说,大哥该知道,父亲独揽兵权后,虽说权可倾天,但毕竟自古文臣最难约束,而丞相傅伦德高望重,声名尤佳,那傅小姐自小又对哥哥爱慕,这于父亲来说,是太好的一条路,父亲……是不可能改变主意的。"

说着一顿,又道:"还有,那烟花女子便果真值得哥哥这般付出吗?若值得,若她愿与哥哥共度苦难,那么……我可以劝说父亲不要伤害于她,可是……若她只是贪慕虚荣的女子,那么我劝哥哥,不要因小失大,况且这种女人,也无论如何不能与傅小姐的一片真心相比!"

子修怔忪,望着年仅十四岁却心思敏捷的弟弟,竟一时不知所言。

南荣无天微微一笑:"哥哥放心,在哥哥做出正式决断之前,父亲亦不会伤害于她,否则哥哥玉石俱焚,那么联婚也便不可为了。"

南荣无天一双清明眼睛,仿佛能看透人心,子修转眸,望天际一泊清云茫茫,心底却仿佛有什么在无声中渐渐陷落!

天际浩远,仿无尽头。

南荣子修回到客栈,便久久立于轩窗前,举头望天,这一切许真真是天意,他明知没有

结果,明知道与父亲的争斗自小便未尝胜迹,他亦了解父亲的野心。三年前,父亲便欲与丞相傅伦联姻,以独揽朝中大权,控制新皇,自己早早察觉端倪,便主动请缨,暗中随着前往康城办案的征将军林保风随时伺机杀之,如此,便可将林保风之死与宋天虹之死牵连,也便无人会怀疑到坐收渔翁之利的南荣景须身上!

谁知,便是这一行,却可能改变了他的一生!

三年前的康城林郊,他遇见了绯纭,那白纱敷面、眼若冰霜的女子自此便再难从脑海中挥去!

可是……

正自想着,门声骤然响起,一忽凉风拂襟,竟令心上微微一颤。

他无需回头,亦知来人是谁:"绯纭,是你吗?"

"是我。"凉冷声音,如雪屑扬扬泻地:"不知南荣公子此行如何?"

她声音清冷坚决,意味深长,仿佛笃定一般傲然地望着他,子修回身,忧郁的眼神望进那一汪雪湖眸心中:"绯纭,我……"

"我只要听结果!"纤纭拂袖而坐,冷道:"哼,南荣公子不是说,南荣家权可倾天,富可敌国吗? 不是说,可以给我任何我想要的绫罗绸缎、锦衣玉食吗? 结果呢?公子那权可倾天、富可敌国的父亲,那高高在上的护国将军,可愿娶个卑贱低微的青楼女子进门吗?"

"绯纭,你何必如此咄咄逼人?"子修本就纠结的心,此时更添凌乱,望女子一身绫绸碧衫裙拂地成荫,那背影却凭空凉如秋水。

他不懂,为什么她要这样对待自己!无论自己做什么,她的眼神,却从不曾改变!

纤纭起身,转眸望他:"南荣公子,不要忘记你说过的话!你说过!要送我入宫!"

"入宫!哼!如今只怕我已是心有余而力不足!"子修缓缓后退,唇际笑纹凉薄:"绯纭,难道……你便一心只想着入宫,没有……为我想过分毫吗?"

"没有!"

坚定、爽快、无半分犹豫!

纤纭薄袖拂风,清灵嗓音入耳,刺入心间!

子修果不其然地冷冷一笑:"呵,无天自小聪颖,这一回,怕是又叫他说对了!这样的女子,无论如何也不能与傅小姐的一片真心相比!"

子修深深吸一口气,仿佛万千冷霜倏然袭入喉间,紧涩难耐!

"三年!就算我南荣子修白白付出了这三年!"

三年情感,唯余心寒,子修转身,掩饰满目满心的沉痛。

"哼!那似乎是公子心甘情愿!"纤纭的冷笑,好似追身而来的剧毒冷箭,自背心穿透至心口:"刚刚公子说,心有余而力不足,又是何意?"

子修冷哼,目光放远在渺然无际的天边,微蓝天际泛起惊人的惨白!

"没有!姑娘便权当子修没说!"决然转身,向门口走去:"绯纭,既然你如此心心念念的都是入宫,那么……就当我南荣子修再为你一次,自会……安排!"

南荣子修回眸,女子绝丽身姿无动分毫,神色亦无所牵。

心,仿佛被她眼中霜雪凝冻成冰。

终于,了解了心凉的感觉竟是这般彻骨!

绯纭,便叫我为你做这最后一件事!

转身欲去,纤纭却叫住了他:"你去哪里?"

"回家!"子修淡漠回答,阔步向门外走去!

纤纭身子一晃,纤白玉手撑稳在桌案上,望着南荣子修远去的背影,心中亦有波澜微漾,人心终非草木,这三年来,南荣子修对她如何,她心中有数!

可是,有感如何?无感又如何?

南荣子修,你又可知,你我之间早在十二年前便已是注定的悲剧!

次日,纤纭与红绸才起床来,店家便匆匆上楼,神色紧张恭敬,红绸诧异,一再追问,店家才坦诚,乃是护国将军南荣家派了丝锦绸宝盖马车在店口候着,只为接纤纭姑娘过府一叙。

红绸大惊,纤纭却不过淡淡一笑。

"姨娘,放心吧,我会好好地回来!"纤纭似是有所料般,这一早,便着了水红色轻软细绸罗绢裙,纹绣挑金丝精细桃花飞,漫漫如云、栩栩如生。

红绸拉紧她,目露忧色:"纤纭,那可是南荣府,他们何以突然……"

"姨娘可还记得那位荣公子?"纤纭轻道。红绸微微凝眉:"怎不记得,昨儿个还在的。"

纤纭淡漠一笑:"以后都不会在了!我想姨娘亦要改口称他一声南荣公子!"

"什么!"红绸身子猛然一震,恍惚向后仰去,惊异的目光望在纤纭默然的脸上,许久,不曾回神。

纤纭将她扶好,低声道:"等我回来!"

等她回来!

红绸竟自不能移动,望着纤纭被众人几乎拥簇而去,心内倏然大乱!

十二年了!

十二年后再度听到这刻骨仇恨的名字,往事如刃,袭在心头,如同钢刀一刀刀切开历久结痂的伤口。

一幕幕、一重重……血流如注!

纤纭出门,向来淡定的她,亦不免被眼前景象所震,华丽的宝盖马车,帘幔绫绸随风乱舞,车边守卫数人,见纤纭出来,齐刷刷让开条道路,其训练有素,不愧千胜之师!

纤纭捻裙上车,轻软罗绢裙拂过阶台,但见街上行人纷纷闪开,却拥簇在道边两侧久久不去,眼望着华丽马车扬长而去,目光战兢,噤若寒蝉,仿佛这一整条街上并无一人,安静得

诡异，纤纭挑帘冷笑，如此可见南荣家势力果真遮天蔽日！

一路思量，南荣子修昨日神情悲伤而失落至极，今日却又派来这般大的排场邀自己前去，究竟所为何来？

安排自己入宫吗？

想着，马车已稳稳停下，纤纭下车，一处庄严肃穆的府门乍现眼前！

护国将军府！庄严大字烁烁，映着秋日金阳熠熠生辉，流光淌过那一横一竖、一撇一捺，却在纤纭眼中漫漫溶开氤氲水雾！

曾经，沐府亦是如这般庄重而华丽的府院！

曾经，自己亦是那府院中养尊处优的千金小姐！

可是这一切……如今都不过梦幻而已！思之……痛极！

淡淡垂敛下眼睫，裙幅摇曳如飞，贵雅绝艳的款款风姿，于南荣府奇秀景色中，亦是耀眼夺目的风景！

南荣府极大，似乎走了很久，并不比那长街短似的，才走到书房前，门檐上赫然写着"藏青阁"三个大字，其笔力苍劲不输府门题字。

纤纭深深吸一口气，迈进房门刹那，将满目仇恨化作一汪冰泉冷水，不露分毫情绪！

书房正中端坐着的男子手持茶杯，悠慢地喝着，身边两人，一个形容潇洒、风姿飒飒，正是大公子南荣子修，另一个堂宇俊朗、眉清目秀，自是南荣无天！

纤纭目不斜视，紧紧盯住正中间举目望来的男人，岁月沧桑在他眉眼之间烙刻了太深的痕迹，他，就是南荣景须，他，就是她刻骨仇恨着的血海仇人！

十指紧扣，指甲几乎穿透掌心。

"你便是'胭脂楼'头牌歌姬绯纭？"南荣景须幽声道，纤纭面无表情，淡淡应声："是。"

"好！果真是天上有而地下无的绝色美人！难怪令子修如此着迷！"南荣景须上下打量她一番，只觉此女子一身灵秀，淡淡浮妆，眉宇间冰雪纷纷，如若初晨飘雪融融，飞落在渺然皓远的天际，美得飘忽而纯粹！

"好大的胆子！见了本将军都不行礼吗？"南荣景须缓缓起身，虽是责备之言，却说得悠慢和缓。纤纭闻言，只冷冷一笑："绯纭出身青楼，身份低贱，自是不懂得这诸多规矩，将军若是计较，便请人先教了绯纭规矩，再行召见！"

南荣景须一震，不想这小小女子竟出言如此不逊！

他望着她，她的目光亦不闪躲，直凛凛的，仿佛刺穿人心的冰刀冷箭！

见父亲脸色阴沉，南荣子修连忙上前道："父亲，如此姿容，可能入宫吗？"

南荣景须回眸，见子修目光关切，眉心不禁一蹙："哼！这性子……怕是不好约束！"

"父亲。"子修上前一步，低低望纤纭一眼："绯纭只是不懂规矩，况且，大家闺秀不过一般模样，皇上有了杨辰妃难道还不够吗？孩儿以为，皇上之所以多年专宠于杨辰妃，不过身边女子皆如杨辰妃一般柔婉性子，却又不若杨辰妃之美，才入不得龙目半分，可绯纭不同，绯绫绝色犹胜杨辰妃数分,这性子又是这般冷傲,方才是一股清风,说不准便吹入了帝王之心!"

南荣景须眉峰一动,似是有理!却又略带怀疑地望着子修,无天何其了解父亲,见状忙上前笑道:"父亲可是怀疑哥哥不可与绯绫姑娘断去情根,那么绯绫入宫便真真是件麻烦,而违背了父亲的初衷?"

南荣景须向无天望去,满目尽是笑意:"不错!还是无天最是知我!"

说着,又望向子修,神情肃然:"子修,你可听懂了?"

"孩儿……"

"你……可愿娶傅南霜为妻吗?"南荣景须目光不容忤逆,咄咄逼视住他:"我说过,你回家之日,便是娶傅南霜之时!"

子修身子震动,缓缓移视在纤绫身上,依旧冷若冰霜的女子,目光无一分流转!

心,彻底冰凉!

子修冷笑,他明知道,她从不曾在乎,从来不曾!却事到如今,还期望着她哪怕一分的眷顾。

"父亲,孩儿……遵命便是!"一字一顿,几乎溢出唇齿,在纤绫心上缓缓流动,可那几乎刺入掌心的痛,令那心上淡薄的一动,瞬间消隐,便好似从不曾有所动一般!

南荣景须仰天而笑,拍着儿子的肩膀:"好,好!还是无天说得对啊,你最终会看清这一切回到家的!浪子终要回头,不是吗?"

子修不语,目光低垂在青光砖石上渐渐迷蒙。

无天道:"那么父亲,这位姑娘……"

南荣景须回身,纤绫却仍旧目若冰霜,冷冷望着眼前的一切。

"绯绫姑娘,我南荣景须从不是拐弯抹角之人,想嫁入我南荣府万万不能,可是……如果你足够听话,那么进宫却并不难!"南荣景须望着她,一步步走近身边。

纤绫冷笑道:"哦?绯绫愚钝,不知将军所谓'听话'所指为何?"

"呵,我相信姑娘是聪明人,无需点破。"南荣景须走过纤绫身边,走向书房另一侧,举手玩弄身边高立的青柏。

纤绫望向南荣子修,笑带讥诮:"将军放心,绯绫虽说不懂规矩,可却还知'知恩图报'这四字,滴水之恩当涌泉报之,绯绫还是懂得的。"

她,为什么要用这样的眼神望着自己?子修莫名感到心乱如麻!

却听南荣景须爽朗笑道:"哈哈,烟花场中的女子,自有一番烟花之道,本将军亦相信你,会有那个本事!"

"多谢将军看得起,绯绫尽力便是!"纤绫冷冷道,她自知南荣景须的如意算盘,谁人不知,当今皇后乃南荣景须之妻秦柔的亲妹妹,入宫多年,郁郁不得志,南荣家既然要独霸朝纲,那么控制皇帝便是重中之重,看来南荣景须要控制的不仅仅是朝堂,后宫亦在其盘算

之中!

纤纭心中突有朗朗快意,好啊,南荣景须,你既要亲自送我入宫,那么……我沐纤纭发誓,便必定好好"报答"于你!

几乎切齿,却隐忍在喉间。

南荣景须回身至子修身边,适才朗然笑意一扫不见:"子修,若是她不听话,你该知道她的下场!"

子修目光一寒,凝望向她:"孩儿……知道!"

"好!"南荣景须拍拍儿子肩膀:"半月后,便是待选'良女'入'玉廷宫'候选之日,也便……是你成婚之时!"

一颗心早已麻木无觉,凝望纤纭的目光已然是坠入深渊的绝望!

她,依旧是她,目光中不曾有过他半分影像。

而他,亦依旧是他,明知她的眼中只有冷冷冰雪,却依旧愿为她喷薄自己满腔热血,在所不惜!

绯纭,半月,仅仅半月之后——

你便是君,我便是臣,你许为皇妃,我……已为人夫!

三年了——

你我自此……为陌路!

最后一次努力,以失败告终!

半月,于繁碌拥挤的雍城不过转眼而已,十月深秋,花藏不见,唯有寂寥的木芙蓉盛开如锦。

"巧缀琱琼绽色丝,三千宫面宿胭脂",这日,正是点各家"良女"入"玉廷宫"待选之日。

入宫,便不比旁的,自不可再用青楼花名,南荣景须问了纤纭闺中姓名,纤纭照实说了,却说早已不知姓氏。南荣景须显然更为满意,毫无家事的女子,才免得日后诸多麻烦!

于是一早,晨光才露微微淡红,纤纭便着一身庄贵的华锦红幔绫绸纱,立在候选的"锦阳门"外,阳光微细,映着纤纭裙上纤细如丝的金银绣线海棠花,黎黎飞莺栖枝欲飞,刺绣处更缀以细碎珍珠无数,便与金银丝线相映生辉,女子发间璎珞翩翩,流云挽花髻簪一支杜鹃啼血,碾红胭脂点唇莹润,风华艳姿,一派贵不可言。

纤纭——南荣世家远房侄女,眸有三千弱水,端庄形容贵雅,自小琴棋书画,翩翩凌舞当绝!

册书上是这样一字一字地写着的。

纤纭身份之高贵,便是众"良女"所仰望的!

纤纭心底冷笑,却不想自己竟要借着这仇家之名,被众人所恭敬!

"南荣家纤纭,入'玉廷宫'待选。"尖细的声音,自持着卷书的内监嗓中传来,纤纭面无表情,款款莲步,迈入"锦阳门",皇城四门,唯"锦阳门"于浩大磅礴的宫门中透出一丝婉约,自大瀛建朝已有五代,每逢"良女"入宫,便自"锦阳门"而入"玉廷宫",于是这座宫门便无端染上些脂粉香气。

虽说,纤纭经历已然许多,可是于这偌大的皇宫,终究有种陌生的凄凉感。

回首而望,"锦阳门"外,有嘤嘤哭泣的落选少女,亦有面无表情的高贵女子,她冷冷而笑,今日起,自己便是南荣家世女,好!好啊!冷秋十月,瑟瑟风凉,心,也随着失去仅余的一点温度!

"良女"入宫之日,大吉之日!

雍城,亦被铺天盖地的喜红染了一片锦绣!

同日,护国将军南荣景须大公子南荣子修与当朝丞相傅伦次女傅南霜举行大婚,与"良女"们寂寞待选相比,这场大婚显然是今日雍城最大的话题!

雍城九条长街,挨街铺陈着红色长绒,迎亲队伍自南向北,自傅伦家至南荣家,一路旖旎,喜乐喧天!

人人侧立在道旁两侧,推推搡搡、摩拳擦掌,皆要争睹那红缨骏马上的高贵男子。

只是,男子一身喜红、华贵高巍,相貌堂堂,可眉宇间凝结的愁绪,却若这深秋凋落的红枫叶,浓郁而深沉。

大红花轿抬入南荣府时,身后的一切风光并没有停止,吹打的礼乐,几乎震彻整个京城!

整整一夜,这样的喧哗皆没有停止,仿佛这是一场国宴庆典,日月皆要为其同贺!

南荣家与傅家联姻,前来贺喜者不计其数,达官贵人,名流商贾,穿梭之间,笑脸相迎,看在新郎眼里,却是如透明一般凄凉。

子修敬了许多酒,他只记得,踏入新房之时,跌倒在锦绣红绸的圆桌上,他推开前来搀扶的喜娘与丫鬟,径直走到床边!

这样的场景,亦曾是自己想象过的,可是,他不曾想,坐在这个锦床之上的,会是自小看做妹妹的傅家小姐,傅南霜!

"都下去!"子修低沉的声音,令人人皆是一凛,喜娘欲要言语,却被子修狠狠一瞪,立时噤声,与丫鬟交换个眼色,终还是退下了。

屋门关掩,子修缓缓跌坐在床上,鼻息间有隐隐脂香,那香浓郁,不是三年来,已然习惯的清淡味道!

许久,皆是静默。

傅南霜盖着大红喜盖,自下望去,只望见他静垂的衣角,她双手紧握,累了一天,难免乏了。

"子修哥哥。"她声音细弱柔婉,仍旧称他为子修哥哥。

子修冷笑,向后倒去,闭目,重重喘息。

"子修哥哥,你仍是不愿娶我的,是不是?"哽咽地问,伤心的人,一滴泪珠滴落在手背

上："子修哥哥，我知道你一别三年，便是为了逃避这桩婚事，我不知是什么令你做出了今天的决定，可是我却知道，你仍是不愿的……"

一语未完，子修却突地起身，猛然揭下女子头上喜帕。

风流俊秀的人，对上一双凝然泪眼，傅南霜，端庄贵雅的千金小姐，浓脂艳粉，亦不能遮掩她本清洁的风华，他猛地拥过身前女子，浓郁的香，沁满口鼻，他不顾一切地吻下去，可是，那娇香的唇，却在自己的热吻下，一点点无力……

女子的纤腻，女子的娇柔、女子的幽香！

恍惚中，眼前全是纤纭！

不行！终于……还是不行！

终是用力地推开了她，抓住她细肩的手亦缓缓滑落……

失败了！自己还是失败了！

他不能！无论如何……也不能！

子修沉沉叹息，重重仰倒在床榻上——

对不起，南霜，我不得不娶你，却不能爱你！即使没有纤纭，即使没有这刻骨铭心的三年，也是不能！你我之间，有太多的利害牵绊，情，便失去了所有真切！

紧紧闭目："睡吧……"

低沉的声音，不带一丝情感！

红烛喜幔，花月良宵，女子泪落潸然……

一夜，便于片片喜红中，伤心欲绝！

七　舞惊鸿

遏云歌响清,回雪舞腰轻。

只要君流眄,君倾国自倾。

一夜喧嚣,旖旎风光。

雍城,晨光如同洗过一般,清亮得没有了一丝昨夜的绯红。

天亮了,一切终归为宁静。

昨夜,初入"玉廷宫",纤纭不曾睡下,亦不曾离开轩窗边,她一身锦绣,风仪华贵,只是背影便足以倾倒世间男子。

"你是南荣家世女?"

身后突有女子声音传来,纤纭淡淡侧眸,但见那女子唇若点红、眉似烟笼,一双水杏儿般的眼睛,目光傲慢,纤纭心底冷哼,转回过头,不语。

"你……"那女子凝起眉,仿似受了极大屈辱:"哼!不要以为只有南荣家世女身份高贵!南荣家再是高贵,还不是要与我傅家联姻,真以为你南荣家可独霸朝纲!一手遮天了吗?"

傅家?她也是傅家之人?此女说话毫无遮拦,纤纭亦不免震惊:"你是傅家的?"

那女子一哼,高挑细眉:"正是,我正是丞相傅伦的亲侄女傅之灵,自小住在叔叔家,叔叔视我为亲女,哼!倒不知姑娘是南荣家哪房亲戚?"

如此好爱攀比,竟令纤纭不禁好笑,她捻裙转身,回到左边偏屋中,一语不发。

"你站住!"傅之灵似并不罢休,果真像是被宠坏的孩子。纤纭顿足回身,冷冷一笑:"傅小姐,寄人篱下难道是件值得炫耀的事情吗?真是亏得小姐到处招摇,呵,只是选错了人罢了,纤纭于这些个,毫无兴趣,你自管炫耀便是。"

"你……"

再不理她,转身入门,将漆红木门紧紧关掩,心却莫名不得安稳。

傅家小姐傅之灵,丞相侄女便已然如此,那么傅家千金傅南霜……又该要骄横到何种程度?

纤纭微微凝眉，子修，我大概知道，你为何要逃婚三年而不归了！可是，你又可知，若你一天得知我入宫的真正目的，你……一定会亲手杀了我！

你如此付出，我却只能用满腔的仇恨回报你！

窗外，划过细云漂浮，那是纯然灵透的白色，碧蓝晴空，朵朵云飞如画，却仿佛是令人恍惚的天镜。

那灵透的镜中，一个人的脸廓分外清晰——欧阳凤，三年了，你到底在哪里？

心底蓦的抽痛，一晃已然三年过去，她亦暗自多方打探，可是，却依然人无所踪、音讯全无！每每思及此处，便是彻骨的疼痛。

欧阳凤，是不是……你真的已经忘记了纤纭？忘记了有个女孩，已为你望穿云月、望断天涯？！

纤纭缓缓走至纹香木柜边，取出入宫时随身带的仅有物件，不过小小一个包袱，打开，一个精雕木盒，一件纯白纱烟丝罗裳，便是她的所有！

纤指抚过那许久不曾打开的雕盒，犹记得三年前的心碎回忆，尽被封存在这一方小小木盒中。

今夜，太后与皇帝皇后会驾临"玉廷宫"惊鸿阁，待选的十八位"良女"将尽显本事，从中选出八人，各封其位！

历年选妃，只太后皇后与皇帝甄选而已，听说今年，杨辰妃亦在其列，并与皇后并席而坐，由此可见，杨辰妃独宠后宫一说果真不假！

纤纭缓缓拿出盒中封存多年的碧玉箫，紧紧一握！

夜晚，浓雾遮掩星色，月无莹光。

这夜，显得莫名压沉，"玉廷宫"许久以来，都不曾有过这般多的香脂艳粉，忽如一夜春风来，却令这本有的安宁淡薄去了，唯剩下压沉！

惊鸿阁，处处雕栏雅致、飞凤描金，今夜贵客盈门，已是多年不见的景象。先帝专宠皇后臻氏，也就是如今高高在上的昔太后，而当朝皇帝赵昂，又是独宠辰妃杨氏，故而这"玉廷宫"便如同虚设般了。

今夜人人精心描画、仔细装扮，奢华风贵不尽、金银珠翠不止，恨不能将世间所有珍奇尽数插戴在身上。

却唯有一人，一身清简素洁的飘渺白衣，在人群中尤显得突兀，纤纭立于人群最后面，十八名"良女"两排列开，与她并排的是一身奢华的傅家侄女，傅之灵。

白色衣裳、碧玉管箫，是纤纭三年来都不曾拿出的！那……本是属于她与欧阳凤两人而已！

"玉廷宫"安排极是巧妙，众"良女"中纤纭与傅之灵身份最高，故而住也在一起，立也在一起。

傅之灵瞥纤纭一眼,冷道:"真以为独树一帜便可令皇上刮目相看了吗?"

纤纭明明听见,却并不理她,这样的女子,直教她可怜起南荣子修来!

傅之灵却仿佛并不罢休:"南荣纤纭,装什么……"

"住口!"一直不语的纤纭,突地喝住她,冰凉眼神冷如开裂的冰河!

南荣纤纭!谁叫她这样叫的?是谁……允许她这样叫她?!

"傅之灵,我不理你,不代表我怕了你,我警告你,不要招惹我,否则……"纤纭眼神一肃,声色俱厉。

"哦?否则什么?"傅之灵真真是个娇蛮性子,竟而踱步上前,站在纤纭前面:"哼,真以为你是南荣家世女就了不起吗?到了这宫里,还不是各凭本事?凭我傅之灵,难道还怕了你不行?"

"哼!"纤纭唇角微动,眼神由狠厉转为鄙夷:"傅小姐未免过于自信!"

一言一语的争执,令前面的"良女"纷纷侧目看来,太后与皇帝皇后未到,竟有人吵起架来。

身边小内监忙道:"不要争吵,若是惊了驾,你们……"

"放肆!哪里轮到你说话?"傅之灵瞪向他,挑眉道:"你是何等身份,敢这样与本小姐说话,可知我是谁吗?"

说着,冷冷一哼,望向纤纭:"至于她,你可就更加开罪不起,人家可是南荣家世女,岂是你这等身份可呵斥的?"

"南荣家又如何?"

突地,一声冰冷沉哑的声音自身后传来,众人大惊,内监侍女、守卫"良女"纷纷下拜,恭敬中有莫名战兢:"参见皇上,参见太后,参见皇后娘娘、辰妃娘娘。"

声声如潮,傅之灵与纤纭方才回过心神,傅之灵慌忙拜下身去,纤纭望着一行来人,中间的男子剑眉如飞,深眸幽幽,挺拔身躯,犹若高拔青松傲立风雨,约莫二十几岁年纪,可那眸中隐藏的深邃却令人莫名心颤!

低眼望望跪坐一地的人,纤纭方才想起下拜,跪下身去,却是不语!

中间男子,黄袍加身,便定是帝王赵昂无疑!

"你,便是南荣家世女?"说话间,喜怒不形,无需抬眸,纤纭亦可感到那凉丝丝的目光:"是!民女纤纭。"

"纤纭!"赵昂缓缓踱步,走至纤纭身边,幽深目光上下打量她,只见她于穿花纳锦的众"良女"中一身白衣胜雪,长发流如黑墨,青丝如瀑,只一支碧玉榴花簪,与手中玉箫相映生辉,清灵纯透的女子,只一双水眸冰凉如雪。

"都平身吧?"赵昂沉沉道,众人谢恩起身,退避在一边,赵昂回身于太后身边立定:"母后,咱进去吧。"

昔太后一身华锦,眉目一派高贵,轻缓点头,途经纤纭身边,赵昂目光突地一肃:"朕倒要看看,南荣家世女有何本事!"

纤纭眉心一凝,目光迎上赵昂的眼,他的眼神依旧无波无澜,可那份深幽,却深沉得可怕。

目光不及收回,一双丽眸便狠生生地望过来,纤纭一怔,随即会意,心底不禁冷笑,那是皇后的目光!

她神情略微紧涩,灰暗无边,哼!怕她丢了南荣家的颜面吗?

纤纭冷哼,手中碧玉箫紧紧握住。

"惊鸿阁"内,暖香袭人,深秋,精致典雅的殿阁,两侧香木雕篆椅整齐布陈,上堂是鎏金龙凤座,太后、皇帝、皇后、辰妃纷纷落座,下面是偌大的一片空阔,青砖地面晃亮如洗,映着整个殿内的烛光灯火、阑珊如雾。

众"良女"行礼,款款落座在两侧香木椅上,堂上内监展一卷黄绸,高声念着官腔儿。皇上目光望在杨辰妃身上,那目光柔情深深,望得杨辰妃面如霞霭,微笑低首,皇后目光冷淡,神色如霜,昔太后道:"好了,不要尽说些个无用的。"

满口皇上仁德、皇后贤淑的内监忙住口,回身恭敬道:"是。"

说着转身,对向堂下众"良女":"高家次女。"

声落,一女子款步上前,一身金丝杏黄长绸裙,发上步摇流荡如风:"民女高墨兰,参见皇上、太后、皇后娘娘、辰妃娘娘。"

"平身。"赵昂平声道:"高墨兰,可是观文殿学士高仓之女?"

高墨兰眉间一喜,微笑道:"正是。"

"听说你善琵琶?"太后问道,高墨兰低身一礼:"回太后话,只是略懂一些。"

太后点头,眉眼间堆着笑,高墨兰知书达理、温柔得体,太后显然十分满意。

内监示意两侧侍人,递上琵琶,高墨兰怀抱琵琶,指尖儿拨动琴音,如天际幽幽浮动的流云,令人心旷神怡。

但,纵是如此,皇帝的目光,却仍旧不时流连在杨辰妃身上,不曾有丝毫动摇。

高墨兰一曲终了,见皇帝再无所言,难免失落,但仍旧礼数不失,恭敬地退在了一边。

接下来,是一个个"良女"各显其能,书画琴声、诗词歌赋,都不过平常而已,在皇帝眼中,书不及杨辰妃的娟秀行书,画不及杨辰妃的飞墨浓彩,琴不及杨辰妃的仙渺动听,歌不及杨辰妃的婉转悠扬。

傅之灵抚琴歌一曲,皇帝却连眼也未曾抬起。

恨恨的不甘,尽数写在脸上,却无奈皇帝不动分毫。

"南荣家世女纤纭。"内监一声,傅之灵方才回过心神,愤然转身,与纤纭目光相对,纤纭鄙夷一笑,冰雪目光,不避半分。

傅之灵恼怒,却无法,退在一边。

纤纭轻轻低身:"纤纭参见皇上、太后、皇后娘娘、辰妃娘娘。"

皇帝目光突地一转,幽深中颇耐人寻味:"哦?南荣家世女?"

之前十七名"良女",除第一位高墨兰,赵昂从不曾言语,纤纭抬眸淡淡道:"是。"

皇帝望一眼她手中玉箫,笑哼道:"你可是要吹奏一曲?"

纤纭点头:"是,但请皇上准许,将民女事先备下的画屏搬上殿来。"

赵昂侧眸示意,内监会意,向身边侍人使个眼色,侍人便自偏处,抬上四展纯白绢丝高画屏,屏上无一丝沾染,映得烛光轻轻,白得晃人眼目,女子身后一方横台,笔砚丹朱、青墨香郁。

赵昂道:"南荣家世女,请吧?朕……拭目以待!"

纤纭淡淡一笑,纤指搭上手中玉箫,清碧通透的箫管,音质空灵幽渺,整个殿宇突地静谧有若万籁俱静的深林幽谷,蝉叫鸟啼,尽皆失去,唯有淡淡青木余香袅袅缭绕,和着那箫声的空灵,仿佛那流泻的时光,便在吹箫人指尖儿间跳动中起起落落!

殿外,拂进微风丝丝,纯白色凉丝菱纱裙飘飞如云,绝色佳人、碧玉箫凉,那音不若先前几位弄乐"良女"般或欢快、或幽婉、或静淡如水,那箫声中,仿佛凝着悲伤欲绝的思念,无端使人内心惊恸、悲凄伤感!

人人闻之不免黯然,赵昂眼目微滞,目光终于凝定在堂下"良女"身上,皇后望去,唇角微微一勾,挑眉望向杨辰妃,杨辰妃秀眉微凝,似亦沉醉在那幽幽凄楚的箫声中。

突地,渐入佳境的声音戛然而止。

人人心上皆不免一颤,仿佛断了的箫声。

纤纭目色流转,回身,一袭白衣翩然如仙,汤汤广袖飘如云动,抡腰间,云毫檀香笔紧握手中,足点轻盈,旋身摆裙,墨韵幽幽,一笔一画、一勾一动,皆如同仙子凌波踏雾,灼灼其华、灵动脱尘。

箫声余音犹在,绝色女子翩然素裙舞蹁跹。

不需几时,四展画屏,香墨幽幽,梅兰竹菊跃然纸上!

舞裙、碧箫、墨画!

绝色女子一行一动,如雪回风,青葱玉指行书间,隽永娟秀的小字,错落画屏,画笔一勾,女子舞落屏边,微微低身:"纤纭献丑了。"

人人犹在恍惚中不能回神,被这一句突地惊醒,却皆不禁骇然失色。

只见殿堂之上,黄袍挺立的威俊男子,不知何时,已然自座上站直身子,正缓缓踏下阶台,目光惊艳!

他踱步至画屏前,看那末位一副清菊傲然,便似立在一边的女子,绝色而风骨如菊。

"秋风清,秋月明,落叶聚还散,寒鸦栖复惊。相亲相见知何日,此时此夜难为情;入我相思门,知我相思苦,长相思兮长相忆,短相思兮无穷极,早知如此绊人心,何如当初莫相识。"赵昂嗓音沉稳,幽幽吟道,转目望在女子绝美的脸上,只见那眼眸水光盈盈,这一字一句,难道竟是她此刻的心境吗?

只是,那愁绪只有一瞬,冰雪眸子便冷冷望来:"皇上,南荣家世女本事如何?"

赵昂一惊，女子一脸倨傲，无半分惧色，直视而来，单单就是这份勇气，便是其她"良女"所不能的。

微微一笑，道："名门之后，果然不同凡响。"

纤纭略一低身："谢皇上夸奖。"

堂上，皇后略显得色，细眉微动，紧紧盯望着杨辰妃，杨辰妃此时方才回神，淡淡妆容下，亦显出一丝愁虑。

歌消舞散，众"良女"各自回房，等待册封。

纤纭一曲四座惊，众人只看着她一袭白裳出尘，静静走回房间，她依旧面无表情，并不因皇帝的眷顾而有分毫得色。

可是回到房中，她却突地感到身心俱疲，缓缓抬起手中玉箫，望着那一管碧玉通透，心思却无比哀凉：欧阳凤，自你走后，我便再不曾着这一身白裳，更不曾将这属于你我仅有的玉箫拿出示人，今日，我统统都做了，我……想忘记你！

可是……

身子绵软，幽幽跌坐在圆椅上，今天，她挥墨画竹，便不由得忆起了欧阳凤的翩然风姿，如竹气节，清逸高尚，画笔下，便多了一份情浓。

长相思兮长相忆，短相思兮无穷极！

欧阳凤，对你的思念，究竟何时才会终止？！

泪水滴落在唇际，咸涩的苦。

"南荣家世女纤纭。"

突地，屋外传来内监尖细的声音，纤纭回过心神，转身出门，但见一内监神色傲然地站在屋门外，这一声通传亦惹得周围"良女"纷纷望来，傅之灵更加冲出房间，狠狠望着纤纭。

内监道："皇后娘娘召见南荣家世女！"

皇后召见？纤纭一愣，随即会意，当朝皇后乃南荣子修正室夫人秦柔亲妹妹，自己以南荣家世女身份入宫，想来这位皇后娘娘必定有所交代吧？

冷冷一笑，并不言语，随着内监而去。

傅之灵随上两步，牙关紧咬！

※

皇宫果真不同，十月深秋，木叶落，芳草化为薪，可皇宫景致却仍若春日，秋菊红枫相映火热，秋阳余晖脉脉如水，染红天际云端。

皇后所居"凤元殿"，金煌华贵，飞凤描金，气派比着"玉廷宫"不知胜过多少。

纤纭立在殿堂内，看皇后一身华锦，缓步走出内殿，神色一派高贵，落座在正中间，纤纭盈盈下拜："纤纭参见皇后娘娘。"

皇后点头："好了，自家人也不必这许多客气。"

说着,向身边侍女示意,侍女会意,奉上一盏香茶,纤纭谢过,却不饮,放在一旁桌边。

余光扫视四周,只见偌大殿堂除她与皇后之外,便只有皇后身边贴身侍女一人而已。

"都说了,不必客气,这茶可是皇上新赏下的,是今年刚上的供物,外面可是尝不到的。"皇后平声道。纤纭细眉微挑,道:"不知皇后召见纤纭有何要事吗?"

皇后一怔,倒不像她的单刀直入,眼神一动,随而道:"呵,今日甄选,你可真真是为我南荣家挣足了颜面,说来,你我也是一家人,我身为皇后,自要恭贺你一句。"

纤纭冷笑:"哦?如此便多谢皇后娘娘抬爱了。"

皇后起身,缓步走近纤纭:"纤纭……是吗?"

纤纭略一低眼:"是。"

皇后上下打量她,却见此女果真楚腰纤细,纭纭青丝犹如黑绸,人如其名,当真绝世美人。

"纤纭,咱一家人,不说两家话,你可知,皇上登基五年,唯宠杨辰妃一人,今儿个你也见了杨辰妃,说实在的,比着你,可是差着呢。"皇后一番赞美,说得傲慢,听不出半分好意:"你可知,皇上已多久没正眼看过其他女人?"

纤纭不语,皇后又道:"今儿,你在'惊鸿阁'一舞,不仅绝色倾城,更是才情出众,可惹得皇上一路为你凝神,便是杨辰妃都未与他说上句话呢。"

"是吗?"纤纭淡淡道:"纤纭愚钝,不知皇后娘娘所言之意。"

皇后一怔,傲然眉目,突地凝住:"如此灵秀的人,会不懂吗?"

平静语色见了严厉,纤纭一笑:"务请皇后娘娘直言。"

皇后气息一滞,便要发作,却被一边丫鬟拉住,皇后望她一眼,随即平一平气息,冷声道:"你我本是一家,日后在这宫中,要懂事些,你身为我南荣家世女,更要知道些规矩。"

"哦?"纤纭粉唇轻轻抿笑:"纤纭懂了,皇后之意,乃要纤纭知道些规矩,日后,以皇后之命是从,可是吗?"

纤纭眼神冷冽,犀利逼视,皇后脸色沉沉一暗,深深感到,此女绝不简单!

姐姐啊姐姐,难道你们竟给妹妹送进一名劲敌吗?

双手紧握,道:"你是我南荣家举荐进宫的女人,自当听命于我!"

声色俱厉,纤纭却仍旧云淡风清:"哦?我是南荣家世女,便要听命于皇后娘娘吗?"

"你!"皇后正要发作,便又被身边侍女拦住,皇后望她一眼道:"乐巧,你干嘛?没见她如此放肆,竟敢如此与皇后讲话,如今不过'良女'而已,若是日后封妃,可还了得吗?"

说着,吩咐道:"乐巧,给我掌嘴!叫她知道一下,什么是规矩!"

"皇后……"

"住口。"皇后显然气急,厉生生瞪着乐巧:"要我亲自动手吗?"

"奴婢不敢!"乐巧忙低身,随即走近纤纭身边,纤纭扬眉,傲然望着走来的清秀女子,她凝着眉,显然心中有所顾忌,纤纭淡笑,直直望着她。

"啪"的一声,清响干脆,纤纭身子挺直,却无动分毫,目光仍旧迫视在乐巧身上,看得她

低下头去。

皇后冷笑道:"不要以为皇上多看你两眼,便得意上天了!这宫里,可还不是你能撒野的地方!"

"多谢皇后娘娘赐打,纤纭……记下了!"冰雪目光,冷风飘忽,纤纭冷冷望着皇后,那目光一触,徒令人遍体生寒。

皇后略微一怔,随而道:"哼!今日只是小惩大诫。日后便不要不知进退!"

说着,坐下身去,傲然道:"退下吧。"

纤纭冷冷低身:"纤纭告退。"

飘白背影如轻云幽幽拂去,皇后转眸望去,凝定的眼神,陡生狠厉之色——

姐姐,你说若要分得杨辰妃之宠,便不可孤军奋战,可是……你们却怎会举荐这样一名女子入宫?!不是叫我更加难做,腹背受敌?

想着,站起身来:"乐巧,去,速召护国将军夫人入宫!"

乐巧犹在慌乱中不能回神,听了,忙一低身,向外跑去。

※

夜,紫芳宫!

幽幽月色凝结星华如冰,雕栏轩窗,秋霜冷雾,女子倚窗而望,星色竟是无光。

"辰妃娘娘。"身后侍女轻唤道:"夜深了,娘娘歇息吧。"

辰妃望着漫天凉星,轻轻叹道:"皇上没来吗?"

侍女摇摇头:"皇上叫林子过来说了,今日政务繁忙,要娘娘先睡下。"

"政务繁忙……"辰妃幽幽笑道:"今日甄选'良女',明日便是下诏之日,还有什么政务可忙,便是……忙着甄选吧?"

"娘娘。"侍女轻声慰道:"娘娘勿要担心,想皇上对娘娘情深爱浓,这甄选本便非皇上本意,娘娘不必担心。"

担心?自己竟是在担心吗?

这一句,简单普通,却无端触动心事,自五年前入宫来,自己由美人一路攀升,直至做到贵妃,仅居皇后之下,然赵昂仍感到不足以表达对她的爱慕,特在贵、淑、贤、德四妃之上,设辰妃加封自己,五年来,她已习惯了一国之君如平民般唯一的爱,可是今天……

想到"惊鸿阁"绝色女子一舞惊鸿,她的心,便不由得抽紧。

皇上,你只是惊艳是吗?你只是……一时恍惚,是吗?

我们,有五年的感情,不会如此轻易,便被一展墨画,一舞一箫所湮灭,是不是……

泪水簌簌滚落,望着天际冷月如霜,心,亦是如此!

次日,皇帝封诏,入选八名"良女",七名封正三品美人,唯南荣家世女纤纭为正二品婕好!

— 77 —

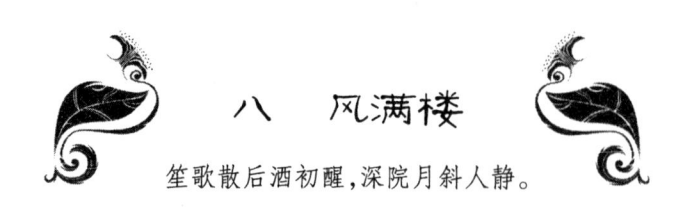

八　风满楼

　　笙歌散后酒初醒，深院月斜人静。

　　下诏之日，满朝皆惊，南荣家世女皇上亲册正二品婕妤，便是当年宠若杨辰妃，亦不能比，人人议论间，对此女传言近乎离奇，只说她艳冠群芳、才华横溢，有若天上谪仙临世。

　　南荣景须下朝回府，甚是得意，子修却于父亲的喜悦中，心如刀割！

　　是啊，以纤纭之姿容，定便是令人着迷的，一双冰雪美目便足以魅惑天下男子！

　　皇上也是人，也是血气方刚的男人，纤纭……你终于如愿以偿了，我是不是该死心了呢？

　　回头望望喜气盈盈的房间，傅南霜独守空闺已有三日余，他曾努力，他曾勉强过自己，可是……他做不到，他无论如何也做不到！只要闭上双眼，眼前缭绕的便全是纤纭的影子，她的歌、她的舞、她的惊鸿一瞥！

　　"子修哥哥。"不知何事，傅南霜已立在身后，"用些茶点吧，早上你便没有吃，这会儿早该饿了吧？"

　　子修回身，淡淡道："放下吧。"

　　风俊男子愁容满面，坐下身，眉间心事一览无余，傅南霜亦坐下身来，笑道："子修哥哥，你有心事？"

　　子修随意搅动着碧玉碗中清澈的莲子汤："没事。"

　　傅南霜心头一冷，成亲三日，她一直心心念念的子修哥哥，却对自己更加冰冷，倒不如从前。

　　"子修哥哥，南霜知道，你心里有怨，你并不真心想要娶我，我都知道。"说着，微微哽咽。子修抬首，但见女子一双泪眼凝结，静美容颜，被忧伤染尽，放下手中汤匙，慰道："你不必多想，也不用……对我太好。"

　　"子修哥哥，我愿意等你。"女子举眸，泪雾中有一点晶莹闪烁，痴痴的望着他。南荣子修一怔，傅南霜眉若烟黛、唇如红丹，本也是美极的女子，可是……

　　终究低眼，道："不用对我好，更不用委屈自己。"

"那么……你又为什么要娶我？"泪水终于簌簌而落，傅南霜握紧双手，怔然望住他。子修避开她的目光，道："你该知道，你我的婚姻，早非男欢女爱那般简单，我们之间……都有太多的束缚和不得已，相信，你明白的。"

"不！"傅南霜身子微微前倾，目光迫视着他："我是喜欢你的，从小就喜欢，我没有束缚，没有不得已，我……"

她咬唇，终归闺阁女子，面色顿时潮红："子修哥哥，我会等你，多久都会，我是女人，自有女人的敏感，我知道……这三年在外，你定然有了心意相许的女子是不是？可是，南霜已然嫁你为妻，便要终身守护你，南霜亦相信，任何爱都会淡，任何情都会浓，便如皇上，爱杨辰妃五年如一，如今还不是……"

"住口！"子修猛地站起身来，面沉如灰："皇家之事，也是你可议论的吗？南霜，你身为丞相之女，自小习得规矩，便不知……这皇家之事，说不得吗？"

本来忧愁的眼，如风雪突降，傅南霜仰头望着他，一时愣住。

"子修哥哥……你……"缓缓起身，泪水如珍珠散落，唇上一点胭红被泪水浸透，子修却转过身，冷道："好了，你先出去吧，我想静一静。"

"子修哥哥……"

"出去！"莫名之火匆遽，一掌拍在桌案上，傅南霜吓了一跳，全身不禁一战，她望着他，泪水早已淋湿粉颊。

为什么，为什么会是这样？

子修哥哥，即使你不爱我，即使……你讨厌我，可是……我并没有逼你娶我啊！是你南荣家到我傅家提亲，是你亲口允诺了这桩婚事，可是为什么……

泪水倾绝，转身奔出门去——

子修哥哥，为什么……你要这样对我？！

南荣子修亦感到心如刀刺，南霜，不要怪我，我的心，早已经被人生生挖去，挖成灰烬、挖得空空如也，真的……再没有余地容纳任何人！

月如霜，凝结，成夜！

八名"良女"唯纤纭居于贵雅清幽的"关雎宫"，并有宫女四名，内监两名，关关雎鸠，在河之洲，皇帝眷爱亦不言而喻。

纤纭依旧一袭白衣，手中紧握碧玉凉箫，清净庭院，一曲幽凉，月色流华，便是冰冷彻骨的寒光！

夜风徐徐，庭院中，木芙蓉花瓣儿点点如绣，便如一朵朵盛开在裙袂上的至美花样儿，一丝一绣，巧夺天工。

持箫女子，睫影渐渐沉重，月华淌过碧箫，玉色如冰！

"秋风清，秋月明，落叶聚还散，寒鸦栖复惊。"身后，突地传来男子沉稳的声音，箫音顿然止住,女子回身,只见男子眉眼凝笑,一身黄袍,缓步走近自己身边,纤纭忙一低身:"参见皇上。"

"平身。"温暖修长的手指,扶住纤纭的手,纤纭竟是一惊,本能地向后撤去,抬眼之间,惊便转为冰冷。

"怎么?你怕朕?"赵昂欺上一步,依旧淡笑:"呵,在'惊鸿阁'你可是厉害得很,丝毫不把朕放在眼里。"

"妾不敢。"纤纭侧眼,不欲面对他凝视的眼神。

"看着朕。"高大的身影遮覆下来,掩住唯有的淡薄月光,他的声音极尽温柔,可听在纤纭耳中,却那般不堪,她转过身,却被一双有力的手,狠狠扳过身子:"朕说……看着朕!"

本来凝笑的眉眼,突如夜风侵袭,冷得令人惊颤。

纤纭望着他,月色打在白皙面容上,那绝色容颜,便有几分苍白的恨意:"看着你又怎样?"

曾几何时,自己亦曾要欧阳夙这样看着她,这样面对她,可是欧阳夙说——看着你又怎样?

每每思及此处,便是锥心之痛。

"放肆!"赵昂双手下滑,滑到女子腰间,猛力一拥,温柔细语,便在耳边划过:"你可知,你有多放肆!竟敢这般与朕讲话?"

纤纭手上用劲,正欲推开他,他便继续道:"南荣家送你入宫,便是要你迷惑朕、勾引朕的不是吗?朕来了,你现在干什么?临阵退缩吗?还是自命清高?"

嗓音微哑,语色讥诮。

纤纭一怔,便感到耳际有丝丝湿热袭来,他的吻,已热烈在自己耳垂雪颈,既而滑向柔唇。

纤纭猛然一惊,用尽气力推开他,赵昂显然准备不足,向后踉跄,随即站稳,目光中倒有一丝惊异。

没想到,她竟有这样大的力气!倒像是习过武的!

上下打量她,面色更如冷霜:"哼!竟还是带武进宫的?"

说着,再次迎身上前,双手钳住她娇细手腕,纤纭欲要挣脱,可有备而来的赵昂,自不会再被她轻易脱走。

"放开我!"纤纭狠狠盯着他,赵昂却一使力,突地将她推到在庭院凉石圆桌上,十月,夜风微冷,那寒便自背心处侵入心间。

脑中突地轰鸣。

眼前男子,本是俊毅风流的脸,倏然变做狰狞的面孔!

十二年前,母亲萧涟亦是一身白衣,被人于死沉沉的夜幕下,百般凌辱!

"你竟带武!南荣家迫不及待到这般地步了吗?派你来刺杀朕的?是不是?"赵昂厉声吼道,将她肩上薄细的纱绸,一扯而下,纤纭瞪住他,嘶声道:"是又怎样?"

语声未落,赵昂便感到肩上一阵尖锐的刺痛,他大叫一声,惊痛之下站直身子,望女子衣衫凌乱,目如刀锋,手中却紧紧攥住一支细长金簪,赵昂摸一摸肩头,血迹已染:"你……便当真不怕死罪?"

纤纭握紧金簪,抵在自己喉间:"皇上,你虽贵为一国之君,却不可左右人心。昨日,皇后娘娘已警告过我,叫我如何安守这宫中规矩,纤纭不以为然,若皇上当真以为纤纭乃南荣家派进宫来的女人,那么大可以杀了我,又何必要这样侮辱我?"

"侮辱你?"赵昂冷笑:"难道,朕临幸自己的嫔妃,叫做侮辱?"

"临幸?"纤纭目光如冰,哼道:"难道,陛下临幸杨辰妃时,也是如此粗暴无礼的吗?"

赵昂身子一震,他不想,这小小女子果真傲骨一身,倒不像作假。

他原以为,"惊鸿阁"中,她不过逢场作戏,什么清高冷傲、风骨非常,都不过假象罢了,南荣家送进宫的女子,岂会单只为富贵荣华?

可是今晚,他却遭遇了无比强烈的抵抗!

难道……她竟真真不想得到宠爱,然后祸乱他的心吗?难道,南荣家送她进来,便只是为充盈自己后宫吗?

赵昂略一思量,不禁自嘲!

不会!绝不会!

"南荣婕妤,真好个南荣婕妤!"赵昂沉声叨念,纤纭却更加冰冷的凝住他:"皇上,请皇上不要叫我南荣婕妤,纤纭有姓,若皇上真真怜惜纤纭,纤纭恳请皇上,准许纤纭恢复本姓。"

"哦?你不姓南荣吗?"赵昂疑道:"难道……"

"回皇上,纤纭本姓沐!"纤纭一字字咬紧唇齿,赵昂凝眉,不解地望着她。

她,竟不姓南荣!怎么会?南荣家若选女子入宫,如何不从自家人中挑选?难道……便是因了此女的天姿国色?

平静下气息,方道:"你不是南荣家人?"

"不是。"纤纭冷静道:"民女出身青楼!"

青楼!

这一惊着实非小,赵昂上下打量她,见她白衣翩然如雪,傲骨若冷菊凌霜,那眉目间的贵气,更有着与生俱来的清高,如何……竟会是青楼女子?

转念一想,面色冷淡,目光变做审视。

纤纭会意,冷笑道:"皇上定是在想,哪一个青楼女子会如此吝惜自己的清白?可是皇上,纤纭会,纤纭虽自小于青楼歌舞,却从来陪酒不陪客,陪歌不陪坐。纤纭所言句句属实,若皇上不信,自可杀了纤纭,以绝后患!"

夜色,如同被雾水隔绝,朦胧得扑朔迷离。

赵昂不解地望着她,心思竟迷惑了!

她,竟不是奉南荣家之命入宫的吗?若她所言是实,精明若南荣景须,又如何会选上这样一名刚烈的女子？

还是……

赵昂终究半信半疑，冷冷道："杀你？朕当然不会，不管你姓南荣也好，姓沐也罢，都已是朕的婕妤！"

趁纤纭不备，赵昂突地扬手，夺下女子手中金簪，纤纭一惊之间，已被他拥在怀中："朕……对你更有兴趣了！"

"皇上！"纤纭欲要挣脱他，却无奈他力气极大，感受他腕上的力道，其武艺绝不在南荣子修之下，也许……与欧阳夙亦是相当！

想到欧阳夙，心中隐隐作痛——

欧阳夙，若你当初信守诺言，留在我的身边教我武艺，今天，我便不会被人这样欺负！

"皇上……"那痛深入心间，音色微微颤抖："相思相见知何日？此时此夜难为情！"

纤纭一字一顿，一声一颤，冰雪目光幽幽凝视着他，赵昂的动作慢慢放缓，轻轻直起身子，威严龙目静默，突然沉静得可怕。

犹记得"惊鸿阁"，她一舞惊心，那题在菊花屏上的娟秀小字，一字一笔都是至深情意，赵昂是颇懂书法之人，再加上那首《秋风词》本便是思念入骨的一首，此时，在如此风疾雨迫之时，她……竟轻声念起这一句来，她的眼神幽幽迷蒙，似有水雾沾染冰眸。

难道，她的心中，竟有个人，令她思念到如此地步吗？

赵昂缓缓起身，她雪白裙裳已被扯得凌乱，露出白皙肌肤，月光流连在女子身上，宛如天境云中的冰雪玉人。

"你……有所爱之人？"赵昂沉声道，纤纭起身，略略整好衣衫，望着他："是！"

赵昂一怔，不料她答得如此干脆而不稍加迟疑。

难道，她……竟真真与南荣家毫无关系？只是被逼入宫吗？

赵昂疑惑地望着她，她一双雪眸，晶莹剔透，却有着无比坚决的恨意潜在眸心深处，窥之不免惊悚！

她眼神中的恨意，究竟源于何处？为何竟看得人如此战栗，陡生寒意？

"那么，你是为何入宫？"赵昂亦整整衣袍，跛步坐在圆椅上，扬眸望她，纤纭静默的面容，好似适才的一切皆不曾发生，转身冷道："回皇上，妾出身青楼，南荣家财大势大，妾尚有一姨娘需要照顾，纵有再多骄傲，亦要舍了去，不是吗？"

"哦？"赵昂依旧心存疑问，修眉轻挑："那么你如今说出来，便不怕南荣家整治你的姨娘吗？"

话音未落，纤纭便猛地跪下身去，依旧那般冰冷的面容，却分明是乞求的话语："若皇上真真怜惜纤纭，便请将纤纭姨娘接进宫中，纤纭自当感激不尽。"

"感激不尽？"赵昂轻笑，眉间似疏朗了许多："如何感激？"

极致温柔的目光望过来，敛却了月色迷蒙的光影，纤纭心中一颤，他略微前倾的身子，

微动的唇角,皆在眼前一点点扩大。

顾不得礼仪,连忙起身:"皇上,若是皇上不肯,民女自是认命了,可是……皇上的婕妤,不过一具死尸而已!"

"放肆!"赵昂拍案而起:"你敢威胁朕?"

"妾不敢。"纤纭容色无动,绝色容颜似从不曾泄露半分情绪:"妾虽出身微贱,却也有心有情,若是皇上若南荣家一般,以一国之君权威相逼,那么纤纭也便只有死路一条,再无他法!"

说着,竟不觉有几分动容情致:"本来,纤纭入宫,是抱着一线生机的,因为听闻皇上一心宠爱杨辰妃,此情不渝,纤纭方才敢踏进宫来,以敷衍南荣家,而保全姨娘,可是……"

冷冷一笑,讥诮的眼光在赵昂身上一扫:"可是纤纭错了,皇上亦不过如此,最是无情帝王家,五年的深爱,又能如何?也不过……"

"你大胆!"赵昂一怒,打断她:"朕不管你是南荣纤纭,还是沐纤纭,朕都要叫你清楚一件事情,如今你既已然入宫,便是朕亲册的婕妤,你心中的那些个所谓骄傲,所谓爱人,都已经是过去!"

说着,欺身上前,却觉腰间有隐隐刺痛,突地惊觉,抓住女子手腕,只见那纤柔细指紧紧握住一把匕首!

赵昂大惊:"你……竟敢携武器面君?该当何罪?"

纤纭冷哼:"纤纭便没打算在这宫中活命!要杀要刮,悉听尊便!"

"你……"赵昂气得脸色发青,深黑的眼眸阴郁更浓,他望着她,望着她的坚强与决绝,望着她的冰眸与绝色,心却不觉间慢慢妥协!

这,已是她今晚第二次刺他,前次只是金簪,这次便是匕首,可见她入宫,果真是带着必死的信念!

赵昂抓住她的手,冷冷问:"好个此时此夜难为情。那么,你如此守身如玉,便是为了……那思念之人吗?"

"不错!"纤纭依旧干脆而直接,是赵昂生平从未遇过的女子。

"他是谁?"赵昂犀利追问,眼光如刀,他不信,这世上还有谁,可与一国之君、坐拥天下的他相比?

虽然,他至今尚未掌握实权,可毕竟是九五之尊,是这天下之主!

纤纭目光微侧,墨色美睫映出重重月影。

"说!"赵昂手上加力,逼问。

纤纭泪水突地掉落:"他是谁早已不重要!"

自她的目光中,赵昂看到了太多的忧伤,甚至悲绝!

难道……

缓缓放开她的手腕,女子一声抽泣,那刺入心间的往事,如何会在此情此景这般尖锐?

"他……"赵昂放低了声音,望着女子柔软的撑住圆桌:"他不在你身边了,是不是?"

纤纭拭泪,不语。

月冷风清,十月,已是寒冷的夜。

"好!"须臾,赵昂方平静下眉目,沉沉道:"朕答应你,若非你心甘情愿,朕……绝不勉强于你!至于你的姨娘,朕亦会想法妥善安顿!"

飞龙卷云袍扬风而去,拂起落叶纷纷飘零。

纤纭抬眸望去,泪已干,唇角不过一丝浅淡笑意。

几年来,风月场中,阅人无数,皇帝亦是凡人一个,有男人所谓的尊严,有男人征服的欲望,更有任何男人皆不可免俗的猎奇心理,看惯了宫中女子千篇一律的温柔可人,千依百顺,便要有些新鲜,来刺激下这死气沉沉的皇宫!

纤纭缓缓坐下身,冷冷含笑——

皇帝?哼!不过如此!

然事情并不完全如纤纭所料,这宫中之事,她仍旧想得过于单纯,次日一早,天色尚蒙,"凤元殿"便遣人来请,说是皇后有请!

纤纭左思右想,难不成,那皇后专就爱自讨没趣吗?再一思量,豁然开朗,前次自己顶撞了她,以她与南荣夫人的关系,想来南荣家必会有所行动了!

果然,踏进"凤元殿"只见坐上除了皇后,身边还有一华衣女子,眉目端庄却凝重,严肃地望着自己。

若没有猜错,该是护国将军夫人秦柔无疑。

"参见皇后娘娘。"纤纭淡淡道,皇后轻应一声,望向身边的女人:"这位南荣夫人,想必你是见过的。"

果不其然,纤纭眼目不动分毫,拿南荣夫人压我?太天真了!

只见秦柔缓缓起身,一身华锦金丝线绕成绝美花样,踱步至纤纭身前:"纤纭,我想与你单独谈谈,不知可否?"

端庄眉目依旧凝结,纤纭一笑,道:"我与夫人似并不熟悉,我想没个必要。"

见她神色,纤纭便可猜得一二,她如此忧虑的情状,却并不像兴师问罪而来,那么,便必定是为了儿子,南荣子修!

莫非,南荣子修将一切都与她说了不成?

心底冷笑,淡淡别开目光。

"放肆!你以为你是谁?竟敢这样与护国将军夫人讲话?"皇后倏然起身,发上名贵珍珠钗啷当作响。

纤纭略一低眼,唇边笑意嫣然:"如何不敢?敢问皇后娘娘,纤纭乃皇上亲册婕妤,护国将军夫人……是不是亦要尊我一声婕妤!"

皇后一怔，秦柔更加肃厉了眉目。

纤纭望向她，笑道："夫人不必开口，纤纭亦知夫人之意，纤纭只说，南荣公子的一切皆与纤纭无关，他是痴也好，是怨也罢，都是他心甘情愿，亲自送纤纭入宫，至于他的悲欢喜乐，纤纭实在管不得！"

秦柔一惊，细眉微动，纤纭回过眼，果不出她所料，秦柔果真是为了南荣子修而来！

想想也是，傅家女子若皆如傅之灵一般，纵是南荣子修与她从未有情，又怎会有幸福日子？

秦柔略略舒一口气，上下打量着眼前女子，绝色容颜高扬，霜雪眉目自有一分隐约贵气，仿佛是与生俱来的风致。

自无天口中，她得知了纤纭，得知了儿子强娶傅南霜的真相，本欲与她商量，如何令子修死心，至少不要如此折磨三个人！可是今日一见，她方知，这折磨之中，却是绝没有她的！

子修啊子修，你是否知道，你如此痴爱的女子，竟是这样对你的？

不禁咬唇，肃厉地望着纤纭，纤纭挑唇一笑："不知皇后可还有吩咐？纤纭昨夜睡得不安，有些乏了。"

皇后早已气结，狠狠地望着她："不要以为，皇上多看你两眼你便飞上枝头，不要忘记，你仍旧是我南荣家世女！不管你姓沐也好，姓什么都好！你……在这皇城之中永远……都是南荣家世女！"

沐！她如何知道？！

纤纭猝然心惊，猛地转头望住她，清澈美眸突如霜雪临降："皇后娘娘如何得知？"

皇后一怔，一双眼微微滞住，犹疑间，纤纭却已然了然。

她，在监视她！

皇后故作镇静，侧开眼眸，低了声音："这宫中之事，若要人不知，除非己莫为！况且……本宫乃是皇后！"

纤纭冷冷一哼："哦？皇后娘娘果真神通广大。"

"你休要做些口舌之能！"皇后望住她，厉声道："你要清楚，我南荣家可令你进宫来，自可令你出宫去！"

"是吗？那么纤纭拭目以待！"纤纭淡笑，那笑冷入心骨："纤纭告退。"

"站住！"皇后急声唤道："本宫叫你站住！"

纤纭一身丝绣婵丝凌绣裙，淡薄如水的柔和绿色，如这秋日里一抹明丽春色，径直消失在大殿门口，飘忽不见！

"姐姐，你看到了吧？这就是姐夫选来帮我的好女子？你还不欲与姐夫说吗？还有子修，是哪根肠子不对，竟是喜欢上这样的女人？"皇后气急败坏，秦柔一脸凝重，转眼望向她："妹妹，你这性子也是要改改，只说皇上专宠杨辰妃，那杨辰妃温柔娴淑，我见犹怜，哪里像你这般跋扈？"

"姐姐,你今天都看到了,难道这女人也是温柔娴淑、我见犹怜吗?可皇上是怎么对她的?"皇后一声尖利,几欲滴下泪来。

"这……"秦柔凝眉,望向殿口,仿佛仍有女子绝丽的背影和淡淡不知名的余留纷香:"让我想一想!"

"姐姐,还想什么?还不叫姐夫赶紧除掉这个后患!"皇后拉紧秦柔的手,秦柔却道:"这事,远没那般简单!你且少安毋躁,若她真有越举,我亦不会令她好过!"

秦柔一字一顿,皇后无法,姐姐向来如此,心思细敏,却不露分毫,只是气得转身而去,直说今儿的午膳不要传来。

一路急行,御花园秋霜风好的绝美景致,纤纭却无心欣赏!

适才,皇后一个失言,令她全身一震,不寒而栗,看来,她果真低估了这后宫女子,总听说宫斗如战场,如今是真真见识到了。

回到"关雎宫",宫女内监共六名,迎上前来,纤纭突地顿足,目光扫视过去,本便犀利的眼神,更如寒霜冷箭,看得一个个尽皆低下头去。

纤纭突地平静下神色,缓步走近桌台边坐下,一袭柔绿色裙裳旖旎风光,直看得人心神荡漾,不可直视!

难怪八名"良女"唯有她可一步登天,册为正二品婕妤,果真是色可倾国,艳冠群芳!

一名侍女奉茶上来,纤纭接过,轻抿一口,脸上突地变色,纤手一扬,一盏热腾腾的茶水尽数泼洒在侍女身上,侍女一惊,轻呼一声,其他侍人亦是心中一颤,但见纤纭眉目肃厉,沉声道:"你想烫死我吗?"

那侍女连忙跪下,顾不得身上的茶水,吓得浑身颤抖:"奴婢不敢。"

纤纭起身,莲步轻移:"你叫什么名字?"

"莺儿!"

"放肆!"纤纭盯住她,目光自上而下望来:"回话儿,竟然不用奴婢?是谁教你的规矩?"

略一低身,疑问道:"皇后吗?"

一语双关,神色如霜,令莺儿身子不禁巨颤,脸色煞白,娇唇颤动却不得言语。

纤纭冷笑,目光扫视屋内众人,神色皆似莺儿一般,惶惶无主,却若有所思。

难道……竟全部是皇后派来的吗?

"给我教训她!"纤纭冷声道。

"这……"另一名侍女壮着胆子上前,颤声道:"回婕妤,便看在莺儿初犯,便饶她这一次,往后……"

"给我一起教训!"不待她说完,纤纭便硬声打断她,吓得那说情侍女双膝一软,亦跪倒在地上。

屋内唯有淡淡缭绕的紫木香烟杳杳如云,人人面面相觑,不禁倒吸一口凉气。

纤绘坐好在圆桌旁,摆弄桌上空空的碧玉流光杯,果然是个珍贵物件:"你们可听到了吗?是不是……叫我亲自动手?"

六个人早已慌了,却仍旧站着不动,一言不发。

他们皆不曾想,不过刚入宫的"良女"便会有这般气势,更加不想她言语间似乎察觉了一二,一时失了主意。

"真叫我自己动手吗?"纤绘起身,众人尚不及反应,便听得一声脆响,打响在莺儿脸颊,莺儿吃痛,轻呼一声,紧紧捂住脸颊,脸上有如火烧,唇际有咸腥的味道。

纤绘冷冷一笑:"怎么?你们……也要我一个个打去吗?"

"是谁惹了沐婕好生气?"

说着,只听殿外传来男子浑厚的声音,纤绘转眸看去,金秋骄阳,依旧如火,映着一声紫袍的男子身上,男子步履矫健,袍上龙纹云绣便虎虎生风。

"参见皇上。"众人皆跪倒在地,唯有纤绘不过微微低身:"妾参见皇上。"

赵昂伸手扶起她,回眼望着跪了一地的侍人:"这是怎么了?婕好才入宫,你们不知好生侍候着,便要惹婕好生气吗?"

龙威赫赫,莫名震彻,侍人们更似坐针毡,全身巨颤,左一声该死,右一声知罪,纤绘却无动于衷。

赵昂望着她,微笑道:"不知何事,惹得你这样生气?不如朕告诉你个好消息,如何?"

"哦?"纤绘细眉微挑,柳叶儿一般,婉柔悠扬:"纤绘如今这般处境,还能有何好消息?"

"自是有的。"赵昂近前一步,纤绘却后退一些,赵昂一怔,随即涩然一笑:"你不是不喜欢南荣二字?朕已重新下诏,册沐家女纤绘为沐婕好!"

纤绘并没想象的惊喜,只淡淡道:"谢皇上恩典。"

赵昂心中一冷,不禁有些失落:"你便无话可与朕说吗?"

纤绘望一眼身后战栗的侍人,再望赵昂,冰雪美眸流光盈盈:"有!"

"哦?"龙目精光一烁:"愿闻其详!"

纤绘白皙玉手微抬,指向身后六名侍人,冷冷道:"我……不喜欢他们!"

侍人们几乎跪着都已不稳,人人瑟缩着身子。

纤绘挑眸望着他,审视着赵昂的每一分表情,赵昂神情略微一动,随即笑道:"呵,这不过小事一桩,明儿个叫皇后……"

"我不要皇后安排的宫人。"不待赵昂说完,纤绘便打断他,冷声道:"若皇上果真如此怜惜纤绘,便自民间找些个样貌端正受看的,由纤绘亲自挑选!"

赵昂一震,不由凝了浓眉:"你……不要得寸进尺!"

纤绘冷笑:"是皇上定要纤绘留在宫中,若是皇上不喜欢,自可遣纤绘出宫,或一刀杀了纤绘,纤绘无怨无悔!"

"哼!"赵昂突地狠狠抓起纤绘手腕,目光森森地望着她:"想出宫?呵,没那么容易!"

一字字溢出唇齿,如一片片薄刀刮在纤纭脸颊上,纤纭扬眸看他,但见他龙目深深,唇边笑意却是冰凉:"不就是选几个宫女内监?朕……统统给你办到,即使不动你,你也休想出宫!和那个所谓相思之人双宿双栖!"

狠生生的话,自一双俊俏薄唇中说出,自是刚中带柔,他目光愈发激烈,进而揽住女子纤细素腰。

"皇上!"纤纭亦狠狠望住他,目光冰凉:"皇上堂堂男儿、金口玉言,莫要忘记自己曾说下的话!"

痴狂目光倏然暗淡,揽在女子腰间的手,亦缓缓滑下!

是啊,自己曾说过,若非她心甘情愿,绝不勉强于她!

哼!好个沐纤纭!沐婕好!好一句堂堂男儿、好一句金口玉言!

赵昂沉沉吸一口气,目光如若深渊:"移驾'紫芳宫'。"

随来的天子随从连忙跟上,龙步沉阔、匆急,途经六名战兢的侍人身边狠狠一瞪:"还不快滚?留在这儿惹婕好生气吗?"

纤纭望着天子沉郁背影,悠然一笑,缓缓坐下身来,自行斟一杯清碧香茶,这茶方才有了些味道!

※

次日,天子一道圣旨,诏令雍城上下官员,征品貌端正的少女四人,内监两人,为"关雎宫"所用,如若选上,必有重赏!

圣旨一下,天下哗然!

第四卷：相思劫数 Xiangsi Jieshu

九雁还飞

相思相见知何日？此时此夜难为情。

十相思劫

相见争如不见，有情何似无情

十一折玉箫

回廊一寸相思地，落月成孤倚。

背灯和月就花阴，已是十年踪迹十年心。

十二情何堪

衰杨叶尽丝难尽，冷雨凄风打画桥。

九　雁还飞

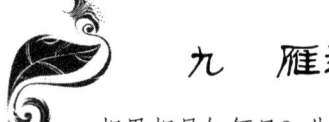

相思相见知何日？此时此夜难为情。

一道圣旨，雍城上下沸腾！

天子下诏，只为"关雎宫"甄选侍女内监，并许下重赏！便是杨辰妃在宠时，亦从未有如此兴师动众之时。

皇后听闻气极，与昔太后一番哭诉，昔太后眉色凝重，却一言不发，便与南荣夫人一般，好似心思深沉，却不知究竟是何想法。

皇后无法，只眼睁睁看着一拨拨美女与侍人送进"关雎宫"，再送出来。

秋已末，冬未央，倒是秋气流转，撞上树梢，萧飒鏦铮。

"关雎宫"本就清幽，遇着这叶落如雨的时节，便更是一番绝好景致，内监头天下诏便已选好，只是宫女选来选去都看不上眼，纤纭已少了耐心。

满一杯清碧香浓的"冷如玉"，香茶温热，那碧色却好似冷香美玉，方才令人心思安宁下许多。

新选好的内监喜顺小声道："婕妤，今儿个还有一拨，若是婕妤累了，便叫她们退了去，明儿个再来。"

纤纭抿一口香茶，轻道："不必了，叫她们进来，若选不出如意的，明儿个也便不用选了，这过去了三四日，都选不出个顺眼的女子，难道这雍城都没有女人了不成？"

喜顺眉一蹙，犹疑一忽，终究忍下了话。

纤纭何其敏锐，放下手中茶盏，平声道："怎么？才进宫来，便与我隔着心吗？"

一句话惹得喜顺连连拜倒："哎呦，喜顺可不敢，只是……只是有些个话，不知当说不当说啊。"

"你自管说来，在这'关雎宫'没有当与不当，只有说与不说！"纤纭平心静气中带着几分威严，喜顺忙放低了声音，轻道："回婕妤，其实呢……倒不是这京中无人，只是……只是包括小人[1]入宫时亦曾听闻，说是……说是……"

"吞吞吐吐做什么？"纤纭瞪向他，喜顺忙跪下身道："说是婕妤您性子暴躁，'关雎宫'暗无天日，之所以下诏甄选，乃是皇宫之中无人敢来侍候婕妤，并传……并传婕妤入住'关雎宫'不过数日，已横填几条人命！"

人命！纤纭纤手紧紧一握，却冷笑，真好个流言猛如虎，难怪这两天选来选去也选不出个人来，原来竟是不敢来？

纤纭望着喜顺，命他起身："哦？倒是传得有模有样，那么……你又为何敢来？"

喜顺道："不敢瞒婕妤，喜顺也是不敢来的，是……是……是在街上，被人抓来的！"

"什么？"纤纭眉尖儿微蹙，倒凝了几分郑重："抓来？"

喜顺点头："是啊，若是不出喜顺所料，这些个宫女之所以没个品貌端正的，亦是官家自街上抓来而已。不过……不过喜顺自进宫来，看婕妤的一言一行，谣言也就不攻自破了！"

"哼！倒是会敷衍我！"纤纭起身，喜顺小心望过去，她虽言语肃厉，绝色容颜却依旧平和："去，叫她们进来，若是今儿个还是选不出满意的，明儿我倒要问问皇上，这流言是何人传出的！"

喜顺应声，急匆匆地去了。

不一会，六名女子便亭亭立在了"关雎宫"堂内。

纤纭逐个望去，但见六名女子人人神色紧张，深深垂首，不禁有些气躁，狠声道："都抬起头来。"

喜顺亦道："听见没，都把头抬起来，给婕妤好好看看。"

几名女子颤颤抬首，眼睫却依旧低着，唯一一名容色秀丽，眼边带笑，敢于悠然望向纤纭。

与那平静如水的目光一触，纤纭倒是一惊，若真如喜顺所言，那么她们皆该对自己畏如洪水猛兽，却为何此女子眼无波澜，一派天真无邪？

心气疏朗下许多，起身，踱步至女子身前："你叫什么名字？"

那女孩不过十五六年纪，恭声回道："回婕妤，民女莓子。"

"莓子。"纤纭点头，上下打量一番，笑道："倒是个灵巧的姑娘。"

转身对向喜顺："这个留下了。"

喜顺应着，看向莓子："来，你站到这边儿，等会儿我带你去换件衣服，学些个规矩。"

莓子微微低一低身谢过，倒不像是勉强来的。

纤纭目光微移，扫视其余无名女子，女子们个个神情闪躲，不敢看她。

"你叫什么？"冰雪目光突地停在最后一名女子身上，那女子一惊抬首，又赶忙低下，颤声道："民女……民女……芊雪！"

"芊雪？"纤纭略一思量，微笑道："雪定是落雪的雪，却不知哪一个芊字？"

"回……回婕妤，芊绵的芊。"芊雪小心作答。

"芊绵？"纤纭幽幽说道："那么便是芊绵细雪的样子了？"

芊雪低头，不语。

纤纭细细看向她，但见她眉如柳黛，眼若香杏，一身月白色轻纱裙，绣隐花傲梅飞舞，更衬得白皙肌肤果如落雪纷飞，芊绵柔细。

"喜顺，这个，也要了！"纤纭淡淡一声，那女子却大惊失色："婕妤……"

"大胆！"见她神色，喜顺便知不对，忙上前道："婕妤看上你，是你的福气。"

"不！不！婕妤，婕妤容禀，民女是同大哥一起才进城的，民女不过在街上等着大哥，便被人抓来了，民女的大哥若是不见了民女，定会急死的，还请婕妤开恩，放民女回去与大哥团聚。"

说着，便跪下身去，一双杏目，泪水盈盈，连连磕头。

纤纭淡漠望她一眼，再望向喜顺："我这儿也无需那么多个人侍候，有你和来盛，再加上这两个宫女便够了，你回头去回了皇上，就说沐婕妤谢恩！"

芊雪闻之，紧紧咬住嘴唇，匍匐上前，抓住纤纭裙角："不，不！民女求婕妤开恩，民女……民女不能与大哥分开！不能啊！婕妤开恩，便放民女回去！民女感激不尽，定将永世感念在心。"

泪水簌簌，落如疾雨，真情流露。

纤纭低眼望着她，一双雪眸，却无端染了绵绵风霜。

不能分开？哼！如何不能？怎么不能？便连说过永远不弃的人，皆可以一走了之，这世上还有什么是分不开的？！

"没有谁和谁是分不开的！没有！"狠狠撒足，芊雪便摔倒在地板上："婕妤，婕妤……"

喜顺过去扶起她："别叫了，还不快谢婕妤恩？"

"不！不！"芊雪犹自挣扎："请婕妤开恩，放民女回去啊！"

一声声哭喊，几乎响彻"关雎宫"宁静的上空，细云丛丛，流过天际，秋末冬将，一脉浮云似雪来，望得人莫名悲哀。

纤纭转回内殿，眼望窗外如雪细云，悠悠往事，突地思之断肠！

怎么……不过一个民女的几句话，便再又勾起了这许多回忆，如冰尖儿刺进心里，融化，亦是冷冷寒意！

欧阳夙！当初，你究竟为何要走，为何……要不辞而别！留给我一片凄凉天地，你可知，自你走后，这方天地，便再没有过一丝阳光？！

泪，不期滑落！

欧阳夙，难道我沐纤纭便注定一生无依？一生……无法忘记你！

夜，浓重。

星色暗淡如灰，月华冷冷凝结成冰，将峥嵘庄素的皇宫笼在一片凄迷素银之下，平添一分凉冷。

月过中天，"关雎宫"雾冷花寒，大片成簇的木芙蓉开似锦绸，偶尔飘飞的残香花瓣儿落

入泥泞,便成花屑。

秋夜,总睡得不甚安稳,无端心烦气躁,脑中尽是些前尘过往,密密交缠在心里。纤纭索性起身,披一件玫红色缂丝纤绒披,内里一件宽而流畅的纯白色斜织裙裳,曳地轻盈,拿了青碧玉箫,踱步至花园中,一阵淡淡浮香迎面而来,倒叫人心中舒畅许多。

"大哥,你在哪?定是急着寻我呢,是不是?芊雪在皇宫啊,芊雪……要怎么才能告诉你啊!"

突地,一女子声音自夜雾中隐隐而来,纤纭眉一凝,缓步走近成片木芙蓉边,但见那边侧立着的女子,身子瑟缩,抽泣声声,已换作了一身绸翠色宫女装,在这冷冷夜幕下,仿似一片孤叶飘零无度。

"你在这里做什么?"纤纭冷冷一声,芊雪一惊回身,一双杏目,泪眼婆娑,慌忙跪下身去:"参见婕妤。"

纤纭看也不看,径直走了两步,纤指捻着木芙蓉柔软的花瓣儿,状似不经道:"这么晚了,还不去睡?明儿个怎么能有精神?你既是被抓入宫,该是听说了,在这'关雎宫'当职可是件可怕的事情。"

芊雪秀眉微凝,道:"回婕妤,奴婢是……是才到京城的,并未听闻过什么。不过与大哥分开一时,便被抓了来……"

说着,又不禁哽咽如泣:"婕妤,奴婢……奴婢求婕妤,便放奴婢回到民间,奴婢……奴婢不可以与大哥分开啊!"

纤纭手中紧紧一握,一朵艳丽的木芙蓉被整整折断,握在手心中,碾作花泥。

芊雪猝然一惊,望着女子绝色容颜有如霜冷,不觉身子微微颤抖。

"我说过,没有谁和谁是不能分开的!"眼光转向芊雪,一张灵秀清美的脸,映入眼帘,苍白无色,但见她泪眼如梭,愁思凝结,纤纭心思陡然一转,看着她:"那个大哥……并非你亲哥哥吧?"

芊雪苍白容颜突有红云朵朵,映着木芙蓉嫣红的颜色,更显得娇羞动人。

无需她答,纤纭已了然于胸,将手中花泥放落,一片片残花随风而逝,余香依旧撩人。

"是心上人,对吗?"纤纭望着手中染红的胭脂色,淡淡道。

芊雪不语,纤纭转眸望向她,挑唇一笑:"不说便算了,就老死在这宫中吧。"

"婕妤!"芊雪闻言,急道:"不敢瞒婕妤,芊雪自父亲过世,便唯有大哥照顾,确是……非大哥不嫁的!"

非他不嫁!

无端刺痛心事!纤纭望着她,女子娇而动人的楚楚情致,又怎不是自己当年模样?

忽忆当年悲苦事,情丝难绾旧芙蓉。

纤纭突地冷笑,秋香色锦绣鞋踏过片片残花。

缓缓抬手,月色流过碧玉凉箫,红唇嫣然而动,碧箫如寒,箫音便自飘渺间幽幽而来。

那是她与欧阳夙最爱的曲子,一曲婉转,恸人心肠!每每吹奏,皆会想着曾与她共同抚琴的人,如今一去三年,杳无音讯!

从此知音再难觅,这箫便被封存在记忆里。

如今,再次奏起这曲《上邪》[1],已是形单影只,顾影自怜!

欧阳夙,为什么要走?为什么……不辞而别?!留给我这般铭心刻骨的相思,至今无法释怀!

一滴晶莹泪珠滚落,碧箫流光,泪,便滑向心底!

一曲方毕,令人神思怅惘,芊雪亦沉醉其中,幽幽道:《上邪》,好美的曲子!"

纤纭略微一惊,回身问:"你通音律?"

芊雪仿似仍沁在那一曲箫音中,不能自拔,眼神怅惘:"回婕好,奴婢本是不懂,可奴婢的大哥精通音律,最爱的亦是这首《上邪》,不过,大哥奏的是琴,也曾教给奴婢吹箫合奏,却说奴婢吹不出其中韵味!"

"是吗?"纤纭握住玉箫的手,轻轻放下,自己倒是能吹得出这其中韵味,可是,琴声不再,箫也无奈,又如何呢?

"你的大哥,我会替你找寻,找到了,你便去吧!"转身闭目,泪落突如珠玉,不愿人窥知她半分心事,缓步向回走殿去。

芊雪一时怔忪,竟自忘记谢恩,却见女子纤柔绝丽的背影,玫红色披帛,被月色染了一层凄凉。

"上邪!我欲与君相知,长命无绝衰。山无陵,江水为竭,冬雷震震,夏雨雪,天地合,乃敢与君绝!"夜色如凝,纤纭幽幽吟唱,渐行渐远……

声声凄冷入月,月落相思、思之如狂!

相思岂止一人心?

南荣子修与傅南霜同个屋檐,却对面犹如不相识,南荣府人尽皆知,秦柔更加急在心上。

南荣景须却好像并无所动,在书房中挥毫泼墨已有数日,秦柔终于不能忍耐,来到书房,夺下南荣景须手中狼毫笔,肃穆的望着他:"你究竟知不知道子修与那'良女'之事?成天的写写写,想去做个文官不成吗?自己儿子便一点也不关心?若是被傅家知道了,又当如何?"

秦柔极少这般疾言厉色,南荣景须看着她,只是笑笑:"你放心,咱南荣家向来家规森严,无人敢在外传说什么!"

"无人传说?"秦柔鄙夷一笑,将狼毫笔扔在桌面上:"难道,你只关心傅家是否知道,民间有无传说吗?子修的幸福,你真真一点都不关心?"

"哼!那是他自找的!"南荣景须眉目一肃,厉声道:"南霜哪里不好?从小对子修一条心,出身高贵、知书达理,人又长得十分美丽,哪一点还配不上子修了吗?"

"可你明知道,子修心里爱的……是那个'良女'!"秦柔盯住丈夫的眼,不可置信的

凉薄:"你明知道他爱那个'良女',为何还要送那女子入宫?为什么……不干脆成全他们?"

"你懂什么?"南荣景须不耐地转过身,横道:"莫说一个青楼女子配不得我南荣家,便说那个女人……子修爱她,她……爱子修吗?你进了赵宫,也见了她,我想你也是心知肚明的吧?这样的女人娶回来做什么?"

秦柔一怔,泪水不禁滚落:"可是……可是子修他……"

"他会忘记那女人的!"南荣景须回过身,揽住妻子颤抖的肩,眼神有一些迷离:"夫人,子修亦是我的儿子,虽然自小我对他严厉了些,却还不是为他着想?"

秦柔拭泪,却不看他:"你自小便偏心无天。"

"是,若是子修有无天半分听话,我又何来偏心?"南荣景须放低了声音,秦柔却扬眸道:"那么,你又可知那'良女'可并非个逆来顺受的人物?还有,你不是说她早已没有姓氏,又可知她自称……姓沐!"

南荣景须眉一蹙,放开妻子的肩,转回到书桌边,执起狼毫,继续勾画那一纸青松!

秦柔正欲追问,南荣景须却道:"她的事,我自是知道的!"

"知道?"秦柔疑问道:"那么……你便不管吗?"

南荣景须勾一笔青松遒劲的枝干,转眸笑道:"这样难得的惑国妖女,我不管她什么身份,只要……皇帝喜欢便好!"

秦柔怔住,略一思量,豁然开朗。

原来,南荣景须一切皆在心里,他成日挥墨涂画,却并非心无旁骛。惑国妖女!不错,这样的女子,入宫不过几天,便使得宠冠六宫,五年不衰的杨辰妃独守"紫芳宫",更令皇帝下诏为其甄选侍人,弄得民声鼎沸、天下哗然,果然是个祸水红颜,足可倾国!

突地明晰了丈夫所想,却亦不禁疑虑:"可是……她……"

说着,自外急匆匆地跑进一名侍人,跪下身道:"叩见将军、夫人!"

南荣景须点点头,手中笔墨不停:"起来回话吧,要你找的人,怎样了?"

那人起身,却战兢的低着眼,吞吐道:"这……回将军,待到属下赶到时,却听闻那红姨已被什么人接走,属下四处打探了两日,仍旧……仍旧无音讯!"

"什么!"南荣景须笔锋一顿,笔下苍劲青松便被墨迹沾污,南荣景须抬眼,眼神犹如洇开的浓墨:"还站着干什么?找不到那红姨,便不要来见我!"

"父亲!"

侍人还来不急回话,却听屋外传来男子急切的声音,南荣景须抬眼望去,眉目却是紧拧。

"父亲,你找红姨做什么?"来人正是南荣子修,惹得南荣景须扔下笔,向侍人一个眼色,侍人会意,窃窃去了,南荣子修望着侍人跑去的背影,眼中焦急一览无余:"父亲,何必!纤纭已然进宫,又何必为难她的姨娘?"

"你住口!"不知为何,南荣景须近来对于子修,越来越是缺乏耐心:"这件事……你不要再管!倒是你,南霜哪里不好?你要是个男人,就该有个分寸!你也知道纤纭进了宫,便该死了这条心！"

南荣子修别开眼睛，神色却一派倔强："父亲，你亦该知道，儿子抵触南霜，并不全因纤纭而已！不然三年前……"

话未说完，南荣景须便挥起一掌，却被秦柔紧紧拉住："子修，不要执迷不悟，你如今既已娶了南霜，便要对她负责，南霜是无辜的，当初亦是你亲口允下的！"

"允下？"子修冷冷一哼："我是如何允下，想必父亲最是知道！"

说着，狠狠瞪父亲一眼，厉声道："总之，我不许你伤害纤纭和她姨娘半分，否则……"

他没有说下去，转身出门！

秦柔在后徒劳地叫着，子修却没有回看一眼！

南荣景须气得发狂，狠狠甩开秦柔的手，死死盯住她："你看看，你看到了吧？说我偏心无天，你看看你儿子，被你惯成什么样子！从来不为南荣家着想半分！"

秦柔低头无语，只是垂泪！

这父子间的嫌隙，究竟自何时起，已变得这般不可收拾？

南荣景须静一静气，望向殿外斜阳刺目，眼目微微一凝，突道："我想，也该是找那沐纤纭谈谈的时候了！"

"什么？"秦柔一惊，南荣景须望向她，道："你明日入宫，便叫她过府一叙！"

过府一叙？秦柔半晌未回过心神，南荣景须已拂袖而去。

秦柔立在当地，神思犹自恍惚，无论如何，那女人如今已贵为婕好，便如她所言，自己无论是什么夫人，毕竟要尊敬她一声，那么……便是她要她来，便可来的吗？

况且，还有皇上！

秦柔缓缓坐下身，细细思量！

次日，日轮才满，纤纭对镜梳妆，新来的芊雪与莓子格外灵巧，甚得纤纭喜欢。

喜顺进来道："婕好，刚护国将军夫人来过了。"

镜中美人黛眉微颦，随即舒展："哦？可有事吗？"

喜顺小心道："夫人说，此事说不得，要我小心回了婕好，请婕好过府一叙。"

纤纭眉尖儿一蹙，令芊雪与莓子停下手中动作，略一思忖，随即笑道："呵，有何说不得，我乃南荣家世女，回自家走走，却哪有说不得？虽说这宫中耳目众多，夫人也未免过于小心了。"

纤纭笑得冰凉，喜顺何其细敏，一句耳目众多，便已然明白，连忙道："那是的，是小人回错了话儿，夫人只是请婕好回去走走，叙叙家常。"

纤纭微笑，看着他："好，我自己去便好，你们都留着吧，呆会皇上要是来，便与皇上说了，护国将军夫人请我去说说话。"

喜顺点头，便望向莓子与芊雪，两人亦忙低身应了。

纤纭这才对镜一望,妆容还算齐整,今儿个穿得也华丽了些,整一整云鬟,便拂身而去!

车上,思量匆遽,是不免忐忑的,自己已摆明了不与合作,姨娘还在客栈之中,纤纭心里亦明白,说是护国将军夫人,却不如说是南荣景须"有请"!

兵来将挡,水来土掩,纤纭心下一定,神色便已如常。

到了南荣府,十月木芙蓉如"关雎宫"一般繁盛,流水淙淙,看在眼里,微微泛冷。

南荣家书房,自己已非头次来,此次却已是另一番身份。

不一忽,南荣景须便自内走出,却并不见南荣夫人!

果然如此!纤纭心底冷笑,神色却无动分毫!

南荣景须略一低身:"见过沐婕妤。"

刻意加重了沐字,纤纭早已心中有数,只淡淡道:"南荣将军不必多礼。"

南荣景须挥手示意众侍人退下,望一身华贵,今非昔比的绝色女子,不禁啧啧道:"我果真没有看错人,沐婕妤如今飞黄腾达,指日可待!"

纤纭缓步踱至窗边,冷冷一笑:"将军假借夫人之名邀我前来,怕不止是夸赞纤纭而已吧?"

南荣景须挑唇,威严眉目浸了些微寒意:"自然不是!只是日后若要一睹当年'胭脂楼'头牌歌姬的芳容,便是难上加难了!我有时……真不懂你!"

"哦?"纤纭不动分毫,依旧望着窗上枝叶乱颤,语色中不见痕迹:"难道有时……将军竟是懂我的吗?"

南荣景须缓缓踱步,沉缓轻稳的步子,着显他功力深厚:"那是自然,呵,想从将门千金一朝沦为舞女歌姬的心境,本将军多少有所体味。"

纤纭豁然转身,惊异只有片刻,冰雪双眸便噙上一抹淡淡笑意:"果然不愧南荣景须!终究是瞒不了你的!"

南荣景须道:"我只是不懂,你如何会如此暴露自己,自称姓沐!还这般公然与南荣家为敌?"

纤纭眉梢儿一动,眼神凝霜:"哦?将军不懂吗?"

说着,缓步踱向案几,望一案墨光纸韵,突地提笔,在那副昨日画毁了的青松上一勾,辗转间,那一点污墨便勾作冷云丛丛。

"纤纭乃将军举荐入宫,缜密有若将军,想必早便将纤纭的一切调查清楚,纤纭故作姿态,刻意隐瞒,岂不是成了将军茶余饭后的一大笑话?"纤纭目光浓郁,扬眸看他,犹如画中冷冷墨云:"南荣公子跟在纤纭身边三年,无论有心还是无意,作为父亲的您会不去调查他迟迟不归的原因吗?宋天虹、林保风、王宝立之死,将军不会细细思量吗?百般种种,若将军还想不出个一二,那么也枉费了这护国将军的名号!"

"那么……你真真便是沐天之女沐纤纭了?"南荣景须目光森寒,切切道。

纤纭仍旧一派淡然,轻勾唇角:"不错!"

"为报仇而来?"

"不错!"

两人目光相对,剑光寒雨,刀见白刃,一触即发!

许久,皆是静默,只有彼此间毫无避退的眼神和呼吸,在宁静中激撞!

"那你为何不干脆接近子修来杀我!反而要进宫去?"南荣景须静一静气,胸口却依旧起伏不定。

纤纭冷冷一笑,掷笔道:"你与王宝立、宋天虹、林保风不同!我即使入得了南荣家都未必有下手的机会,更何况,你既早已怀疑了我的底细,又怎可能轻易要我入门?哼!倒不如干脆进宫去!"

一语方毕,南荣景须却突地哈哈大笑,那笑声极尽嘲讽:"沐大小姐!只恐怕你养在青楼,于这朝中之事,并不甚明白吧?"

说着敛笑,目光尖利地望着她:"想我南荣家战功赫赫,声威在外,皇上?哼!你便去问他,可有胆子与我南荣家为敌?"

纤纭淡笑,一双美眸明明如玉,却刀锋凌厉,迎面而来:"所以你南荣将军才有恃无恐,将我送进宫去?"

南荣景须挑眸,冷冷讥笑。

纤纭却依旧淡定,悠慢道:"呵,三年前,我杀林保风,与南荣公子初次相遇,三年来一直不解,他缘何不出手阻止于我,直到我得知他的身份后,才豁然明白,想必南荣公子三年前突地出现在康城,该不是因为年少好玩,放浪不羁吧?林保风一死,这天下兵权便尽数在南荣家手下,之后将军您又甘冒大险送我入宫,不过因为皇后不济,五年不可得帝王之心,输了杨太尉之女杨辰妃,令太尉一家荣宠过甚,后,再又用尽心机与傅家结姻,拉拢德高望重的朝中重臣,哼!当今皇上虽年少轻狂,却傲骨一身,我不过入宫几日便已察觉,又何况是精明如此的将军您呢?这许许多多做下来,难道……南荣将军心中便是确无忌惮的吗?"

一语中的,女子神色如常冰冷,似笑非笑!

南荣景须眉目顿敛,一双黑眸森寒如潭,眸底潜藏的狂风暴雨,仿佛顿时便要冲破眼眶,却靠那一点微薄的意志牢牢控住!

"哼!倒是个颇有些心思的女子。"

说着,倏然抢上一步,右手一扬,牢牢钳住纤纭白皙的雪颈,纤纭吃痛,顿觉颈上一紧,清眸微微一滞,轻咳一声,几乎窒息的感觉令全身不禁战栗!

"你以为我不会杀你吗?"南荣景须狠狠望住她,纤纭轻咳一声,依旧含笑:"你不会!"

指节"咯咯"作响,钳在雪颈上的手愈发收紧,南荣景须豪毅的阔脸,几乎扭曲地狰狞着,切切地笑,悚入人心!

"是吗?"眼光一点点狂放,在纤纭玲珑有致的身量上上下打量,那种目光,仿似在某一夜、某一个时候,亦曾有过!

那是有悖于这张豪毅脸廓的眼光,那是亵渎这护国将军名号的眼光!

纤纭心底倏然刺痛,便觉他的气息越来越近,低在她耳际,喘息声声:"你……并不像你的母亲。"

纤纭一怔,便感到他目光愈发放肆:"萧涟当年号称苏城第一美人,可是……你却是我所见过最美的女人,难怪子修为你神魂颠倒,那小皇帝亦为你意乱情迷!"

说着,松开钳在纤纭颈上的手,一把揽住她:"我不会杀你,我当然不会杀你!"

"放开我!"纤纭豁然惊觉,颈上火辣的疼,她却顾不得,用尽力气推开他,却无奈他的强壮!

"南荣景须,你不要忘记,如今我已是皇上亲册的婕妤,若是有半点闪失,便是你权可倾天,亦不怕天下人耻笑吗?"纤纭被他禁锢的身子用力挣扎,冰雪目光有如冰刀。

气氛一时凝住,唯有两人阵阵揪心的喘息,呼吐无度。

南荣景须野心勃勃,多年来以来,沽名钓誉、苦心经营,自是不会令自己好容易得来的名望因一女子而毁于一旦!

他缓缓放开手,平静下气息,冷哼道:"哼!真以为我乃好色之徒吗?只是告诉你,这天下,没有什么是我得不到的!包括你!"

将纤纭推到在桌案上,俯视她的虚软与无力,纤纭仰头看他,轻抚疼痛的喉咙,仿佛有火灼热燃烧。

"沐纤纭,我愿与你赌上一赌,看看最后胜利究竟在谁的手里!"南荣景须一哼,狠狠瞪她一眼:"我南荣景须!胜券在握!"

整襟而去!门外,秋意寒重,冷风便拂进屋来,扬起女子绵长秀发,肃然萧肃!

纤纭轻轻咳嗽,仿似那双手仍旧钳在喉间,南荣景须,他不愧好战成性的野心将军,纵是明知自己是个潜在的危险,仍旧要与自己斗上一斗,权势、阴谋、战争,仿佛那才是他活着的全部乐趣!

纤纭缓缓站直身子,紧咬双唇——

南荣景须,我沐纤纭对天起誓,一定……会叫你后悔今天的决定!

方一踏出屋门,便与一人撞上,抬眸一望,不免略微一怔!只见南荣子修神色匆忙,望着自己,眸色便安稳下许多!

方才经历那一场激烈,遇见这般温柔关切的眼神,心中竟不由得一软,平一平气,幽声道:"南荣公子,为何这般匆忙?"

南荣子修略微一怔,对于她的温言软语,倒是稍感不适,随即微笑道:"只是见父亲气极,不知……不知他可有为难你。"

为难?!纤纭心底冷哼,望着南荣子修的眼神,竟被日光晕染一层淡淡迷蒙!

南荣子修,你在微笑,可是你的眼中明明写满了忧伤!

是我害你的！我知道，是我……害你不得不违背你的心意，娶了傅家女子为妻，轻轻垂下眼睫，不令人轻易窥知她些微心事，低声道："哪有为难，如今……我好歹也是皇上亲册的婕妤，怎么会……"

"还说没有？"纤纭一语未完，子修温柔的眼神便沁入一丝痛惜，黑墨似的浓眸凝望着纤纭雪颈上淤红的掐痕，修眉紧锁："是父亲，对不对？"

纤纭顺着他目光望下去，无意整一整薄绸衣襟，将伤痕隐隐遮覆，然那薄纱轻细、明若水光，便依稀可见那颈上淡淡红痕。

纤纭正欲言语，却感到某一道目光尖利，凄寒望来，周身不觉一颤，凝目望去，但见子修身后，一女子锦衣绸裙，墨发如丝，随冷冷秋风凌乱翩飞，静静立着的身子，在这萧瑟秋风中不禁微微颤抖。

纤纭目光凝视，子修方才惊觉，猛然回身，一双泪眼望来，早已凝结如冰，正是……傅南霜！

"南霜。"子修轻呼，傅南霜的眼神在南荣子修身上却只有一忽停留，那凝水秀目便直直盯视向眼前女子，

只见纤纭一身水红色绣蝶云烟衫，双蝶于云形千水裙上飘渺展翅，栩栩似芳蕊纷繁，凝手挽了碧罗丝轻烟云罗纱，云髻峨峨高挽，戴着九雀珍珠衔玉钗，绝美容颜娇媚如月，眼神顾盼生辉，撩人心怀。

傅南霜亦不觉暗暗吃惊，果真不怪当今圣上五年情移，这新封"良女"沐婕妤，果真是足可倾国的绝色美人！

愈是想着，愈是心意难平，她望向子修，眼中泪意不觉翻涌："我说，你急急地跑来，是为了什么？难怪……难怪……"

红唇紧咬，亦不可阻住纷落的泪水。

子修缓缓垂首，竟不欲解释半句！

泪，终于如倾，傅南霜掩唇向回跑去，心内是无尽悲苦与屈辱，南荣子修，我爱过，我懂得爱，我了解那种眼神，那种焦虑，原来！原来如此！原来你心里的人竟会是她，竟会是当朝帝王新宠沐婕妤，难怪……难怪那天无意提到她，你便会那样激动！

纤瘦身影消失在转角，子修望着，一时不知如何是好！

"满目山河空念远，落花风雨更伤春……"纤纭怔怔地望着眼前情境，目光飘渺如云，望着南荣子修的眼，竟怅然若失："南荣公子，不如怜取眼前人[3]。莫要到无可挽回时，才后悔当初！"

近来，状似愈来愈多地忆起不快回忆，那记忆深处的某一个人，亦越发频繁地侵入心中！

纤纭轻轻叹息，那颈上的疼痛仿再度袭来，令她秀眉微凝，眼眶亦不觉酸楚，她缓缓回身，言尽于此，她只望南荣子修终有一日能看破一切，她与他，是绝无可能的两个人！即使有爱，亦无路可走，又何况……爱，亦是少之又少！

- 100 -

神思正自恍惚,却见园内转廊处一身影陡转,秋阳脉脉,风过无痕,那身影青白飘逸,如山峦挺拔,却若浮云隐匿,只于眨眼间,便一忽不见。

那是……

纤纭心内猝然一惊,深藏多年的刻骨情愫,一瞬之间,席卷而来!

就是那个背影,那个令自己心心念念、日夜相思,牵系了她整整十二年之久的如峦背影,一眼如芒,骤然似箭!

难道……纤纭紧紧咬唇,不会的!不会的!她不会看错……绝不会!

是他!是他没错——欧阳夙!

不觉早已泪落,滴滴溅落在烟纱裙裳上,双蝶裙裳、泪如珍珠,她早已顾不得那么许多、早已顾不得什么端仪与庄重,更早已顾不得这里正是她深恶痛绝的南荣府!

她裙袂飞扬,卷起裙边落叶纷黄!急急向转廊的方向奔去!

欧阳夙,是你对不对?是你……对不对?!

……………………

(1):很多人印象里,太监估计是自称奴才的,但其实奴才是清朝特有的称呼,之前的太监们,对着主人基本上都是自称"奴婢"、"老奴"、"小人"、"小的"、"内臣",权大的甚至可直接称"臣"。

(2):《上邪》出自汉乐府《铙歌》:上邪!我欲与君相知,长命无绝衰。山无陵,江水为竭,冬雷震震,夏雨雪,天地合,乃敢与君绝!这一首是情诗。指天为誓,表示爱情的坚固和永久。是一位痴情女子对爱人的热烈表白,在艺术上很见匠心。诗的主人公在呼天为誓,直率地表示了"与君相知,长命无绝衰"的愿望之后,转而从"与君绝"的角度落墨,这比平铺更有情味。

(3):出自晏殊《浣溪沙》:一向年光有限身,等闲离别易销魂。酒筵歌席莫辞频。满目山河空念远,落花风雨更伤春。不如怜取眼前人。

十　相思劫

相见争如不见，有情何似无情

捻裙而行，步履匆急，脚边落叶旋旋如飞，惊起埃尘无数。

纤纭一直奔过转廊，奔到后园亭阁边，只有竹榭楼宇映着水光淙淙，秋雾飘零、如云缭绕。

纤纭泪湿睫宇，绝色容颜早已凌乱！

欧阳夙，我知道是你！那个削俊的身形，那一展青白素袍，那悠然洒逸的转身，那曾令我魂牵梦萦的背影！

"是你，对不对？是你！"纤纭几乎咬破嘴唇，墨长青丝连绵飘扬，荡起层层波澜："你出来！我知道是你，我知道！"

千水裙裾漾开波瓣丛丛，她举头望天，泪水飘零如雨。

是她看错了吗？是吗？不会的！绝不会！在她心中，什么都可以泯灭，什么都可以化为灰烬，唯有一人、唯有他——生生世世、永生永世……都不可能淡去！

他，已然是她心底太深刻的烙印，生命早已与他同在！

"你出来，我知道是你，我不会看错，不会看错！"手臂上，碧丝轻烟云罗纱滑落在地，她一身水红，纤柔身子在秋风中瑟瑟而抖。

早已忘了身在何处，早已顾不得端仪与姿态。

途径之人纷纷侧目，欲要上前询问，却被一个人的眼神狠狠阻住。

"你怎么了？"那个声音柔而有微微震惊，纤纭回身，只见南荣子修一脸惊诧，茫然地望着她。

那眼神，固然有惊，却更多的是迷茫与不解。

纤纭泪眼盈盈，神思尚在那转廊的一角，向来冰如霜雪的眼眸竟有一丝柔弱的微光，无力的滑过眼角，化作一滴冷泪。

南荣子修陡然一怔，认识她已有三年余，却从不曾见她如此脆弱与落寞的神情。

"纤纭……"

"我没事,只是认错了人!"迅速收敛了心神,纤纭身子微低,拾起散落在地的碧丝轻烟云罗纱,以臂挽了,回身之间,眼神凝在子修脸上,意味深长:"南荣公子,与傅家小姐的婚事既是你亲口允下的,便是你一生的承诺,既是承诺,自要信守!一生一世,永不离弃!"

眼神犹似天际流动的浮云,微微怅惘:"我并不能给你什么!你早该知道,而若因你的固执而辜负了你父亲联姻的一片苦心,岂不得不偿失?南荣公子,不要以为傅小姐爱你,便会迁就你一生,傅家便永远不会知道,若要人不知,除非……己莫为!"

一字一顿,一语双关,南荣子修不觉心上一寒,"若要人不知,除非己莫为",这一句说得如此决然,眼神更如芒刀,陡然尖利!

南荣子修尚未回神,纤纭便冷冷一笑,拂身而过,风动树梢,秋叶纷纷,竹榭亭阁于秋风中渺如仙境。

纤纭纱袖紧握,莲步匆匆,目光悲绝却隐忍!

她没有看错,她确认无疑!可是,她却不能问他,不能去问南荣子修!若果真是欧阳夙,那么她问了,便恐怕今生再见,遥遥无期!

所以,她必须忍耐,必须按捺下心中灼灼烈火!

一时,百感交集,玲珑之心乱作一团!欧阳夙,你回来了,是不是?!可是……你却仍然不肯见我!

风动裙裾,灌入心口的却是彻骨寒意!

※

南荣家一行,有太多疑问密密交缠在心里,越是想,越是毫无头绪!

回到宫中,久不成寐,眼前脑海,尽是那抹稍纵即逝的青白背影,欧阳夙,若不是他,却怎会有那般相似的飘逸身形?可若真是他,他却为何会出现在南荣府中,那般突兀!

想着,自己亦不禁怀疑起那一瞬间的惊心,是不是真的是她思念过甚,看错了人?

还有南荣景须,他凭什么便那般自信?凭什么,就断定他必胜无疑?难道……仅仅因为他是护国将军,身经百战,而她,只是一介女流,柔弱纤纤?

不会,绝不会!南荣景须何其精明谨慎,可是……

难道,自己竟有什么把柄握在他的手里不成?是姨娘吗?再想起南荣景须那一脸张狂与恣意,颈上疼痛,终是不可成眠!

纤纭缓缓起身,披一件月白色丝绣织绸衣,踱至轩窗边,推开一道缝隙,便漏进月华无数,散落如银。

举头而望,今夜的月色,竟这样好!颈上的伤似也不那么疼了!

突地,听闻一阵微弱琴声自不远处而来,琴声幽幽、如歌如诉,一弦一动,轻微却动人心弦。

纤纭豁然一惊,这一曲,虽在这夜色中略显生疏而凌乱,却分明便是《上邪》!

她连忙转身,推开殿门,月色便似流水,凉丝丝地打在身上!

没错,是《上邪》!

那琴声虽微弱得几不可闻,可那太过熟悉的旋律,是她不会听错的!

她穿过锦花无数,捻裙踏上"碧云亭"白石阶台,一双凝眸早已如水泗泗,她没有看错,她就知道,她没有看错!那一声呼唤几乎冲破唇齿,泪水几乎夺眶而出!

举眸而望,泗泗眼神却在刹那间,冷如冰霜!

"怎么是你?是谁给你的胆子?竟敢动这亭中古琴?"纤纭缓缓落足,神色冷绝。

但见那抚琴之人一身柳翠色宫装,惊颤举首,秀眉容颜大惊失色:"婕好……"

连忙跪下,声音颤抖:"奴婢,奴婢只是……只是想起大哥来,一时伤情……所以……所以……"

那抚琴之人正是芊雪,她神色惶惶,紧紧咬唇,一时无语。

纤纭缓步走近琴台,并未示意她起身,眼神拂过那一弦一丝精致名贵的古琴,心神不禁恍惚、落寞至极!

哼!自己这是怎么了?怎么……竟会分不出这琴音之中的距离?怎会听不出这远远不是欧阳凤精妙的琴艺?又怎会忘记,这世上唯一的知音早已去!更忘记了如今自己身在皇宫!

轻声一叹,眼神黯然:"起来吧。"

说着坐在琴台边,青葱指尖划过琴弦如水,流音便似淌入心间的淙淙溪流,飘渺的琴音,是往事铮铮纵纵的点滴,是记忆肆意放纵的情意!

七岁时,她遇见他,渐渐长大,她爱上他,十六岁,他离开她,十九岁,他回来了,却不肯见她!

多少悲欢谱出一首《上邪》,多少离合令奏出琴音如雪?

纤纭秀目微闭,一滴泪便跌落琴弦,支离破碎!

"好曲!"突地一声,惊断琴音,纤纭豁然睁眼,泪水滑落,竟来不及收起悲伤。

芊雪亦是一惊,连忙拜倒:"奴婢参见皇上。"

纤纭缓缓起身,一身月白在夜幕下尤显得孤郁哀凉:"参见皇上。"

夜幕深沉,亭下风疾,纤纭身子一抖,被赵昂扶起:"你哭了?"

纤纭拭泪,只将眼眸低敛,平声道:"只是忆起从前,不由伤心。"

"从前?"赵昂踱近一步,细看女子扇睫星眸,凝肌如雪,眼神却突地一肃:"你受伤了?"

晚菊满目,簇锦幽幽,纤纭身子一转,立在一簇晚菊边,月色流莹,便被染上一层金彩。

"一点小伤,皇上不必挂心!"纤纭将披衣拉紧,却被赵昂猛地扳过身子,一双如夜鹰眸,凝望间,不怒自威:"说,怎么回事?"

纤纭望着他,眼前男子,正是大瀛朝登基五年的年轻皇帝,他眉如削,鬓如裁,目似星辰朗朗,唇如薄刃削削,一脸英气逼人,一身傲骨挺立,满不是她想象中的皇上!

自先皇过世,权势更加落入南荣家掌控,恐在众人印象里,所谓皇帝,不过傀儡,该是温

软怯懦的,可进宫数日,她方才发觉,当今陛下,年纪虽轻,却绝非池中之物!

他……绝不甘于久居人下!

女子眼光清澈照人,月影斑驳,犹若薄雾,望得赵昂心神俱动!

"告诉朕,是谁……胆敢将你弄伤的?"赵昂更近一步,男子炽烈的气息驱散冷冷月光。

"皇上!"

如料的,纤纭身子一挣,挣脱开赵昂的怀抱,转身之间,暗香萦绕,目光却如冰寒冷:"若是纤纭说了,皇上便可为纤纭做主吗?"

言语不过如此,语气却含了试探与怀疑,赵昂脸色一肃,皇帝的尊严,令他容色如霜:"朕是皇帝!是这天下之主!"

"是吗?"纤纭淡淡一句,眼神漠然,赵昂倏的上前一步,扣住她纤巧细肩,一双鹰眸,漆黑骇人:"你听着,这天下……永远,只能是一个人的!就是……皇帝!"

纤纭冷冷望向他,唇际笑纹淡薄,凝定道:"哦?那么就请皇上为纤纭做主,将皇后治罪!"

皇后!

赵昂一惊,孰没料到她竟会提起皇后来:"是皇后?"

他目光将信将疑,纤纭冷哼一声:"皇后是何等高贵,如何会亲自动手?今几个南荣夫人令纤纭前去,诸多警告,不过叫纤纭事事从命于皇后,如若不从,便是纤纭现在的样子!"

赵昂大惊,再望女子雪颈留痕,一道血色触目惊心!

他目光胶着,定凝在女子颈上血痕。

"皇上,纤纭拒宠固然有纤纭的无可奈何,却也是为皇上着想,南荣家如今势力如此,您与我都早有领略,亦不必避讳。如今,南荣家与傅家联姻,想这其中用意您要比纤纭明晓许多,那么这朝中,唯一还可为皇上所用之人,便只有始终中立的太尉杨羽,而……"纤纭目光微动,一双星眸如丝,避开赵昂惊异的眼神,声音亦低弱下许多:"而皇上,杨辰妃乃太尉之女,皇上切莫因纤纭一区区女子,而冷落了辰妃,误了皇上五年大计,岂不是纤纭罪过?"

赵昂大惊,竟自向后撤步,他不解地望着她,望着女子纤柔秀弱的绝色容颜,望着她那双清可照人、艳可生辉的璀璨墨眸,竟迷惑了!

为什么?为什么……她可以看清世人皆不可看清的一切?为什么……她不过才进宫来,便能一语洞穿他五年的心事?

五年来,人人都道他专宠杨辰妃,虽有太尉在后,但太尉多年来默默无闻,朝中之事,极少过问与参与,更如同有名无实,如此而来,便从未有人怀疑过他的动机!可是今天……

他望着纤纭,幽声道:"是谁与你讲的这些话?"

纤纭默然,垂首不语。

赵昂冷冷一哼:"南荣家吗?否则……便不会叫你入宫来!"

纤纭依旧不语。

赵昂望她一忽,缓缓平静下气息,落座于琴台边侧,望一展琴台琴冷弦凉,到衬得这月色萧索,突道:"适才你抚得是一首什么曲子?"

纤纭目光一凉,便有冷絮纷纷如雨,强自隐忍住满目泪意,低声道:"回皇上,《上邪》。"

"《上邪》?"赵昂举眸望天,小声叨念:"上邪!我欲与君相知,长命无绝衰。山无陵,江水为竭,冬雷震震,夏雨雪,天地合,乃敢与君绝!"

语声悠悠淡漠,渐渐凝为秋夜冷雾。

赵昂转眸,紧紧凝视着她:"你仍在思念那个人吗?"

纤纭轻轻叹息,转身,令泪水掉落,身后的芊雪却看得分明,如此一双冰澈水眸,沾染了太多秋的愁楚与萧瑟。

"芊雪,为皇上沏一杯'翠浮云'来。"纤纭轻声吩咐,赵昂却一挥手:"不必了!"

芊雪停住,赵昂起身,立在纤纭身后,痴狂目光亦不过须臾:"便如你所说,朕切不可冷落了杨辰妃!"

纤纭淡笑:"皇上英明!"

身后,只有风卷绸袍的声音,随即一声,却令心神一动!

"不过朕告诉你!你迟早一天,是朕的!朕……会令你忘记那个人!无论……用什么方法!"

步履沉沉,踏破夜色!

月光碎了一地,纤纭豁然回身,但见明黄色背影消隐在浓浓夜色中,言犹在耳,却怎么令心中一片惊悚!

昨夜,她故意将颈上伤痕与皇后联系,又一语道破赵昂五年来的心事,经过这几日,纤纭已然看清,当今陛下看似昏弱无能,实则心机深沉,他的雄心,绝不小于南荣景须,而精明若南荣景须,亦对他有所提防,才会急于送一女入宫,以分杨辰妃之宠。

可南荣景须太过低估了自己,也太过争胜好强,纤纭思量一夜,以自己一己之力要斗倒南荣家实在不能,但,若要挑起他与皇帝之间的斗争恶化,却是不难。

晓寒露白,纤纭着一身烟翠色流穗竹叶裙,挽纱轻柔如水,似臂上有濛濛细雾流荡,杳然若梦。

莓子为纤纭簪一朵醉红胭脂花,发如腻云高挽,便令镜中美人似仙临世,埃尘不染。

芊雪拿了茶碗开门,殿门开敞,却豁然一惊:"皇上。"

说着跪下身去,清晨一早,赵昂着明黄色锦缎龙袍,飞龙绣工如神,栩栩如生,仿欲腾空而出,驾云而去。

纤纭回身望见他,一惊,随即拜倒:"参见皇上。"

昨夜,他仍该是歇在杨辰妃处,怎么一早不去上朝反而来到"关雎宫",心内不觉忐忑。

昨日,南荣家一行,尚有诸多疑点,她本是要再走一遭,却不想赵昂突然来此,只希望他还有

所分寸,莫要忘记他五年来的韬光养晦!

"起来吧。"赵昂扶起他,眉眼带笑:"你不必那种眼神看着朕,朕自有分寸,立时便走,只是……叫你见上一人!"

"哦?"纤纭疑惑望他,只见他朗目如星,眸中光影迷蒙,他缓缓侧眸,望向身边侍从,侍从点头会意,示意门外某人,纤纭侧目看去,不由大惊。

"姨娘!"纤纭凝眉,竟不可思议眼前情境,只见红绸一身华锦丝裙,亦挽了贵华的高云髻,显是认真装扮过了,原就美艳的脸,更有当年七分风华。

"纤纭,还要多谢皇上派人及时赶到,否则那日,我定被南荣家派去的人抓了。"红绸平声说道,纤纭却仍在惊异中不可回神,赵昂望她一眼,但见她目若星动,流光盈盈,只道她惊喜过甚,挑唇一笑,示意侍从上朝,侍从低身,两旁宫女侍人亦拜身恭送,唯有纤纭愣在当地,一时……无语!

怎么会这样?她说那日,也便是说,姨娘进宫已非头日?

"纤纭……"

"姨娘。"红绸正欲言语,纤纭便打断她:"姨娘何日入宫?"

红绸一思,道:"三日前?"

"三日?"纤纭略一蹙眉,望一眼身边之人,随即端肃了脸孔:"都下去吧,未有准许,任何人不得接近。"

芊雪与莓子互望一眼,应声去了,纤纭向喜顺微一示意,喜顺便懂得,将门关掩,并立在门前,机警踱步。

纤纭这才走上一步,目光郑重地望着红绸:"那么姨娘,如您所说进宫已有三日,却为何今儿个才与我相见?"

红绸望一眼门口,仍旧不甚放心,拉着纤纭向内殿中走去。

"三日前,有人鬼鬼祟祟地跟踪我,我便起了疑心,后来,便有人来接我,说是奉沐婕妤之命,我将信将疑,正在怀疑,便险些被人掳劫,臂上中了一刀,那接我之人将人打走,我晕了过去,醒过来便在皇宫了。"红绸细细说着,眉心蹙了凝重:"后来,我要见你,侍候的人却说……没有旨意不得叫我随意走动,直到今早,方才有人令我过来。"

"哦?"纤纭秀眉紧锁,缓缓坐在软缎云丝榻边,望殿内熏炉幽烟袅袅,便仿似心中重重迷雾,驱散不去!

想着,唇边不觉露出淡淡笑纹,然而目光却似这秋末时节,冷入人心。

"哼!我知道了,原本这皇帝是不相信我的,便与南荣景须一般,欲要用你来牵制于我!"纤纭轻轻拉下颈上雪丝绫绸,转眸望向红绸:"可是经了昨夜,他信我了!"

红绸一望之下,大惊失色:"纤纭,这是……这是……"

"是南荣景须!"纤纭目色一凝,冷冷光色亦瞬时暗淡:"姨娘,我与南荣景须已挑明身份,你知道,是瞒不了他的!"

红绸望着纤纭颈上清晰血痕,一脸凝重:"那么,他便这样放过你?不揭穿你的身份?不杀你以绝后患?"

纤纭冷冷一笑,将雪丝绸整好:"他在享受,享受征服的乐趣,享受胜利的快感!他料定我一定会输,更何况,我于他亦有价值所在,我是如此难得的惑国妖女,他不想令当今陛下有半分得势的机会,便要压制任何潜在的危险,那么能分走杨辰妃宠爱之人,他如何会杀?又如何会令皇帝起疑?"

如此一说,红绸豁然开朗,到细细望向纤纭,只几日不见,倒觉得她似变了许多,不仅是这一身绫罗,满身珠光,更是那异常冰冷的眼神,似比之前更加坚决!

她不知是否该欣喜庆幸,只是觉得纤纭的眼睛里,还隐有更深的愁绪。

正欲开口,纤纭却起身,缓步慢踱,竹叶绫裙迤逦如水,漾开漫漫波云。

突地,她顿住脚步,全身皆是一颤!

红绸一惊:"怎么了?"

纤纭紧紧握住水纱衣袖,一个人影自眼前闪过,眼中脑海瞬时穿过无数可怕念头!

想当时,自己便觉得南荣景须如此精明、如此谨慎之人,留下自己,便绝不仅仅因为她尚有利用价值,她总觉得哪里不对,一直想定是有何把柄落在他的手里,方才令他如此狂放,如此有恃无恐,本以为,那把柄便是红绸无疑,可是……

她猛地回身,望着红绸疑惑的脸。

如今,红绸安然立在自己面前,那么……孑然一身的自己,究竟还有什么……掌握在他的手里令他敢于如此吗?

难道……

红唇几乎咬破,冰雪目光犹似裂开!

转廊情景骤然乍现眼前——

难道是……欧阳夙吗?!

纤纭身子不禁一颤,一个不稳,幸被红绸扶住,见她如此,红绸不禁着急道:"到底是怎么了?"

纤纭却依旧不语,紧凝的眼神,更如春水荡开层层波澜!

没道理啊,没道理!

即使,南荣家神通广大可以找到欧阳夙,可是以欧阳夙个性与机敏,该不会如此轻易便被他们所控制,更何况,她与欧阳夙的关系,这天下……又有几个人知道呢?

纵是南荣子修,亦只与欧阳夙有过一面之缘,即使洞悉到什么,又怎能确准?更何况,这世上若还有一个人肯为她去死,那么想必便是南荣子修了!他……即使是知道了什么,亦不会出卖于她!

可是……

心神乱作一团,只小声自念:"没道理,没道理的。"

喃喃自语，语不成句，红绸看着，急在心里："纤纭，到底怎么了，说出来我们一起想办法！"

纤纭却犹似未闻，倏然转身，向殿外走去。

红绸连忙追出，却不急开口，纤纭便向两旁吩咐道："莓子，在此照看着我姨娘，芊雪、喜顺与我向南荣府走一趟。"

众人忙应了，红绸一惊，欲要追问，却被莓子拦住："夫人，您且留步。"

红绸望她一眼，只见纤纭步履匆急，一身华裳菱裙撩起秋末细碎花叶，花叶迷离，纤纭的背影，却在花叶纷飞中更加令人迷惑不解！

一路之上，心神难定！

水袖纱绸紧握成绉，她愈想愈是心慌，若南荣景须真以欧阳凤为要挟，那么她……又将如何？

在这世上，她什么人都可以不顾，什么人都可以不听，唯有两人，是她心中不可不在意的，一个是红绸，一个就是欧阳凤！若南荣景须以红绸为挟，她尚能应付，相信红绸亦不会令那样的事情发生，可若南荣景须以欧阳凤为挟……她不敢想。

莫名乱了心神，不一忽车驾已然到了南荣府。

沐婕好来访，门人自要通报，纤纭却阻住，毕竟是南荣家世女身份，一个犀利眼神，便令门人不觉听令。

芊雪与喜顺跟在身后，只觉得纤纭今日气势非凡，翩然裙裾如风飒飒，绝色容颜便多了分庄重与凌厉。

来到南荣府已非头次，路径还算熟悉，只是这一路，身边之人步履匆匆，神色紧张，望见自己，认得的自然低头躬身，不认得的，却形色匆忙，偌大个南荣府，平添几分繁碌与诡异。

纤纭不觉放慢了脚步，正自思量，却见迎面走来两人，一个身姿挺拔，神色焦虑，另一个清秀贵气，面色如常。

正是南荣子修与一位少年。

纤纭平一平气色，眼前男人亦放慢下脚步，焦虑神情更有复杂凝在双眉间："纤……"

子修正欲开口，望一眼身后的芊雪与喜顺，容色微微一转，低身道："沐婕好。"

身边少年神情略微一动，随即亦低身行礼，纤纭免去，再望那少年一眼，但见他神清气爽，隽秀贵雅，眉宇间自有一分悠然与持稳，漆黑双眸，润着清亮光色，望进那双眼中，心思竟是莫名的安宁。

子修见她凝神，忙道："这是我弟弟，无天。"

南荣无天？纤纭眉心一蹙，适才安宁的心志陡生一分缭乱，上下打量无天，少年亦凝眉看她，彼此相顾，皆有分思量在眼神间。

移开目光，终是望向子修："南荣公子，今日你府上怎么看上去这样繁忙？人人行色匆匆,神情紧张的?"

子修略微一叹,道:"实不相瞒,今日,是我小妹菡烟生死攸关的日子。"

"生死攸关?"纤纭犹疑地看他,却不知南荣家竟还有个女儿。

子修点头,深秋时节,风已渐凉,吹得人身子无端瑟缩。

无天何其敏锐,见状忙道:"哥,你陪着婕好去见爹,我先去看菡烟。"

子修应了,无天向纤纭一礼,自匆忙而去。

纤纭亦侧眸道:"芊雪,去与喜顺吩咐了茶来,端到这院中,我与南荣公子有些话要说。"

芊雪喜顺应下,忙是去了。

高树浓荫,秋末更深,子修望着无天背影,神情落寞:"小妹菡烟自小得了怪病,不常出门,近来觅得名医,正为小妹诊治。"

纤纭一身烟翠,水纱细柔,冰冷容颜终有一分暖意:"有的治吗?"

子修神情略微局促,涩然笑道:"该有吧?他是父亲叫我千方百计务必请到之人。"

"是吗?"纤纭莲步微微,缓缓踱至青石椅边,凉风拂叶,落下细叶纷纷,一片旋旋坠在纤纭水柔裙上,纤纭素指捻来,忽的忆起昔日种种。

曾经那些收集着枯叶的日子蓦然涌上心头。

"想来是连宫中御医都束手无策了。却是何人有这般本事?"纤纭目光脉脉,凝视着手中枯叶,仿似那叶片一脉一络,都牵连了她的心事。

子修嗓音一涩,正欲言语,却听得身后一男子声音,沉稳,犹似这秋风忧郁,幽幽传来:"南荣公子,我有要事要与你商议。"

一声惊住,手中枯叶突地飘落在地!

这个声音……这个声音是……

心头仿佛有冰冷霜剑猛然一刺,往事突兀、沥沥如血!

这是——

曾守护自己十年的声音,是曾亲口言诺,对她说,永远……不会不要她,永远……不会离开她的声音!

纤指紧握,深入掌心的痛楚令心头颤颤抽搐,猛然起身,缓缓举首,秋风若寒刀刺骨,寒霜豁然凌降眼眸!

眼前的人亦是眉色深深,猝然望见女子凝视眼眸,女子眼中的光影,便被秋风吹散在冷冷凝结的气息中。

是他!果然……是他!

纤纭身子虚浮,仿似踏入凌空绵绵软云,微微向后倒去,望着他的眼神,却被泪水沁得失去了光明。

他……肤色暗了,轮廓深了,清逸沉着的眼角凝了秋日风霜,有淡淡尘埃浮动,青衣依旧、修眉英睿,挺直的身姿,仍是临风傲立的青竹,风度翩然、俊逸如初!

欧阳夙！纤纭心头仿佛被一双手紧紧捏着,抓紧、撕裂、揉碎！

梦里,魂系神牵的人,曾不止一次想见过与他重逢的光景,如今,他就在眼前,无数言语却哽咽在喉间,只凝作泪光中缕缕飘渺的惆怅,滴落眼睫。

"你……"

一字之后,无语凝噎！

欧阳夙唇角亦只一动,便再也无声！

仿佛这天地间,只有他们两人而已,互望间,是彼时年少的风华,是曾经过去的种种,那些相依相伴的日子,那些一同走过的岁月,岂是短短数年,便可磨灭在记忆里的?

他的眼神如此深沉,却掩饰不住他的关切与怜惜,纤纭望着,冰雪之心,瞬时化成一汪柔软。

多少疑问与质询,多少悲苦与伤心,似在他凝视的眼神中尽皆失去了意义！

此时,她只想冲过去,只想紧紧抱住他！感受那曾最是温暖的胸膛,最是安全的臂弯！

什么……都已经不再重要！

身子微动,身后却传来女孩娇脆的声音,那声音雀跃,倏的刺入纤纭怅然心境！

"大哥……"

随即是杯盘落地的声音！

纤纭滞住步子,眸一侧,但见一女孩,杏目盈光,衣裙飘然风里,那青翠色宫装,那温而带笑的眉眼,正是自己亲自选中、留在宫中的宫女芊雪！

她目中有泪,猛然冲将过去,紧紧抱住了自己三年以来,噬心断肠、彻骨相思的人！

她……叫他……大哥！

纤纭怔怔僵直在当地,心中一片暖意瞬时结成冰凌！

秋风愈发寒凉,渗入骨血,巨大的惊恸与刺骨的酸涩令纤纭身子瑟缩,僵冷的面容,苍白的绝色容颜,双眸水光已变作冷冷尖利的冰刀,一片一片割碎眼前情境。

雀跃欣喜的女孩,纯洁柔美的微笑,她抱着她梦寐以求的男人,她抱着她朝思暮想的男人,她笑得那样由心,那样动情,那么情不自禁,可是那笑,却是刺入自己心中的蚀骨毒药,几乎将她吞噬！

欧阳夙目光黯然,望着女子神色剧变,僵直的身子,颤抖的双唇,不可置信的眼神,恨意布满双眸,冰雪目光再没有清可照人的光辉,唯余痛恨！

芊雪犹自不觉,抱住欧阳夙身子,欣喜的泪水沾湿他青白衣襟,天真的忘情,无邪的笑意,纤纭双手紧握,撕扯着水纱衣袖,突地一声刺耳,裂帛的声音,惊破秋季寂寥的院落！

子修望着她,望着她几乎痛绝的眼神,心底忽的一动,难道……

不及多想,便感到那目光犀利而来,冷冷望向自己,那目光中的质询与恨,竟丝毫不逊适才！

子修一怔,乍然明白,亦望向欧阳夙去,欧阳夙神情复杂,眼神亦凝在纤纭身上,向来清

— 111 —

朗无澜的沉着目光,此时,沁满了怜惜、关切与无奈!

原来,原来如此!

他终于明白,当日,父亲听说擅于用毒、擅于解毒,亦擅医术的毒圣欧阳凤来到京城,便令自己去请。自己本是忐忑,因听闻欧阳凤性子孤傲,我行我素,恐怕不会那般轻易,谁知到时,一见之下,方才知道,原来当年与自己有一面之缘的男人,竟就是欧阳凤。他本仍不欲来,他亦无法时,突地想到了纤纭,只问欧阳凤是否还记得纤纭,欧阳凤当时神情便由冷漠变作了动容,虽只稍纵便逝,但那一瞬之间的关切,却一览无余。他虽不知自己追着纤纭的三年,他在哪里,亦不知他与纤纭究竟是什么关系,可是他却确定,纤纭才是可令他动容的因素,于是,他向他一一讲述了纤纭的种种,他的目光时而忧虑,时而惊愕,时而落寞至极,他最终答应来南荣府医人,却提出三个要求,一,不可向纤纭提到他半句;二,替他找寻一个女孩;三,他要……见纤纭一面!

子修凝眉,虽是心中有所估计,却仍不可相信心内的猜想,回望向纤纭,却在她的注视下,缓缓低垂了头。

没有做贼偏偏心虚,她眼中的责问与恨意无不刺痛着子修的心!

纤纭亦知道,她不能怪他,她不该怪他,可是,她……却只能怪他!

撕破的衣袖,冷冷飘然风中,芊雪方才回过神来,连忙转身奔到纤纭身前,倏然跪倒:"婕好,婕好,这便是奴婢的大哥,婕好说过,待找到大哥,便放奴婢回去。"

她说得激动,语声颤抖,纤纭目光缓缓低下,再缓缓抬起,欧阳凤纠缠的眼神便避开在一侧,他不语,可是……却足以将她撕碎!

他怎还需要说话?怎还需要开口?怎还需要一一道来?

热烈的拥抱,欣喜若狂的泪水,那跪在地上的女子,已为他一一说明!说明了这三年来,他杳无音讯的缘由!

见纤纭不语,芊雪连忙磕下头去:"婕好,奴婢……"

"住口!"纤纭声色如霜,本是芊雪已然惯常的,可今日却尤其冰冷,仍是叫她不寒而凛,惊颤地举首,望着纤纭霜冷的绝色容颜,泛着淡淡深入心骨的苍白!

她冷冷的望着她,居高临下的目光,有尖刻不可遮掩的恨意:"我何时说过这样的话?就是说了,你既已入宫,便要唯我之命侍从,我想要你出宫,你留不下,我不想,你……也走不了!"

一字一顿,一声一颤,眼光一点点移视在欧阳凤身上,欧阳凤豁然抬眸,凝结的目光,在对视中渐渐暗淡。

他何其了解纤纭,怎不知她心中其实是脆弱无比的女子,可是今日再见,没有重逢的喜悦,没有昔日的温脉,更没有了那曾如春风的暖暖笑意,有的……只是冷漠,只是恨,只是咄咄逼人!

"不,婕好,您说过的……您……"

"放肆！"纤纭瞪住她，厉声打断几乎无措的芊雪："你以为在和谁说话？是不是觉得我对你太好？说起话来，没个尊卑，哼！想出宫吗？"

裙裾流风，枯叶旋飞，纤纭低身扶起她，冷笑的眉眼透着无比尖利的光，细碎的锋芒令芊雪身子颤抖，唇一动，终是无言！

"想出宫去，原也不难！"淡漠的眼神，凝着天际一缕残云，一肃："除非……我死！"

拂袖而去，站定在茫然不解的喜顺身边："带她回去，若她回不去，死的……就是你！"

喜顺一抖，连忙道："是，小人定将她带回去。"

无边无际的恨意，将心中仅剩的一丝期盼与温暖瞬间摧毁！

三年来，日思夜想、魂牵梦萦的人，再见时，却已相思不复、恨满心肠！

欧阳夙，你好狠！

三年前，你背信弃义；三年后，你薄情寡义！

三年前，你口是心非；三年后，你心已不在！

我……却仍站立在原地，傻傻地等着你、盼着你、思念你！

可是你……

胸口巨大的疼痛席卷而来，几乎窒住了气息！

秋末，风已如刀，纤纭不觉脚下一软，酸涩的、苦楚的、疼痛的……尽皆没了只觉！

欧阳夙立在当地，只有风划过眼眸，刺入心间！自见了子修，我方才知道你这三年来所受的痛苦与煎熬！

我没能保护你、没能救你！

纤纭，你定是恨我入骨了，是不是？

那么恨吧！恨吧！

我宁愿你恨我入骨，也总好过你如此爱我！

紧闭双目，刻意无视晕倒在秋风中的女子，心却痛如针刺！

十一　折玉箫

回廊一寸相思地，落月成孤倚。

背灯和月就花阴，已是十年踪迹十年心。

我永远不会不要你，永远不会！

不要怕，我不会离开你！有我在，别怕！

头昏沉沉的，仿似有一块巨大沉石，坚然压在心口上，耳边回荡的声音仿佛自天外遥遥传来，又如自心底穿透至脑海中，似根根尖利的针刺入心脉，在血液中流动，每动一下，都是刺骨的疼痛！

我永远不会不要你、永远不会离开你！

分外清晰的一声一声，无比刺心的一句一句。

纤纭眼睫沉沉，却被满溢的泪水冲破黑暗！

她猛然起身，眼前是丝帘纱绣，凤舞云端，一展蝶玉双飞镂刻屏风静立眼前，旁边金丝香炉淡烟袅袅，缭绕整殿静谧的气息。

这是自己的寝殿，"关雎宫"中最是闲适淡雅的一处，纤纭气息急促，心犹未定，额上亦有泠泠细汗，涔涔渗出，被烛光映得晶莹。

"你醒了！"

突地一声，惊破宁静，纤纭蓦的回首，帘帏重重，光烛昏黄，一个人身影卓然，端坐在案桌边，一双眼在纱幔帘后迷离不清，只是那一点漆黑，看得人心中一凛。

是赵昂！

纤纭连忙收敛心神，缓缓起身，只觉身子绵软如悬浮云中，双膝触地，青砖的冷，便随着渗入进肌骨："参见皇上。"

她声音虚浮柔软，全没有一丝曾柔韧的冰冷，赵昂眉心一蹙，望着地上跪着的女子，墨发翩然流泻，犹似一匹精细黑绸落落垂下，一身月白色抽丝织裙，染了遍地哀凉。

她低垂着头，从来高傲不惧的冰雪双眸，再没有一丝神采！

赵昂眉心拧得更紧,却并不令她起身,只道:"今天,你又去了南荣家?"

他的声音冷冷的,毫无关切可寻。

纤纭唇际一动,神色凄然:"不错,多谢皇上关心。"

"关心……"赵昂刻意拖动了声调,紫衣龙袍轻摆,缓步走到纤纭身前,他低了身子,遮去了眼前唯余的光明:"沐婕妤近来出入南荣家不嫌太频繁了吗?"

他的嗓音沉冷,目光陡生怀疑,纤纭举首,雪眸凝视,只见他英俊脸孔泛着浓郁怒意和深深探寻的责问!

本便破碎的心,更如飞屑,几乎被他的目光驱散至各个角落,飘飞不见。

"皇上可是在怀疑我吗?"声音冷却细弱,凉且微虚,女子淡漠的眼神,苍白的面容,仿似适才一梦,已将心魄俱都夺去,失魂落魄的样貌,哪里还是那一舞惊鸿,诗词歌赋的绝色美人?!

赵昂不禁眼神一滞,挑唇冷哼:"朕,不该怀疑吗?"

纤纭扬眸看他,目光中仍旧不见一丝动容。他、韬光养晦、五年不动声色的雄心帝王,隐忍之术恐已登峰造极,可是,自从自己看透了他五年来的心思,他的本性显然不再遮掩,与许多帝王一般,他是高傲的、敏感的、睿智的,更是……多疑的!

若是平日,纤纭定会想出无数句理由而将他驳倒,将他所有的怀疑与质问层层击破,可是今天,脑中一片空白,心,更已化成了灰烬!

心成灰,活着又有何意义?

纤纭心一冷,木然说道:"皇上既然如此怀疑,便请杀了纤纭,以绝后患!"

"又是这句话!"赵昂倏的将她拉起,强而有力的手指,握痛女子细肩:"真道朕不敢杀你,不舍得杀你吗?哼!每次都用同样的一句话来搪塞朕,以为这样,朕就真真相信你与南荣家毫无瓜葛,甚至……"

一语未完,却觉眼前突地银光闪烁,刺目的寒光,划破灯烛昏暗的幽芒,赵昂眼一滞,只见一柄匕首便向着女子喉间狠狠刺去,大惊之下,伸手隔开,匕首啷当坠地,赵昂腕上微微生麻!

赵昂凝目看她,却见一滴泪划过女子脸颊,冰雪双眸,暗淡中是万分痛苦的绝望!

赵昂轻轻放开她,动了动手腕,疑惑地看着她,适才,她果真是用了十足力道的,她是带武之人,那一刺之下,然若成功,便绝无活路!可是……为什么呢?从前,她亦与自己说过类似的话,但,她的目光中尽是挑衅与坚决,今天,却除了泪水便是伤心绝望!

她,与南荣家究竟是何关系?为什么……她是南荣家世女,却满眼都是仇恨?又为何,她满眼都是仇恨,却来往于南荣家如此频繁?

纤纭一身绸罗更显得身量怜弱纤细,她转眸望着他,在他疑惑的目光中,看到了他的思量!

她冷冷一笑,转身而去,躺回到烟罗纱帐之中,心内一片萧索!

【第四卷】相思劫数

似是已用尽了平生的心力，虚弱地闭上双眼。

"皇上，杨辰妃遣人来说，婕好不舒服，今儿个便要皇上陪着婕好，不必去'紫芳宫'了。"突地一句，声音娇柔而温润，带了适度的暖意，纤纭豁然睁眼，那是……芊雪的声音！

一切平息的恨意再如春笋雨后滋长，双手不自觉握紧，薄绸被面被握得微微作响！

赵昂叹了声气，自嘲一笑："朕想，还是不打扰婕好休息了，你好生伺候着，若叫婕好有所不适，朕可要问罪！"

芊雪忙应了，恭送赵昂走出殿去。

脚步渐远，纤纭方才侧身坐起，墨发垂帘，犹若水雾山蒙。

芊雪回到殿中，便见纤纭端然坐在床榻边，发如山瀑，眼若寒星，虽不过几个时辰，人似已消瘦下许多许多！

回想起今日南荣家种种，芊雪心内多少郁郁，只是她于纤纭亦有多少的了解，只道她心意不顺，方才会将说过的话收回。

她缓缓走近她，纤纭的目光却愈发尖利刻骨，似一刀刀利刃割在芊雪的脸上，芊雪步子一顿，迎着那样的目光，竟不敢再上前一步！

"婕好，芊雪伺候您休息。"芊雪温声道。

纤纭不语，只是冷冷地看着她，如刀眼神，在将她的清美与恬淡层层剥离后，终于换作了平时的目光，冷而深邃："为我更衣，拿了我的玉箫来。"

芊雪望一望天色，略一犹豫，但见她目色如霜，紧紧盯着她，忙是去了！

雪白的纱绸，一挽绫丝嵌边柔丝纱，裙裾透迤迤逦，绣密密匝匝的隐花夜合开，平展的裙，有点点凹凸不明的花瓣纷飞，是夏季的宁淡，抑或是冬日的萧寒，在这一身雪白之下，无从辨析！

纤纭对镜一望，适才苍白的人，已然翠黛含烟，唇点朱丹，一双雪眸更如珠玉晶莹，灵动之光，璀璨生华。

她这才发觉，一时间的万念俱灰，竟可令人如此失了心智！

芊雪将玉箫递在她手上，纤纭一眼望来，箫的寒，和那入骨恨意，便只化作唇际的一抹冷笑——

她望着芊雪，犹似望着一只娇小的小白兔！

刚才，她真是疯了！她为什么要死？她干嘛要死？

她死了，这个女人岂不是便可名正言顺地出宫，与欧阳凤双宿双栖、鸳鸯同去？

哼！她不能死，她要活着，要好好地活着，她不相信，十二年来的深浓情意，三年的刻骨相思，会敌不过一个青涩少女的几年而已！

纤纭举步向殿外而去，手中玉箫紧紧握住——

欧阳凤，若你还是我十二年前认识的欧阳凤，你今晚就一定会来，是不是？

月影斑驳，阑珊如玉，高树苍苍林立，落英缤纷如雨，星色被树影筛落，凉辉几许似水，于"碧云亭"静谧的夜色下，流光碎影洒落琴弦，那始终放置在"碧云亭"琴台上的古琴便被星色月光晃得迷离。

纤纭裙裾流风，一步步踏上白玉阶台，"碧云亭"被拥在"关雎宫"浓郁的树荫之中，菱花飞舞，被夜风散作落香无数。

芊雪跟在身后，却未敢踏上亭去，站在亭台之下，只见纤纭素手抚过琴弦，白皙的手，凉透的琴，夜色亭台，女子静立，白衣翩然，皎然如月！

芊雪望着，一时恍惚。

纤纭眸一侧，冷道："你先去吧，等下无论听到什么，都不要出来，不然……这辈子都别想出宫一事了。"

芊雪一怔，身子不觉一动，低身道："是，奴婢遵命。"

转身回去，纤纭望着，今日方仔细打量了芊雪，果也是秀丽端美，纤柔姣好的女子，可是……

手一紧，玉箫纹路便深入掌心，痛入心骨。

"纤纭……"

夜风飘忽，心也无度，纤纭身子一抖，搭在琴弦上的手指微微一动，便有琴音轻响，微弱却似动在了心弦上。

他来了，是他来了！

这个声音，这个梦中萦绕、三年刻骨的声音，纵是天地剧变、山崩海啸亦不能忘却的声音，她无需回头，也可以辩得。

三年了，他的声音依旧是淡淡的，清爽的，又略带深沉的。

"我就知道你会来。"纤纭指尖儿冰凉，幽幽回身，泪水滴滴落下，簌簌有如珠玉凌乱碧盘。

欧阳夙微微一怔，三年之后，再度相对，却不想那一眼，竟是望穿了三年相思、三年苦楚、三年风月的凄凉，眸水如澜，破碎在彼此对望间，往事如风，吹散在眼中心里。

"纤纭，你瘦了，也长大了。"欧阳夙声音幽幽，略染风霜的眉眼，却不着岁月半分痕迹，散发青衣，俊毅脸廓，如刃薄唇抿着月的清华，挺直的身姿，若青松子立夜幕，风度翩翩犹似当年。

纤纭望着，目光恍惚，怅然若失："你是来找我的？还是芊雪？"

凉凉的声音，沁在夜风里，更如冰水，欧阳夙淡淡垂眸，道："纤纭，你何必故意这样说呢？"

"何必？"纤纭紧紧咬唇，强忍之下的泪意，竟更如风暴，涌出眼眶："我何必？哼！难道事到如今，我还能自作多情的以为，你只是为我而来的吗？若是如此，三年前你就不会走！"

纤纭吸一口气，冷风便灌入心里："三年前，你不辞而别，又可知我这三年是怎么过的？你可以背弃你的承诺，可以忘记你曾说过的每一句话，可是我不能，我忘不了你，我恨我自己!"

一身雪白犹似飘零的孤雪,在夜色中犹为突兀。

欧阳夙望着她,墨色夜眸中,尽是萧索,他轻轻叹息,低声道:"我知道,我都知道,纤纭,我说过的话,我不会忘记,只是……"

"那么你为什么要走?你说过,永远不会离开我,永远不会不要我,可是……你一走三年,杳无音讯!这三年来,你可曾还记得有一个我?"纤纭撑住琴台,泪水落下眼睫,绝色容颜被沁得光影斑驳。

欧阳夙凝眉,深深地望她,欲言又止。

他薄唇微动,却终究无语。

夜风凉如霜水,夜色冷如凝辉,还是那一双青白身影,青的依旧飘逸,白的依旧翩然,可却为何,那青色中多了犹豫,那白色里见了凄凉?将浓浓夜雾渲染上一层淡淡凄楚。

许久,欧阳夙方叹息一声,道:"纤纭,你又是何必,当年我便说过,我定会照顾你、保护你、怜惜你,可是,我只能是你的欧阳叔叔,只能是你的长辈,我们之间……不可能!你又何必这样执著?"

"三年前,你为何要走?我不相信,我不相信你会眼看着我沦落为舞女歌姬,还能不辞而别,那不是你,不管你是欧阳夙,还是欧阳叔叔!"纤纭并不理他老套的劝说,积压在心内三年的疑问,她定要问个清楚!

欧阳夙一惊,眼神幽然一暗,仿佛三年前的流光往事,历历在目,他缓缓低下头,目光闪躲:"纤纭,三年已去,追究往事,又有何意义?纤纭,其实,你身边并不止我一人会怜惜你、保护你,我知道,这三年来……"

"你说南荣子修吗?"纤纭凝着他,唇际冷牵:"莫说我于他有无感情,就只说我们之间的恩怨,欧阳夙你该最是明白的,你想,我们……可能吗?"

"可是纤纭,他却肯为你付出一切,他是爱你的!"欧阳夙放低了声音,眼神微怅:"纤纭,在这世上,若得此一人,如何难寻,为何不去珍惜?"

"珍惜?哼!他若真的爱我,就不会连同你一起骗我!"纤纭冷冷一笑,泪已凝霜:"欧阳夙,你只会说别人,不会说自己吗?我也肯为你付出一切,此生此世、此情不渝!可是你呢?有珍惜我吗?会……爱我吗?"

欧阳夙豁然怔忪,望着女子嘲讽的冰冷目光,终究微微垂首,默然长叹:"纤纭,相信你终有一天你会懂的,又何必为了仇恨而入宫来,如此糟蹋自己?"

纤纭摇头,泪已落尽:"没有你,生命如死!我又何必珍惜自己?"

转眸望他,撕痛的心更如刀绞:"欧阳夙,是你让我知道这世上还有阳光,是你让我知道,这世上还有爱,可是当你将那缕阳光收回的时候,沐纤纭就已经死了,她,只会因你,才珍惜自己!"

欧阳夙心内大恸,这样的纤纭,绝不是他想要见到的!

三年了,原以为三年过后,彼时年少的她,定会淡薄了,却不知重逢之时,目光交汇,她的爱,非但未因时光的流逝而去,反而更加深刻浓郁。

他亦听子修所言,她曾唱了整整三年的《盼相逢》,每每听到,俱是催人泪下的音律。

欧阳夙缓缓闭目,耳畔箫声响起,心中顿时一刺!

那婉转悲凄的箫音,飘渺入心。

《上邪》!三年来,再未曾有人吹奏出的天音韵味,今日忽闻,却徒增伤感。

欧阳夙睁开眼睛,望纤纭一身雪白,背向自己,流风荡起裙裾翩飞,雪白绫绸舞动落花旋旋,香便满怀,沁人心脾!

若不是那一双凝泪的眼,若不是那一曲恸心的歌,这夜,原是那般美好的景致!

欧阳夙举步向前,修长手指搭上凉冷琴弦,指尖拨动,皓音倏然入云,碧透霄汉,琴声杳然,忽近忽远、如歌如泣,厚重中亦有忧伤淙淙。

泪水再度滴落,纤纭握住玉箫的手,冷冷颤抖,那音便更添一分悲凉。

泪,滑下箫管,沾湿裙裳。

竟忘了身在何处?仿似回到了那些相依相伴的日子,那些琴箫和鸣,没有恨,只有爱和温暖的日子!

"一别之后,二地相悬,只说是三四月,又谁知五六年,七弦琴,无心弹,八行书无可传;九连环,从中折断,十里长亭,望眼欲穿,百相思,千系念,万般无奈把郎怨。万语千言说不完,百无聊赖十依栏,重九登高看孤雁,八月仲秋月圆人不圆,七月半烧香秉烛问苍天,六月伏天人摇扇我心寒,五月石榴如火偏遇阵阵冷雨浇花端,四月枇杷未黄我欲对镜心意乱,忽匆匆,三月桃花随水转,飘零零,二月风筝线儿断。噫!郎啊郎,巴不得下一世你为女来我作男。[1]"

箫声既落,女子幽幽沉吟,尽是她这三年来的心境,回眼望去,冰雪目光唯余干涩的苦楚!

欧阳夙缓缓起身,往事的悲伤亦在心内匆匆流淌——一别之后,二地相悬,只说是三四月,又谁知五六年,七弦琴,无心弹,八行书无可传……

这……又怎不是他这三年来的心境?当年的远离,纵有着情势的无可奈何,可是……

缓步走近纤纭身边,那一双泪眼,早如胭脂凄红一片,他何曾令她这般伤心过?何曾令她这样痛?

除了……三年前的那一天!

却不知,这一痛,便令她痛了整整三年!

许久,只有凝望,陷落在彼此的目光中!

"大哥……"

突地,身后一个声音,娇脆而惊喜,惊碎了夜雾凝殇,往事的甜蜜与酸涩亦被这一声惊断!

欧阳凤回身,只见芊雪面露喜色,气喘吁吁地立在亭台下,殷殷地望着他!

纤纭目光骤冷,握住玉箫的手,紧紧收住!

芊雪望一眼纤纭,微笑的脸,瞬间化作惊恐,连忙跪下身去:"参见婕妤,婕妤恕罪。"

恕罪! 纤纭冷冷地看着她,唇际轻挑:"可记得我说过什么?"

芊雪一惊,眼神瞬间慌乱,纤纭望着她,再望望神情复杂的欧阳凤,目光最终凝在欧阳凤身上:"我说过,不论你听到什么,都不许出来,否则……"

眼神一肃,冷如霜淋:"否则这辈子,都不要再奢望出宫!"

"婕妤!"

芊雪大惊,欧阳凤亦是一惊,凝视间,只见纤纭冰冷凌厉的眼神,再不复适才的柔情脉脉、悲伤欲绝!

有的,只是满满恨意!

"婕妤恕罪,只是适才,奴婢听到大哥的琴声,才……"

"退下!"并不容芊雪说完,纤纭便厉声打断她。

"婕妤……"

"退下!"还欲再言,却被纤纭冷冽的呵斥声惊断,她幽幽望向欧阳凤,怜弱凄然的神情,楚楚动人。

她凭什么可以用那样的目光望着他,她凭什么可以!

愈发尖利的眼神,令芊雪不敢再逗留片刻,她犹疑地望了望二人,大哥,定是来找她的,可是为何却与婕妤在亭子中弹起琴来?

大哥这样进来,没有危险吗? 若是皇上突然回来,又该如何?

目光中,多了一丝忧虑,流连不前。

纤纭冷冷一哼,方才令芊雪回神,终于转身,匆匆而去,纤纭走上两步,望着她跑远的身影,确认那身影已转过了石径,方才回身,望着欧阳凤纠结的眉,淡淡一笑:"怎么? 心疼吗?"

"纤纭……"欧阳凤眉峰肃然,终有一丝严厉:"不要这样,你本不是这样的! 你……"

"你爱她吗?"突地打断他企图的说教,纤纭幽幽望着他,星眸中月色凄然,欧阳凤一怔,眼帘缓缓垂下:"我受恩人之托,要照顾她!"

"只是照顾?"纤纭追问:"只是照顾,她便可以怀着少女的思慕,留在你的身边,而我……就不可以!"

"纤纭……"

"你说我还小,可是芊雪今年不过十七,尚小我两岁,曾亲口承认她爱着她心心念念的大哥,为什么? 为什么……她可以叫你大哥? 我却只能叫你叔叔才能留在你的身边? 不然你便会不辞而别,一走三年,音讯全无!"

纤纭一掌拍在琴台之上,一声入天,惊破浓幕,一把古琴,刹那间,身裂弦断!

欧阳凤怔在当地,一时错愕,一别三年,她还是那般性子,偏执地爱着自己!

若说三年前,他尚觉这爱不过是少女朦胧的情怀,是不经人事的懵懂,可是三年后的今天,他却不可否认,这份爱与执着,真真震撼到了他!

可是……

他们终还是他们,她还是沐纤纭,那个自己自七岁起便看着长大的小女孩,他也还是欧阳夙,一个居无定所、步进中年的男人!

"纤纭,别任性,芊雪是我恩人之女,我必须带她走!"欧阳夙转身,不欲面对纤纭质询的眼神,纤纭却冷冷一笑,幽声道:"芊雪是我难得满意,侍候周到的宫女,我必须留下她,若你要将她带走,可以,我说过,除非……我死!"

"纤纭!"

"不要再说了。"纤纭打断欲要言语的欧阳夙,雪白绫绸拂身而过,只余淡淡冷香:"你走吧。"

"纤纭!"

"若不想叫我迁怒于谁的话,就马上走!"纤纭玉箫紧握,墨发荡然风中,夜色已浓,月更无光,冰雪女子,裙裾荡漾,如春水柔软的裙裳,却看得人眼里一片凄凉!

她走下亭去,留下身后碎琴满地!

欧阳夙犹自立在当地,深深叹息——

月已成霜,琴也不复,这一地碎片,要如何收拾?

与纤纭一面,徒增心里许多伤感,这三年来她所受的苦,他自能体会,可是……纤纭的性子比着自己走时更加冷漠、更加孤僻、更加不易近人。

他从未想过自己的离开,会令纤纭承受了这么许多,更不曾想纤纭当年一别,再见时,竟是恨满心肠!

南荣家景致绝美的后园,欧阳夙洒落愁肠,修眉紧锁。

"欧阳先生好雅兴。"身后,传来一男子声音,欧阳夙回头看去,只见南通子修缓步走来,欧阳夙唇角微牵,斟一杯清酒,碧透流光,映着南荣府别致的莹玉镂纹杯,分外清澈。

"南荣公子有事吗?"欧阳夙饮下一杯,甘冽入喉。

南荣子修坐下身来,阳光映在欧阳夙豪毅清隽的脸廓上,他从容的眼神,不露心内一点纠缠,该是多年来的江湖历练,方成就了这般淡定的性子与喜怒不形的神情。

"没事,只是来问问菡烟的病,昨天先生似乎有话要说,却因为沐婕好而没有出口。"子修迎着欧阳夙的眼神望过去,他的眼里仍没有半点波动,只轻轻放下了手中杯盏,顿下方道:"南荣小姐之疾,我已多少有数,小姐的病涉及全身,发病时会发热、乏力、食欲减退、关节肿痛、体重减轻、脱发、面部出现红斑、指端红疹,手足遇凉后亦会变白或变紫,头痛以致幻觉幻听,顽固性腹泻、呕吐、心悸气短,故而不可平卧,可是吗?"

南荣子修点头:"确是,我听家人言,经了一年诊治,已见好了,只是一直不可痊愈,家父甚是忧心,方才叫我务必请来先生。"

欧阳凤道:"之前的药我看过,大概因了南荣家的权势,为小姐诊治的御医们并不敢大胆用药,只用了适量的苍术、白鲜皮、大黄炭、玫瑰花、凌霄花丹参、水蛭、黄芪和青蒿调治,这……显然不够,然若再这样治下去,只恐小姐的皮肤、肌肉、骨骼、心、肺、肝、脾、肾、脑、眼、鼻、耳、甚至牙齿头发,均会出现病症,到时候便是神仙也难治了。"

"哦?"子修忧虑蹙眉,道:"那么以先生之言,现在还来得及?"

欧阳凤点头:"不错,只不过……不知公子以及南荣将军是否敢于尝试?"

子修心中一颤,望欧阳凤一眼,却从他目光中看不出任何:"怎么?可是……有何危险?"

晚秋骄阳,烈也刺目,欧阳凤微眯双眼,映着日光望过去:"是!我欧阳凤乃称'毒圣',于医术更擅以毒攻毒!小姐之疾,以在下来看,当用雷公藤一试!"

雷公藤!

子修微微一怔,于药材他并不甚懂,只疑惑地望着欧阳凤,欧阳凤继续道:"雷公藤药效强劲,毒性猛烈,但是却对小姐之病有奇效,只要用量适当,小姐自当无碍,然若不适……"

子修见他犹豫,忙追问:"怎样?先生但说无妨。"

"若不当,也许……会对小姐今后生育有碍!"欧阳凤再饮下一杯,目光低在杯沿上,日光流透,微微晃眼。

他说得轻易,子修却颇为震撼,想妹妹菡烟年轻貌美,没来由的患了怪病,若依欧阳凤所言,菡烟乃尚未出阁的女子,万一药量控制不甚,又当如何是好?

正自思量,欧阳凤又道:"南荣公子若信我,便令在下放手去做,在下自当尽力!"

南荣子修望着他,眼中的权衡与思索一览无余,欧阳凤只在他的注视下,淡淡饮酒,好似此事全不关自己半分。

许久,南荣子修缓缓起身,走近欧阳凤身边,欧阳凤仰头望他,子修凝眉,忽的,向欧阳凤深深一揖:"一切便全凭了先生了!"

菡烟这样拖下去不是办法,况且欧阳凤最擅用毒,手上定是有分寸的,如今,只望妹妹的病可快些好转,别无他想。

欧阳凤亦起身,扶好南荣子修,目色终究有一丝转变:"南荣公子莫要多礼,若在下可治愈小姐之疾,在下还有一事相求!"

"哦?"子修忙问:"先生且说,子修自当尽力而为。"

欧阳凤转身,背影青衣随风荡然:"若在下可将小姐治愈,想劳公子引荐,入宫为医,在下虽非世医,却自认绝不比宫内御医逊色,不知可行?"

子修身子一震,欧阳凤话语清淡,语调平和,全然不泄露半点心思,然子修心中却有什么倏然涌上,紧凝的眉,更加纠缠如结:"你要入宫为医?"

他不能不疑惑,不能不怀疑,欧阳凤生性闲野,不流于世,怎可能愿意过那种诸多束缚与捆绑的生活?

除非……

"为了……沐婕好吗？"子修音色沉沉，眼神更多了分销黯："还是……为了芊雪姑娘？"

欧阳夙身子一滞，眸光微微侧后，不语！

子修望着他，望着他高挺峻拔的背影，望着他青衣肃然，飘逸潇洒的身姿，心内突地被冷冷秋风吹得冰凉！

他豁然忆起，纤纭曾对他说——

以后，不要再着青衣！

那时，她的眼神怅惘，有浓郁的忧伤！

昨日，她见了欧阳夙，冰雪双眸便盈满了怨恨的泪水，难道……

他不想去确信心中的猜想，更不想联系这三年来的种种，他不能相信，不可相信，欧阳夙闲云野鹤一般的人物，年少成名，风云江湖十几年的侠者，他号称"毒圣"，而纤纭亦擅用毒，犹记得那日第一次见她，她杀了人，欧阳夙便随即赶来，难道……

难道……他是她的师傅吗？是他……叫她杀人，走上一条不归路吗？

所以她恨他！是吗……

莫名之火勿遽，上前一步，语声便变了冰冷："你与纤纭究竟是何关系？你号'毒圣'，纤纭亦擅于用毒，难道……你竟是她的师傅吗？可是又为什么？你这三年来都不在她的身边？是你叫她杀人的吗？是你要她这么糟蹋自己的吗？你跟我说，你要见她一面，却不愿让她知道，她恨你对吗？她亦恨你毁了她的一生，所以你不敢见她是不是？可是如今，你又要入宫去，还想要操控她吗？你到底是何目的？纤纭……是不是有什么把柄握在你的手里，才令她不得不这样作践自己！"

闻他激动，欧阳夙回过身，一双俊眸，漆黑深邃，望不见尽头："对，你说得对，是我毁了她，是我……没有颜面见她！"

想到纤纭一字一句的诘问，一声声的彻骨思情！

想来如何不是？自己满口满心认为是为了她好，却令她更加痛苦，最终走上了这条再也不能回头的路！

"为什么？为什么？"子修追问，神色纠结。

欧阳夙在他的眼中看到了无比强烈的热火，燃烧着他的心，是啊，为什么？自己究竟是为什么，会把事情弄到这样的地步！

别过头去，声音沉了下来："公子只需答应或是拒绝，其他的……恕在下不想说！"

他在威胁他吗？在故作清高吗？

子修眸色一凛，往事如刀，豁然划过眼眸！

曾几何时，纤纭亦是这般要挟过自己！以一种傲人的姿态，用一种淡薄的眼神，恍惚间，竟感到眼前之人有几分熟悉！

看来，他果真是她的师傅，两个人才会有这般相近的秉性！

"哼！果然是师徒，便连要挟的眼神、口吻都这样相似！"子修冷了脸,声音更如沁了冰水:"好！我答应！"

他必须答应,他必须救他的妹妹,必须这么做！亦如当初在"胭脂楼",他别无选择！

转身而去,却又猛地停住,幽幽侧眸,望欧阳夙一身青衣飘逸风中,眼神凉风几许:"不过欧阳夙,纵是你进宫,我……亦不会再令你再轻易地摆布于她！"

话音未落,人影已去,欧阳夙望着,南荣子修修长的背影,被秋阳染了一层绚烂金迷！

他的每一句话,都是对纤纭的至心关切,每一个神情都有情真意浓,纤纭,为了我,你可知你错过了怎样的一个人！

这个人,才是值得你托付终身,情意相许之人！

而我……

欧阳夙苦笑,望满天秋阳萧瑟——

纤纭,我,只是这秋日的末路阳光,已几近了寒冬,不值得正当春华的你,如此付出！

与欧阳夙一面,令纤纭心中许多不畅,尤其望见芊雪一副天真无邪的面容,心内便涌起许多不平！

这三年来,都是她在他的身边吗？都是她陪着他吗？是她,听着他的琴,和着他的曲,冷了为他添衣、热了为他摇扇,她愁容满面,强装笑颜,却都是为了讨自己欢心,出宫去与他重聚吗？！

芊雪小心挽起纤纭如墨青丝,纤纭望着镜中的绾发女子,目光冰冷！

你想出宫,是吗？你想与他双宿双栖,是吗？

想着,身子不禁微微一抖,芊雪手上一失,牵连了手中发丝,纤纭一痛,回眸望她,本便冷如霜雪的眸子,更似裂开的深冰,芊雪连忙跪下身去,神色惶惶:"奴婢该死！"

"该死？"纤纭望着她,未挽好的一头墨发垂散如幕,丝丝纠缠:"你是该死！"

芊雪一惊,抬起头来,正对上那双冰冷眸子,身子不禁颤抖,为什么,沐婕好望着自己的眼神,除了清冷,还有一些隐约的仇恨与敌视？

芊雪迷惑地望着她,纤纭缓缓踱步,目光低垂在芊雪娇楚的身上:"那么,你想怎么死？我成全你便是！"

芊雪心头大颤,惊悚望她:"婕好……"

"哼！"纤纭突地甩袖,转身喝道:"早知道你不想死,你死了,如何还能去与你的大哥相聚？是不是？"

"婕好……"

"说了该死,却又不敢去死！以后,做不到的事情就不要随便说,这样的口是心非,是谁教你的？"纤纭神情凝冰,冷冷一哼:"你的……大哥吗？"

一语双关,却怕是只有自己会懂。

芊雪茫然摇首:"回婕好,奴婢知错了。"

"死罪可免,活罪难逃。"纤纭柔唇抿笑,却仿佛将眼前女子刺穿一般,她眸底生寒,幽幽如芒:"昨夜,你大哥探入皇宫,企图不轨,还捣毁了我最是珍爱的琴!"

纤纭缓缓踱步,将散落的青丝一掠,绸裙荡漾生风:"你该明白,我未有追究于他已是天大的恩赐,我限你三日将那展琴亲手修好,以为你大哥恕罪,若是假手于人,便不要……叫我知道!"

说着,略略欠下身子,凝望芊雪惊恐脸色,唇角微勾:"琴修好前,就不要吃饭了。"

芊雪身子一动,眸光惊凝:"婕好……"

"还不快去?是要我请你去?还是……要我请皇上缉捕那夜探皇宫之人啊?"

一句肃厉如针,根根刺进芊雪心里,纤纭望着她,亦惊讶于自己的冷酷与无情。

她字字句句戳进芊雪心里,却又怎不是扎在自己心中?

她越是望着她,越是心有芒刺,索性回身,转入内殿之中!

芊雪向后倒去,撑住冰凉的青石地面,望着纤纭走去的背影,眼中迷茫几乎令视线不明。

她不懂,为什么她一个几乎拥有了一切的女人,要如此为难她一个小小女子,为什么?说过的话,可以不算?难道……果真是她看错了她吗?那吹奏着《上邪》的愁楚女子,那怅然若失的清冷女子!

她原本以为,她不过是外表冷漠,实则心思柔软之人。

可是……

青砖石地映出殿外树蔓摇晃,摇乱女子静美容颜。

大哥,如此一来,与你相见又在何期?

芊雪缓缓站起身,泪眼婆娑。

※

秋夜,寒气森重。

关雎宫碧云亭上,丛树摇晃星月冷光,透过夜隙泼洒在女子翠色宫装上,便更有一分孤漠的寒意。

芊雪一个人,在这亭上整整一天,用喜顺找来的仅有的工具摆弄着那断裂的琴。

大哥最爱抚琴,可是自己却未曾习得半点,琴断如残,要他怎样下手?

夜气冰冷,如若冰霜,砖石琴台更似凝了霜般,触肤冰凉,芊雪只着一身单薄的宫装,夜浓晨冷,不知何时竟靠在琴台边睡着了。

皇上来过又去,并未在意那亭上倚着的少女,一夜便于殿内熏暖的灯火与浓香中过去。

"芊雪,大哥泡'青龙香'给你喝。"

"大哥准备了你最爱吃的玫瑰糕,还热着,你快吃。"

一声声呵爱与关切,将心内温暖一点点凝聚,然而冷风灌入衣领,身子一抖,适才不过一忽的热气尽皆散去,冷得发颤,便豁然睁开眼睛,明辉天色,映日朝霞,一抹抹滑入眼底的绮丽,散漫作一片汪洋火海。

本该是暖意融融的清晨,却徒令人身子瑟缩。

原来是梦!

芊雪鼻端一酸,眼眶微涩,几欲滴下泪来。

仰望初晨天幕,一缕秋阳淡漠,犹似这关雎宫从来的冷清。

正欲起身,方感到周身酸疼,她微微凝眉,再一抬眼只见沐婕妤一身庄贵的绫绸丝绣百花裙,上有紫凤翔飞、云雀争鸣,高挽的乌发腻云如丝,流穗婵丝杏枝簪摇曳生姿,目光望向自己,眼风顿生讥诮的快意!

芊雪一怔,连忙跪好,恭送纤纭一行出宫,许久,她的眼神都只凝在那转角的回廊,思量重重——

自己究竟是哪里得罪了她?究竟……做错了什么?

如此风华绝好的傲世佳人,如何会与自己一介小小平民过不去呢?

腹内已觉饥饿,一天一夜未进水米,再经了整夜寒气,身子已然虚软无力。

她勉强起身,脚下却是一软,几欲倒去,只感到臂上一紧,已被一只手稳稳扶住。

一惊回眸,只见一女子,发挽丝绢,目若寒杏,一身不同于自己的云红色宫装,绣了金丝抹边,彰显了她的与众不同,芊雪更感讶然,连忙恭敬垂首:"乐巧姐。"

乐巧,皇后身边贴身侍女,陪嫁入宫,虽为宫女,却颇显得高人一等,便连有些个位份低的妃嫔亦要给她几分薄面。

她怎么会来?

芊雪低着眼,不敢看她。

晨风凉,乐巧的声音便似这秋风一般:"你是芊雪?"

芊雪小声应着:"是。"

乐巧上下打量一番,只觉她黛眉杏目,面容姣好,却是个有姿色的宫女,随即笑道:"不必多礼了,只是皇后听说了'关雎宫'诸多荒唐,沐婕妤竟对下人施虐,甚是关心,叫我过来看看。"

芊雪凝眉,眼光扫向四周,但见四下无人,本便清冷的"关雎宫"更如死一般静谧无声。

似只有风过耳际,余留一丝低吟。

乐巧见状,忙道:"你不必慌张,皇后已将'关雎宫'所有人叫去问话,而你……"

乐巧一顿,走近两步:"今夜,会有人来传,皇后……有请!"

芊雪豁然一惊,不可思议地望着乐巧,乐巧眉眼带笑,唇边却含着严肃的冷意。

"乐巧姐……"

她仍自惊慌,乐巧却转了身,淡淡道:"今夜,太后宴请,沐婕妤不会在,而皇后自有吩咐,明白吗?"

芊雪不语,只是惊悚地望着她,乐巧挑唇一笑,挪步而去,裙裳拂过碧云亭白玉阶台,转

而不见的背影,被晨风树影掠去!

皇后有请!为什么?

芊雪凝眉跌坐在石椅上,犹自不可回神!

临近夜晚,纤纭回过一次,只换了件华贵的锦丝菱纱百褶裙,便去了。

芊雪望着,却总感到心内慌乱,乐巧的一番话耳边萦绕,终究难以平静。

夜深,凝露霜寒,翠叶如抹了浓重的夜色,暗淡无光。

芊雪已两天未进水米,此时已虚弱得不可堪力。

望着仍旧断裂在地的残琴,无力感便充斥四肢百骸。

"关雎宫"的西侧,却是另一种景象,耀亮的火光铺漫天际,绚烂华丽的辉煌烟火,浓彩抹成夜幕星月一色,月的白便失了几分凉薄,星的寒便淡了几许清冷。

烟花大朵大朵绽放在浓墨般的天幕上,舞乐笙歌、丝竹漫天,娇美的女子,举袖为云,舞动水月星天一脉!

那是昔太后所居"凌华殿",今夜,太后宴请楚诏国四公主漠芙。自五年前,先皇去世,楚诏与大瀛便行修好,昔太后以公主漠芙为义女,又将女儿平溪公主嫁与楚诏王漠南为妃。去年,漠南病逝,未有子嗣,传位于其弟漠川,漠川为人野心勃勃,登位两年,侵扰边关,蠢蠢欲动,愈发不安分了。因沐天、林保风等人相继死去,兵权只掌握在南荣家手中,若要与楚诏一战,势必增加了南荣家气焰,故赵昂决定,以太后名义宴请漠芙公主,怀柔战术便是首选之策,虽遭遇南荣景须极力反对,但宴会仍旧如期举行。

后宫妃嫔,朝中重臣尽皆在列,皇帝亦着一身绛紫色蟠龙云纹袍,琉冠华丽、眉目深沉,端然坐于昔太后左侧,右边依次是皇后与杨辰妃、杜贵妃、丽贤妃,之后方才是婕妤沐氏。

许多人的眼光似都凝聚在纤纭身上,这个入宫不过月余,便宠冠群芳,艳压贵华的南荣家世女。

傅之灵等才入宫的,因着身世显赫,亦在被邀之列,但位份终究低人一等,只能坐在远离圣驾之处,暗自恼愤不平。

纤纭却恍若不觉,一道道或疑惑或锋利的敌视目光,在她看来,不过清冷一笑,容色不见半点变化,一杯杯饮尽杯中之物。

对面坐着的便是楚诏国姿色艳丽的公主,一身杏黄色金片绣纹菱纱衣,臂上金银双色环明光闪耀、珠光宝气,长发微卷,披散身后,发上垂下长长丝纱绣巾,眉浓脂艳,好一个异域风华的贵胄女子。

坐上,只她一人而已,身后站了两名楚诏国打扮的年轻男子,皆着了黑色宽袖侍卫袍子,脚上黑靴有金丝线闪烁夜色。

那两名男子,一个神色肃然,一个左右四顾,浓眉剑目,英气逼人,高壮的身形,乃大瀛男子所不及,只是难免太过粗犷,而少了些贵雅风采,倒令人觉得生硬了。

一段舞罢,昔太后眉眼含笑,望向坐边的漠芙公主:"漠芙,这段舞柔美如仙,最是与这夜色适宜,可还喜欢吗?"

漠芙回以一笑,却笑得极是敷衍:"回太后,虽是好看,却嫌太柔腻了些。"

太后略微一怔,心生不悦,笑意却仍挂在眼角:"也是,楚诏国女子,个个伶俐聪敏、能歌善舞,自非这些个庸俗舞姬可比。"

"能歌善舞也未必只是楚诏国女子!"

漠芙尚不及言语,一个声音便尖锐响起,娇脆的嗓音,伴着刻意温柔的一笑,吸引了众人目光。

众人寻声望去,只见皇后唇角微勾,仪态端庄,笑着望向太后:"太后您忘记了吗?当日'惊鸿阁'沐婕好一舞惊鸿!这才令皇上一见倾心,想来……"

眼风扫向赵昂,赵昂面色凝暗,瞪住她,皇后却依旧柔柔笑着:"想来这舞技,宫中无人可出沐婕好之右!"

纤纭纤指一握,冷眼望向不怀好意的皇后,亦感到周围目光的锐利与幸灾乐祸。

是啊,南荣家世女与同是南荣家女子的皇后相冲,只表明二人关系交恶,却是其她妃嫔的幸事。

列席一旁的南荣景须与南荣子修亦凝目在纤纭身上,一个淡淡望着,一个目色关切。

子修望着她,只见她一身水红色菱纱百褶裙,芙蓉花绽乌云腻,只朝太后与皇帝幽然一笑,喜怒不明:"既然皇后有这个雅兴,那么妾自当从命,只是若一个闪失失了国体,还望……太后、皇上恕罪!"

赵昂一惊,不曾想她会这般乖顺地应下,望她黛眉如月,淡笑如云,不着喜怒的绝色容颜焕着微微流红,心思一阵恍惚,只柔声道:"那自是当然!"

太后亦笑着点头,还好这传说中性格古怪的女子,未有做出什么不可料的事来。

纤纭于是莲步轻移,朝乐师们低语几句,乐师们频频点头,纤纭便踏上舞台,舞台高立,离地耸然,登台,俯看台下众人,众人目光一览无余!

绯红流纱装点的贵气舞台,与纤纭一身水红相应明灿,绝色女子回眸一笑,汤汤广袖拂风而起,轻盈裙摆便徐徐若飞!

一曲《上邪》,琴箫和声,筝磬低回,一曲柔婉之音,便在种种音律的集合下,越发有种浑厚气势。

阑珊灯火,水袖裙裳,纤纭凝腻玉指自水雾般凌袖中探出,如洁白梨花映春水,似云雾之中谪仙降。

音律跌宕,时而高山流水滚滚来,时而流波含情影徘徊。

舞正好处,纤纭灵眸一瞥,只见乐巧在皇后耳边低语几句,适才还满目煞气、脸色凝妒的皇后,唇边立时敛了笑意,伏在太后耳边小声细语,舞乐声喧嚣,不可辩得分毫。

纤纭心思一动,更见皇后翩然起身,离席而去,转身间,目色刻意向正舞如云飞的自己

一凝,令人不禁毛骨悚然。

玲珑脚尖如点春水,轻盈回身,裙裳撩动,一个出神,脚下忽的不稳,正欲调整,眸中却精光一闪,七窍之心牵动,笑意便浮上唇角,抢腰间,柔水般的水红色丝纱裙,荡漾如碧波流淌,那绰约婀娜的身子,突似坠落云端的仙雀,一忽风过、摇摇欲坠!

众人皆是一惊,明明舞正在好,缘何突地如此?

昔太后目光一聚,十指紧紧扣住坐柄!

原来,原来如此!

原来她的一句"有伤国体"并非礼节与客套,而是……另有预谋?!

南荣景须似亦明白了她的心思,只冷冷而笑,暗叹她真好胆色,却不明她为何如此?抿一口酒,待看下情!

皇上亦是一惊,连忙站起身来,正欲飞身上前,却见一个身影矫健,于靡靡夜色中似离弦之箭,倏然刺破夜幕,冲到舞台高空,一个转身,他臂若挽云,轻轻一揽,纤纭水红色坠落的身影,便与他如夜般的黑色交缠在一处!

夜色绮丽、烟火阑珊、灯烛光焰如火如云!

众人一声惊呼,但见那魁梧男子拥着纤楚娇丽的绝色女子,于舞台徐徐落地,那一双身影,突兀在夜色中,舞乐笙箫骤停,惊呼声亦于一夕间变作沉静!

一时,众人不得回神,喧嚣的夜,突地,静若无人!

纤纭亦是眉心凝蹙,讶然望着眼前男子,那男子冷眉浓目,脸廓英犷,一张略显黝黑的脸,毅然而似有惊艳目光。

纤纭连忙一挣,站直身子,那男子方才松手,目光却仍旧流连在女子身上。

本想着,飞身而来稳稳接住她的,一定是皇帝赵昂!在这众目睽睽、万众瞩目之下,以痴恋的目光迎着她,以迅捷的身手接住她,那时,一定会有更加锐利与妒恨的目光如刀如箭吧?

想着,便是一种由心的快意,可却不想,被半路杀出的黑衣人所搅,凝白面色略微一冷!

赵昂面色更加销黯,顿如冷霜,凝看着那一身黑衣黑靴的高壮男子,心中顿生不快,负在身后的手,紧紧握住,却见坐边的漠芙公主亦站起了身来,神色略显慌张!

纤纭与那一双漆黑的眼相对,却觉那目光轻浮,正是楚诏公主漠芙的黑衣侍卫。

只是那眼神之犀利,却有隐隐骇人之色!

子修亦早已站起身子,眼看她几欲跌落的刹那,亦要不顾一切,冲身上前,可是……

"这位勇士,多谢!"纤纭凝指轻搭,淡淡道。

赵昂立着身子,平一平心中隐约郁气,亦笑道:"这位勇士好身手。"

转眼望向漠芙公主:"楚诏国勇士果真名不虚传!"

漠芙公主亦是惊魂未定,稍稍平一平气,笑道:"哪里,还望皇上、太后恕青川鲁莽之罪。"

说着,眸一侧,望向那高壮男子:"青川,还不回来?"

那男子眼神凝视,在纤纭艳可绝尘的绝色容颜上忘情流连,被漠芙一喝,方回过心神,转身,向皇帝与太后一礼,方才退回到漠芙公主身后,纤纭这才转身,缓步踱回到桌席边坐下!

饮一杯酒,悠然神态,好似全然无事一般。

适才一曲,余音绕梁,回味隽永,在场之人无不为之震撼,方才真真明白,为何沐婕好可以一舞而惊艳天子!

若不是后来有意无意的失误,该是如何曼妙的身姿?怎样惊世的凌舞?!

便连漠芙公主都不禁暗暗赞叹,此舞柔中带刚,刚中有情、情真意切、切入人心!

真是世所罕见的翩然舞姿!

然,亦有目光妒美分明,狠厉如刀,纤纭安坐之中,目光无动,亦可感到那一道道犀利如芒刺追身的眼神,由痴愣艳羡,逐渐变得恶毒而阴森!

太后怒看纤纭一眼,气色凝然:"沐婕好果真好舞,只是近来想是身子不适,未免太娇弱了些,还要多加注意。"

纤纭心底冷笑,只淡淡侧眸,一笑:"多谢太后关切,纤纭知道了。"

正是此时,但见皇后姗姗来迟,一身妆锦华贵的绫绸裙裳拂地一抹,目色傲然,唇际凝笑,一派风雅高贵的神情,已不似先前的刻薄。

纤纭眉间一蹙,只感到微微异样,却不知这异样究竟源自何处?

索性撤眸,不再看她!

子修坐在远端,终究缓缓落座,黯然的目光,凝成杯中酒色如新,一杯饮尽,苦涩在喉!

傅南霜坐在他的身边,看着他目光由惊艳而忧虑而焦急而暗淡而落寞神伤,紧咬的双唇,紧致的眉心,俱凝作眼中清泪两行,滴落在酒杯中,轻微得无人闻听!

一夜,喧嚣、旖旎,人人各怀心事,匆匆而过!

回到"关雎宫"已是夜深,浓幕笼了星月唯余的光色,却不及适才"凌华殿"的烟火绚烂,迷人眼目。

纤纭感到疲力,莓子轻轻扶了她,才踏进殿内,便见芊雪一脸憔悴,低低跪倒在地,身前是一展瑶琴,弦色流水、木色如新,殿内烛火幽黄,映着那一展重生的琴。

纤纭略感一惊,随即平复下神色,缓步走至躺椅边坐下,望着低垂着头的女子:"可是你自己修好的?"

"是。"芊雪小心应答。

纤纭望了望,她本意便不在琴,只是道:"可调了音?"

芊雪道:"奴婢不会抚琴,这……恐怕……"

"不会抚琴?"纤纭眼风忽的一凉,凝看女子的目光便是冰冷的讥讽:"你的大哥,于音律那般精通,你却不会?道我是三岁孩童不成?他……都没有教过你吗?"

芊雪轻轻摇首,提及大哥,又是心内伤感的一痛:"不,大哥不曾教过,只教奴婢奏箫,奴

婢天性愚钝,未能得到真传,总也奏不出那曲中韵味。"

曲中韵味?纤纭略一蹙眉,欧阳夙,你与她琴箫和鸣之时,可是在寻找着被你亲手丢弃的什么吗?

眼眶微微酸涩,缓缓起身,推开轩窗,秋夜寒气袭人,冷入衣襟,心绪不由清醒了许多!

苦涩一笑,自己究竟在干什么?究竟要做什么?

如此折磨一个弱小女子,难道便真真会感到快意舒畅吗?

只恐更多的仍是独自凄楚的夜晚,辗转难眠!

芊雪跪在身后,一言不发,殿内安静的烛火幽幽晕染了秋的昏黄,纤纭轻声一叹,正欲言语,却听殿外呼声尖细:"皇上驾到!"

皇上!

纤纭回身,眉心微蹙,这样晚了,他该是在"紫芳宫"才是啊!

心中莫名一紧,不及思量,赵昂已赫立眼前。

"参见皇上。"纤纭低身,赵昂伸手扶起,芊雪与莓子亦恭敬行礼,赵昂挥手道:"都下去吧。"

莓子望一眼纤纭,纤纭眉色紧凝,神情不动,心中却有千般萦绕。

莓子拉着芊雪出去,关掩了殿门,殿内,便唯余一芒幽幽弱弱的昏黄,晃乱男子漆黑的眼眸。

"皇上……"纤纭望着他,英毅肃然的面孔,棱角分明如削,一双深黑色瞳眸,幽远而深邃。

他的眼神,从来都是远无边际的冷黑色,只是今天,这双眼中,莫名揉进了丝丝纠缠,令眸心凝聚,眉峰俊挺!

微微避开他凝视的眼神,正欲言语,赵昂的声音却冷冷响起:"你是故意的,对不对?以你的舞技如何会舞在好处时跌落高台?"

纤纭一惊回眸,对上那双深黑眼睛,映出她凝白冷漠的绝美容颜。她不语,只是望着他,几欲将他的心望穿!

可是,纵使她阅人无数,亦读不懂这一双眼睛!

"对!我就是故意的!"纤纭眼神不避分毫,直直盯看着眼前男子。

"为什么?"赵昂眉心紧蹙,更令那一双眼阴色森森。

"只为我笃定飞身救我之人,一定……是你!"

纤纭目若寒星,晶莹剔透,凝望之间流动隐约情致,赵昂心思一动,脸色立时褪去了适才的阴冷与销黯,被一层融暖熏得殷切:"是吗?"

他上前一步,扣住纤纭细肩,纤纭却猛地向后撤去,望着他的眼神讥诮而冰凉:"不然皇上以为是什么?真以为我只是为了羞辱于你,令大瀛国下不来台面吗?"

寒星美目,突地冰凌凝结,令赵昂身子一颤,眉心亦微微结起:"纤纭,朕只是……"

"只是不相信我,只是认为我只会做令你为难、令你难堪的事,是不是?"纤纭目光迫人,声色咄咄:"皇上,您对我……也不过如此!"

赵昂眉峰抽动,俊逸脸廓倏然拢紧,他望着眼前女子,望着她逼人尖刻的眼神,明明怒火已在心口,却在这一种眼神下无从发作。

他缓缓回过身去,幽幽道:"朕有朕的身不由己,这五年来,朕早已习惯了这种无时无刻的警觉!"

纤纭冷笑:"借口总是如此动听!"

"你……"赵昂豁然回身,目色已变阴沉:"哼!你这叫恃宠而骄!"

"宠?"纤纭笑意更如霜飞,落在唇角讥讽的一处:"若你宠我,便不会叫皇后当众那般羞辱于我!你明知道,她目的为何,却不出言相护,堂堂大瀛国婕妤亲自为楚诏国献舞,哼!皇上,难道这便是您的宠,这便是大瀛国的颜面吗?难怪南荣景须会独揽大权,难怪……楚诏国会不将我大瀛放在眼里,在我边关烧杀抢掠、无恶不作,却仍可以在雍城歌舞升平、耀武扬威,便连自己的女人摔下高台,还要楚诏国勇士出手相救……"

"住口!"赵昂眉眼纠结欲裂,瞪住纤纭,双手抓紧她细弱的双肩:"你不要得寸进尺!哼!朕的女人?你是朕的女人吗?你有什么资格说这样的话!"

手上用力,将纤柔的女子放到在圆木桌上,他壮实的身体覆下来,心口激撞,扯下她水红绸纱,凝白如玉的娇美肌肤,的确是令人垂涎不已的尤物。

"所谓帝王,一言九鼎,不知道楚诏国王,是否也同我大瀛皇帝一般言而无信!"纤纭没有反抗,只是紧紧地瞪住他,唇边凝着若有似无的冷冷笑意,冰雪目光沁透了凉凉的讥讽!

赵昂怒目痴狂,胸口起伏不定!

自己一定会疯的,一定会!

倏地起身,如每次般不可再进一步。纤纭躺在桌面上,眼角斜睨着他,他一身锦绣,却在昏黄的烛光下显得落寞萧然。

"呵……"他突地冷笑一声,双手再又撑稳在桌面上,目光自上而下,凝视着身下女子:"朕不碰你,不是怕了你的逼迫,只是……朕说过要你心甘情愿地投入朕的怀抱,就如……楚诏国迟早会向朕俯首称臣!"

目光逐渐变得阴狠,刺入纤纭眼眸!

纤纭心中一凛,神色却依旧如常,冷漠得近乎无情。

赵昂起身,整好凌乱的衣衫,目光向后微微侧去,女子婀娜美好的娇躯,依旧横陈于红木圆桌上,烛火跳跃在她白皙肌肤上,那身子便似笼了柔和光晕,本是冷如冰霜的女子,有了诱人心魄的柔美。

"明日,朕便下诏,婕妤沐氏迁为淑妃!赐居'水芙宫'!"赵昂黑眸熠熠,别过眼去:"至于皇后,朕……迟早会整治她!"

愤然甩袖,赵昂背影飘忽,纤纭一惊,望着他的身影消失在夜色中,不解他此举用意!

正自凝神,只见莓子、芊雪与喜顺匆匆跑进来,显然宫内的争吵已然惊动了他们。莓子

连忙为她拾起地上绸纱,喜顺扶她坐好,为她披上,芊雪便奉上一碗清茶,茶水清新淡绿,浮着几点零星叶片,浓郁的茶香,几乎淹没殿内熏着的暖香。

纤绔犹自望着殿外,那人影消失的方向,接过碧茶,茶香沁入心脾,心中才似安稳下许多,进而将一盏茶饮尽,递回在芊雪手上,芊雪险些一个不稳,将茶杯摔落在地!

紧张地望向纤绔,恐怕她再有责难,纤绔却只是冷冷望她一眼,转身回到内殿,一言不发!

芊雪略松下口气,握着杯身的手依然微微颤抖!

回到内殿,辗转难眠,反复思量着赵昂深邃的眼神,他,为何要这样?为何要封自己为淑妃?难道……不怕朝中议论,不怕杨辰妃吃醋,不怕失了杨家的势力吗?然若他一意如此,岂不是五年心思尽皆白费?

杨辰妃她是极少见的,于她只是听闻中的静好女子,都说她温柔娴淑、知书达理。可她却不信,这个世上,能有面对自己深爱之人移情别恋,仍旧能真正娴淑的女人!

夜色浓若漆墨,好似一块巨大墨玉望不见边际!

纤绔撑着头,靠在床榻边,眼前是微敞的轩窗,漏进秋末凉冷的风,她似已习惯了这种冷,绯幔珠帘被夜风打得凌乱,叮叮当当的响声,令纤绔心思莫名烦躁。

她微微闭目,纤手轻轻搭在小腹间,眉尖儿轻轻一动,只感到腹内隐隐的疼痛逐渐剧烈开来!

怎么会这样,胸中犹似有一股热气流窜,憋闷在心口,微一呻吟,便觉一阵酸流汹涌而来,她连忙侧过身去,几欲呕吐!

这是……

明明是凉风阵阵,荡开珠帘,纤绔身上却冷汗涔涔、微微颤抖。她忙搭住自己的脉象,头上一阵晕眩,几乎摔下床去,因着亦有些武艺在身,身子还至于娇弱,勉力撑住,细细体脉,但觉脉搏细慢而不齐,加上晕眩、呕吐、腹痛、心悸这种种症状,难道……

难道……是中了夹竹桃之毒!

"来人,快来人!"纤绔深深吸气,竭尽全力喊出声音,最先跑进来的是一向敏捷的喜顺,随着,莓子、芊雪亦匆忙赶来。

"婕妤……"喜顺与莓子分别扶住她,芊雪站在一边,无所做处,纤绔手指冰凉,呼吸急促,抓紧莓子的衣服:"去,速去请御医水煎人参、麦冬两钱半、五味子两钱来。"

说着,望向喜顺:"喜顺,去取些甘草绿豆汤来,快去!"

纤绔全身颤抖,唇色发白,紧紧捂住小腹,纤楚的身子犹若夜色中受伤无助的小燕,在苦海中挣扎!

喜顺与莓子早已大惊失色,踉跄的匆匆而去,芊雪望着,细声道:"奴婢……奴婢去请皇上来。"

"站住！"纤纭一声喝住她，芊雪连忙滞足，缓缓回身，直直站立在当地，一双水灵杏目，抖动如帘上珍珠。

纤纭望着她，紧凝的目光，冰冷中更有一层深不可测的寒意，她唇际抽动，狠狠地瞪住她，芊雪十指紧扣，眼神渐渐低垂，最终低落在青石砖上，唯有丝丝柔发荡漾。

"哼！二到三十片夹竹桃叶熬水可置人于死！真真不愧……是跟在'毒圣'欧阳夙身边的女人！"纤纭一句，令夜风乍凝，几乎冷绝的夜，令芊雪瘦弱的身子剧烈颤抖，她连忙跪下身去，凝白的面容，不知是惊吓还是真真委屈的叩首道："婕妤，你此话从何说起，奴婢纵是有万般胆子，也不敢毒害婕妤啊！"

"不敢？"纤纭逐渐沉重的眼皮，勉力撑住，她……绝不能在她的面前倒下，绝不能……输给了这样一个女人！

"也怪我太疏忽，今晚的茶香得腻人，我便觉出了不对，哼，大概你做贼心虚，却不知夹竹桃水无色无味吗？"纤纭紧紧抓住床柱边绯红色纱幔，一展红纱便如泻落的流云，缓缓飞落在青石地上！

那红，突地，触目惊心！

芊雪泪眼涟涟，果真委屈地用力摇头："不，不，婕妤，奴婢有几条性命，竟敢做出这样的事来？奴婢做下了，又如何瞒得过这天网恢恢，怎样逃得出这座皇宫去？"

纤纭一怔，随即冷冷一笑："休要与我逗口舌之能！哼，我死了，你自然可以名正言顺地出宫去，对不对？"

微弱的体力，已不足以令她声色夺人，纤纭靠在床边，气息急促，芊雪向她望去，正不知如何回答，喜顺已然端着甘草绿豆汤匆匆而来，身后是莓子与御医的脚步声，芊雪跪在地上，惊魂未定，一角青衣飘入眼眸中，豁然一惊，抬首望去"大哥……"

她惊讶地睁大双眼，只见欧阳夙一袭便衣，只凝眉看她一忽，便匆匆向床边走去！

绯色帘幔，柔纱轻软，迷离之间，有若薄云轻雾散漫眼前。

纤纭望着那来人身影，高挺身姿、俊逸修长，一双剑眉入鬓英毅，一脸凝重如波如涌，他眼中，写满着担心与忧虑，他唇角微动，坐在自己床边，那样虚幻如迷的身影，那般恍若隔世的眼神……

是……他吗——

欧阳夙！

不，不可能！不可能的！是夹竹桃猛烈的毒性叫她神志不清了，一定是！

纤纭缓缓合上双眼，虚软的身子，滑到在床榻边，隐约感到一双手沉稳有力，稳稳地托住了她。

那种力道，那种体温，那种急促而温润的呼吸！

仿佛又回到了多年以前，那些琴箫和鸣的日子，那些共患难、同甘苦的岁月，她曾以为，这个怀抱，便是她最温暖的归宿！

可是……

撕心裂肺的痛楚再度侵袭入心，感受得那样明显，她紧闭着双眼，满目满心却全是他。欧阳夙，为什么，你几乎成了我心中随时出没的鬼魅，挥之不去、思之痛极，我不能忘记你！即使是在这生死攸关的时刻，我心中想的，却仍然……是你！

"快，把甘草绿豆水灌进去！"沉厚温暖的声音，在耳边响起，天啊，沐纤纭，你无可救药了，为什么，连耳中听到的，也是他的声音！

随着，清凉冰润的水流灌入到喉咙中，立时有种释然感觉沁满心间，那种压沉憋闷，那种疼痛难忍，似乎在那一双温柔的手掌抚慰下，渐渐消退！

"药煎好了！"是莓子焦急的声音，而后便是温热的苦药灌进口中，纤纭不禁，想要睁开双眼，却是不能！

只听到那日夜入梦的声音仍然纠缠在耳边："快喝下去，喝下去才能解毒！"

这个声音，这个可以令她上天入地无所不能的声音，此时急切得有微微颤抖！

"嗯……"

药入腹中，似有热流滚动，令身子愈发燥热，纤纭猛地起身，向床边呕去，背上是轻慢适中的力道，她一惊，豁然抬眼，一双明亮清澈的眸，殷殷如切的望着自己！

这……是梦吗？因为只有在梦中她才能与他这样相对！

一定是！一定！

泪水沾湿了轻盈的睫毛，冰冷的眸心，被涟涟水光映得脆弱如珠，仿佛一碰就会碎了满地！

欧阳夙目光凄然，只是道："好些了吗？是夹竹桃叶。"

纤纭不语，仍旧静静坐在床榻边，一身单薄的雪纱，薄如蝉翼、弱不能禁，自己是死了，是不是？老天爷可怜她，叫她在临死之前，见他一面，是不是？

纤纭泪落如雨，纷纷沾湿如雪裙纱。

无论如何、不管怎样，即使是，即使她是在梦里，或是死了，也绝不能……再让他离去！

身子微微向前，虚弱得几乎不是自己。

"婕妤小心。"娇而轻细的女子声音，几乎如同地府鬼差一般可怕，将人硬生生拖拽到地府当中，永生永世、不得翻身！

那是……芊雪的声音！

她怎么会在这里，她……为什么在这里？

凝泪的双眼，仿佛霜雪倏然临降，她举目四望，但见殿内暖香杳杳，馥郁芬芳，帘幔绯纱、灯烛如辉，如此富丽堂皇之地，却是自己最熟悉的——关雎宫寝殿！

可是……

豁然转眼，望向身边殷切望着的男子！

欧阳夙，真的是他、分明是他、果然是他！

但……这是怎么回事？他……怎么会在宫里？如何会赶到"关雎宫"来？

适才柔弱的目光逐渐变得清冷，她质疑地望着他，望着这个一脸关切的男子！

"都下去！"终于开口，声音仍旧虚软无力，目光却冷冷迫人。

芊雪与莓子互望一眼，喜顺最是懂得纤纭心思，连忙向二人急使眼色，二人这才回身而去，芊雪目光，流连在身后，那青色长影投映在幽黄宫纱上，为什么心在纠结，为什么……她感觉，她的大哥，看着沐婕好的眼神，是那般不同！

那是她，从没见过的眼神！

"怎么是你？"纤纭冷道，明明泪水飘零的眼，却硬生生透着寒光。

天知道她多想看见他，多想让他永远这样留在自己身边，宠着她、溺着她，一辈子！

可是……相见争如不见！

纤纭别过头去，脸朝内侧，不再看他！

欧阳凤垂首，一声叹息："我治好了南荣菡烟的病，便叫南荣子修举荐我入宫，你不叫芊雪出宫，我自不能勉强了你，却也要信守承诺，照顾芊雪，亦希望你能摒弃心魔，平平安安的……"

"心魔？"纤纭回过眼，凄然的望着他："欧阳凤，你明知道，我的心魔就是你！要我如何摒弃？如何……忘记？"

她目中有泪，泪中带怨，怨愤的眼神，隐忍不发的怒意，几乎冲破她的眼眶："哼！欧阳凤，信守承诺，说的好听，说的真好听！那么'我永远不会不要你'、'永远不会离开你'，这……算不算承诺？有的人……又是不是没有信守呢？"

欧阳凤身子一震，虽然，这不是纤纭第一次质问于他，可是，这三年来，这亦是自己心中不可触碰的隐痛！

他知道，他离开纤纭，无论出于任何目的，她的日子，定会是艰难的！

以红绸性子，以报仇为毕生己任，而纤纭自是她最锋利的尖刀，可是，尖刀出鞘，刺杀别人的同时，亦磨损了自己！

原本有他，给她一些安慰，给她一点温暖，可是他知道，自从三年前，纤纭的生命里，便只有黑暗，再没有过一丝阳光！

"纤纭……"

"是芊雪害我，是她……要我死！"不待欧阳凤开口，纤纭一句几乎令欧阳凤窒住了呼吸！

英毅的脸倏然有若僵木，愣在一处，目光凝视在纤纭目光里，许久，不曾移视！

"你欧阳凤号称'毒圣'，芊雪跟在你身边多年，耳濡目染，相信不会连夹竹桃有毒亦不知道，更何况是用了足量的夹竹桃叶来熬水烹茶，哼！若非我发现及时，或换作于毒物一无所知之人，恐怕早就没有命在了！"纤纭一字一句，溢出唇齿，冷白的面容，切齿的言语，皆令欧阳凤骤然怔忪！

不,不可能!

自己与芊雪相处三年,她温柔贞静、心地善良,如何……会做出这样的事情?

"不,不会的,芊雪性子温婉柔和,我想,这其中定是有所……"

"你信她不信我?"纤纭逼视着他,目光冷绝:"你可还记得,我曾说过,她……若要出宫,除非……我死!"

脑中乍然一响,望着纤纭的眼神,渐渐聚拢,他望着她,望着她倾城倾国的绝美容颜,望着她目含冰雪、唇点霜凉的质问面孔,转念一想,纤纭心思何等细密,又与自己研毒多年,小小夹竹桃毒,乃平常人所用毒素,又岂能难得住她?

她,便无一丝觉察吗?

想着,眼神微微一动,纤纭立时感到霜临雪降,她何其了解他?他的每一个细微神情,在她的眼里,都已将他的心思暴露无遗!

"你怀疑我?"纤纭几乎不可置信自己的眼睛,欧阳夙亦震惊于适才一瞬的凝神:"纤纭……我……"

"不要说了!"纤纭柔弱的身子,突似冷雪倒灌进心窝,冷得发抖:"至少……你信她……多过于信我!"

"不,纤纭!我只是在想,在整理这每一件事情,你亦不可因这一句话而冤枉了芊雪,可若真是芊雪所为,我……"

"不要说了!不要再说了!"纤纭几近崩溃,冰冷的眼神虽不复往日的犀利,却仍是足可杀人的尖刃:"总之……你不信我!"

"我只是不信芊雪会……"

"欧阳夙你出去,你出去!"纤纭推开他,推开他不经意扣住自己的手:"我不要再见到你,不要!"

他太过公平的眼神,深深刺痛着她!

即使她知道,他没有怀疑她,即使怀疑,他仍会护着她,可是,他亦没有怀疑芊雪,即使怀疑,他亦会护着芊雪吧?

这……是她心里深深的不平!

曾经以为,无论他是欧阳夙,还是欧阳叔叔,在他心里最重要的人,始终是自己,可是今天……

她有生以来第一次怀疑这从未怀疑过的事情,那被剜心般的疼痛,痛彻心扉!

才在生死边缘走过一遭的女子,面色苍白如雪,纯白的雪纱便映得那脸色更如白纸!

欧阳夙眉目深深,纤纭,为什么你一定要这样极端?为什么……我们不能相爱,就注定一定要分开?

"纤纭……"

"出去!"纤纭别过身子,泪水落如雨下:"欧阳夙,你进宫来,是为了她是不是?你怕我伤害她,你怕我为难她是不是?"

痛已入心,便麻木无觉。

"纤纭,放过自己,好不好?"欧阳凤垂首,自与纤纭相见,似乎满心皆是无奈的叹息。

纤纭不语,隐忍的抽泣,令双拳握紧。

放过自己!欧阳凤,你又可曾放过我?我也恨自己,我也讨厌这样的自己!

许久,只有冷冷的静默,烛光幽幽,乱人心思。

欧阳凤望着她纤瘦柔弱的背影,这世上,也许只有他知道,纤纭看似坚强的外表下,那颗心如琉璃易碎,她需要呵护,可是……却没人能够给她,从前还有自己在,可是如今的这个局面……

缓缓转身,一步步走出殿外,沉重的脚步声,踏碎纤纭所有希翼!

欧阳凤走出殿来,芊雪与莓子还候在殿外等候,欧阳凤望她二人一眼,随而道:"那药过一下,再为婕好服食一次。"

莓子点头应了,芊雪望着他,望着他疲累纠结的眉心,这样忧虑的眼神,她极少见到,只有奏起那首《上邪》时,他才会偶尔流露这样的神情,从前她只道是触景伤情,可是今天……

她望望内殿,再望回在欧阳凤脸上:"大哥……"

欧阳凤微微叹息,不语。

莓子见状,忙道:"芊雪,我先去看看婕好。"

芊雪点头,待莓子进去,方向欧阳凤走来:"大哥,你终于来了,可是……你怎么会……"

"芊雪,不要问了,是大哥没有照顾好你。"欧阳凤沉敛的眼睫遮覆着眸光,芊雪心中一暖,唇边笑意柔柔,轻轻靠在欧阳凤肩上,声音哽咽:"大哥,芊雪原以为再也见不到你了。"

欧阳凤身子一动,将芊雪轻轻推开,涩然一笑:"芊雪,沐婕好有为难你是不是?"

芊雪微微惊讶,泪光晶莹欲落:"沐婕好性情古怪,却不知我是哪里得罪了她。"

言语间,有淡淡试探,欧阳凤凝眉,转身,望着天际墨空一色,唯有月光微露点点清白。

芊雪望着他,如此落寞的背影,如此孤寂的叹息,令她泪水夺眶而出,倏然冲上前去,紧紧拥住他:"大哥,带我走好不好?我不要在这里,不想在这里,我只想跟大哥在一起,过清贫的日子,沐婕好……沐婕好她心肠狠毒,不会放过我!她根本就是……"

"芊雪!"欧阳凤挣开她的怀抱,转身望向她,深邃的目光里竟有迫人寒意:"不要这么说!"

芊雪一怔,涟涟泪眼被那突如其来的森寒凝冻,她凝望着他,望着他一脸肃重,心底猜疑倏然变得明朗清晰:"大哥,你……你认识她,是不是?"

颤抖细弱的声音,几不能闻,泪水落在裙衫上,瞬间不见。

欧阳凤望着她,她眼神殷切,娇唇紧咬,柔弱的身子在夜风中微微抖动。

欧阳凤轻轻低下头,他不能否认,纤纭,亦是他心里不可触及的疼痛:"是,沐婕好乃我故人之女!"

"好个故人之女!"

突地,内殿女子声音破夜而来,芊雪与欧阳凤回头看去,只见纤纭一身雪纱飘白,柔丽俏楚,面色苍弱,却丝毫无碍她一双冰眸澈澈,冻人心骨!

欧阳凤一惊,芊雪更惊讶得忘记行礼,纤纭缓步踱出内殿,眼神望在二人讶然的脸上,唇边却只有冷冷笑意:"莓子,给我教训她!"

凝在欧阳凤脸上的眼神,幽幽移向芊雪,莓子一怔,纤纭淡淡道:"才几天而已,就这般忘了规矩?还是……觉得有人能为你撑腰,而不把这'关雎宫'放在眼里了?"

芊雪这才惊觉,悚然跪下身去,忙道:"婕妤恕罪,奴婢只是……只是……"

万语千言似都不是任何理由,说不定,理由反会令她更加生气。

紧紧咬唇,身子颤抖,纤纭回身望向莓子:"还不动手?难道叫我亲自教训她吗?"

莓子慌忙应声,正欲上前,却见纤纭玉手微扬,已然向芊雪挥去。

夜如凉水,掌风更寒,芊雪紧紧闭目,耳边却只有风声骤然停住,许久,皆只有烛焰燃烧的噬噬声,在外殿偌大的堂上,尤显得清晰。

芊雪缓缓睁眼,却见纤纭蹙眉仰首,冰澈的寒眸,落下清泪两行。

她抬首凝望着欧阳凤,欧阳凤亦低眉望着她,右手紧紧攥住了纤纭下落的手腕,芊雪心底一舒,大哥,你终究是向着我的,对不对?

纤纭冷道:"你不让我打她是不是?"

"纤纭,何必如此?"欧阳凤目色纠缠,烛火跳跃在眼神中,几乎熄灭。

"哼!好!好!"纤纭甩开欧阳凤攥住自己的手,泪眼凝结:"欧阳凤,我不打她,来人!"

向殿外一声呼喝,喜顺慌慌忙忙地跑进来,在外殿门口呆了数时,几人对话也有几分听在耳里,此时进来,难免紧张:"婕妤吩咐。"

纤纭望着欧阳凤,清冷的目光,挑衅的意味,却仍有泪掉落唇际:"把她给我带下去,此女心怀不轨、行为不端,以夹竹桃叶毒企图谋害嫔妃,发由……宫刑司重重治罪!"

"婕妤,婕妤,奴婢冤枉,冤枉啊……"芊雪大惊,身子已然虚软无力,抬首望向欧阳凤,欧阳凤亦是一惊非小,他亦不曾料到,纤纭……竟会如此!

喜顺与莓子互望一眼,皆是惊骇的,平日里,虽说纤纭少言寡语,性子冷僻,却也并非外界所传那般阴毒之人,可是今天……

来不急多想,喜顺连忙向外招呼:"来人……"

殿外,四名侍卫齐步而来,跪倒在地,纤纭不语,只示意起身,喜顺便道:"将此女押下,发给宫刑司处置!"

领头的一名侍卫略一犹豫,大瀛朝律例,后宫女子,除皇后外,不得擅自处置宫人,需由皇后懿旨或皇上圣旨方可!

纤纭目光凌厉望来,一一扫过四名侍卫:"怎么?要我去向皇上讨个圣旨,你们才肯动吗?"

四人心中一颤，连忙恭敬道："万万不敢，请婕好恕罪。"

说着，便将芊雪押住，向殿外扭去！

谁不知，如今沐婕好宠冠六宫，皇帝可为她自民间广选侍人，莫说是皇后，纵是先前的杨辰妃亦不可有如此风光，如今"关雎宫"一言，怕是胜过良臣千句万句！

"不，婕好，奴婢是冤枉的，是冤枉的啊！"芊雪一声声哭喊，欧阳凤上前一步，却感到背心处微微一痛，他回身，只见纤绘白衣翩然，举手直向自己背脊，冷夜寒光，她手中握着的一管碧绿被夜色染得凄凉！

纤绘手握玉箫，眼光如刺地望着他："欧阳凤，若你要救她，便不是你死，就是我亡！"

玉箫生寒，寒若冰霜！

欧阳凤怔在当地，芊雪亦停止了哭泣，她望着他，望着欧阳凤渐渐妥协的脚步，近乎穿心的痛，令她不可置信眼前的一切！

她的大哥，为了沐婕好……而停下了脚步吗？

虚软的身子，几乎被拖着走出殿去，芊雪的目光始终流连在欧阳凤静静的背影上，眼角余光有沐婕好得然的笑意，屈辱与嘲讽令她眼前一黑，夜的冷，便再也无觉！

"纤绘，一定要这样吗？你一定要让她死你才甘心？"欧阳凤极少有的疾言厉色令纤绘身子一瑟，他为了她而吼她，为了她……而对自己板起了面孔吗？

"对！我就是要她死，我就是要看着她死在你的面前，我才开心！"胸中暗流汹涌，冰雪目光，已霜痕累累，几乎划破眼眸！

"这不是你的真心话，纤绘，别再这样折磨别人，也折磨你自己！"欧阳凤早已忘记了这厅堂中，还有一个莓子，莓子极是识趣，聪明地悄悄走向殿门口，将殿门掩住，纤绘望了一眼，却笑得更加冰凉："欧阳凤，你失了理智了是吗？芊雪让你担心了，让一向严谨的你慌张得忘记了这殿中还有一人！"

欧阳凤上前一步，扣住纤绘柔弱的肩："纤绘，芊雪是无辜的，你与我的恩怨……"

"她无辜！"纤绘再次挣开他的手，沾湿的双颊，泪迹已然干涩："欧阳凤，你好残忍！她用毒害我，你却说她是无辜的！你不相信我，你不相信我是不是？你可以看着她害死我，却不能……看着她罪有应得！我能死，而她不能……是不是？"

欧阳凤心中一震，纤绘近乎崩溃的神情，痛入骨髓的一字一句，又如何不如钢刀，切割着他的心！

"纤绘，你明知道我不是那个意思！我说过，若是芊雪所为，我亦不会袖手旁观，可若你错杀了她，那么……我……也绝不会原谅你！"欧阳凤一顿，终究出口！

纤绘脚下一阵不稳，几乎向后仰去，她不可置信的望着他，望着他深深沉敛的英毅脸廓，他的眼神过于公平，便如……他的一言一语！

可是，她要的不是公平，不是……这样的公平！

这样的公平于她来说，便已经是输了！

"欧阳夙,我恨你！我恨你,恨你,恨你,恨你！"纤纭举手,玉箫横握,双手猛力折去:"欧阳夙,我与你……恩断情绝！"

碧玉断裂的声音,刺破夜色冷冷的孤郁！

欧阳夙大惊,转瞬之间,一管晶莹剔透的美玉碧箫,已然断作两截！

他还清楚地记得,那是他亲手送与她的箫！

碧箫啷当落地,遗落作满地恨意,伤心欲绝的女子,转身而去！

欧阳夙心若刀剐,一寸寸凌迟着残存的意识！

她恨他！她说……她恨他！

他曾多么希望她是恨他的,可是……当她真正说出口时,竟是令人窒息的剧痛！

他缓缓低身,将两断碧箫拾在手中,碧箫冷若冰霜,犹若他此刻的心境！

恩断情绝！便是断了这箫,绝了这夜吗？

身后,有殿门微微开启的声音,欧阳夙向后看去,纠痛的眉目,豁然变作冷冷肃然！

只见,殿外缓步踱进一名女子,一身庄贵的软缎丝绸裙,绣了芙蓉绽放碧水——正是红绸！

欧阳夙缓缓起身,手中断箫紧握,眉心拧做绳结！

…………………

（1）：《数字诗》：此诗流传甚广,是后人叙述卓文君的故事,在小说中以元曲风格写的,但究竟是在元朝还是元朝以后,史书无从考证。

十二　情何堪

衰杨叶尽丝难尽，冷雨凄风打画桥。

红绸，三年过去，她风韵更盛当年，润笑的眉眼，平静望过来，欧阳夙握紧手中断箫，看着她，却早已不似三年前的眼神！

初识红绸，她还是"风月楼"娇弱的歌姬，也曾对她一见倾心，却于岁月中，这情早已淡去了，与她重逢，是如是凉秋，她满目凄凉，满心怨恨，也是那个秋，他遇见了纤绘。今天，秋霜依旧寒重，红绸的眉宇间既多了几分沉稳。

"你为何要回来？"红绸语色依然平静，眼神却有几分凌厉，欧阳夙望着她，指节生响："你自然不希望我回来。"

红绸眼神向内殿中一瞟，随而道："跟我来！"

她转身，华贵的绫绸便扬起夜风清冷，欧阳夙望着她的背影，不知怎的，看着她，心中竟有一股怨气油然而生。

二人走出大殿，立在秋夜下凄白的月色里，月的白染了霜华满地，自有几分寒意。

"红绸，你毁了她！"欧阳夙声音微微沙哑，红绸转过身，夜光凝重了脸色："我毁了她？欧阳夙，你有什么资格说这样的话？"

欧阳夙冷冷一笑，目色萧肃："三年前，你听到我与纤绘的对话，便将刀架在喉间，威胁于我，叫我必须离开她，你以死相逼，叫我走了，可是这三年，你却将纤绘彻底毁了！她本该有的幸福，全都毁在了你营造的仇恨中！"

"欧阳夙！"红绸赫然打断他："我营造的仇恨？那仇，本就在她心里，那恨，又何须我来营造？况且，如今她贵为婕妤，锦衣玉食、身份高贵……"

"可是她不快乐！"

"她有你才会快乐！"红绸目光如箭，唇齿切切，望着欧阳夙的眼神有冷意嘲讽："欧阳夙，你可以给她吗？你可以把一个你从小看着长大的女孩当作你的女人吗？若你不能，她怎样也不会快乐！又与现在何异？"

欧阳夙豁然一惊,惊讶于红绸近乎无情的一言一句、将他的整颗心侵蚀,一点点融化做彻骨的痛苦!

是啊,他不能给她,不能给她,她便是这样的不快乐,可是红绸,你作为她的姨娘,便看不见她心里的苦楚与孤寂吗?便不能给她一丝一点的温暖与安慰?难道……你的心里除了仇恨,已经早没有了这些寻常人的基本情感?看着纤纭一天天憔悴、一天天消瘦,一天比一天孤独冷僻,你便这样无动于衷吗?

红绸,若说是我因一时错误的决定,遗弃了她的人,你便是遗弃了她所有的情感!

你让我离开,可是……你却没能好好照顾她!

"我……不会再离开纤纭!"欧阳夙肃然的眉眼被夜色染得更深,红绸一怔,不可思议的望着他:"你说什么?"

欧阳夙一字一句,低沉重复:"我说,我,不会再离开纤纭!"

"啪"的一声脆响,在耳际轰然响起,夜惊影乱,红绸一掌掴在欧阳夙英毅的脸上,欧阳夙动也不动,目光直直的望着她。

"欧阳夙,你可知道自己在说什么?你什么也给不了纤纭,况且,她现在已经是大瀛国婕妤,皇帝的女人,你就算要,你还……要得起她吗?"红绸知道,若是欧阳夙开口,纤纭纵是丢下了一切也会跟他走,这三年来,她已经看得太清楚,在纤纭心中,没有任何人任何事,能抵得过欧阳夙,包括报仇!

欧阳夙摇头,郑重道:"我不会误了她,可是,我亦不会再令她活在只有你的冷漠中!"

风乍起,夜风扬起秋叶簌簌沙沙,欧阳夙修眉凝紧错身而去。

"欧阳夙!"

红绸转身叫住他,欧阳夙停住脚步,眼神微微侧落,却只淡淡道:"怎么?又要用死来威胁我吗?"

红绸一怔,凉白月色下双颊不禁火热,一时失了言语。

欧阳夙冷冷一笑,一展长袍飘逸如飞,夜色里,他的背影坚毅而果决,他的言辞淡淡,却坚定!

红绸望着他,双拳紧握!

欧阳夙当年便是反对报仇的,难道……就没有办法了吗?难道……就要让他留在纤纭身边,阻碍报仇大计吗?

不,不!绝不能这样!

已经走到了这一步,如何能就此放弃?!

红绸掌心几乎被指甲割破,望着欧阳夙走去的方向,良久不能回神!

"关雎宫"一夜喧闹,赵昂岂有不知之理?

次日,便急急赶往"关雎宫"以探病情,纤纭却只着了清淡的素白长裙,连长青丝随意散着,未曾描妆,肤凝如雪,一双水眸静如寒潭,失魂落魄的样貌,我见犹怜!

赵昂关切过后,便是满心疑虑,芊雪乃宫外召进的女子,难道,竟也会被人利用了不成?还是真凶另有其人?芊雪他是见过的,此女温婉闲静,眼神清淡无澜,却怎么也不像是做下这等事之人!

只是纤纭如此笃定,他亦不好多言,况且,若真真是芊雪所为,这等女子未免心思太过深沉。

任凭赵昂如何关问,纤纭却只是不语,赵昂只好离开,一连三日,"关雎宫"静默得可怕,喜顺与莓子小心侍候,纤纭却日渐消瘦,不过这几日而已,下颌尖削,面容憔悴至极。

这日一早,纤纭却早早起身着了轻丝薄纱绣英荷初放宽裳裙,柳青颜色,恰似春日里一支细柳盈盈,本便纤细的腰身,更被金丝锦带系出万种风情。

莓子见状,微微一惊,但见纤纭对镜描妆,黛眉墨翠、粉香盈睫,一对零丁珍珠坠子坠在耳上,自是一番玲珑情致。

"婕好……"

"我要去天牢,你与喜顺不必跟来。"纤纭起身,华贵的裙裳,被女子穿得更显高贵,莓子眼神一晃,低低应了,却是不解。

去天牢,为何要穿得如此庄重奢华?

纤纭却是无觉,径直走出殿去。

天牢,宫中最是偏僻阴郁的一处,芊雪自被宫刑司审问,便被关押在天牢中,因着自己迟迟没有发话,谁人也不敢擅自发落,赵昂忙于政务,亦未有过问此事。从前,若是有此类事情,多是不了了之,人也便死在了这人间炼狱之中,可是这一次,沐婕好亲自来到天牢中,本是不得擅自探望的牢狱,破例令纤纭进入。纤纭打发了牢头与侍卫,这才举目望去,纵是点了微弱的火把灯烛,这座阴森的牢仍旧显得漆黑压郁。

纤纭拾阶而下,华贵裙裳沾了埃尘。

她停在芊雪牢房门前,扑鼻而来的腐臭味道,令她微微蹙眉。

芊雪缓缓侧首,借着微弱的光望过来,婀娜俏丽的身姿,冰寒彻骨的双眸,还能是谁?

"婕好……"芊雪似是看到了万般光明,可随之却是万分恐惧地跪好身子:"婕好,奴婢是冤枉的,是……冤枉的啊。"

纤纭望着她,几日不见,她亦如自己,消瘦憔悴下许多:"冤枉?你是否冤枉,你我心中有数,今天我来,只是问你几句话,你如实答了,说不定我会放你一条生路!"

芊雪连忙应道:"是,奴婢定然如实回答。"

声音哽咽,泪水滑落,这种地方,她显然不想再多呆一时半刻!

"好!"纤纭淡淡道:"我问你,你与欧阳凤是何关系?不要与我说,他是你的大哥!"

冷冽的眼神,在阴湿森重的牢房中尤显得尖利,芊雪豁然一惊,望着女子隐约可见的俯视眼神,心内百转千回。

她，果然与大哥是认识的，果然如此！可是……

芊雪心中莫名一痛，可是她却知道，她与大哥却绝非大哥所说的"故人之女"那般简单！

那样的眼神、那样的诘问、那样不可忤逆的凌人气势！她也是女人，她是懂得的！

再又回想起大哥妥协的脚步，眼看着自己被带下殿去的冷漠，心内更如烈火炙烤，几乎咬破了嘴唇！

"回……回婕妤，是……"芊雪缓缓抬眼，在微弱的火光下，一双杏眸亦凝了肃厉几许："实不相瞒，奴婢终身早已许给了大哥！"

骤然，惊雷震彻万里晴空！

纤纭几乎站立不稳，心，仿佛被无数双手撕扯成一片一片，碎落在潮湿的空气中。

强自镇定住心神，粼粼冰眸颤动如剧。

她……她说什么？她说……终身相许吗？！

"何为……终身相许？"一字字几乎溢出唇齿，纤指紧握袖管。

芊雪柔声弱弱，只似全然无觉她的切齿："三年前，我与大哥相识，感情日渐深厚，爹便将我许给了大哥。"

羞涩浮上脸颊，昏暗的火光下虽不易见，纤纭却亦能看到般，眼神凝住："他，亲口允下的吗？"

芊雪幽幽点头，轻应一声，低垂了眼睫。

铺天盖地的眩晕席卷而来！

纤纭终于不可强撑，向后微微倒去，整个身子竟是虚软无力的！

眼前女子说起这一句来，似是满面羞涩、满心幸福！

身体内的毒素似尚未清尽般，气郁急入心房，憋闷的感觉，几乎窒住呼吸。

她缓缓后退，泪水落下睫羽，湿了裙裳。

欧阳夙，你好虚伪！

什么十六岁的年龄差距，什么只能是欧阳叔叔，这一切的一切，统统都是你冠冕堂皇的借口罢了！

你只是在敷衍我、打发我、摆脱我，是不是？

欧阳夙，原来你真的真的……从来没有爱过我！

豁然转身，一步步匆急地奔上湿滑的台阶，她，似已许多年未曾有过如此失态的样子，可是欧阳夙，为了你，我竟早已不再是我自己！

一路奔跑，穿过御花园楸树飞花，万般景色尽皆失色。

终身相许、终身相许！如一片片薄薄寒刃将她的心切割得粉碎！

绣裙飘零在风中，奔回到"关雎宫"，一身华贵裙裳已然凌乱，莓子连忙奔上前来，只见纤纭面色苍白，泪迹犹在脸颊边，被风吹得干涩。

"婕妤……"莓子轻呼,纤纭却恍若未闻,许久,皆只有纤纭急促的呼吸,莓子与喜顺站在一边,看那绝色的脸,暗淡有若阴天。

"喜顺,传御医。"声音微微颤抖,随即凝重了本就灰暗的脸色:"传……欧阳御医!"

喜顺忙是应下了,匆匆而去。

纤纭失神地踱回到内殿,端坐在案桌边,案上有她画下的一展渲墨,傲梅凌霜傲雪,积雪压弯了梅枝,却压不倒盛放的清梅!

她提笔,自嘲冷笑,在墨画边提上一行娟秀小字——愁肠已断无由醉。酒未到,先成泪。残灯明灭枕头欹,谙尽孤眠滋味。[1]

欧阳夙,我与你这几年的纠缠终要到此为止了,是不是?可是……玉箫易折情难灭,恩断情绝,又谈何容易,我折断了玉箫,亦破碎了自己的心,你……可知道!

想着,殿外传来沉稳的脚步声。

"参见婕妤。"这一句,简短的四字,却令纤纭手上一抖,白玉云毫便掉落在墨画上,沾染了一朵梅花。

纤纭侧眸望去,泪意难禁,只是强自隐忍了,向喜顺道:"出去候着,未得命令,谁人也不可进来。"

"是。"喜顺连忙退去了。

欧阳夙立在当地,望纤纭一身奢华,眼神却落寞至极,心内不禁黯然,幽幽一叹,不语。

纤纭望着他,泪凝结在眼眸中:"你没有话要与我说吗?"

欧阳夙抬首,点点头:"有。"

"什么?"纤纭似是试探,亦似是有所预料,她低下头,将画笔放好在笔架上,随而转身,在明晃的镜台前坐下。

欧阳夙上前一步,平声道:"放了芊雪。"

芊雪!

纤纭轻轻挽发的手倏然一紧,雾蒙蒙的眸子涩然滞住。

果然,果然是她!是芊雪!

终身相许四个字再次侵袭到入心,纤纭紧握墨发的手,狠狠收住:"你果真……如此在乎她。"

欧阳夙身姿好似"关雎宫"挺立的青柏,安静而肃然地立着,他俊逸的眼眸中却有深沉的苦涩。

璀璨双眸,瞬时暗淡如灰,纤纭缓缓松开握紧墨发的手,望着镜中苍白憔悴、红消玉瘦的容颜,冷冷一笑:"你与她……许过了终身?是不是?"

今天的纤纭平静得可怕,纤瘦的背影,颤抖,似无依无靠的零絮!

欧阳夙一怔,随即低下头去,神色却是复杂的。

"你定要救她是不是?"纤纭失神道。

"是……"欧阳夙略一犹豫，终究还是点了点头。

纤纭紧紧闭目，镜中女子，深深吸气、黯然泪落。

又是许久的静默，一方铜镜，万缕情丝，皆不及此刻的心死！

泪水打湿睫羽，终究不过清苦的味道！

"人人都说我宠冠六宫、魅惑君主，可是……"纤纭起身回眸，泪眼中闪过一丝动容神采，便依稀可见曾楚楚风情的绝美眸光，她望着他，却已万念俱灰："欧阳夙，你可知道，我至今……仍是处子之身！"

欧阳夙豁然抬眸，纤纭泪眼融融，早已没了昨夜的咄咄逼人，有的，只是柔弱的微光："我说过，我只为你而冰清玉洁，只为你而守身如玉，可是如今……已经……不再需要了，是不是？"

处子之身！欧阳夙不禁大震！惊凝的眼，悚然闪动。

不再凌厉的她，反而，令人无所适从！

他没想到，他怎么也没有想到，望女子一身锦绣，欧阳夙心内不可触碰的柔软，因她而存在，亦因她而生，他倏然夺上一步，紧紧拉住纤纭的手腕："纤纭，不要傻，你该有自己的人生，而不是受任何人摆布！跟我走，跟我出宫去，不要再做复仇的工具，不要再做你自己的囚奴！"

纤纭举眸望着他，此时的眼神，只有绝望："跟你走？你会娶我吗？"

欧阳夙怔住，纤纭便涩然笑道："你不会，因为……你早已与人许了终身，在我苦苦思念你的时候，在我饱受煎熬的时候，你……却早已经有了别的女人！"

"跟我走纤纭，跟我走！"欧阳夙扣住她的肩，寻着她闪躲的眼神。

"你爱她吗？"纤纭目色无光，丝毫不理会他的言语，欧阳夙一惊，她突如其来的一问伴着柔弱却毅然的眼神，令他一时无语："我……"

"你爱她，不然……你不会与她终身相许，对不对？她才只有……十七岁！"泪水纷纷陨落如珍珠破碎，她凝望着他，黯然中是绝望的悲苦。

欧阳夙缓缓松开她，骇然怔松！落寞失神的女子，眼神中再无一丝神采，纤弱的身子，亦好似飘孤凋残的红枫叶。

她这是怎么了？为什么……她没有激动、没有诘问、更没有咄咄逼人？有的……只是这样脆弱的眼神和受伤的神情！

"来人。"不待欧阳夙回神，纤纭便向外唤道，喜顺急忙忙地跑进殿来，纤纭淡淡道："传我的话给宫刑司，便说投毒一事已然查明，与宫女芊雪无关，立即释放！"

喜顺不免一惊，欧阳夙更不解地望向她。

纤纭淡漠的神情，悲伤欲绝的冰雪双眸，在欧阳夙眼神中最后一凝，终究狠狠回身："你走吧，带着芊雪，走吧……"

哀莫大于心死！

欧阳夙心内一阵抽疼！

他望着纤纭,望着她颤抖的背影,隐忍的抽泣声断断续续,无不如钢刀狠狠切割着欧阳凤的心!

可是,他却无能为力,她要的,他始终……不能给她!

"纤纭……"

"不要再说了!"纤纭幽幽打断他,看向镜中男子纠结的双眉:"你走吧,这次走了……就再也不要回来!"

欧阳凤没有说话,只是眼神深邃如海,他没有言语,转身静静离开内殿中,负在身后的手,却分明紧握成拳!

纤纭,我……亦有我的苦衷和无可奈何啊!

片刻的静默,纤纭忽的跌坐在镜台边,望着那镜中渐渐远去的身影,泪眼婆娑。

欧阳凤,若你真真是爱着芊雪的,那么……我成全你!而我,生命既已如死,便任凭在这深宫中自生自灭吧!也许,我的一生早已注定了这样的悲剧!

伏案哭泣,心内蚀骨裂心的痛楚依然不减分毫!仿佛拿走了她心的一块,从此,永久的失去了!

这样的割舍,是她多么不情愿、却不得不这样做的!

泪水绵绵难绝,心已如死——

欧阳凤,我恨你!可是……我更爱你!

冷瑟瑟过了一夜,除却灭门那夜,这似是纤纭所过最是漫长而凄冷的一夜。

她整夜未曾言语,褪去了华贵的绣纹锦衣,只着素净的一身白裙,曾经,她竟这一抹白色封存在记忆里,入宫那天,她拿出了它,她以为,这是世间最美的颜色,高洁而不显得妖冶。

赵昂来过一回,只见她清瘦了的脸庞愈发清冷,赵昂望着她,似有千言万语哽在喉间,却终究没有出口。

后来,她才知道,原来,赵昂欲册"关雎宫"婕妤为淑妃,才一出口,便遭遇皇后与昔太后一致反对,此事亦零零星星地流散开来,纤纭还奇怪,以赵昂性子,说过的话,早该做了,却缘何耽搁至此。

这倒是出乎她意料之事,按说皇后反对尚有缘由,可是昔太后又为何反对?难道她亦不要南荣家的势力再盛一层?若是这样反倒好,她也懒得去做什么淑妃,若是有宠在的,纵是个宫婢亦可魅惑君心,若是无宠在的,便是皇后又能如何?

只是赵昂此举未免欠了考虑,难道,便真真只因与自己一时赌气,而坏了他这五年大计吗?还是……他另有什么盘算?

以纤纭了解,赵昂绝非简单的男子,更不似外表那般乖顺弱势,他的眼神中总有深沉的幽芒,令人不寒而凛。

可究竟是为了什么呢?她却一时不得头绪。

想得倦了,便起身舒一舒身骨,方要迈步出殿,却只见身后跪着一名女子,一身宫装凌乱,容色憔悴,几天而已,清美容颜却竟不复。

"芊雪……"纤纭不由一惊,眼望着女子颤抖几乎不能跪稳的身子,眼神瞬时萧索:"你……如何还在宫里?"

芊雪虚弱的低着头,轻声道:"回婕妤,大哥说,他已是在册御医,自不可擅自离去,那便是不忠,婕妤您心怀仁厚,放奴婢一条生路,如若奴婢不知好歹,便是不义,此不忠不义之事,万不应为之。"

纤纭眉一蹙,殊不能料欧阳夙为何如此!

他……不是该雀跃的吗?他……不是该带着她远走高飞吗?

怎么……难道,他竟要眼看着自己在他们两人的甜蜜幸福中凋败枯萎,方才死心不成?!

紧紧握住双拳,方才沉淀的心事再次波澜狂起。

"你以为,我还会留你在'关雎宫'吗?"纤纭低眼望着她,俯视着她的纤弱。

芊雪叩首道:"回婕妤,若是婕妤仍然不能信我,奴婢全凭婕妤发落,将奴婢打发到哪一宫,奴婢绝无怨言!"

"绝无怨言?"纤纭冷冷一哼,蔑然道:"你自然是无怨言的,可脱离了我这可怕的'关雎宫',又可于夜深人静、月好风清时与你的大哥花前月下,你何乐而不为?"

"婕妤……"芊雪豁然抬首,脸颊微有轻红。

"不必说了,我放你们走,你们不走,那么如今若是想走,便怕再没有那么容易了。"纤纭近乎切住唇齿,冰雪眸光似有刀光熠熠,芊雪蓦的心惊,语涩在唇,怔然地望着她,却不知如何作答。

纤纭冷冷的笑着,唇边浅淡的寒意,令人微微悚然。

她拂襟而去,留下跪地的女子,身前却有一人迎面而来,纤纭定睛看去,只见那人一身菱纱青衣,翩然犹似柳坠湖心,正是红绸。

"姨娘。"纤纭低唤一声,跪着的芊雪亦唤了声"夫人"。

红绸示意芊雪起身,纤纭却凌厉地望过去,触及那寒冰似的目光,芊雪怔的惊住,连忙跪好,不敢再动半分。

红绸遂道:"纤纭,你这又是做什么?"

纤纭淡淡道:"姨娘,这是我的事,与那件事无碍。"

那件事?红绸略一迟疑,方才领悟,望了眼芊雪,凝眉道:"你且先去,我与婕妤有些要紧话说。"

芊雪依旧怯生生望纤纭一眼,纤纭面无异色,方才敢站起身来,行了礼,惶然退去。

红绸望望芊雪惧怕的模样,郑重转眼望向她:"你道我真真不知为何吗?"

纤纭略微一惊,随即平静如常。

"因为欧阳夙,是不是?"红绸肃然望住她,不放过她神情中哪怕一丝的异动,纤纭却不语,她从来都是如此,被说中心事时,要么狂风暴雨,要么便是漠然不语。

"纤纭,你不要傻了,我已听说,皇上有意立你为淑妃,当今皇上,年轻英逸、坐拥天下,有哪一点比不得那欧阳夙!"红绸听似的劝阻,反令纤纭秀眉一紧,望着她,眼中怒意已浓。她仍旧不语,却有凌人气势,红绸已是惯常的,这样的眼神,自那一夜灭门,便一直潜在她眸心深处,随着岁月的流逝,愈发浓烈了。

"你不必这样看着我!就算,他是天下最好的男人又如何?他……始终不要你!"

红绸一双眼,似漆黑风雨降临,倏然浇透纤纭满心愁楚:"你醒醒吧,沐纤纭,他不爱你,他不可能爱你,不然三年前,就不会扔下你音讯全无,他今日的出现,也不是为了你,他是为了芊雪,一个还要小你两岁的女孩……"

"别说了!别说了……"

一字一字皆是残忍的刀刃,一刀劈入纤纭心肠骨血,白骨森森,赫然人前,眼神煞冷如冰,血肉模糊成泥。

红绸却扣住她瘦削的双肩,猛力摇晃着:"沐纤纭,你究竟何时才能清醒!他不值得你爱,不值得你为他如此啊!他爱的人是芊雪、是芊雪、是芊雪!你醒醒吧!"

"不要再说了!"纤纭挣开她的双手,柔弱的身子,似已禁不得这一字一句的追杀,红绸的每一个字都在心里落成无情的刀剑,一寸寸、一分分剥离着她残存的期念。

她虚软地跌坐在地上,冰冷的青砖石地,冷入心髓!

泪水一滴滴掉落在光洁的地板上,洇开凄凉的水晕!

他不爱她,他……从来没有爱过她!

可是……

双臂紧紧环住瑟缩的身子,将头深埋在两臂间狭小的空隙中,仿佛这样,便可以逃避一切,包括……心!

红绸低眼望着她,望着那自灭门之夜后,或者说,自从遇见欧阳夙后就再不曾有过的脆弱,她知道,纤纭对欧阳夙的爱早已深入到骨血心髓之中,成为了她生命的一部分,似乎只有爱他,她……才是活着的!

否则,便是行尸走肉,生犹若死!

对不起纤纭,对不起!

可是,我必须这样说,必须这样做,只有拔除了你心里最后的爱,才能让你心无旁骛、再无所顾!

原谅我纤纭,我承认,三年前,我是为了你,三年后,我是为了我自己!

只要这大仇得报,南荣景须死无葬身之地,来世……我愿用一生还你!

冷夜更深、露重霜冷,"关雎宫"此夜静得可怕。

纤纭靠在轩窗边,心在滴血,纵是夜已深沉,亦疼得无法入眠。

红绸的字字句句皆是她心中最痛,三年前的离弃、三年后的重逢,仿佛全都昭示着欧阳夙的心,他的心里,不曾有自己!

泪已干涩在眼眸中,纯白的衣,似再也不复当年的情味!

"婕妤,婕妤……"

正自神思恍惚,却听得喜顺急匆匆地声音传来:"婕妤不好了。"

纤纭懒懒回身,眉间隐有不悦:"何事如此慌张?"

喜顺气喘吁吁,吞吐道:"芊雪……芊雪她……她似是与婕妤一般,中了……中了毒了!"

什么!

纤纭蓦的一惊,凝眉略思,随即敛了衣裙,急步而去。

宫婢们所居,在"关雎宫"临近幽湖的一处,较为阴冷,途径幽湖,纤纭不禁身子一涩,心内却百转千回。

芊雪中毒!她怎么会中毒?

想着,已进到屋中,莓子依在床边照看她,但见才自牢狱中出来的女子,面容苍白,冷汗涔涔,一双杏眸含悲,窃窃的望着自己:"婕……婕妤!"

似是要起身行礼,纤纭免去了,漠然地望着床上痛苦挣扎的女子,她冷垂的眸,透着隐隐审视,莓子行了礼,试问道:"婕妤,要不要……传御医?"

纤纭眸光清明,寒意却不减半分,她走近床边,执起芊雪皓白的手腕,稳稳搭脉。

眉心忽的微蹙,又舒展开来,笑意间有冷冷嘲弄:"夹竹桃叶毒,上次我的足有三十片,这一次不过二十!"

芊雪豁然一惊,莓子与喜顺亦相互望去,回想起那夜纤纭中毒之时的镇静与吩咐,心中似有些明了,原来婕妤竟是通医的。

"你们且下去候在门外,没有我的吩咐,谁……都不准传御医来!"纤纭目光仍在芊雪苍白的脸上,声音淡淡如常,不见分毫惊慌与急切。

莓子与喜顺低声应了,却只觉脚下无端端虚软。

沐婕妤从来冷淡的言语下,皆有莫名所以的刀锋,触及每一个人心里。

芊雪弱力地撑起身子,单手捂住疼痛难忍的小腹,眼目微微眯住,再努力张开,似是想要看清眼前女子的冰冷笑容。

纤纭冷声道:"这就是所谓的报应不爽、杀人灭口吧?"

芊雪本是颤抖的身子,倏地滞住,随即更加剧烈的抖动,晕眩与疼痛,令那原是清美的容颜惨淡无比。

纤纭漠然的望着她,唇际隐隐的笑意,似是欣赏着她痛不欲生的苦状,芊雪咬唇,几乎咬出血来:"婕妤,还请……还请婕妤开恩,奴婢……奴婢不想死,奴婢……"

"那么,究竟是谁指使你来害我?"纤纭淡漠的眼神,一丝凉意隐现。

芊雪怔然望着她,渐渐涣散的眸光,极力想要掩饰眼中的慌乱,却终已是不能:"婕妤,奴婢……奴婢是冤枉的,奴婢……"

甩袖而起,纤纭裙裳飘忽,回身欲去,芊雪连忙死命拽住她凉白绸裙,虚弱疼痛的身子,几乎跌下床来:"婕好……救我!救我!"

"能救你的,只有你自己!"纤纭身子不回,背向着她,可那冷若冰霜的目光却好似就在芊雪的眼前萦绕,令人悚然。

"婕好……婕好便看在亦与大哥是旧识的情分上……"芊雪话犹未完,纤纭便狠狠甩开她,回眸的目光更有恨意横贯。

她不提欧阳夙还好,她提了,便更令她心若刀绞!

红绸的字字句句,言犹在耳,如今,那夺走欧阳夙的女子就在眼前,身之将死,却仍要在她面前耀武扬威吗?

目光逐渐变得犀利而阴狠,纤纭紧紧握住袖管,此刻方知,心死,果真不是那般容易之事,若心果真那样容易死去,那么这世上又缘何这许多伤心人?

"你不说,就在这儿等死好了!"再次转身,芊雪亦加重了声音,不再柔若春水:"婕好。"

纤纭站住,却听她语色渐成威胁:"婕好,若是大哥知道了婕好对奴婢见死不救,又当……如何?"

心中滴血的伤口再被狠狠割上一刀,纤纭猛地回身望向她,纤弱女子的眼神再不复往常的清婉柔顺,有的,竟是挑衅与威胁!

好!真好!

痛过后,心内竟是一片朗空!

她缓步走向床边,低了身子,信手捏起芊雪尖削的下颔,很绝的眼神、冷彻的目光,令人不由颤抖。

纤纭挑唇冷笑:"你在威胁我?"

芊雪不语,只是强自撑着,亦不回避地望着她,纤纭甩开她的脸,哼道:"若你有胆量,我愿与你赌上一次!"

芊雪一惊,纤纭直起身子,低眸冷漠地望着她:"这毒不会顷刻便要人命,你亦有时间考虑!"

窗纸薄细,漏进冷白月光,照在纤纭脸上,更增一分阴森的狠厉:"在欧阳夙心中,我,比你更重要!我的赌注,是与欧阳夙自此陌路,而你的赌注……"

纤纭狠声道:"是你的命!"

高挑的眉,凌厉如刀:"你……敢与不敢?"

腹中的剧痛,似已丝毫不及周身的毛骨悚然!

芊雪望着她,几乎忘记了毒素的侵蚀,一头青丝倏然散落,遮住了大半苍白惊悚的容颜,眼神中再没了一丝一点的挑衅意味,有的,只是恐惧与怔惶!

…………

(1):出自范仲淹:《御街行》

第五卷：祸国妖妃

Huoguo Yaofei

十三韶华凋

昔年多病厌芳樽，今日芳樽惟恐浅

十四天机殁

日日花前常病酒，不辞镜里朱颜瘦

十五音尘绝

晶帘一片伤心白，云鬟香雾成遥隔

十三　韶华凋

昔年多病厌芳樽，今日芳樽惟恐浅

　　纤纭冷冷一笑，依旧低眸看她，容色不动分毫，眼神中更没有一丝半点的怜悯！

　　芊雪望着她，月色惨白的光，笼起她眼中细细的冷色，她唇角的笑，好似鬼魅一般令人心生惧，身体的疼痛、毒素的席卷，似都不及她这一抹妖魅笑容，所谓美人如毒，不过如此，说的定便是沐婕好一般的女人！

　　纤纭微微笑着："怎么？要死还是要活，全凭着你！"

　　拂袖转身，背影白如冷霜。

　　"是……"芊雪贝齿凝着淡淡血红，娇唇已被咬破，她望着她，望着她停住的步子，缓缓回身的得意笑容，心内毒素的炙烤，早已不若此刻的屈辱！

　　她不能赌，她赌不起，就是要赌，亦要留得命在！

　　"是……是皇后！"一句有若千钧石，纤纭敛住笑容，冰冷的眸子焕着惊而狠绝的光点！

　　皇后！纤纭心内豁然明朗，蓦地忆起那日太后宴上，自己舞于高台，皇后默默离席，许久方归，归后神色从容，笑得诡秘，难不成……

　　哼！难怪凭着这女子一双纤手，便可修好了那展碎琴！定亦是皇后趁着夜宴令人所为，然后威逼利诱芊雪以夹竹桃叶熬了水沏茶来与自己饮下！眼神渐渐凝聚，凝成昏暗屋内唯余的精光。

　　真好个阴毒的女人！皇后自知，依大瀛国律，除她之外，旁的宫妃不可擅自处置宫女内侍，即便自己心有怀疑，亦不可怎样，孰料赵昂如此宽纵自己，也听闻她曾一状告到太后处，想来此次太后亦极力反对赵昂册自己为淑妃，亦与此事有关。现而今，她见芊雪被放出天牢，回到"关雎宫"来，便心生了忐忑，杀人灭口不成！

　　想着，心头陡然一凉！

　　如此说来，那么这"关雎宫"中岂不是仍有内奸？！否则又是谁向芊雪下了毒手？

　　倒吸一口凉气，神情瑟瑟然微变。莓子，乖巧周到，一副天真烂漫，眼睛中毫无尘世的纷扰,喜顺,最是忠心耿耿,从来察言观色,不曾见有一点异样,而她早言明了"关雎宫"无需许多人,其他的,不过些侍卫而已,难道……

纤指牢牢握紧,全然忘记了床榻上尚自痛苦挣扎的女子。

"婕好……"芊雪声音愈发细弱,烛影摇晃,月透窗纱,纤纭的影像已渐渐模糊。

纤纭这才回神,漠然道:"来人。"

候在门外的莓子与喜顺匆匆进来,纤纭淡淡吩咐:"传欧阳御医来。"

芊雪凝重的苍白脸色,终有分如释重负的颜色,纤纭望着,却恨自己终究太过心软,其实所谓一赌,自己又何尝赌得起?说了恩断情绝,却恩不泯,情难灭,终究爱比恨更加浓烈,若此生与欧阳凤形同陌路,又与死何异?生生死死、生不如死,倒不如真正死去了来得痛快!

不一会,欧阳凤便匆匆赶来,一身翰林医馆盘绣的墨绿长袍官服,无碍他清逸不俗的气度,与纤纭照面,两人目光一触,便似刺进了彼此的心里,凭的一痛。

纤纭淡淡别开眼去,示意喜顺与莓子:"走吧,叫欧阳御医好生为芊雪诊治。"

莓子与喜顺忙随在纤纭左右,错身而过的刹那,纯白裙裳勾动他墨绿色长袍,两相纠缠的裙袍,四目交接的黯然神伤,说过了的恩断情绝,尽皆自他如墨黑眸中滑过,纤纭鼻端一涩,终究抽身而去!

她无论如何亦不能做到心如死灰,便是因着那一双深邃夜眸,无端端有着温怜万千,令她欲罢而不能!

※

欧阳凤来时,芊雪已然痛得昏厥过去,欧阳凤忙将药汁灌入她的口中,她一点点饮下,意识似在迷乱之间,蹙眉,有微微呓语。

欧阳凤望着,芊雪自来身子娇弱些,又似耽搁了许多时候,毒素已深,恐没那么容易醒转。

挑亮了灯烛,烛影摇晃在芊雪苍白的容颜上,欧阳凤不由叹息,为什么,与自己有关的女子,皆要遭受这样的苦难?从前不愿娶妻,因着自己身在江湖,朝不保夕,不必牵累了她人,如今隐退了,才发现只身孤影的落寞,可是……爱他的与他爱的,他都已要不起……

幽幽叹息,芊雪与纤纭,都是这样小的年纪,都是这世间正值灿烂的春华,都该有属于自己的幸福!

而他,偏倚于哪一边都将会令另一个人伤心痛苦,又何必!

想当年,自己遭人围杀,一身伤痕跌落山崖,幸得芊雪父亲所救,将自己安在家中养伤,芊雪亦对自己照顾有佳,他见芊雪喜弄琴画,便教习她一些。芊雪于音律悟性不高,那时,他才发觉,与纤纭的琴箫和鸣是一种多么天衣无缝的默契,于是纤纭最爱的《上邪》便成了他常弹的曲调,也是在那时,他方才真真体会了纤纭的用意,为何每一次都要奏这一曲《上邪》,为什么每每奏起,都是情真意切、意蕴悠长的!

上邪!我欲与君相知,长命无绝衰。山无陵,江水为竭,冬雷震震,夏雨雪,天地合,乃敢与君绝!

痴情女子对爱人的热烈表白,一首情诗,指天为誓,倾诉着对爱情的忠贞与坚固。这一曲中,便凝了纤纭多少年的倾慕与爱意,可是那时,自己却不懂……

后来,仇人追杀上门,自己尚未痊愈,救下芊雪,却未及救下芊雪的父亲,芊雪父亲用命拖住敌人,只拼尽生命喊出一句话:娶了芊雪,照顾她一辈子!

往事总如针芒,刺痛人心。

"大哥……"

正自沉思,一声娇弱的低呼,打断他凌乱的思绪,欧阳夙回神,低眼望去,只见芊雪嘴唇微颤,潆潆杏目,已然淌下泪来。

"没事了芊雪。"欧阳夙温言道,芊雪却仍旧泪如雨下,似有千种委屈,急欲倾诉。

"大哥,婕好她……"紧紧咬唇,那泪眼便有娇弱的恨意:"带我走大哥,带我走,沐婕好……她不会放过我,不会放过我,她……定要置我于死地啊!"

欧阳夙豁然一惊,芊雪泪水涟涟,目光殷切,那眼中充盈的无奈与恐惧,令他一震,豁然站起身来,幽沉了脸色:"芊雪,纤纭……"

唇边一涩,心便被细微的针尖刺痛:"我是说沐婕好,她性子虽孤冷了些,可是,绝不是那样的人!"

芊雪苍白面容浮起一丝冷红:"大哥,你不信我?"

欧阳夙低垂了眼,道:"不是不信,只是……我了解她!"

了解她?!

三个字而已,却似冰雪落入心里,冷了心怀,了解她,大哥说……了解她!

自欧阳夙闪躲的神情中,芊雪默然心惊!

这样的神情,这样若有所失又怅然萧索的神情,在他每每弹起那曲《上邪》时,都会浮现在他的脸上!

泪珠滚热,滑落唇际,幽幽苦涩。

"难怪,难怪沐婕好的《上邪》,箫音凄切、空灵飘渺,你总说我奏不出那曲中韵味。"说着,泪水飘零:"大哥,是不是……能和上你那曲琴音的,这世上……便唯有沐婕好一人?"

心上仿有万千刀剑同时穿透,芊雪剧烈的一声咳嗽,仿佛震碎了心,欧阳夙连忙上前,轻抚她的背心,衣衫轻薄,触手微凉,有冷汗涔涔渗出,芊雪幽幽抬眸,泪眼颤抖如娑,弱声道:"大哥,你了解她?可是……你有三年未曾再见过她!你可知她现在的脾气心性?你可知我是如何进宫来的?你可知,她是人人畏惧的权臣南荣家送进宫中的良女?你可知,她魅惑君主,只为她一句话,便下诏民间甄选宫女内侍,传闻'关雎宫'人命如草,无人敢将自己的女儿送进宫来,于是,为了复命,官府便上街抓人,我……就是被抓进宫来,任我如何求她,她都不肯放我回去!"

芊雪一副柔弱模样,泪眼楚楚动情:"大哥,纵是人性本善,可是……她这三年多转变,你又了解多少?我曾亲耳听到她在皇上面前陷害皇后,自与你相见,她更加对我无所不为,

我不相信……我不相信这样心性的女子,才是与大哥合奏出《上邪》情韵的那一个!"

欧阳夙眉峰一动,芊雪纵声哭泣,扑倒在他的肩上:"大哥,带我走,带我走好不好,不然……沐婕妤一定会让我死,一定会!"

欧阳夙轻轻推开她,目光依旧深而幽邃:"芊雪,纤纭不是那样的人,说到底还是我连累了你,若纤纭真真要你性命,也便不会叫人来为你诊治了,是不是?"

"大哥……"芊雪咬唇,不可思议地颤颤摇首,泪水早已沾湿了轻薄的衣襟:"大哥,你信她,不信我!你宁愿看着我被她害死在宫中,却……也不愿意离开她的身边,是不是……"

咬在唇上的贝齿,亦仿佛咬在心口上,芊雪泪眼凝结,欧阳夙眉心却紧紧纠结,为什么,她与纤纭竟说着同样的话——信她,不信我!

甩袖起身,芊雪指尖滑落他的衣袖,欧阳夙缓步踱到窗边,月色迷蒙如雾,被树影摇乱。

欧阳夙叹息道:"芊雪,我……确是不能再离开纤纭,我不能让她就这么一错再错,可是……这与我信谁与否无关,就如,你被关在天牢中,我定要救你,亦与纤纭争执过,她同样与我说,我信你,不信她!"

芊雪一怔,一双泪眼望着欧阳夙落寞背影:"大哥……"

本欲出口,终究欲言又止!

纤纭,沐婕妤的名字,她听皇上唤起过,可是为何,自大哥口中唤出,却别有一番温柔?

芊雪拭去泪水,抽噎道:"大哥,你会保护芊雪吗?"

欧阳夙侧眸,微微一笑:"会的,可是芊雪,我……亦不会令人伤害纤纭。"

芊雪身子陡然一震,盈盈泪眼凝结住视线,窗外月影凉薄,笼着眼前熟悉陌生的人,眼神空濛无光,突地凉雾温度。

曾经,携手与共,生死相随的大哥,如今落寞的眼光中,只有那绝色女子的嫣然笑容,似乎在他的眼里,她便是天上临降的谪仙天女,纯而不沾尘世一丝埃尘,仿佛这世间所有关于她的流言,都是子虚乌有,与她无关的。

恨意无端端充斥心扉,曾经她以为自己亦是温婉无求的女子,可是今天却赫然发觉,原来所谓妒火中烧,真真可将人心肺俱焚,几乎化作灰烬。

十指紧扣,隐在绣纹精致的薄被下,秋已寒,这被襟早不足以抵御,可是比着这"关雎宫"内的寒意,却不过而已。

欧阳夙回过身,心内亦不曾有过如此纠缠,他望着芊雪娇弱万般的凄凉容颜,他知道,他不该如此说,可是,他却不得不说。

纤纭的一字一句亦始终萦绕在心,芊雪出宫之心如此急切,若是……

他不敢想!

"你好好歇息,那药还要再服一次。我会吩咐莓子。"欧阳夙低眸,俊朗眉目如夜色沉重:"我走了,改日再来看你!"

看我!芊雪失神地坐在床上,恍若不闻!大哥,你是来看我,还是来看沐婕妤呢?

望欧阳夙转身而去的背影,似乎从不曾这般刺目,仿佛是沉沉天幕下扎眼的凤凰木,开着殷红血艳的花,一纵挺拔冲天,却有鲜红炽热的血色绽放在眼眸中。

芊雪狠狠凝眸,大哥,你变心了是不是?还是……那潜藏在你琴音中三年的人,真真……便是沐纤纭!

不甘与痛楚纠结在眉心间,娇艳红唇不复了适才的苍白无色,被鲜血染成了明丽的红。

※

芊雪遭逢皇后灭口,纤纭回到寝殿犹自不能心安,看来"凤元殿"看似风平浪静,实则波涛暗涌,她看自己始终是不顺眼的。

红烛几乎焚尽了,有淡淡烟烛残香,纤纭方才发觉已是近了天明。

走近床边,推窗而望,凉冽的晨风拂面而来,便吹开了满心纠缠的头绪。

"关雎宫"粉红纯白的风信子飘飞如雪絮融融,一点一滴落满窗棂石阶,白玉阶台覆着风信子淡淡醇香,仿佛俱是落在了心头上,令心境安宁下些许。

想这重重宫阙、遥遥围墙,围禁了多少女人的心与情望?而她所希翼的,却并非这奢华的宫殿或帝王的隆宠,只是为了那滔天血债、万丈仇深,可是,她却不得不介入其中,亲手斩断别人的梦与希望,若是没有自己,至少,杨辰妃会是满足与欢欣吧?只听闻她是静好贤淑的女子,那么,这些之于她便已是足够!

可是如今,皇上一心册自己为淑妃,位次仅在皇后、辰妃与杜贵妃之下,她不觉料想,最是愤恨的该是皇后,而最是伤心欲绝的却该是杨辰妃!

一阵风香,粉红的花瓣儿落在指尖上,纤纭抬眼而望,漫天花雨笼风凉,转眼,竟已是冬了!

十一月的气息已有了微微冷厉,拂进重衣里,心口竟是寒的。

纤纭倏地闭紧轩窗,目光凝沉在桌台燃尽的烛上,凝指触上那才干涩的烛水,仍旧微微发烫,尖锐的疼,令她凝了眉。

缓缓坐下身来,淑妃,其实于自己全无意义,只是她不懂赵昂,为何只为自己,便可舍弃了五年来的处心积虑、步步为营!

因为爱吗?纤纭心底竟有一阵寒意,眼前是赵昂似在咫尺的凌厉眼神,身子不禁一瑟,爱,怕之于他来说太过虚无!

可是,那又是为何呢?

百思不得其解,但这接连中毒一事,却令她豁然明白,若要在这宫中生存,位份与出身是极重要的,自己的南荣家世女既是有名无实,那么,淑妃之位,她,便不可不争,否则不更被人看轻了去?

况且如今……

酸涩与苦楚再次袭满心头,那整整压抑了一晚的郁郁,怕只能永久掩埋在心里。

欧阳夙,他……既已是与人终身相许,那么自己此生便只剩下一件事——报仇!

想着,便听莓子自殿外小心传话:"婕妤,皇上传了话来,说早朝后,便驾幸'关雎宫'。"

纤纭闻听,淡淡道:"知道了。"

赵昂要来,不在她预料之外,如今宫里宫外恐早已沸腾的传闻,一定困扰了他。

昔太后与皇后极力反对,又要顾及杨辰妃不致太过伤怀,想此时的赵昂定是焦头烂额的。

纤纭落座于镜台边,彻夜未眠的疲惫令眼角眉间有微微倦意,命莓子与自己梳洗了,挑了明艳的柳叶丝桃红宽摆裙,映着窗外飞扬的粉红花白,风一拂,落香便绣了满裙,遮掩了整夜的乏色。

只待赵昂来时,以平润之色迎了,言说间丝毫不露痕迹。

赵昂遣下众人,只望着纤纭,冷峻的脸,浮着沉重。

纤纭察言观色,微笑道:"皇上可是为册妃之事如此烦恼?"

赵昂深沉眉心更似凝结,只微微惊异后,便隐在眼眸最深处,淡淡道:"朕知道你不在乎。"

"我在乎!"纤纭忽的一句,柔韧如常、清冷似昔,只是这一句,多少在赵昂心思之外,不禁恍惚追问:"什么?"

纤纭目光如雪,似笑非笑:"我说,我在乎!"

赵昂一怔,不过几日之隔,纤纭却似变了个人,她目中仍有冷雪飘落,却亦有春润般的笑意隐在唇角边:"皇上厚爱,纤纭一再辜负,内心颇觉着不安,只是心知皇上艰难,便不提罢了。"

赵昂眸色一敛,望女子一脸庄矜持重,平润贞和的目光毫无半分平日的咄咄逼人。他原以为,即使她愿受淑妃一位,却也要以讽刺言语斥他一番,令他怒火中烧,似才是原本的她。

如今这般安静贞和,反倒令人迷惑了。

赵昂眼底浮起淡淡冷絮,一瞬之间便足可冻人心眸:"你果真……如此体恤朕?"

赵昂迎身上前,修长的指捏起她尖削下颌,这张绝艳倾国、近似妖冶的凄美容颜,便如毒药已在他心间逐渐扩散,他甚至怀疑,那中毒之人不是纤纭,而是自己!

纤纭亦举眸望着他,不再回避他幽深的眼神,霜雪消融的美目缠绵如丝,仿佛携了殿内熏着的杏木余香,馥郁的望进他一眼探寻中。

纤纭只觉身子一紧,男人身体的灼热与激腾紧紧贴在心口上,她轻吟却没有挣扎,眼神定凝在殿口透进的微弱晨光上,迷离仿若虚无。

颈侧是湿热的吮吸,细细由雪颈直吻在脸颊烫热的流红上,他修长的手指不比欧阳夙的厚实,却有着贵族男子与生俱来的温腻与细致,他捧着她的脸,轻轻咬住她樱红香唇,哑声唤着她的名字。

纤纭身子僵直,突觉唇上一痛,她凝眉,血腥的味道便在彼此交缠的唇齿间流动,他唇如软玉,齿若寒冰,嘶咬着她的柔软、她的娇香。

他的吻,如刀如刃,割破彼此的缠绵!

纤纭闭目而受,纤手紧紧握住,泪水无声息的落下,沾湿了他的唇角,咸涩的味道,令他的吻微微一涩,意乱情迷的双眸豁然澈亮。

眼中情欲顿时凝聚成冷冷怒色。

拥着纤纭的手渐渐收紧,适才仍温腻细致的指狠狠钳住她娇细的下颌,眼中是切切愤然:"朕的吻,便叫你这样难以忍受吗?"

惊雷滚过心迹,他果真不是简单的男子,只是她细微的一个神情、一滴泪水,他便可轻易窥知了她的心事!

是的,她在忍耐、在忍受、在压抑!她强迫自己接受!

可她最终……还是失败了!

纤纭眼中霜雪漫漫,心中苦涩与万般无奈亦似霜雪覆下心来。

手心中已有冷汗涔涔,是她试图冲破自己的努力!

原来,心死不易,抽离更难!

原本想要忍下了,便一切都可以重来,可是心中难以抑制的痛楚终究落成了清泪两行!

纤纭狠狠别过身去,自己努力了、失败了、心中最后一丝祈望终于落空!

她隐隐抽泣,赵昂却在她身后沉沉叹息:"朕,真的很想知道,究竟是何人……可令如此的你,这样伤心,却仍然念着他?"

纤纭不语,只以罗袖拭了眼边泪水。

"今日,朕在朝堂之上,欲趁着楚诏国公主尚在,册你为淑妃,此时朝臣们总不至于令楚诏国看了笑话,可是……"

赵昂没有说下去,纤纭将泪敛在眼眸中,回身道:"可是……依然遭遇了强力反对是吗?"

赵昂摇摇头,苦涩的笑:"不!相反的,无人反对!南荣景须更一力支持,只是……"

赵昂眸光一暗,阴云便浮过眼底:"只是他当朝向朕请求御婚,欲将南荣家小姐南荣菡烟嫁给杨家独子杨玉朝!"

纤纭一惊,覆在心上的霜雪仿佛一夕凝冻,将整颗心冻得麻木!

她望着他,望着赵昂英果冷峻的脸孔,他的眉间尽是忧虑与纠结,她是懂得的。

南荣景须,果真不愧老谋深算、心机深沉的老狐狸,他此举,可谓一举两得,赵昂冷落杨辰妃,他便借此,以婚姻拉拢了杨家,那么赵昂这五年来所做的精心之谋,便不过笑话罢了!

而自己……

剥开云雾,真相却总如刀刃!

纤纭越想越是心惊,难怪……难怪他会如此放心地将自己留在宫中,难怪,这么许久以来,他皆不曾有任何行动,来打击自己,他任由自己在宫中得尽宠爱、步步攀升,他却只是隔岸观火、按兵不动!

原来……原来他等的便是今天!

他认定了自己乃是魅惑君上、色诱帝王的祸国妖女,而自己若要向他报仇,亦必须如此,那么杨辰妃必遭冷落,他才有如此可乘之机图日后大计!

160

南荣景须,真好个南荣景须!

想着,不由忿忿,如今方才豁然醒悟,却不想早已在他的谋策之中,当了无形的棋子!

纤纭心内抽的疼痛,秀指紧紧攥住薄锦衣袖,力道一重,竟扯断了袖绸!

裂帛的声音惊人心怀,赵昂望过去,她纠结复杂的忖思之色,亦令他眉心凝结在一起!

※

夜深,雾总浓重,雾水淹没了漫天如雪的风信子。

纤纭靠在窗边,望窗影晃在桌案上,乱了烛焰,心思亦是烦乱的。

南荣景须,于无声中刀剑齐发,令人措手不及,纤纭目光凝聚在烛焰微弱的光心上,眼神飘忽!

不行,绝不能就叫他这样得逞!绝不能,让他利用了自己,还打击了赵昂!

纤纭突地起身,轻绸漫漫飘然,惊得烛焰明灭无定。

可是,如今赵昂已将话说出,即使自己不争这淑妃之位,亦会令赵昂颜面无存,如此一来,岂不是败下了阵,令南荣景须看了他二人的笑话!

纤纭握紧双拳,狠狠按在桌案上,如何……才能令赵昂威严保存,又不令南荣家与杨家结成婚姻,令南荣景须阴谋得逞呢?

安稳下燥乱的心绪,细细思量,理顺思绪。南荣菡烟,第一次得知她,是在南荣府的后园中,听闻她沉疾在身,不易医治,这才令人请了欧阳夙来,触及心内最深的隐痛,纤纭不免垂眸,眸光中光影盈盈,尖锐的疼痛,令眼前豁然一亮,眉心却微微蹙起,忽的想到什么!

欧阳夙、南荣菡烟!

所谓沉疴疾病,自然不是那般容易医得的,而欧阳夙善于用毒,因毒而习医,如此,也许……

纤纭唇际微微一牵,想南荣景须唯菡烟一个女儿而已,而杨家亦只有杨玉朝一个儿子,若是南荣菡烟痼疾未愈,或说不能痊愈,那么想杨家绝不会令独子娶菡烟为妻!

若是……纤纭缓缓坐下身去,眼雾幽幽成冰,可若是南荣菡烟之疾果真已被欧阳夙医好,那么……又当如何?心中有邪恶的念想一瞬闪过,她侧眸而望,望妆台上铜镜流光,映出女子忧郁容颜,若果真这般,不知欧阳夙会不会助她一臂之力!

眉间是深深愁绪,轻声叹息,不曾想,如今想起他来,竟是满心满怀的痛无从寄托,唯有压抑在心怀中,暗自流泪。

究竟从何时起,她于他……竟已这般不确定!

※

无论如何,纤纭终要一试,次日一早,便言身子虚乏,不知可是毒素未清,故令喜顺传来欧阳夙。欧阳夙匆匆而来,墨绿官服穿在他身上似青山葱郁,焕着高峨挺秀的风姿。

纤纭端坐在桌前,示意芊雪与莓子退下殿去,芊雪秀眉凝蹙,望在欧阳夙身上,放慢了脚步,纤纭看她一眼,神色一暗:"怎么?身子没好,走不动吗?莓子,扶着芊雪姑娘,莫说我虐待了她。"

冷言冷语,刀锋尖利,芊雪神情一顿,莓子应声过去,芊雪甩开她,匆忙去了。

纤绘低下目光,犹感到欧阳夙纠结的凝视。

"你不必这样看我,当你决定留下的时候,就该想到的,不是吗?"纤绘冷漠的容颜,敛在墨色如绸的长发下,欧阳夙轻声叹息:"你有话要和我说是吗?"

果然什么也瞒不了她!

纤绘一身水红色细云锦绫绸长裙,衬得她婀娜身量如天边一抹绯红云霞,灵动绮丽;鬓边水纹白玉簪似春日初放的鲜枝嫩蕊,簪上明珠濯濯生光,高洁而贵气,艳丽又不嫌奢华。

只是那粉淡柔唇上一点刺目的痕迹扎眼猩红,那是……噬吻的痕迹。

欧阳夙轻轻别开眼,心内莫名一涩。

他的眼神,亦令纤绘豁然惊觉,素指轻触唇上的伤痕,那夜,赵昂的痴狂便在眼前悚然掠过。

连忙收敛了心神,平一平气,方幽幽望向欧阳夙,笑道:"不敢看我吗?"

说着,缓缓起身,水红绫绸拂动青砖的冷瑟,踱步到欧阳夙身前:"你说,你是因治好了南荣菡烟的痼疾,因此令南荣子修举荐入宫的,是吗?"

欧阳夙点头:"不错。"

他犹疑地望着她,以他对纤绘的了解,她绝不会无缘由地问起这些来。

纤绘唇际凝笑,缓步走近窗边,窗台是她自小便喜欢依靠的地方:"风信子像雪一样,真美。"

欧阳夙回眼望她,女子背影仙姿绰约:"你从前就喜欢看雪。"

一句触动往事如刀,纤绘眉尖儿微动,心仿佛被那轻微的一句狠狠割下:"难得,你还记得……我喜欢看雪。"

哽咽,似落絮吹痛欧阳夙的心,欧阳夙微微低首,不语。

"南荣菡烟得的是什么病?"纤绘低声问,好似不经飘落的风信子。

欧阳夙疑惑道:"为何问起她来?"

纤绘微笑,婉约温然:"没什么,只是好奇,问一问。"

欧阳夙微凝的眉,修长好看,更衬得那一双深邃双眸幽而有光,纤绘亦避开了眼光去。

"南荣小姐所得,据宫廷御医而言乃'日晒疮',其实也就是咱江湖所说的'红蝴蝶'[1]。"欧阳夙平静答道,纤绘却蓦的抬眼,似惊似疑道:"便是……俗称的'阴阳毒'吗?"

欧阳夙点头:"不错,正是'阴阳毒'。"

看纤绘面有异色,似有暗暗思忖,追问一声:"怎么?纤绘,你不会无缘由地问起某件事来。"

纤绘回过心神,眼神在欧阳夙脸上微微拂过,凝注的一瞬,仿佛刺在心头,他温而关切的目光,为何至今仍是心中不可挥去的阳光!

生命里……唯一的一抹阳光!

淡淡垂了眸,缓缓踱回到轩窗边,窗外依旧飘花漫漫,如雪纷飞,却无端飘作眼里一簇簇伤心的白。

"纤纭……"

"皇上驾到!"

欧阳夙正欲言语,却听喜顺的声音高细而来,纤纭一惊,这个时候,赵昂是极少来的,望欧阳夙一眼,随即捻裙接驾,赵昂已行至殿来。

"参见皇上。"纤纭低身道,赵昂的手轻轻扶起她,眼神却看向一边站着的欧阳夙:"不必多礼。"

欧阳夙亦忙躬身道:"微臣欧阳夙参见皇上。"

赵昂点头应了,示意他起身,鹰锐双眸精光如剧,他缓步走近欧阳夙,龙纹云锦飞腾袍,令他高贵的眉眼更添几分英武:"你便是……南荣家推举入宫的,医好了南荣小姐之疾的欧阳夙吗?"

欧阳夙微一领首:"是。"

赵昂上下打量他一番,但见他身姿高峨、挺鼻如悬,坚毅脸廓有棱角分明的英逸,削如飞刃的薄唇,抿一丝恰到好处的恭敬,眼神幽邃却清明,犹若浩渺天际碧空如洗。

他微微凝眉,看着眼前的男子,亦是南荣家举荐之人,不禁回眼看在纤纭身上,纤纭与那目光一触,便凝聚了冰雪眸子,甩身,冷了口吻:"你又在怀疑什么?"

赵昂脸色倏地一暗,纤纭冷漠的口气,如冷雪吹寒他与生俱来的尊傲,赵昂上前一步,扭过纤纭纤柔的身子,沉声道:"朕,不该怀疑吗?"

纤纭漠然的望着他,冷笑道:"你怀疑什么?怀疑一个南荣家举荐入宫之人与所谓的南荣家世女,遣下了所有下人在谋划什么,是不是?"

赵昂不免一惊,精锐龙眸忽地一明,随而暗淡:"哼,果然聪敏的女子!"

自己的心事,似从她入宫的第一天起,便再隐瞒不了,她总能轻易窥知他眼神中最隐秘的探究,总能轻易挖空他所有心思。

他目光灼然地望着她,扣着她的双肩,全然忘记了还有欧阳夙在旁。纤纭冷漠一哼,双手一横,挡开他扣在肩上的手:"好个多疑的一国之君,如此这般,如何能承天下之大任?"

"你休要讽刺于朕!"赵昂夺上一步,强而有力的手抓紧纤纭娇细的手腕,将她紧紧拉在自己胸膛上,起伏不定的心口,彰显着他的愤怒:"朕一再容忍你、宠着你,你却一再不将朕放在眼里,一再地忤逆朕……"

说着,身子倏地趋前,将她牢牢抵在身后的妆台上,震落珠玉满地。

纤纭一惊,柔弱的身子被他男人沉重的躯体覆住,眼前一时失了光亮。

她微一侧目,却正望见欧阳夙紧拧的眉心跳动如剧,映在眸中的男子,神情煞冷如冰,他望在赵昂背后的眼神,亦仿佛顷刻间,便要爆发一般。纤纭本欲施展功力,至少与赵昂相抗一忽,却在欧阳夙如此的目光注视下,渐渐失了力道。

她望着他,望着半敞的窗外,落絮如雪,男子高巍的身姿立在雪幕重重里,一时迷惘,纵是在这千钧一发之际,心思亦早在飘渺间失去,那,才是自己一心向往的胸怀和依靠,眼底热流簌簌,掉落在赵昂眼前!

赵昂见她目光空洞,却含泪,一惊,随即目光沉冷:"哼!刚才不还是一副大义凛然,高姿桀骜,怎么……是又想起了谁吗?让如此美丽的眼睛,泪光盈盈的?"

赵昂举首捏紧她尖削的下颌,强有力的力道,逼迫她与自己目光相对:"你拿捏着朕的一言九鼎、金口玉言,朕……亦拿捏着你!"

说着,眼神在女子身上忘情扫视,嘴角扯出冷厉的笑纹:"朕料想你没有胆量让朕太过愤怒,是不是?"

言语未尽,绸纱撕裂的声音惊破殿内午间静谧的气息,水红的纱绸撕落半边,露出白皙似雪的香肩。

纤纭这才惊觉,赵昂鹰似的目光,亦有鹰的绝冷,若是平日里,她定然以更加冷厉的眼神与言语回击,她甚至可以不计后果,可是今天……

眼神略略侧在欧阳夙身上,一滴泪自眸心深处滴落!

不行,怎能在他的面前,被人这样抱着,这样拥着?

"皇上……"

纤纭正欲推开他,却听欧阳夙坚韧的声音在身后沉沉响起。赵昂豁然起身,惊异间方想起身后还有一人,怒不可遏的眼神盯住欧阳夙,右手仍旧紧紧抓着纤纭的左腕。

欧阳夙略略低眼,声音沉得犹似自肃然的青砖石头地缝中溢出一般:"皇上,婕妤传臣来,除因身子还需调理,便只询问了南荣小姐的病情。皇上您亦该知道,南荣小姐之疾,一直以来是南荣府极力隐瞒的秘密。臣听说,凡是为小姐诊病的御医皆签了生死状,若是透露半个字,便会人头落地。只因臣乃江湖中人,不受束缚,本便不肯为小姐医病,却怎奈南荣公子一再央求方才应允,南荣家亦不会叫臣也签下那所谓的生死状,故而想,娘娘才会向臣问起。"

赵昂眼眉一挑,望向纤纭,纤纭亦狠生生地望过来,眼神中寒芒如剧,他缓缓松开握紧纤纭的手,略微平了平气:"哦?欧阳御医真是好医术,我皇宫之中,曾派去御医不下十名亦不可攻克之症,却不想欧阳御医看来,不过区区小病。"

欧阳夙略松口气,道:"皇上过誉,先前的御医们恐是碍于南荣家地位尊崇,不敢下药过猛,而臣不过按量用药,再加了雷公藤,以毒攻毒,侥幸治愈小姐而已。"

雷公藤!

纤纭心上不禁一颤,她自小与欧阳夙习毒,雷公藤自是熟悉不过,心内倏然有光明刺破阴云,令唇际微微一牵! 一计已在心头!

赵昂却双眸微眯,再度打量起这个虽称来自草莽却气度非凡的俊冷男子,冷声道:"欧阳御医既是不愿受人束缚,又缘何……会入宫来?"

果然帝王,字句不落,每一个字、每一句话听在他耳里,皆是要在心中虑上一遍的。

"皇上,这你便有所不知了,欧阳御医的小妹,便是我宫中宫女芊雪。"不待欧阳夙开口,纤纭便淡淡开口,赵昂望过来,凝眉中,半信半疑。

纤纭淡漠转身,落座在妆台前,轻轻整好凌乱的衣发:"皇上若是不信,就将此人拉出去杀了吧,或是将我一并杀了去。"

鄙夷嘲讽、以退为进!纤纭惯用的伎俩!

赵昂眉目一蹙,他虽是明知道的,可是却每一次被她拿捏在恰到好处,心下虽气,却不由得不信了她。

镜中,女子妆容清艳、眉目含凉,有意无意凝看镜中映着的男子,赵昂沉下口气,许久,竟自唇角挤出丝笑容来:"嗯,倒是朕多心了。欧阳御医定要好好调养婕好的身子,过几日,便是册妃大典,朕……定要办得风风光光的!"

说着,转身向殿外而去:"摆驾'紫芳宫'。"

龙威赫赫,似在一笑间便云淡风清,迈出殿口的步子依然轻快,好似一切全然没有发生过一般,欧阳夙立在当地,亦看见镜中女子微微闭目,如释重负!

心中突地一痛,那一句冰清玉洁、守身如玉豁然穿透脑海,尖锐的疼痛!

纤纭,难道你的冰清玉洁、守身如玉,每一次,便是自这样的惊险与折磨中跋涉而来的吗?

欧阳夙攥紧双拳,声音冷得颤抖:"你不能再呆在这里!"

纤纭猛地睁开双眼,须臾,方缓缓地笑了:"为何?"

欧阳夙一怔,凝了眼眸:"他……终有一天会没了耐性。"

"那又如何?"纤纭将肩头被扯破的纱绸拉紧,遮掩住肩头香色,目光却是冷的。

欧阳夙低下眼睛,声音亦低沉:"总之,你不能再留在这里,做什么淑妃!他……不会永远这样顺从着你!"

"是吗?"纤纭不禁怅然,起身,缓缓回眸过来,一滴泪,滑落在唇角边:"便如你一般吗?终没有耐心……永远地留在我身边?"

欧阳夙凝眉举首,目光交汇、痛彻心扉!

纤纭的眼神里,仍旧有伤入骨血的痛,欧阳夙不语,她的泪便落如纷扬的风信子,是初冬飘零零的殇。

"你走吧。"闭目转身,纤手撑在妆台上:"我累了!"

纤瘦孤痛的背影在欧阳夙眼中微微颤抖。

※

次日一早,皇上才上早朝,纤纭便着了清素淡雅的水柳色薄锦丝织裙,上绣喜鹊登枝,素雅中又有高贵气质,行动间,轻盈的裙裾撩开宫径一路落花纷纷,犹若仙子凌云而来,唇上刻意用深浓的红掩去了那一点伤痕。

她步子轻快，更令莓子捧了皇上赏下的珍惜雪丝绸，向着从未曾踏进的"紫芳宫"而去。

与欧阳夙一见果真不是白费，"阴阳毒"，也便是御医们所说的"日晒疮"，乃是热毒侵入五脏六腑的一种罕见疾病，此病会对人体内脏造成严重损害，因热毒亦可通过血液和脉络到达每一个地方，故而对人体的损害亦是全身性的。据说这种病症更有遗传的迹象，况且……依欧阳夙所言，他在药中加上了雷公藤。

纤绐心内不禁冷笑，想那雷公藤亦是毒性强烈的猛药，服用后更有不能生育的危险！那么……基于这种种种，杨家还会令唯一的独子娶个这样的女子进门吗？

那么南荣景须，你的如意算盘也便落空了！

不多时，便已在"紫芳宫"门口，见她来，"紫芳宫"显然颇为诧异，宫女内侍神色间便有许多异色，纤绐只作不见，其实对于杨辰妃，她亦是有几分好奇在的。

踏进堂内，便有清淡幽静的云兰香沁人心脾，极是舒心的味道，令人迷醉。殿内陈设亦简单素洁，颇显着主人的高雅闲静。

想着，便有一女子自内殿中款步而来，纤绐抬眼望去，只见她一身纯净的水蓝色抽锦滚缎裙，将纤细身量勾勒得玲珑美好，乌云高挽，只垂下丝丝纠缠的珍珠穗子，一双静如明湖的眸子，似有春水漾漾其中，温润而柔和。

她款款笑了："妹妹快坐吧。"

她的声音柔而不腻，温而不弱，令人听着十分舒服，纤绐便回一声："见过姐姐，进宫多日，多有不适，才来向姐姐问安，是做妹妹的不是。"

说起这些个客套话，纤绐着实不适，面色上却不露分毫，杨辰妃掩唇微笑："哪里。"

说着，令人奉上茶来："不过，自妹妹进宫倒是难得见到，今儿个怎么有空到我这'紫芳宫'走走？"

纤绐回笑道："其实，早该来了的，妹妹进宫不懂事，常惹得皇上不悦，便时常听皇上提起辰妃来。"

"哦？"辰妃面色微微轻红，倒低下头去，抿一口清淡香茶。

纤绐知她是想听的，既而道："皇上常说，这宫中最美便不过辰妃姐姐了，最是懂得他的，亦只有姐姐。"

辰妃捧着茶盏的手微微一动，水盈盈的眸子抬起望着纤绐，随即暗淡下些许："哪有，若说这美丽，谁人不知妹妹艳冠后宫，才情更是绝好的。"

纤绐默然一笑，冰雪双眸漾起一丝惆怅来，到似是真："妹妹这美，在皇上眼中，却不嫌艳丽了，皇上的眼里心里俱都是姐姐，不然亦不会每晚只宿于'紫芳宫'了不是？"

辰妃心头一甜，唇际笑意嫣然，声音却轻细了："哪里的话，只是妹妹入宫时日尚浅罢了。"

话是如此，心内的甜蜜却在眼角眉间盈盈绽放，纤绐轻轻一笑，话便入了正题："呵，想来与姐姐如果真有缘，妹妹才入宫不久，不想我南荣家与姐姐家亦要结成姻缘了，姐姐说，这是不是缘分？"

辰妃笑容微敛，随即笑道："这……我是没有太多过问的，不过到是听说玉朝已应下了，只待皇上下旨。"

说着不免有几分担忧，凝眉道："可是……近来我亦向皇上提起过，皇上却避而不谈，迟迟不肯下旨，不知何故。"

哼！纤纭心中冷冷一哼，难怪伴君五年亦没能真正得到赵昂的心，杨辰妃果然如外界所传，乃静好温贤的女子，可这心思未免太过单纯了些，单纯得有些愚钝，皇上不欲南荣家与杨家结成婚姻而霸朝纲，如此显而易见之事，她却说不知何故！亦难怪赵昂对自己一见迷恋，怕是这许多年，唯一说出他心事的，便只有自己了！

纤纭亦故作忧心道："这个，妹妹倒是有个猜测，却不知当讲不当讲！"

"哦？"辰妃似有喜色，急道："妹妹尽管说来。"

纤纭朝四周望了望，辰妃会意，便即令侍人退下了，唯剩她二人而已，纤纭见人已退去，方走近两步，低声说："南荣家小姐南荣菡烟曾有痼疾在身，想姐姐定是有所听闻吧？"

辰妃点头："是，但……前些个日子不是被个民间大夫治愈了吗？"

纤纭故作叹息，眉色间隐有难色，辰妃焦急，忙握住纤纭的手，追问道："妹妹若是知道什么，便快且讲来。"

纤纭咬咬唇，似是为难道："实不瞒姐姐，日后妹妹在这宫中也要姐姐多照顾着，故而不想因此事而坏了我们姐妹关系，所以妹妹方才大胆前来，还望姐姐能放在心上。"

辰妃被她说得更显急了："妹妹放心吧。"

纤纭这才轻声道："姐姐，我那菡烟妹妹的病……便乃是……乃是俗称的'阴阳毒'，宫中叫它作'日晒疮'！"

辰妃凝眉，不解。

纤纭叹一声气，假作急切道："莫不是姐姐未曾听闻过此病吗？这种病若是得上了，纵是痊愈，怕是……怕是会遗传，况且前些个天妹妹中了毒，想姐姐是有所听闻的，为妹妹诊病的，便正是那位医好我菡烟妹妹病症的御医，原来，他已由南荣家举荐入宫，我好奇问起，他说，他只是在原来御医方子中，加了雷公藤，姐姐，这雷公藤……您可有所知吗？"

辰妃茫然摇头，面上已有惊色，纤纭更放低了声音，道："妹妹好读些闲书来看，可记得这雷公藤要是用得不当……可会……令人绝了生育！"

辰妃豁然一惊，手中茶盏打落在地："什么？"

纤纭忙扶稳她，幽幽道："妹妹是想，这南荣家虽是极力地瞒着病情，可是皇上定是知道的啊，皇上那般疼爱着姐姐，怎忍心令姐姐家担了这样的风险？姐姐说……是不是？"

辰妃恍然大悟般站起身来，眼神悚然而庆幸之一烁："妹妹，此话可当真吗？"

纤纭娇声道："姐姐想呢？"

辰妃一怔，望着纤纭一派纯雅的面容，一双真挚诚恳的眸子，冰雪晶莹，实在不像信口胡说，再者说，她乃南荣家世女，又何必如此？唯一可解释的，便真真如她所言，不过想要自己日后与皇上面前多照映着她罢了!

且,南荣家势力遮天,也难怪南荣菡烟卧病,却无一人传言她到底是何疑难!

眉心卸下犹疑,缓缓落座回去,眼神依旧茫然。

纤纭却知已无需多说,宛然一笑:"姐姐且歇着吧,过会怕是皇上要来了,妹妹便先回了。"

辰妃若有所思,失神的点点头,纤纭一礼,缓步退出殿去。

殿外,凉风携了落香的冷,纤纭望望漫天飞舞的纷纷香雨,今天,这残落的花看在眼里,方才有了些颜色,再不是刺目的凄白。

纤纭冷冷一笑——

南荣景须,"阴阳毒"加上雷公藤的不育之说!我沐纤纭就不信,你南荣家还能结成这门亲事!

※

夜晚风疾,十一月的天气,已是寒了。

纤纭早换了厚实的床被,雪白的绸缎绣了云雀高飞,高华而贵雅,近日来,身子亏乏,她大多懒懒地斜倚在床栏边,默默冥思,不过今日传来消息,杨辰妃终于决定请旨出宫,想来不会为了旁的事情,心中多少畅快了许多。

突地,身后有些微动静,亦是习武的纤纭猛地起身,背向殿口的她,身子犹若水柳拂动,长发掠过脸颊,寒光自枕下赫然烁亮,薄薄软剑在手,直直向前刺去!

那来人身形一晃,细看之下,纤纭一惊,连忙收手,那人身影却已晃至床边,攥住她握着剑的手腕:"怎么?想要刺王杀驾吗?"

冷冷夜色,幽幽烛火,只见赵昂一身金紫色云纹袍,下摆龙腾云霄,直上腰间,他的眉眼间却带着笑,轻轻放开她的手:"在这宫里,敢持有武器的,恐只你一人而已!"

纤纭将软剑收回到枕下,一身轻薄的纯白色绣隐花青梅傲雪衣,飘动间已然低下身子:"皇上恕罪。"

赵昂轻轻扶起她,望她一身雪白,绝色中更有清傲的贵雅气韵,究竟是何等天姿方能成就这般国色的女子?

"何时变得这样多礼了?到叫朕不适。"说着,将她扶起,幽深的目光迷离地望着她:"还疼吗?"

修长的指尖划过纤纭唇上已淡了的印记,那被自己吻咬的痕迹,似乎至今仍有着如火的缠绵在,男子混重的气息便渐渐接近,纤纭忙侧开脸去,淡淡道:"早不疼了。"

说着转身,突觉身上衣衫单薄,伸手欲将架上披帛取下,手却被另一只手握在架端,背后倏然一片温热整整的覆下来。

"皇上……"

纤纭正欲作色,赵昂温暖的气息便在雪颈边轻轻吹吐,凉丝丝的吻落在耳际边,他的声音空渺而悸动:"告诉朕,你到底是仙女,还是妖女?"

纤纭一怔，他的手便在她薄薄的衣衫上来回摩挲，修长的手指，透过薄衫的温度，烫热着她的肌肤："皇上……"

她欲推开他，却反被赵昂反过身子，他望着她，深深的望着："你前些天，去找了辰妃？辰妃……什么都不会瞒朕。"

纤纭与他对望，凝着那一双冷眸，突而暖意袭人的流光，微微淡笑："哦？那如何呢？"

赵昂右手拖住她优美的下颌，拇指轻轻按在她的唇上，幽幽道："你一定是妖女，否则如何令朕……这般着迷？"

纤纭冷笑："对，我是妖女！还是祸乱君心的祸国妖女！"

赵昂笑着摇头，眼神迷乱："不！你……是唯一懂得君心的妖女，这许多年，只有你……将朕看得那样透彻，也便叫朕不自觉地在你面前不再隐藏自己。"

纤纭欲言，赵昂却再次按紧她的双唇，轻声道："昨夜，辰妃便与朕说了你对她说的一番话，今日，杨太尉匆匆进宫来，向朕请求，万万不要下旨！"

纤纭闻言，心内不觉一动，来不急雀跃，赵昂的唇便覆下来，她欲要挣脱开，却被早有预判的他牢牢固住："别想走，小妖精！你放心，朕今天不会要了你，朕只是才发觉，原来你不仅懂朕，还是真真向着朕的！"

纤纭凝眉，并不解他言语，他涩然地笑了，柔声说："原来你找了那御医来，果真只是为了问南荣菡烟的病情，朕更加没有想到你如此心思敏捷，竟想到了这样方法去阻止南荣家的提亲！只是……"

赵昂难得调皮地笑了："只是这一次，南荣景须在朝堂之上、众目睽睽之下，那般自信地支持我立你为淑妃，并以此要挟求亲，如今杨家拒婚，怕是他这一次的面子可栽得大了。"

他的唇近在咫尺，彼此气息纠缠在一起，而他却果真没有更近一步。

与他目光那样接近，纤纭不禁垂了眼："你知道便好了，我讨厌多疑的人。"

赵昂一怔，随而无奈地放开手，缓步踱向窗边，夜色早已浓了。

"皇上不去'紫芳宫'吗？"纤纭到诧异他此时会来，望着赵昂的背影，孤灯幽黄，映着他金紫色长袍，他的背影便与这周遭暗淡的景色不甚相合，突兀得那般孤寂。

赵昂叹了一声："是辰妃叫我过来的，她说你才入宫来，需要多关怀些。"

纤纭不禁失笑，看来，杨辰妃果真是毫无心机的女子，全然不怀疑她所说的一言一句，赵昂回过眼，细细地看她："你果真不是一般的女子，去了一趟'紫芳宫'，便将南荣景须的预谋击碎，竟还能让辰妃感激着你，并且……"

说着，唇际勾动一丝狡黠笑意："并且你还令近来总是不安的辰妃相信，朕，仍然如此爱她！"

纤纭淡淡一笑："辰妃的性子，难怪你五年的虚情假意都没能日久生情，实在太过愚钝了些。"

赵昂微作一惊，随而隐在含笑间，是啊，这才该是她说出的话，她的心冷如霜雪，如何会感念别人的心意？

只是……

赵昂望回到窗外,夜晚风寒,那落了一整夜的风信子仍旧不知疲倦,落得人心里凉丝丝的。

"日后,怕是要有一场风雨!"赵昂默然叹息,纤纭却是一怔。

今晚的赵昂似乎格外不同,平日的他,狂躁、激烈、甚至狠厉,然而今天的他,一双冷峻鹰眸中似乎蕴藉了无尽的孤独与落寞。

纤纭心内竟有一丝丝怜意油然而生,是啊,五年来,这般用心几人知？叫他如何能不孤寂？五年后,自己一语道破他的心思,却始终不能真心对他,叫他如何能不落寞？

她默默走回到床边,放下纱绸帘幔,今天的他,绝不会逾越半分的,而日后的风雨……

纤纭亦有叹息,想杨家拒婚,定然令南荣景须恼羞成怒,迁怒于赵昂与自己不可避免,却不知赵昂将要如何应对！

想想亦真的可怜他,五年前,他才不过十几岁的年纪,纵是现在亦不过二十出头,便要一个承担下江山天下的重责,一个人面对朝臣们个个居心叵测的嘴脸,面对南荣景须权可倾天的压迫,面对后宫无处不在的监视,听闻昔太后虽是赵昂亲母,母子间却存有芥蒂。

纤纭缓缓闭目,所谓帝王,高处不胜寒,果然,寒得如此凄凉！

※

次日,朝堂之上,赵昂当朝欲册"关雎宫"婕妤为淑妃,下月中,便于"丹霄殿"行册封礼,同邀楚诏国公主漠芙共同赴宴,于指婚一事却仍旧只字不提,只以眼光回应南荣景须的质疑。

册妃礼如此劳师动众、大张旗鼓难免令人惊异,后宫之中,更一片哗然,唯杨辰妃热衷地与纤纭挑选礼服珠宝、绫绸胭脂。

昔太后与皇后明确表示,绝不出席,纤纭却不在意,于这皇宫之中,她并没期望着有谁真心以待的,包括赵昂。

册妃之礼如此繁复,她亦感觉赵昂另有目的,并不单单只为讨好自己,却一时没有头绪。

杨辰妃到是真真殷切地为自己准备,状似不经地询问起昔太后与赵昂间的芥蒂,辰妃遣下众人,方才叹息开口。

原来,赵昂并非昔太后独子,赵昂上面原本有个长他两岁的哥哥赵麟,赵麟天资聪颖、过目不忘,八岁便熟读兵书典籍、能文能武,是昔太后与先皇的心头之肉,而小两岁的赵昂,则显得默默无闻了许多,16岁前,赵昂几乎不在父皇母后的目光中。

直到五年前,身为太子的赵麟突然离奇失踪,失踪那天,最后一个见到他的便是赵昂。而太子失踪,身为次嫡子的赵昂自成了太子的不二人选,于是传言之间,赵昂自有最大嫌疑,纵是如此,当时皇帝病体已沉,昔太后为免得太子之位落在他人之手,便极力为赵昂辩护,于是赵昂被立为太子。可是母子间的嫌隙却并未因此而缓解,纵使赵昂极是孝顺的,昔太后亦至今日仍如芒刺在心,对赵昂始终心存怀疑。

原来,赵昂心里竟承受了这许多的苦涩,纤纭暗自叹息,难怪赵昂性子这般隐忍,怕不仅仅因了南荣景须。

入了腊月,冬日气息渐浓,风凛冽。

南荣景须再提婚亲,赵昂此刻状似忧心地向南荣景须连连示意,南荣景须已不能压抑,一意叫赵昂当朝言明迟迟不肯指婚的理由,并列出南荣家种种功勋来,赵昂看似难为地于朝堂之上开口,言之方毕,南荣景须面色立时沉暗如铁,目光在杨太尉身上扫过,似有刀锋!更以怒目直向赵昂,赵昂眼神低垂,刻意躲避了他的犀利,心内却暗自冷笑。

朝堂之上,议论纷纷,南荣景须颜面尽失,纤纭闻之,仔细思来,方体会了赵昂的一番用心,他刻意托着婚事不提,直到向来自负的南荣景须失去耐性。一来,册妃一事已筹备大半,不可撤销;二来,南荣景须忍耐已在极限,定然当朝欲给赵昂难堪,却不想是自取其辱;再来,也是最重要的一点,在众臣面前,睽睽众目之下,以南荣菡烟之疾为由拒婚,以南荣景须个性,定然憎恨杨家的目中无人,不予颜面,如此一来,想必南荣家与杨家势必水火,那么日后,无论如何,也不怕杨家被南荣家拉拢了去。

此一举三得之法,不得不令纤纭佩服赵昂之心思缜密、用心至深,然,钦佩之余,亦有冷冷寒意在心——这样心思的男人,究竟……又有几分是真、几分是假?他的话,有几句可信,又有几句不可信?

她实在看不清楚!

时近十二月,冬气已寒得刺骨!

南荣家小姐曾患"阴阳毒",更有不育之说不胫而走,朝内朝外,民间宫里,一时传得沸沸扬扬。

十二月中,第一场冬雪落下的时候,纯白天地、银装素裹,那夜,大雪落了整整一夜,将沉寂天幕飘得凌乱。

次日一早,阴霾依旧满天,南荣府上下更陷入一片凄哀震动之中。

沉沉落雪的冬夜,南荣菡烟割腕横死在闺房之内,当侍女云兰发现时,鲜血已流了满地,染红了冷青色石砖地,水绿色衣袖亦被鲜血染上了触目惊心的红!

大夫赶到时,已不能救,南荣菡烟是南荣景须唯一的女儿,自小甚是疼爱,南荣景须大恸,铁拳几乎握碎,老泪纵横,纵是自己权可倾天,亦已救不回心爱的女儿!

飞雪落满屋檐,落满了哀凉的南荣府,大丧之日,白色绫绸挂满府院,与融雪相映成凄,雪白与绫绸烈烈而舞,在风中散作凄厉的嚎叫!

南荣夫人早已哭得双目红肿,南荣景须目光呆滞,册妃前夜,南荣府便在哭泣与哀痛中度过。

"沐婕妤到。"

一声惊动灵堂上肃穆的安宁,南荣景须冷目一肃,粗眉扬起,只见纤纭一身素白,傲雪欺霜,神色端持地走进灵堂来。南荣家上下沉沉施礼,纤纭免去,目光对向痛在眉间的南荣景须:"南荣将军还请节哀。"

南荣景须冷冷一哼:"多谢婕妤关心。"

纤纭持香在灵位前拜下,白色绸幔,凌风而动,确实恸人心怀。

才起身,南荣景须便沉声道:"要说小女有这般下场,还要多谢沐婕妤所赐,南荣景须在此……'感激不尽'了!"

"爹……"

"你住口!"

南荣子修正欲拉住近来燥怒不堪的父亲,却被南荣景须一句喝住,南荣无天亦拉住了他的衣袖,示意不要插口,子修只好退在一边,凝眉望着纤纭。

纤纭目光在子修身上微微一掠,随即柔和下许多,望向南荣景须:"南荣将军此话怎讲?"

南荣景须冷哼道:"听说婕妤近来与杨辰妃走得甚是紧密,只恐怕这其中有些说不得吧?"

纤纭望着他,须臾,缓缓转身,踱步在子修身前顿住:"南荣将军这话可奇了,后宫之中姐妹间常走动走动,有何不妥吗?"

眼光略微一侧,对上子修关切的目光,他的眼神依旧温润,只是多了几分哀伤与焦虑。

说起来,她唯一觉得愧疚之人,便是南荣子修,她亦没曾想南荣菡烟竟会如此刚烈,轻声一叹,道:"南荣公子还是多劝下将军,勿令他太过忧心了。"

说着,便突觉肩上一紧,随即尖锐的疼痛便自肩头传遍全身,纤纭回身望去,只对上南荣景须一双被血丝染成血红的眸子。

"南荣景须,你不要忘记你我的身份!"纤纭不动分毫,亦示意站在门外的侍卫不必慌张,南荣景须紧扣纤纭的手,几乎深入到纤纭的肌肤骨血中,仿佛要将她撕裂一般!

"沐纤纭,你记住这种痛,我南荣景须发誓,日后,定要你比着痛上千百倍!"豁然松手,纤纭肩际立时火辣的疼,直入到心间去,额上冷汗涔涔渗出,却依旧雍容回眸,淡淡道:"那么,纤纭便等着那一天!"

转身走出灵堂,肩上的痛似火烧一般,仿佛锁骨皆要裂开。

望着她飘然而去的素白背影,子修上前一步:"爹,何以见得便是沐婕妤?况且,菡烟的病情,她又如何知道得那般清楚?"

南荣景须冷冷一哼:"哼,那便要问问那位被你举荐入宫的欧阳御医了!"

子修一怔,父亲冷厉的眸便生生望过来:"子修,你做任何事前都不与我商量,我不怪你,可是你应该有最起码的分寸吧?那个欧阳凤,除了是毒圣之外,还有什么身世背景你可曾好好调查便送他入宫去?一个闲云野鹤般的人物,三请五请都请不来的人,为何会甘愿受宫廷束缚,你……都想过没有?"

子修略略低下头,不语。

其实,他怎会没有想过,只是他与纤纭……想来,心内亦有灼火蹿动,这一次,若果真是

欧阳夙将菡烟病情告知给纤纭,再由纤纭告诉给杨辰妃,因此而致南荣家与杨家结姻失败的,那么欧阳夙的目的又是什么呢?他一度认为,若欧阳夙果真是纤纭师傅,是他叫纤纭陷入到这一切的痛苦中,那么,自己……应该救纤纭,不是吗?可是纤纭是那样冰雪聪明的女子,又为何一定要受他的摆布与指使?究竟……是不是有什么把柄在他的手上?

见他不语,南荣景须冷哼回过头:"哼,你的心里,成天就想着那个女人,无天……"

无天上前一步:"爹。"

南荣景须回身望着他,眼中方有一丝温情:"无天,你可不要学你这不成器的哥哥,你要给爹争气!听见没有?怕是这日后,爹唯一能指望的就是你了!"

无天微微垂首,连忙岔开话题:"爹,若是那沐婕好一心与我南荣家作对,爹您为何不杀了她?还留她在宫里?"

南荣景须敛起眼光,愤然道:"起先,我是要利用她,利用皇上对她的迷恋,打击杨辰妃,杨辰妃一旦失宠,我们便可以借此拉拢杨家,况且,她想死……没有那么容易!我要慢慢折磨她,要她……生不如死!"

子修大惊,望着父亲近乎扭曲的脸,蓦的忆起那日,纤纭颈上伤痕,心内一刺,却不知为何,父亲怎会这般痛恨纤纭?欲要上前询问,却被母亲拉住。

无天仔细思索间,南荣景须却突道:"无天,速去将郑国师请到家中!"

"郑国师?"无天略一犹豫,观父亲脸色郑重,还是应声去了。

子修惊异之余更有诧然,与母亲对望一眼,郑国师,乃夜观天象、预测凶吉之人,在宫中颇受太后重用,想父亲一向不屑于拉拢这些个装神弄鬼、听天由命之人,这一次……

不由多想,南荣景须便侧眼在子修身上,眼光冷得犹如寒冬铁剑,不见一丝温光:"册妃大典,哼!要办就办得风风光光吧,我南荣景须发誓,定要为菡烟报仇雪恨!而你……册妃大典前,给我老老实实呆在家里,哪里……也不准去!"

话音未落,便甩袖回堂,袍袖生风,那寒气便灌入子修心口中!

父亲的眼神,莫名震慑,亦令子修心中惴惴,莫名难安!

…………

(1):即红斑狼疮,古时据病因命名的有"日晒疮"、"肾脏风毒";根据病机命名的有"阴阳毒"、"温(瘟)毒发斑"、"热毒发斑"、"血热发斑"、"伏气温病"等名称;根据症状命名则更多。从命名发现,古代医家尤其重视红斑狼疮的皮肤表现,便有如"温毒发斑"、"红蝴蝶"、"鸦疮"、"赤丹"等病名。

十四　天机殁

日日花前常病酒，不辞镜里朱颜瘦

腊月时节，落过雪的天幕分外清明，青天浩渺幽寂，整个雍城在一片白茫中庄素如裹。

皇城之内，管乐歌箫，声声入云，这日，皇城内外，人流纷动，雪光映照着绯纱宫灯，红晕微微的光，与雪色相映，别样的明丽与华美！

"丹霄殿"中，朱色宫灯高悬如星，明彩柔丽似云，迢迢长红毯似水流长，明珠纱幔映夜斑斓，宫人内侍们碎步匆匆，捧了珍馐菜肴、美酒鲜果，穿梭来往于宫阁楼殿之间。

殿内，更有美人优伶，坐于"丹霄殿"两侧，鼓瑟弄箫、抚琴低唱。

册妃之夜，宫内一片奢靡。

纤纭素指捻裙，自白玉宫阶拾阶而上，踏足殿堂，裙裾卷了细雪盈盈，一身长虹纤丝贡缎长绒裙，惹得纤细身量愈发婀娜美好，裙摆点了别致风华的细绒羽毛，莲步微移，步履蹁跹，犹若回风弄雪。

乌发高挽如云，缀了散碎的珍珠碎玉，嵌在发丝间，珊瑚璎珞金雀簪灿灿生华，本便天姿国色的女子，更若谪仙临世，不可窥见！

殿堂内霎时静谧，仿佛席内每个人的呼吸俱随着纤纭的一行一动而存在着，赵昂更自龙座上站起身来，幽深目光含着由衷笑意，仿佛欣赏一副至美画卷，那画中女子正盈盈向自己走来。

赵昂迎身上去，握住纤纭微凉的手，落座于大殿主位之上，虽不过册妃大典，却因太后与皇后同时缺席，杜贵妃又是识相，杨辰妃又是不争，而令主位只帝王与淑妃二人而已。

左旁有楚诏国公主漠芙令侍人献上礼品，捧着礼品的侍从，依旧一身黑绸长衣，将礼品递在宫人手中后，目光自纤纭脸上扫过，纤纭与那目光一触，跌落舞台的一幕再现眼前，心上竟不由得一颤。

为何，那人的目光如此犀利？

不及想他，已被如潮的恭贺声包围，她含笑应承，一副高贵雍容！

突地,侧眸之间,倏然见赵昂脸色顿时沉暗,心上一惊,随即向堂下看去,只见南荣景须与南荣子修、南荣无天父子三人姗姗来迟,南荣景须手捧精致木盒,目色肃然,一身白衣,赫然站在了殿堂上。

"臣恭贺皇上,恭贺淑妃娘娘。"刻意加重淑妃二字,眼神在纤纭脸上一扫,纤纭目光随即敛笑,冷冷的望着他!

堂下不免哗然,今日,皇帝册妃之喜,整个皇宫皆被绯纱明彩装点一新,然南荣景须竟着了一身白衣,带丧而来,如此目无君上,怕这满朝文武,亦只有南荣家敢于如此!

赵昂指节作响,紧紧一按,正欲发作,却被一只温腻素手悄然按住,冲他柔然一笑,对着堂下的目光亦柔和下许多:"南荣将军有丧在身,还为我这个做晚辈的前来恭贺,实在过意不去。"

示意身边侍人接过礼盒,笑道:"将军且入座,待席散,纤纭自向您请罪。"

两句话,不亲不疏、不紧不慢,赵昂望向她,指节缓缓松开,亦含了笑道:"是啊,南荣将军与公子且入座吧。"

南荣景须面无表情,只一躬身,便落座在席,席宴间,杯杯饮尽,满目肃然,竟是无人敢于接近问上半句。

南荣子修失神地望着堂上女子,那一身锦绣,风华绝代,只是眼角眉间多了分贵气,少了分冰冷,那眼神迷蒙如雾,却似更加看不到她的心里去。

歌正在好,舞正于妙,奢靡殿宇、轻歌曼舞中,人们觥筹交错、推杯换盏!

一切便好似一场国宴,渐渐的早已忽略这不过是一场册妃大典!

突地,殿外匆匆跑进一人,扑通跪倒在地,曼舞优柔的女子们连忙散开,惊颤颤去望帝王,赵昂蓦然凝眉,只见那人一身道服,满脸焦急,与这舞池歌殿甚为不衬。

"臣参见皇上,臣有要事禀报,还请皇上恕臣无状。"那人几乎整个身体趴了下去,甚是夸张。

赵昂隐有不悦,望着堂下之人,乃国师郑子峰,因受昔太后重用,而有随时出入朝堂殿宇奏事之权,自己也奈何不得。

于是道:"爱卿有事说来便是。"

郑子峰依旧跪着,那声音颤颤,好似天灾将至一般:"皇上,册妃典礼,必须立刻停止!"

赵昂豁然一惊,立时站起了身子:"郑子峰,你好大胆子,可知自己在说什么?"

"皇上,皇上容禀,因皇上新册淑妃,臣欲向天祈福,便夜观天象,为君占卜,却……却……"

郑子峰顿住,纤纭隐有不详预感,果听郑子峰既而道:"皇上,还请务必停止册妃大殿啊!"

"荒唐!"赵昂厉声道:"朝臣命妇、楚诏公主皆在,如何停止?哼!郑子峰,若你说不出个所以来,便休怪朕不念情面!"

"皇上！"郑子峰慌忙道："皇上，那么便请恕臣直言不讳之罪！"

赵昂冷冷一哼，果然狡猾，将罪责全数免去方才肯说，甩袖落座，淡淡道："说！"

郑子峰眼神在纤纭身上一掠，纤纭怵然一怔，却听他道："启禀皇上，臣夜观天象，只见客星大而黄白，似有芒角，此乃……此乃天灾人祸、兵乱祸国的大凶之兆啊！"

"放肆！"

赵昂拍案而起，龙目烁然一凝，他紧紧盯住郑子峰，狠厉道："郑子峰，如此良辰吉日，岂容你在此妖言惑众、蛊惑人心？来人！"

向左右忙一吩咐："把他给朕拖了出去！"

"皇上！"郑子峰再次拜倒在地，左右侍从互看一眼，却谁也不敢轻易动手，毕竟郑子峰乃太后宠臣，只上前立在郑子峰身侧，并不动他，任由他说下去："皇上，请务必相信臣之所言，不仅如此，天象之所以有此明示，乃是有妖星伏灵[1]隐现宫中，皇上……"

"住口！"赵昂向侍从们狠狠瞪去："朕的话，你们听不到是吗？速将郑子峰给朕拖下去，恕他失言之罪，然若再敢胡言，便以妖言惑众之罪论处！"

"皇上，臣冤枉，请您务必停止册妃大典，您一定要相信臣啊！"郑子峰犹自言语，侍卫们见龙威赫赫，亦不敢在做耽搁，拖着郑子峰向殿外而去，郑子峰的喊声却仍旧不绝于耳："皇上，请务必相信臣啊，若是继续册妃，只恐天灾降临，祸及天下，江山危矣啊！"

一句句一声声，徒令人听得心惊胆战、毛骨悚然，他言语真切，煞有其事，真真令人心头颤抖！

殿堂之上，顿时肃穆，犹若无人。

天灾降临、祸及天下、江山危矣！

人人面面相觑，郑子峰一言一句似犹在耳边！

赵昂是真真愤怒，负在身后的手紧紧握住，纤纭望见，压抑下亦有惊动的心，缓缓起身，立在赵昂身后，淡然一笑："皇上，吉人自有天相，便不必太过放在心上！"

一声犹似天际飘渺而来的莺子，泠泠动听，众人这才回神，却见帝王面色阴沉如铁，暗自运气，心知如此日子，不论郑子峰所言是否是真，皆是扫人兴致的！

南荣景须坐在一边，抿下口清酒，始终一言不发。

南荣子修不可置信地望父亲一眼，郑国师，那日父亲便叫无天请郑国师来，难道……便是为了今天这一幕吗？可是……又有何目的呢？只为煞一煞纤纭而已吗？所谓夜观天象，又哪里来得那么恰巧的事情？若是没有所谓的报应降临，恐怕此事亦不过不了了之，一向精明的父亲这又是何必？还是……

还是他另有何深意，而自己尚未曾领会？

心思虽在烦乱，却未动声色，抬眼略略望望重回坐上的绝艳女子，暗自握拳——

纤纭，我一定尽自己最大所能，绝不能令父亲伤害了你！还有那个欧阳凤，我不管他与你是何关系，但，他若要利用你的美丽，我……亦不会放过他。

想着,悄然起身,投给无天一个会心的眼神,无天会意,冲他点点头,子修便匆匆离席而去。

※

夜色弥漫,雪光晶莹,子修一身锦袍而来,步履匆匆,行至医馆,正见御医们正自相谈,唯一人立在窗边,悠然吹箫,那箫声辗转滂沱,又似幽幽哀戚。南荣子修没叫人通报,走进医馆,轻咳一声,人人侧眸间,一惊,连忙各自起身施礼:"南荣公子。"

因南荣子修的身份,御医们皆是恭恭敬敬,子修亦回了礼,侧眸再望窗边男子,却箫声依旧,不动分毫。

欧阳夙着了便衣青袍,纤纭最讨厌的颜色,子修缓步走近他身后,道:"可以与你谈谈吗?"

欧阳夙这才回头:"南荣公子深夜驾临便是要与我谈谈吗?"

南荣子修沉声道:"不是,今日皇上册妃大典,我自要前来,只是突然有话要和你说。"

册妃大典,欧阳夙眼神一暗,将碧玉箫收在衣袖中,长发飘展,轻步向医馆外走去。

夜色凝腻,树蔓摇风,抖落细雪融融。

欧阳夙轻轻掸去肩头落雪,道:"南荣公子有何贵干?"

子修立在身后,语声却见急切:"欧阳夙,你与纤纭究竟是何关系?你……可便是他的师傅吗?"

上一次,欧阳夙没有回答他,可是这一次,他却一定要他回答不可!

欧阳夙回身,幽幽一笑:"这很重要吗?"

"自然重要!"子修踏上一步,看着他如此悠慢神情,心内不觉火起:"究竟为什么?你要操控她?要她杀人,要她入宫!"

"要她入宫的是你!"欧阳夙打断他,举头望漫天凉星无色:"当初,不是你亲手将她送进宫的吗?"

一句,几乎戳穿子修心肠,这是他心中最深最疼的一处,他黯然垂下眼去:"我,没有办法!"

欧阳夙亦是无奈一叹:"是啊,你有你的无可奈何,我亦有我的,便请南荣公子不要追问了!"

"可是纤纭现在很危险!"子修的激动,令欧阳夙心头一紧,猛地回眸看他,子修不禁轻轻摇首:"我不知她与父亲间究竟发生了什么,为什么父亲如此恨她!定要置她于死地不可!也许因为菡烟的死……"

提及菡烟,欧阳夙不免一声叹息,听闻菡烟死因,他便心中有数,那日纤纭特意向自己问起菡烟的病来,想来此事,不会与纤纭无关!

"若你是他师傅,我不管你出于什么目的,请你不要再利用纤纭,她现在……非常危险,我爹不知道要用什么手段来对付她!"子修眼神一肃,突地严厉了脸色:"若你不肯罢手,那么……便休怪我不念恩情！"

欧阳夙望着他，不禁失笑："若我没记错，南荣公子乃是在下手下败将！"

"就是打不过你，我亦不会再令你留在宫中！不能……让你这样毁了纤纭！"子修迎身上前，抓住欧阳夙青色衣领，怒目瞪着他："欧阳夙，你可知道，我爹不知与那郑国师商量了什么，适才册妃大典，郑子峰突然跑去胡言乱语，说什么凶星降临宫中，明眼人都知道他所指的便是纤纭，你可知她现在有多危险？若郑子峰的话没有应验也便罢了，要是一旦应验……"

子修话未说完，欧阳夙亦冷下了脸色！

难怪，难怪他会突然跑来！

欧阳夙拂开他抓着自己的手，心内一阵翻滚，神色却依旧淡淡："你会保护她的，对不对？"

"对！"南荣子修坚然回道。

欧阳夙微微一笑，那笑中却似有风雪的哀凉："好。若我可以将纤纭带出皇宫，你可愿意与她远走高飞，抛弃了荣华富贵，甚至……妻子？"

南荣子修一怔，不解地望着欧阳夙，一时无语。

欧阳夙敛笑，青袍被夜风扬起，他转身而去，背影挺直而飘逸，若非知道他乃成名已久的江湖前辈，那背影，真真是位翩然公子，高洁而幽寂……

南荣子修虽然没有回答他，但是欧阳夙却知道，他可以，他可以为了纤纭放弃一切！

而所谓妖星降临，他深知这皇宫中于此等神灵之事的忌讳，他虽面色无动，心内却早已纠结如剧，不可否认，他亦隐隐嗅到了阴谋的味道！

他想，今日册妃礼上一出，不过是个序幕罢了！

也许，他的"水芙宫"一行，就在今晚……

夜深沉，雪光依旧盈盈，册妃典早已结束，以欧阳夙身手之高，来往于宫廷各殿之中并非难事，他来到"水芙宫"时，正见皇帝与一行人匆匆离开，他微微凝眉，想今日这个时候，他缘何会离开？

已然顾不得那么许多，他本想着，若是皇帝在，亦要冲进去的，如今他走了，许是天意如此！

飞身入宫，"水芙宫"比着"关雎宫"更为庄华些，听闻除皇后所居"凤元殿"外，"水芙宫"乃后宫之中最是奢华的一处。

今夜便更是如此，绯纱宫灯高挂如悬，描金飞凤舞动屏风。

欧阳夙闪身至屏风之后，只听有隐约抽泣的声音，偷眼望去，只见高烛冷焰、锦被帷纱下，女子衣衫凌乱，墨发长披，纤纭紧紧蜷缩着身子，将头深埋在臂腕中，隐忍哭泣的声音，叫人闻之悲切。

"纤纭……"欧阳夙不禁一声低呼,纤纭一惊,一双泪眼朝屏风处望来,欧阳夙闪身而出,纤纭瑟缩的身子豁然一僵,凝泪的双眼便似霜月凄冷凉白,她冷冷地望着自己,纤指几乎扯裂衣袖。

欧阳夙,竟会是欧阳夙!

这样的夜晚,这样的人,不是存心要令她伤心彻骨吗?

纤纭愈发紧致的抱住自己,似乎只有这样才是安全的,她望着他,一言不发,心中却是凄苦的!

今日,郑子峰在册妃大典上一番言论,显然刺激到了赵昂,适才,赵昂突地温柔全无,定要今夜要了自己,自己几乎认命了,恰逢兰淑媛诞下一子,他匆匆去了,留下不甘的眼神!

她不知,她能逃避赵昂到何时,更不知赵昂的耐性还有多少!

尤其,杨家因南荣菡烟已与南荣家两立,杨家定是稳住了的,那么……

她不敢想,只是……她更加清楚地知道,抱着她人,若不是欧阳夙,她只会感到万般屈辱与痛楚!适才,她已切身的体会过一次,她不知下一次,她会不会崩溃,还可不可以承受!

欧阳夙暗自叹息,他太了解纤纭,她每感到无助与彷徨时,才会用这般愤恨地望着自己!

"纤纭,为什么要这样糟蹋自己?你在折磨我吗?"欧阳夙眼神纠结,纤纭眼角带泪,却冷冷一笑:"欧阳夙,你终还是来了!"

"是不是我来了,你便不会再折磨自己?"男子一步步走近,高大的身影遮覆住殿内耀亮的烛光:"跟我走,纤纭!"

纤纭缓缓低头,望着他伸来的手,淡漠一笑:"欧阳夙,此情此景,你还以为我仍是那个任你一句话便可上天入地无所不从的小女孩吗?"

"纤纭,你现在很危险!"欧阳夙眼光焦急,望在纤纭眼中,四目交汇,无限情惘。

纤纭冷冷一哼,将凌乱衣衫整好:"我死了,你会伤心吗?"

一句刺入欧阳夙心中,犹若刀锋!

纤纭,难道,你定要这样来伤我的心吗?

"从小,我看着你长大,你纵是有些个小伤病,我都会紧张心疼的,你明明知道,又何必故意这样说呢?"欧阳夙眼神怅惘、纠痛不已。

纤纭默默笑了,轻轻垂首,那飘零的声音好似消隐在袅袅轻细的淡烟中:"你有心,就好了。"

说着,缓缓起身,披一件锦袍在身:"你走吧,我不会和你走的。"

"纤纭……"

欧阳夙正欲再言,却听殿外脚步声匆促而来,欧阳夙与纤纭对望一眼,忙闪身至屏风之后,烛影摇辉,依稀可见屏风后的人影,纤纭忙脱下披袍,将锦袍悬于屏风之上,遮掩住屏上人影。

便听芊雪与莓子的声音匆急而来:"娘娘。"

二人双双跪地,气喘吁吁。

纤纭凝眉道:"何事慌张?"

眼神掠过芊雪,直落在莓子身上:"莓子,你说。"

莓子喘匀气息,急声道:"娘娘,听说兰淑媛才产下了小皇子,可是……可是……"

纤纭心内隐约不安,果听莓子既而道:"可是才出生不久的小皇子,本是好好的,刚刚却……却突地呼吸困难,窒息……窒息猝死!"

什么?不过一刻间,竟会发生这样的事情!

纤纭一时怔住,来不及思索,便听芊雪平静道:"娘娘,太后与皇上、皇后正在'凌华殿'中,太后传淑妃娘娘速往!"

纤纭秀眉一蹙,望在芊雪脸上,芊雪容色平淡,并不似莓子的惊慌失措,哼,想来,她是恨她的吧,眼神不自觉向屏风处一瞟,若叫她知道屏风后另有一人,只恐怕这静淡的眼神便会作刀剑齐发了!

静一静气,道:"好了,我知道了,待我换件衣服,你们殿外候着。"

芊雪与莓子起身,芊雪目光莫名移向屏风,无端觉得那悬在屏风上的锦袍格外刺眼。

待二人出殿,欧阳夙方闪身出来,眉色纠结,目光深幽。

纤纭回眸而望:"你怎么看?"

"阴谋!"欧阳夙闻之,心内涌现唯一的两个字,想郑子峰才在册妃大典上闹过一出,兰淑媛才产下的小皇子便夭折于宫中,只怕不是巧合!

纤纭边褪去一身华衣,边是清幽道:"兵来将挡,水来土掩,你会帮我吗?"

丝锦华绸在欧阳夙面前毫不遮蔽的褪下,只余一身紧裹的纯白色内裙,露出香肩似雪白皙,纤纭微微侧眸,欧阳夙却慌忙别眼去,只道:"你要想法叫我去验小皇子尸身,否则恐怕……"

纤纭披上件简洁的胭脂色绒毛外裳,回眸笑道:"否则恐怕便被南荣景须陷害了?"

欧阳夙不语,纤纭思绪紊乱,强笑着:"怕南荣景须要陷害于我,也并没那么容易!"

言罢,拂身而去,宽摆裙裳曳地生华,欧阳夙紧凝双眉,风俊的脸上笼起一层黯色,想来风雨不过开始,这后宫之中本便许多争斗,偏偏纤纭又树敌太多,怕只怕要她死的人,不仅仅南荣景须而已!

自后窗而出,匆匆赶回到医馆,只望纤纭可争取到由他来验小皇子之死,不然只怕这小小一关,纤纭亦不容易度过!

※

行至凌华殿,已几近清晨,天色濛濛如雾,褪去了夜的凝腻,唯余冷冽的冬风刺人心骨。

踏进凌华殿便觉一股暖意袭身,扑面而来的熏香厚味令人微微目眩,一阵隐忍后,纤纭方缓缓低身,行礼道:"参见太后、皇上、皇后娘娘。"

抬眼而望,但见凌华殿内,气氛肃然,人人面色凝重,眼神暗淡,纵是昔太后向来平静的眉眼,亦凝了丝丝沉重。昔太后身旁还站着一人,正是郑子峰!

是啊,兰淑媛虽是无宠的女子,但她所出乃五年来赵昂的第一个孩子,又是个皇子,却未及一夜,便夭折而去,自是令人扼腕。

"来人,将淑妃沐氏拖下去落发放血,以血来祭小皇子!"昔太后嗓音微微嘶哑,显是恸哭过一场。

纤纭不禁大惊,落发放血,这是何种酷刑?她闻所未闻,所谓放血又是如何放法?

惊异在她眸中闪过,突地映见郑子峰丑恶阴笑的嘴脸,纤纭眉色一敛,豁然明白,看来如此邪门妖术,定是这装神弄鬼之人的主意了!

"母后,事情尚未查明,如何可这般轻率了事?"纤纭未及回话,赵昂便起身恭敬地向昔太后道:"婴孩生命本是脆弱,才出生便夭折者亦是有的,怎可责怪在沐淑妃身上?"

赵昂与昔太后说话的语气果然是不同的,不再凌厉亦没有与南荣景须般的淡漠,在昔太后面前,他的嗓音温润而柔和,亦透着些许敬畏!

而昔太后却只是漠然地看他,眼神不假颜色,看来杨辰妃所言非虚,赵昂与昔太后间确是有芥蒂的。

昔太后冷冷一哼:"皇帝,你就只会向着她,可会秉公办事吗?这个妖女,自她入宫,这宫中便未曾平静,惹出了多少祸端?一会嫌弃宫中侍女,一会又闹出中毒之事,册妃大典更是蛊惑你如此劳师动众,我不作理会已是格外施恩,可如今,我孙儿因这妖女而死,我是无论如何也不能再放过她!"

说着,凌厉眼神便刺向周围侍从:"把她给我押下去,交由郑国师,以这妖女的血祭我孙儿之命!"

"慢着!"纤纭闻言,目光望向昔太后,冷笑道:"太后,您口口声声说是我害死了小皇子,可有证据吗?难道,身为太后,便可以这般草菅人命吗?"

一句令满堂皆惊,赵昂亦凝眉望向她,只见她眸色冰冷,容颜淡漠,仍似平常一般模样。

昔太后目色一暗,怒道:"哼!你休要逞口舌之能!郑国师夜观天象,分明看到妖星伏灵隐现后宫,这才去阻止皇上册妃,而皇上却被你美色所迷,一意孤行,这才酿成了今日之祸,上天警讯如若无睹,日后岂不是要有更大的祸患来!"

说着起身挥袖,向左右严厉吼道:"速将此女押往郑国师法室,待到吉日吉时,落发放血,祭我孙儿,未得我的命令,谁人亦不准探望,更不准为她说情,否则以同罪处!"

厉生生的一句,震彻整座凌华殿,纤纭举首,目光直向赵昂,赵昂却双眉紧凝,缓缓垂下头去,双拳紧握在袖管中,急在心里,却一时无言。

每个人都有自己的致命弱点,而母后,便是赵昂自小便不能反抗的!况且,如今来讲,赵昂立足未稳,更加需要他母后的支持!

纤纭已然明了,心中冷笑,冰雪目光犹若寒刃刺来,嘲讽的看着赵昂,那般尖锐的冰刀冷箭,无端刺痛赵昂的心!

他看着她,看着她嘲弄、讥讽、鄙夷的不屑眼神,仿佛在嘲笑着他的怯懦与无能!

心,仿佛被烈火炙烤灼烧过一般,几乎要炸开来!

赵昂狠狠瞪向一旁站着的郑子峰,几欲一拳挥去,可是,却终只能暗自隐忍着,小不忍则乱大谋——郑子峰……朕在此对天发誓,然若哪日,朕真正得到了天下,第一个要杀的人,便是你!

攥紧的双拳,指节欲裂!

天色该已大亮,而所谓法室却是暗沉沉一片,纤纭展目望去,昏黄幽弱的火烛,燃着如妖魅双眸一般殷红的焰火,不知燃的是什么烛,那香气,香得诡异。

纤纭被褪去一身胭脂色外裳,只着纯白内裙,凝白香肩裸露,长发披散,冷冷的黝黑色砖地,触肤冰凉。

这究竟是何地?为何比着地狱还要阴森千百倍般?

想着,门声吱的响起,纤纭寻声望去,但见四周铜墙铁壁,门更以青石雕刻而成,一道缝隙漏进点滴迷蒙的光线,刺得眼目迷离。

只见三人缓步走进屋室中,厚重石门闭合,方才看清,为首的正是国师郑子峰!

郑子峰眼神微眯,向身后两个道童打扮之人吩咐道:"你们且先下去,我有些话要与淑妃娘娘说一说。"

两名道童面无表情,只依言退去,石门一开一闭,沉重的声音,仿佛令心都沉了下去。

纤纭举眸望他,本是幽暗的法室,因着这一双冰雪双眸而有了一分光亮。

"我与你有何可说?"纤纭冷然望着他,以清冷目光应承他打量的眼神。

郑子峰缓步走近身前,望女子墨发如绸,披下一片锦绣,遮掩了光洁如雪的玉背香肩,绝秀玉致的凄美容颜,可绝尘寰,明明一副妖可惑国的狐媚容貌,却偏偏一双水眸灵透,冰雪盈盈,硬是叫她艳媚姿容中徒增高贵风华,气质脱俗!乃他生平未见!

禁不住拨动她垂坠的秀发,纤纭蓦的一惊,反手隔开他放肆的手掌,一回身间,已立在另一边。

郑子峰微微一惊,随而笑开来:"哦?竟是个带武的?"

说着,侧身上前,掌上生风,向前探去,粗壮的臂腕,便将纤柔的女子揽在胸怀,纤纭欲要挣脱开,却觉周身绵软无力,适才那一个反手,似是耗尽了所有心气,如今方一运劲,便感到胸口剧痛如刺。

这是……

纤纭眸光肃然一凝:"酥骨香!"

郑子峰又是一惊,唇角含一丝猥亵笑意:"你知道得可真不少!不错,正是酥骨香!"

他粗糙大手穿过她绵长柔发,直探她的背身,柔滑细软有若珍稀绸缎的肌肤,已令眼前

男子血脉膨胀，不可抑制，倏然倒下身去，将纤纭死死压在身体下，厚厚的嘴唇低在纤纭耳边，模糊地说道："若你依从了我，叫我舒服了，我自可救你！若是不依……"

"不依又如何？不依我便是真真的妖星临世，祸国殃民，理当处死是吗？"纤纭丝毫无惧，只暗自运息，她依稀记得，欧阳夙曾提起过酥骨香来，酥骨香无色无味，之中含有洋金花，燃烧在香炉中，烟雾便可令人力道全失，不时便会昏迷过去。

她不曾想，郑子峰竟是这等小人！

不行，自己绝不能就此昏死过去，绝不能！

"呵，淑妃娘娘，自在花园中无意见您头一面起，微臣就再也忘不了您了，我真不明白，你明明就是南荣家世女，却为什么要害你的就是南荣景须？是不是……他也垂涎你的美貌，而你不从呢？"郑子峰手上用劲扯下她素白锦裙，裂帛的声音刺入耳鼓，巨大的屈辱亦随之席卷而来。

内裙中仅剩薄透的小衣，男子升腾的欲望令她一时无措，抬眼看去，法室内高矮不一的烛台幽幽光晕迷离，离着自己最近的一台，放在地面上，伸手便可抓到，忍一时之辱，被他覆住樱唇，她紧闭双唇，他的攻势却愈发凌厉，双手更加肆无忌惮地抚弄她柔软的玉峰。

难道，自己多年的守身如玉便要葬送在这样一个小人手中吗？

她努力伸着手，微微触及那烛台一点，却无力抓住！

他湿热的唇游走在她脸颊耳际，雪肌玉肤，令人作呕的男子气息，几乎撕裂她的心肠！

没想到，自己竟会如此大意，只是不曾想，郑子峰竟可在太后指令之下如此放肆，竟连当朝淑妃亦感如此轻薄！

郑子峰身子一动，倏然令纤纭身体松弛了些，努力向右一探，终于抓住那盏烛台，用尽周身仅余的力气，向郑子峰挥去，虽只是幽弱的光火，灯烛油光与火相合，依旧燃起了郑子峰华美的衣襟！

背上吃痛，火苗攒动生疼，郑子峰豁然大惊，连忙放开纤纭，倒地一滚，纤纭立忙将裙衣扯起，覆住几乎裸露的身子，她坐立不稳，却依旧紧紧握住烛台，将半截蜡烛拔除，烛台尖利的针对向自己喉间，唇边沁着狠厉生冷的笑："郑子峰，若你敢再进一步，我……立忙死在你的面前，太后叫你用我的血发祭小皇子，若是吉时未到我便死了，想来，你亦不好交代！"

郑子峰一怔，腾腾的情欲，立时被大煞风景的女子尽数浇灭，须臾，缓缓站起身，整整衣襟，低身在纤纭面前："装什么贞洁烈女，你既是识得'酥骨香'便会知道，你迟早……会昏迷不醒！"

说着，钳住纤纭修细的下颌，狠狠甩开："到那时候，你不早晚还是我的！"

纤纭心中一刺，不错，他说的没有错！自己凭着习得那一点武功，比着平常女子坚持得久些，可是……

握住烛台的手倏然收紧，郑子峰未及反应，只见眼前金光一烁，纤纭举手便朝着白玉香肩狠狠刺去，见那力道，定然用了十成！

立烛台刺穿肩际,立时盛开妖冶鲜艳的血莲!

殷红的鲜血流淌下来,她祈望尖锐的疼痛能令她撑得久一点,再久一点!

郑子峰勃然大怒,吼道:"好,好啊! 真是个刚烈的女子,倒是对皇上忠贞不二! 哈哈,蠢女人,可惜啊,皇上又是怎么对你的! 他对你,见死不救!"

见死不救!

如此刺心的字眼! 可是……他说的都没有错!

意识迷蒙间,心内倏然凄苦一片,思及过往,种种种种,历历在目——

她所经历的三个男人,最爱的欧阳凤弃她不顾,背信弃义,南荣子修情深义重,亦懦弱不敢与父相争,终将自己亲手送入皇宫,皇帝赵昂,他的心里,恐怕只有江山天下,女人之于他又算得了什么?

不禁冷笑,眼睫渐渐沉重,耳边萦绕郑子峰蔑然的笑。

心中一定,烛台啷当坠地,用力扯下雪颈上晶莹坠子,打碎在地,一颗朱红色丹丸滚落,纤纭勉力拾起,吞入到口中!

郑子峰连忙上前,抓紧纤纭手腕,他亦怕她就这么死了,他的确是不好交代的:"你吃的什么?"

握住她手腕的手,渐渐感觉掌心冰凉,只见纤纭一双水目盈盈有光,脸色煞白如雪,双唇仿佛渐渐凝结一层白霜。

"冰魄丹,国师可曾听闻!"纤纭弱力说着,愈发凉冷的身子,抵御着来自酥骨香的灼烧感觉,如此强烈的冷,定然可驱散昏昏欲睡的迷蒙,她……坚信!

郑子峰不可置信地摇头:"不会的,不会的! 冰魄丹早已在这世上绝迹,你如何会有? 况且……"

凝了眉看她,她笑得阴凉,便似打碎在地的晶莹琉璃,令人心头俱冷。

冰魄丹他是知道的,此药为绝迹多年的强力毒药,中毒者不会立时死去,如霜雪裹身的冷意会渐渐深入到肌肤骨血、五脏六腑、四肢百骸,直至筋骨冻裂,五脏俱废,气绝而亡,乃将人折磨致死的一种毒药,丝毫不亚于任何一种酷刑,且……无药可解!

不由得心生寒意,难道,此女竟真真是妖星降临不成? 否则她的笑意怎会令人如此战栗、毛骨悚然!

寒冷入心,便不会睡去,纤纭指节已然僵住,郑子峰犹自立在当地,不能回神,却只听石门被缓缓推开,幽暗法室,豁然明亮!

"大胆,谁叫你们……"

言犹未完,便见一人长身挺立,锦袍龙腾,赫赫走下阶台,正是皇上赵昂!

"皇……皇上!"郑子峰连忙跪倒在地,他殊不料皇上竟会突地前来,平日里,他这法室便如圣地一般,便是太后亦不曾踏入过!

赵昂身后亦有一男子,墨绿色医官服,望见地上虚弱的女子,心神俱是一抖。

— 184 —

竟顾不得赵昂在旁,连忙脱下官服外衣,将衣裙撕裂的女子紧紧裹住,纤纭迷蒙目光望过去,坚强倔强的眼眸,终究滴下清泪两行!

欧阳夙,是……欧阳夙!

此时心内只有满腹委屈与脆弱,那披在身上的衣,熟悉的温度,炙热几乎可抵御那来自冰魄丹的寒气!

肩上血渍,因着发自体内的寒而早已凝结,却仍旧是触目惊心的伤痕,薄弱的细肩,竟是已被刺穿!

欧阳夙低眼在那一边的烛台上,烛台上鲜血淋漓,犹自新鲜,自可相见当时的惨烈与惊险!

心,仿佛被一只无形的手狠狠抓紧,再用力碾碎!

他想要抱起纤纭,马上离开这里,赵昂却倏地凑近身来,将纤纭揽在怀中,龙目凝聚痛悔与懊恼的光泽:"纤纭……"

震怒,令他身子颤抖,回眼望在郑子峰脸上,与那目光一触,郑子峰膝上一软,扑通倒地:"皇上……是……是要……要为此女沐浴洁身,方才可……方才可……"

"妖人!"赵昂放开纤纭,转身一脚踢在郑子峰肩头,他怒目看他,龙眸中有狂风暴雨席卷而来。

好个郑子峰,真真不把朕放在眼里,当朕是三岁孩童不成?如此小人,面对纤纭这般绝色美人,还敢说什么……沐浴洁身!

纤纭的身子,连他都未曾进犯分毫,岂容此等小人如此亵渎!

"来人,来人!"赵昂狂怒向外吼去:"将此人给朕押入天牢!朕……定要重重办他!"

赵昂狂怒间,欧阳夙将虚弱的纤纭扶好,无需诊脉,观她苍白脸庞、染了薄霜的嘴唇、和那冰凉僵冷的身子,他便可知,定是冰魄丹无疑。

疼惜的目光,令纤纭一时迷惘,欧阳夙这样的眼神,似许久不曾见到!

热泪莹润眼眶,随即便被冷意结成冰凌。

左右侍人战兢望着赵昂,却不敢动手,毕竟郑子峰乃昔太后宠臣,谁人都要敬畏三分,赵昂见状,龙目骤然如冰:"怎么?都想替他去死吗?"

侍卫们一惊,如此神色俱厉的皇上,亦是他们不常见的,两忙低身将颤抖的郑子峰押了,向法室外而去,郑子峰犹自大喊:"皇上,冤枉啊,皇上,我要见太后,我要见太后!"

声音一点点消隐,赵昂重又低下身子,欧阳夙只得退开在一旁,然而目光仍旧凝在纤纭凄美容颜上,她的冷,似乎已深入到自己心中,那样疼!

赵昂抱起纤纭,只觉她身子冷若冰霜,凝眉望向欧阳夙:"欧阳御医,淑妃这是……"

欧阳夙急切道:"冰魄丹,皇上速将淑妃娘娘带回宫中,令人尽量多的生了火盆来。"

赵昂见欧阳夙神色如此焦急,心内更有慌乱,冰魄丹,是什么?他已不及思索,连忙抱着纤纭急急向"水芙宫"奔去!

欧阳夙跟在他身后,纤纭虽是躺在赵昂怀中,眼神却望着欧阳夙,他的焦急、他的心疼,便似是人间最灵验的仙丹妙药,谁说冰魄丹无药可解?若是他一生都可用这样的眼神望着她,那么……纵是这冰魄寒毒亦会融化!

可是她却知道,那……早已经不可能了!

泪,飘零零落下,伤心欲绝!

天际飘起银亮如星的雪珠子,簌簌打在"水芙宫"静谧的奢华上,宫宇一片皑皑,殿阁深处寒意袭人。

内殿,赵昂令人升起十余个炭火盆,耀耀火芒泅红绯纱朱灯,相映明红。

纤纭躺在床上,僵冷的身子,犹若冰雕,刺骨寒意,令浑身血液几乎冻结成冰,赵昂握紧她冰冷的手,目光深切:"怎么样?很难过是不是?"

温腻的指抚上纤纭苍白脸颊,纤纭却冷冷避开了,双目紧闭,赵昂蓦地一惊,随即一股酸涩涌入心间。

她……恨他!

他知道,此时的她定然恨透了他!恨他的软弱无能、恨他的熟视无睹、恨他的见死不救,几乎断送她的性命。

"朕知道,你怪朕。"赵昂缓缓收回手来,深切目光逐渐哀凉:"可是……那样的时候,朕有朕的无可奈何!"

被他握在手中的手猛然抽出,她不想再听他说下去,更不想……睁眼看他!

她想要看见的人,不是他,她想要的温暖双手,不是这一双。

她犹自颤抖,赵昂的眼神却凝结似冰。

双拳紧紧握住,仿佛是握在了心尖上,尖锐的疼痛!

不错,她理应恨他,狠狠地恨他!

想来,若非欧阳夙进谏自己,极力要求验看小皇子尸身,查明乃注入过多贝母[2]汁液而至喉咙肿胀窒息而亡!此定是人为无疑,而当时人人皆去兰淑媛处贺喜,唯纤纭留在水芙宫一步未出!

赵昂豁然起身,牙根紧咬。

"朕,定会给你个交待!"一字一句,溢出唇齿:"欧阳御医,可需要帮手?"

欧阳夙默然摇头:"不需要!"

他的声音冰冷阴沉,眼神肃然如冬。

只道江湖之人,自有几分秉性,赵昂点头,一身锦袍抖落寒意万千:"好!那么一切便拜托欧阳御医了!"

说着,甩袖而去,精锐龙眸厉生生望在内侍身上,目光狠绝:"摆驾'凌华殿'。"

凌华殿!

侍人一时未能回神,如此深夜,想昔太后已然睡下,极尽孝顺的皇上怎会如此?

犹豫之间,被那一双冷眸瞪住,拂身而生凛然寒气,连忙趋步跟了,满殿耀亮红火灿灿,熏然暖热便遗留在身后。

欧阳凤连忙夺步床前,只见一滴泪滑过纤纭眼角,瞬间成冰。

欧阳凤心中一痛,立忙吩咐一边的芊雪与莓子:"快,快再去加些火炭来。"

整个水芙宫已被红光染亮的殿宇,一阵阵熏热气息袭身而来,蒸蒸如笼。

莓子略一犹豫:"欧阳御医,再多……只恐怕浓烟不去,难以……"

"快去!"欧阳凤将锦被紧紧裹在纤纭身上,声音似有微微抖动:"芊雪,再去取些床被来,将水芙宫所有床被全数拿来。"

芊雪望着他,他的眼神惊恸纠结,尽皆凝在寒正蚀骨的女子身上,未曾抬眼一分,整整一夜,皆是如此,他的目光……从不曾在她的身上停留半刻!

她默然去了,回眸之间,是他满目焦急!

大哥,若此时躺在床上的是芊雪,你可会有这般彻骨的心痛?

耀亮的火焰,滚滚如洪的炽热,在十余个炭火盆中肆意翻滚,炙烤着欧阳凤纠缠的心扉,他额间渗出涔涔汗珠,滴落在纤纭冰凉的眼睫上,染了白霜的墨睫轻微一颤,便缓缓张开,凝冰双眸淌下温热泪珠,四目相对、痛心凝望,刹那间,如火如冰、如梦似幻,他的凝望,便是温热她周身的火,又是冻结她心意的冰!

"纤纭……"他突地心痛如绞,望着女子苍白面色如若冷雪浇灌,夺了胭脂绝美的娇红,周身颤抖如剧,唇上寒霜成尘,薄薄白霜下是赫然发紫的嘴唇,他几乎痛断了心肠,那种蚀骨裂心的痛,他终于懂得了!

他轻轻握住她的手,却只是唤她:"纤纭……"

纤纭不语,只默然流泪,这双手,方才是她想要的温暖,方才是融化她周身寒意的热流,这一双眼眸,方才是她想要的关切,方才是抚慰她伤口的良药。

身子越发冷得刺骨,颤抖加剧,彻骨森寒汹涌而来,厚被裹身,仍是忍不住颤抖痉挛!

欧阳凤一惊,连忙将她抱起,将厚重锦被牢牢裹紧,拥着她,摩挲她的肩背:"纤纭,定抵过这一遭才行!"

冰魄丹,本是疗伤圣药,因它独有的寒气,逐渐变作至阴毒药,欧阳凤便再不曾炼制,却不想纤纭竟随身带了它!此毒,无药可解,除非以意志抵过那伤及五脏的至阴绝寒,方可保命,然若不能……

欧阳凤不敢再想下去,只紧紧地拥住她。突然,很害怕她变作窗外的一片雪花,消融不见!

纤纭靠在他温暖肩上,虚浮地笑,低在他的耳边:"我说过,我……为你而冰清玉洁、守身……如玉。"

臂上力道更紧,欧阳凤声音哽咽:"你会死!"

他的胸怀起伏而滚热,是烫在她心上的炭火,纤纭淡淡微笑,颤抖的唇,声音却柔润:"我不在乎!"

红艳的炉火映不红纤纭苍白脸色,她的一言一语、一字一句,都好似落在欧阳夙心间的冰雪,她的声音明明若碧水幽湖,明明是暖春骄阳,却怎么竟寒透了他的心!

欧阳夙眼中波光重影,一滴泪流落她如墨秀发,轻轻支起她的身子,与她目光深深相对,四目交结,恍若梦中,一眼,仿似一生那么长。

"可是……我在乎!"唇齿间是如丝如煦的暖阳,映着腾腾灼烧的炭火,目光里却难掩哀凉,他望着她,望着她蓦然泪落,望着她眸若隔世,她颤抖的、冰凉的指尖抚上他俊毅脸廓,触肤冰凉,是她这许多年,伤寒的心吗?

她哀哀地望着他,一言不发,泪意却如水如洪、似涛似浪,划过凝霜的红唇。

他如此温切的凝望,如此动情的言语,如此深切的悲伤,依稀皆是梦里曾见,可此时此刻,竟无语凝噎!

欧阳夙目光疼惜,顾怜地抚着她冰凉脸颊,吻落她眉上寒霜,她缓缓闭目,热泪淌淌,欧阳夙的唇薄而柔软,有暖意横生,腾腾炭火炙热在纠结的心里,那至阴绝寒,便冰霜瓦解,纤纭闭目,他的唇在眼睫上吻过,融化她睫羽冰凌、吻干她萧瑟苦泪。

由心而生的悸动,令热流滚达心间,撕心裂肺的冰寒,变作滚滚而来的火热。

他吮干她冰凌似的泪水,贴着她刺骨冰寒的脸颊,点点融化她身上结起的淡淡薄霜。

"好些了吗?"他试图温暖她,炙热的男子气息拂在纤纭鬓际,落在唇边。

她仍瑟缩不止,浓墨睫羽仍旧挂满冰凌:"好冷……"

欧阳夙疼惜的望着她,他的呼吸近在咫尺,犹疑之间,将她颤抖的、凝满冰屑的唇含在口中。

她的冰凉、他的炽热,她的动容、他的情不自禁!

三年、九年、十二年!

曾纠结在心的几个年头,在彼此纠缠的唇瓣间流淌,压抑许久的情愫顷刻变得无法阻挡!

她的笑、她的泪、她的绝望与悲伤霎时穿过脑海,赫然发现,这许多年,他竟负了她这么多!

纤纭,原谅我,给我机会弥补你、爱你!

"纤纭……"他迷蒙地轻唤,在啄吻间微哑,她轻声应了,泪水不绝,寒冷,似不再那般难以忍受!

一双眼睛在殿阁外炙热、燃烧、崩溃!

锦被在手中攥紧,转身而去!

随而殿外传来匆急的脚步声,欧阳夙连忙放开纤纭,令她躺好在锦床上。

只见莓子匆匆跑进来,与喜顺一起添加着盆中炭火。

欧阳夙坐在床边,纤纭唇际带笑,他的手探进锦被中,握紧她的手——纤纭,你定要挺过这一关去!

殿外有轻缓的脚步声,徐徐而来,欧阳夙抬眼看去,握着纤纭的手一滞,看芊雪拿着两床厚重的锦被,走近床前,欧阳夙伸手接了,芊雪的目光却始终不曾与他相对。

他蓦地一叹,此时并顾不得许多,只将棉被盖紧在纤纭身上,逐渐加剧的炭火灼烧,令他额上汗渍涔涔渗出,热气早已令衣襟湿热一片。

纤纭虚弱地望着他,疲累的撑着眼睫,她恐怕适才不过只是梦一场,梦醒了,便再也不见了他温柔的眼光。

她的眼神,他是懂得的,他冲她微微一笑:"好些了吗?"

她点头,颤抖亦不似先前那般剧烈:"许是我功力终究不行,那冰魄丹总也炼制得不够好。"

莓子与喜顺自不懂二人言语,芊雪却是一怔,双手紧扣!

冰魄丹,欧阳夙独门伤药,在她家养伤时,他曾用它来抵御火烧火燎、深入脾肺的创伤。

她咬唇,转身走出殿外,夜风凛冽,割破春宵,她靠在水芙宫精雕的宫柱上,身子突地虚软无力!

…………

(1):伏灵:金星之精的妖星。金星之精的妖星分别是:天杵、天拊、伏灵、大败、司奸、天狗、天残、卒起。

十五　音尘绝

晶帘一片伤心白，云鬟香雾成遥隔

夜深沉，诡异的寒。

凌华殿，寝阁内，昔太后一身锦袍随意披了，仰靠在躺椅上，隐有不悦："皇上何事非要半夜来说？可是为那妖女求情？"

赵昂挺然立着，眉目幽寒："母后容禀，适才御医欧阳凤向朕进谏，言祸国妖女一说实在荒诞，出于医者探寻之心，向朕请求验尸，结果……"

昔太后眼神一滞，闻赵昂语声肃厉："结果，小皇子乃被人下了贝母之毒，窒息而死，此乃……人为！而绝非什么天意示警，更非什么妖星临世！"

"你这是在指责我吗？"昔太后腾地坐直身子，苍老的眉眼凝着怒意。

赵昂垂了首，语声依旧沉沉："不敢，只是恨那郑子峰妖言惑众，祸乱朝纲，望母后日后可认清了此人……"

"住口！"昔太后站起身来，瞪住他："你何敢如此污蔑国师？若是惹怒神灵，天降灾祸，你身为一国之君，可担待得起吗？"

"母后。"赵昂抬眼，凝眉道："郑子峰他行为不端、无耻下流，实乃小人一个，当朕赶到他法室时，已是满地狼藉，沐淑妃衣衫凌乱，肩头被烛台刺得鲜血淋漓，更是为保清白服下毒药，如今生命垂危、奄奄一息，如此小人，利用母后信任，竟敢对当朝淑妃做出如此下流勾当，岂是善类？所谓祸国，怕非妖女，而是妖人！"

昔太后身子一震，望赵昂眉眼凝冰，肃然凌厉，着实一颤！

赵昂，自笑恭谨孝顺，从不曾与自己如此大声地讲过话，这般声色俱厉更是不曾！

且不说他所言是真是假，单是为一女子而如此癫狂，便令她燃起满心怒火。

"哼！你是说……我年老糊涂，是非不分了？"昔太后一语尖刻，不容赵昂反驳，便重重坐下身去，冷笑道："衣衫凌乱？呵，如此狐媚的女子，谁道她不是为了保命而存心勾引？或是在皇上面前装出可怜兮兮的样子来？休要说什么伤痕鲜血，苦肉计，想必皇上不会没有

听说过吧？"

"苦肉计？"赵昂沉下口气，暗自隐忍："母后，试问苦肉计可会连命一同搭上？"

昔太后一怔，赵昂甩袖，沉声道："郑子峰，这一次……朕一定要重重办他！"

"你敢！"昔太后复又起身，苍眉挑起，怒意横生。

赵昂冷然一笑："母后，儿臣已然亲政，朝中大事，便不劳母后多费心了！"

言毕，转身而去，昔太后颤颤抬首，直直指着赵昂远去的背身："放肆！放肆！为了一个妖女……你……"

几乎气结，跌坐在躺榻上，向来不着喜怒的眉眼，此刻不复，她大口喘气，着了岁月风霜的眼角紧凝——好个沐淑妃，竟将从来乖顺的儿子，变作了另一个人！

昔太后平一平气，攥紧双拳，思绪纠缠间，唇边却漫起一丝冷冷笑意。

哼！皇上，我的儿，只怕你要杀郑子峰，也不是那么容易！

※

阴牢，潮湿、黑暗、诡异，寂静如死！

深牢铁锁啷当作响，惊破黑暗。

牢门开启，落进光亮几许，随而灯烛燃起幽幽弱弱的火光。

郑子峰侧头看去，只见一人身形高大，挺拔魁梧，幽火在脸上明灭无度，那眉眼却分明清楚。

"南荣将军？"郑子峰站起身，并无惊讶："南荣将军可未曾与我说还有这牢狱之灾！"

"哼！谁叫你色胆包天，连当朝淑妃都敢碰！"南荣景须侧过身子，阴暗的牢房中，神情不明。

郑子峰嘿嘿一笑："呵，南荣将军，要么名门之后就是不同，你南荣家世女，果然天姿国色不可方物！说起来……"

眼眉一挑，故意放低了声音："说起来，你南荣将军这样与她过不去，可也是得不到的，就毁掉她！"

"哼！休将我与你这等小人相提并论！"南荣景须低吼，转身怒目望着他，郑子峰一怔，随即笑道："好，好！可是南荣将军，如今又如何呢？看来皇上是真真心爱淑妃，我入朝多年，都未曾见过他那样愤怒的脸孔！"

南荣景须扯唇一笑："血气方刚的年少君主，遇到色可倾国的绝美佳人，难免失控！"

"南荣将军失控不要紧，可郑某的性命……"郑子峰瞪住他，审视着他脸上一点一滴的细微变化。

南荣景须冷冷一哼："你放心，你……我还用得着，不会叫你死的！"

"哦？"郑子峰略微松下口气，挑一挑眉："那么不知南荣将军此来……"

南荣景须走近两步，虽是牢室无人，仍旧低在郑子峰耳际，低声言语，郑子峰仔细听着，脸色一点点凝聚，再一点点疏朗，南荣景须言毕，定凝地看着他："懂了吗？"

郑子峰不禁摇首，显然惊讶于南荣景须的一番言论："果然不愧是南荣将军！这样的主意，也想得出！只是这么大的动静不会出纰漏吗？"

南荣景须甩袖，回身道："你只管做你该做的，旁的事情无需多问！"

郑子峰便不再言语，只是微微冷笑。

牢室暗沉的幽光，火苗嘶嘶，映着南荣景须森然阴枭的脸："这一次她若仍不死，我便算她福大命大！"

※

冷雪扑窗、落花满地，落了整夜的雪茫茫如雾、悉索如雨，水芙宫寒梅傲立，异香清寒，梅枝随风飘摇，抖落一树纯白，胭红梅花如锦，沁雪冰凉，梅树凛然，临霜成林，雾蒙蒙的天际透露一丝晨的寒气。急匆匆的人，衣衫单薄，踏雪而来，进入到殿中，只觉扑面而来的热流令人窒息，憋闷的气息立时将身上寒气冲散。

莓子与芊雪闻声而来，忙拜倒施礼："参见皇上。"

赵昂免去，急步向内殿走去，但见火炭的烟将内殿缭绕成灰雾一片，他连忙走到床边坐下，纤纭面色薄霜已去，只是嘴唇依旧深紫，厚重的锦被盖在身上，探手抚她脸颊，依旧冰凉一片。

纤纭似有一惊，猛地睁眼，望见赵昂，眼底一片冰霜。

赵昂莫名一凛，轻声一叹："还在怪朕吗？"

纤纭不语，只将眼光向殿口望去，他呢？太过疲累，自己只是睡去了一忽，怎么睁眼看到的却是赵昂？

他去了哪里？难道昨夜……果真只是残梦一场？

泪便溢出眼角，她从不觉得自己是脆弱的女子，却不知为何，一切关于欧阳夙的，便会令她伤在五内，脆弱不堪！

赵昂轻轻抹去她眼角泪水，只道她是委屈："你最近流了很多眼泪。"

纤纭犹若未闻，体内寒气仍旧淙淙，如细流随血液波动，冷在心底，身子便由不得颤抖，赵昂一惊，忙道："纤纭，怎么了？"

她只是流泪，不语。

"纤纭……"赵昂拂过她冰凉的脸，被她冷冷避开，赵昂的手滞在半空，修眉凝聚。

殿外有沉稳的脚步声，赵昂将手收回，回眸望去，只见欧阳夙一身青衣便服，手端药碗，走近殿来，见了赵昂，低身拜倒："参见皇上。"

纤纭空洞眼神终有光芒掠过，依稀可见曾璀璨如星的至美双眸，赵昂免去他的礼，望一眼他手中汤药："淑妃的药？"

欧阳夙点头："是。"

赵昂伸过手，眉心凝结："拿过来。"

欧阳夙略微一怔，将药碗递过，赵昂轻轻吹着："朕来喂你。"

本焕起一丝光彩的眸光倏然暗淡,冷冷望着赵昂,双唇紧闭,白瓷勺中的药汁滴滴滑落唇角,赵昂忙以袖拭了,望纤纭目光似雪冰凉,眼中泛起丝丝黯色:"你要如何才肯原谅朕?"

纤纭轻轻闭目,仍旧不语。

殿内几乎燃尽的炭火,仍有残存的温度,可是为什么,她的心,竟是这样凉无温度,从不曾有过些许动容?

赵昂倏的站起身,端着药碗的手微微颤抖:"来人!"

芊雪急匆匆跑进殿来,立在欧阳夙身边:"皇上。"

赵昂递过手中药碗,沉声道:"伺候淑妃用药!"

芊雪接过药碗,望欧阳夙一眼,欧阳夙眉目平和,幽邃双眸波澜不兴,倒是赵昂眼中风雨大作,兀自攥紧了双拳:"纤纭,我定将那郑子峰的人头拿来见你!"

甩袖而去,匆急的步子,几乎踏散了水芙宫浓弥的炭烟。

欧阳夙望着,默然一叹。

纤纭若想,便果真是足可倾国的女子!

"你出去,我不用你伺候。"纤纭微微颤抖的声音令欧阳夙回过神来,欧阳夙修眉微蹙,望向床边立着的芊雪,芊雪咬唇,低低应了一声,转身,对上欧阳夙深俊的眸,潸然泪落。

将药碗递在欧阳夙手中,低眼跑出殿去,欧阳夙回身而望,却听身后一声低吟,转眼,只见纤纭勉力撑起身子,臂上一软,几欲倒去,欧阳夙连忙夺步上前,扶稳她,纤纭举眸,潺潺星目,光影错落,映照着他焦急的影子。

"小心些,你虽抵御了寒毒,却仍有寒气在身体里尚未褪尽,若是一个闪失,极容易受伤。"欧阳夙扶着她的肩,缓缓坐在她的床前,纤纭却只是不语,目光盈盈,痴恋地望着他,欧阳夙略略低下眉去,搅动药汁,柔声说:"把药喝了。"

纤纭接过他手中药碗,不由他说,一饮而尽,欧阳夙凝眉,担心道:"慢一些,别呛到了。"

饮尽药汁,将空落落的碗放在床边,墨如蝶翼的眼睫眨动眸中淡淡流光。

欧阳夙轻声一叹,看向殿口:"纤纭,不要再那样对芊雪,她同你一般,是个可怜的孩子。"

"我不是孩子!"纤纭身子仍在微微抖动,欧阳夙忙为她裹上锦被,唇角却轻抿一笑,他知道,从小,纤纭最讨厌自己说她还是个孩子!

"纤纭……"

未及言语,便有冰凉触感印上薄唇,欧阳夙略微一怔,纤纭手臂已紧紧拥住他,她眼目微怅,轻轻闭着,落在欧阳夙唇上的吻温柔清甜,好似春水漾过心头,又似雪水遇火消融,她拥着他,吻住他,以纤巧的舌尖与他情意交缠,欧阳夙启唇回应,收尽她的柔软、她的香甜。

是真的,昨夜的一切都是真的!

他没有推开她,没有拒绝她,他迎合着她,吮吻着她,紧拥着她!

纤纭泪水零落,吻着他的唇亦微微抖动。

欧阳夙轻轻推开她,望着她泪光流动的眼,微微一笑:"纤纭,别再任性,对芊雪……"

"我们不要说她！"对于芊雪，纵是此情此景，纤纭心中亦是莫名酸涩，隐有介怀。

欧阳夙微微沉默，执起纤纭的手，幽然地望着她："纤纭，你曾说过，可以劝你不要任性的人，只有欧阳夙，对不对？"

豁然忆起三年前的一幕，那一天，她热烈表白，他冰冷拒绝，说他只是欧阳叔叔！

思及过往，竟恍若昨日，三年过去，欧阳夙依然风采俊逸，眉眼如刻，果真是气度不凡的男子，不因岁月而消减了风姿，不因尘埃而沾染了眸色，他的眼神依旧，目光如昨！

纤纭点点头，似乎在他的面前，她便不再是自己！

不再咄咄逼人，不再傲然凌厉，她只是他怀中的小鸟，是乖顺柔弱的女人。

欧阳夙微微一笑："那好，那就试着好好对待芊雪，好不好？我答应过她的父亲，要照顾她！"

纤纭靠在他的肩上，依旧不愿："我嫉妒她。"

欧阳夙轻抚着她凉冷的背，为她摩挲升温："她只是一个小妹妹，比你还要小上两岁，我与她……"

"你们……不是有终身之约的吗？"纵是此刻正在欧阳夙怀中，纤纭仍不免心酸，她承认她小气，她不能接受，她如此深爱的欧阳夙，与别的任何女人有所牵扯！

欧阳夙一怔，许久，方道："那个约，当时……也是不得已！芊雪父亲为了掩护我们而死，将芊雪托付给我，也许芊雪她也是无奈吧。"

"她无奈？"纤纭直起身子，幽幽望着他："你实在低估了自己的魅力！"

说着，在他唇边轻轻一吻："她可以叫你大哥，她提起你，眼睛里是如我一般的光芒。"

略一思量，又道："不，她及不上我，这个世上没有人比我更爱你！包括你自己！"

欧阳夙不由心中一热，此时此刻，他已丝毫不再怀疑，纤纭为他，的确付出了太多太多！

"你们……"

突地，一女子声音挑破四目交接的缱绻，二人一惊，回眸看去，脸色俱是大变，欧阳夙放开纤纭，不由站起了身来！

"红绸！"欧阳夙轻呼一声，随而平静地看着她。

殿内炭火已然燃尽，唯余淡淡火炭烟气，红绸走近床前，眉峰稍稍挑动，丽色美眸有质询责问的意味，欧阳夙敛眸，容色分毫无动，蓦的忆起三年前红绸以命相逼的情景，心内一阵感慨。

若无这三年的曲折，也许纤纭便不必受今日之苦！

竟有一些自责在心中萦回，红绸望着他，容色渐渐凝紧："欧阳夙，我说过，别再回来！"

欧阳夙淡淡一笑，薄唇如刃："我也说过，我不会再离开纤纭！"

纤纭转眼望向他，正与他深情深情目光相触，瑟缩的身子，由心透出丝丝暖意——这一次，是真的，是不是？

红绸扭过身来，静静肃立在欧阳夙身前，以极深沉的声音与嘲讽的口吻对着他："欧阳

凤，你三十有五，年纪足已为她叔伯，你自小看她长大，更有师徒之名，哼！难不成你与我相见之后，便有了这样的心思？"

极尽讥讽，欧阳凤却依旧一派淡然，他踱步到纤纭身边，低眸怅然的望着她："我曾用这样的理由，拒绝了纤纭许多次，更在自己心里拒绝了自己千百次，可是……"欧阳凤目光如水，温脉如春，映照纤纭冰雪双眸："当有一个女人，她肯为你而生，为你而死，这许多年来，情意不移，能忍受的，不能忍受的，她俱都忍下了；为了你，她富贵荣华皆如土，锦衣玉食都是空；为了你，她一次又一次地错失人生际遇，一点又一点地消逝青春年华；为了你，她冰清玉洁、守身如玉，为了你，她以泪洗面，肝肠寸断。红绸，我是一个男人，我有心，我能骗你，能骗纤纭，可我终究骗不了我自己。三年前，你以死相逼，我亦认为纤纭许只是一时冲动，我走了，她便会有她自己的人生，过你所谓正常的日子，可是，她没有，她不快乐，她折磨自己，她更加痛苦，那么三年后的今天，我……不能再离开她，即使你横刀立即死在我的面前，我……也不能！"

纤纭水眸泪意潆潆，怵然惊动的眼，转望在红绸红白叠错的脸上，她不可思议，不能置信，她等了三年、盼了三年、怨了三年，却原来……什么也不知道！

三年来，她一直心恨欧阳凤的狠心离弃，一直怪他背信弃义、不守信用，可是……她没有想到，三年前的那一天，自己便早已在红绸的精心设计中，三年来，她骗她，她无数次地说起欧阳凤的狠心与绝情，却不曾想……

心内纠缠如窗外飞雪，漫漫落成雪幕。

"姨娘。"纤纭霜冷的面容且惊且惑，语气平静而又波澜暗在："这可是真吗？"

红绸脸色微微涨红，却只一瞬，便已面不改色："不错，可是纤纭，我是为了你好，你并不爱他，你只是依赖他，只是……"

"我可以为他死！"纤纭毅然打断她，目光在欧阳凤脸上凝留，款款柔情如是，望得人心意迷乱。

红绸面色略微一滞，随而冷冷一笑："为他死？哼！沐纤纭，你说你爱他，可是……你了解他多少？他的过去你知道多少？他有没有爱过人，又被多少人爱过？你可知道，翩翩俊逸、风度悠然的'毒圣'欧阳凤当年的风采？有多少女人为他伤心欲绝？有多少女人为他望断风月，甚至包括……"

"红绸！"欧阳凤赫然打断她，肃然眉目被缭绕的烟气熏得凝重。

红绸挑唇，尖锐地望过来，纤纭望着二人，语意冰凉："包括谁？"

眼神在红绸脸上冷冽扫过，目色盈霜："你吗？"

红绸漠然一笑，却笑得哀凉："我？我红绸此生除了你爹，从没爱过任何人！"

爹！好似一柄至寒冰刃被一个字融做泱泱雪水。

纤纭心底一痛，绵针似的疼痛游走在身体里，暗暗垂下了眼睫，欧阳凤见状，不禁沉了声音："红绸，你一定要这样吗？"

"这话该我问你才对！"红绸豁然转眸，紧盯在欧阳凤脸上："欧阳凤，你定要做出如此下作之事吗？"

下作！如锥字眼刺进欧阳凤耳鼓，清逸容色有微微凝冻，曾经，他亦有过如此想法，他亦认为若接受了纤纭的爱，便是天大的罪孽。

她，是天界瑶池凌傲的骄女，是凡尘世间不染的绮莲。

他的心中，她完美无比，岂是自己能够沾染？

可是如今，看着她一点一点憔悴、一点一点枯萎，一点一点折磨着自己，凌迟着自己，他才真正看透，她，不过是林间溪里一片孤零的落花，是雪地风霜一支娇脆的寒梅，她美得飘忽迷离，却不堪一击，她需要的是温暖、是呵护、是支撑！

欧阳凤垂眸，无奈道："随你怎么说吧。"

红绸一惊，随而平复，这许多年来，她亦是了解欧阳凤的，欧阳凤为人洒逸，不流俗世，从不在意别人于他的评价，更不在意功利虚名，他虽号称"毒圣"，心思却是细腻而沉稳的。当年，他便反对报仇，而纤纭对他言听计从，这才不得不令她出一下策，以命相逼，逼走欧阳凤，现而今，他们这样的关系，只怕欧阳凤更加不会令纤纭只以报仇为己任！

不！不！事到如今，怎可半途而废！

红绸紧攥袖管，心中百转千回！

"淑妃。"

正自犹疑，莓子急匆匆地跑进殿来，拜身道："禀淑妃，皇上命人传话，立时将郑子峰带到水芙宫来任您处置。让您准备下。"

纤纭一怔，带到水芙宫来？她望向欧阳凤，实在不解，赵昂此举何为？水芙宫乃宫妃所居，岂是旁人随意可来的，而赵昂即使要处置郑子峰，以表决心，也断然不用如此！

纤纭示意莓子下去，凝眉思索，红绸却在一旁冷冷笑了："哼，你们……是没有结果的！"

她眼神轻挑，唇边扯住紧致笑纹："淑妃娘娘！"

一句，乍然脑海，如雷电轰鸣在心里！

欧阳凤亦是一惊，与纤纭目光相对，方一触动，便冷了心眸，四目萧条凝视，忽地，落寞至极！

淑妃娘娘！

四个字，沉重如石，冰寒如刀，刺进两颗柔软的心中。

仿佛被彼此迷住了心志，这两天，以为这水芙宫便是三年前的胭脂楼，以为这华丽内殿，便是那竹木素屋，全然不曾记得，人是……物已非！

如今，纤纭已是大瀛朝皇帝亲册的淑妃！是一国之君最宠爱的女人！

而欧阳凤亦是御前侍君的御医！

她是君，而他是臣！

殿内静极，唯有横风扫过窗棂，呼啸而来的寒意，驱散原是熏热的暖气。

纤纭泪已干涩,望着欧阳夙紧紧凝蹙的眉,心内顿生忐忑。

他在犹豫吗?他在动摇吗?

如今,已是自己配不得他了,是不是……

寒意未退的身子,僵直在锦床上,绯纱静静垂着,如死水!

她想要伸手抓住他,却怎么……动弹不得?

※

纤纭拖着虚软的身子,勉力起身,裹了帛锦丝棉宽摆裙,披一件纯白羽毛丝绣披,松松挽了发髻,只以一支胭脂牡丹斜插,周身再无他饰。

苍白面色点了薄脂,凉唇傅了淡彩,一双水眸意韵幽幽,只是那眉间愁绪如丝,缭绕不去。

红绸的话,萦绕在耳际,欧阳夙低眸凝思的神情徘徊在心里。她突然很害怕,害怕这偌大的奢华宫阁,她举目而望,水芙宫翠栏朱雕、碧彩嫣然,庄雅中有隐约脂粉的柔腻,柔腻中又有几分深沉的庄雅,却看得人心头陡然冰凉,她只怕,这座宫阁,将是她永远走不出去的禁锢,将是锁住她一生的牢笼!

即使,她报了仇,即使,欧阳夙依然等在她的身边,可是,想起赵昂那双深不可测的眼睛,心头便有冷冷寒意,驱之不去!

想着,殿外有纷杂凌乱的脚步声,来人似是不少。

纤纭起身,缓步走出内殿,但见殿堂外,一行人浩浩荡荡,纤纭一惊,只见赵昂步履匆急,眉意深深,可是,来人却不止他与郑子峰,昔太后、皇后及严阵以待的数名侍卫呼啸而来,如席卷入殿来的冷风残雪,令纤纭身子不禁一瑟。

一行人在水芙宫偌大的殿堂内站定,纤纭敛了心神,盈盈拜倒:"参见太后、皇上、皇后娘娘。"

昔太后眉也不抬,缓缓落座,身边皇后静静立在身边,而赵昂剑眉如霜,面色凝重地立着,郑子峰更在太后身边谄笑殷勤。

纤纭隐有不好预感,望向赵昂,赵昂眉眼低沉,幽深的黑眸,却望不出些许意思,终究是无心之人,不若她与欧阳夙的默契。

"淑妃,你可知罪?"昔太后一句严厉而冰凉,纤纭略微一怔,那件事,不是早说清楚了?不是说欧阳夙查到了小皇子真正的死因,害人者乃郑子峰吗?

她凝眉望向赵昂,赵昂深深一叹,双拳握紧!

"何罪之有?还望太后明示!"纤纭静声道,身上纯白羽毛被拂进殿来的风,吹得颤颤,她感到略微的冷。如此一来,心里到明白了一件事情,难怪要来水芙宫,看来不是赵昂要来,而是昔太后兴师问罪来了!

昔太后冷冷一笑,容色却无动分毫:"你教唆皇帝、魅惑君主、诛杀忠良,自古后宫不干政,还不是罪吗?"

纤纭蓦然失笑,冷声道:"好个魅惑君主、诛杀忠良!太后自古后宫不干政,那么皇帝既已亲政,却为何杀个当杀之人,太后您……却要横加干涉呢?"

"放肆!"昔太后倏然站起身来,容色中终有一分薄怒:"好个伶牙俐齿的妖女,皇上,你看到了吧,听到了吧,这等女子,目无尊上,桀骜嚣张,岂能留在宫中?"

不能留在宫中,莫名的,纤纭心中竟有一分希翼的光辉瞬间而过。

不知为何,若是太后就此将她逐出了宫去,她反倒有释然的轻松!

只是,她知道,一切远没有那么容易,那希翼也便只有一瞬罢了。

赵昂再不能隐忍,上前道:"母后,去天牢处死郑子峰乃儿臣主意,与沐淑妃无关,郑子峰妖言惑众、祸乱人心,理应处死!再者,难道母后不想找出真正杀害小皇子的真凶吗?"

咬牙切齿,眼光在皇后身上扫过,皇后蓦的一凛,转瞬平淡。

昔太后略微一思,随即暗了脸色:"一桩归一桩,皇上,天意不可违,若是逆天而行……"

"母后,若小皇子果真是被人害死,又怎是两桩事?"赵昂微怒,瞪住郑子峰:"此人难逃干系,又如何能够轻易纵容!"

"皇上!"

"母后!"赵昂不容昔太后言语,豁然夺步上前,站定在郑子峰身前,冷目望着他:"朕……不会放过你!"

赵昂眉眼如刀,犀利穿心,郑子峰心内陡然生畏,惊恐跪地:"太后,太后啊,臣所言句句属实,此女留在世间多一天,便对我大瀛朝百姓多一天祸害!臣以性命发誓,天象所表,淑妃便是妖星伏灵降世,便是……"

"住口!"赵昂抓紧他衣领,森然望着:"朕……杀定你了!"

说着,向左右盼咐:"来人,将此人押回天牢。"

手上用力,将郑子峰推到在地:"朕给你三天时间,若不说出小皇子为谁人所害,你受谁指使,便是谁人说情,朕……也杀定你了!"

句句凿凿,字字惊心,郑子峰真真感到身子一瑟,随而望向太后:"太后,臣所言句句是实啊,祸国妖孽不除,天下必有大祸!"

撕心裂肺的叫喊,到似果然是真,声音凄厉,直透殿宇!

"皇上!"太后上前一步,赵昂袍袖一甩:"母后,适才您说……后宫……不得干政!"

太后豁然怔住,愣愣地望着眼前男子,从来孝顺恭谨的儿子,此时森森如临风青松,百折不挠!

"太后,太后……"

龙威之下,两旁侍卫亦不敢怠慢,郑子峰被拖着出去,可那嘶鸣的吼声仍旧不绝于耳:"太后,臣冤枉,冤枉啊,臣对天发誓,妖孽祸国,天下必乱!十日之内,京城必有瘟疫,天谴啊,天谴,妖女不除,必遭天谴啊!"

喊声萦绕水芙宫,久久不散,听者无不感到心头震动,犹若斧凿。

人人面面相觑,皇后更惊在了当地,这样的赵昂,她亦不曾见过!

赵昂背着身,冷冷道:"母后累了,请回吧!"

昔太后肃然眉目凛凛瞪在纤纭身上,唇齿切切:"皇上,我劝你莫要一意孤行,然若真真应了天意……"

"自今日起,若有人再敢散步妖言蛊语,扰乱民心,便以妖言惑众之罪论处!"言之赫然,掷地有声!

昔太后心中一颤,几乎站立难稳,皇后连忙扶住,阴森森的目光刺在纤纭身上,纤纭面色如常,无惊无喜,好似这一切与她全然无关!

拂袖而去,心意却是难平!

昔太后的眼神看在纤纭眼里,她隐约感到,此事,不会这般便结束了!不知怎么,向来强韧的她,最近竟常常感到害怕!

凉冷的身体,突地虚软至极,眼前晕眩,向后倒去,忙被一双手稳稳撑住!

"纤纭!"赵昂温润地望过来,眼里似乎从不曾有过适才的狂风暴雨。

纤纭略略静一静神,挣脱开他的怀抱:"我没事。"

赵昂凝眉:"你还是不肯原谅朕吗?"

他纠结眉眼,早淡去了适才的愠怒,换了无奈叹息,纤纭望着,想到他刚刚的尽力维护,心内多少感激,若非他这一次,不再对太后唯诺,恐她再是强韧,以她现在的身子,也是撑不下去了!

想着,微含笑意,声音却仍旧是凉的:"不,我只是累了。"

赵昂扶住她,关切道:"那就快些休息去,欧阳御医怎么说?可有大碍吗?"

纤纭缓步走回内殿,内殿,终是温暖些的,她轻轻靠好在床上,方道:"没什么大碍,只是日后受不得寒。"

赵昂闻言,握住她纤腻的手,但觉凉意袭人,冰冷如霜,眉间一蹙,道:"这样冷,还说没有大碍?要不要多请些御医来,一同商榷?"

"不必了!"纤纭连忙道,眼中急虑几许:"旁的人,我信不过,欧阳御医来自民间,为人又是淡薄,自与这朝中后宫无甚瓜葛,还可信任。"

赵昂低了头,叹道:"是啊,便说这小皇子一事,怕心有蹊跷的不止欧阳御医一人而已,其他御医却只说不明缘由而已,唯有他,诊治出了贝母之毒!"

纤纭略略平下心,道:"皇上,小皇子一事,您以为如何?"

赵昂眉一拧,顿时敛去了温柔神色,被肃厉覆盖:"哼!还能如何?想也知道,必是南荣家连同皇后所为,可在后宫中以如此迅捷速度毒害小皇子的,除了皇后还能有谁?南荣家野心勃勃,却无奈皇后无宠亦无所出,见兰淑媛怀孕,自然早有部署,况且此次,又可借此来打击了你,可谓一举两得!"

不由心惊,她到未曾想过这么许多,她也道是南荣家所为,却不曾想,皇后一介女子,亦会对一个才出生的孩子下此毒手,看来,自己的心终究不够狠!

"我总是感觉,此事不会就这么过去……"纤纭莫名忧虑,愁绪凝在眉心。

赵昂望着,伸手抚平她眉间纠结,淡笑道:"你不必担心,一切有朕,朕今日如此顶撞母后,便是对他的警示,那郑子峰此刻自顾尚且不暇,又怎还会护着别人去?朕明日便再上天牢,提审于他,哪怕严刑逼供,亦要令他说出指使之人!"

纤纭一叹,不知自己是否杞人忧天,只是心内烦乱,理不出头绪来:"我只是心里不安……"

蓦的忆起郑子峰扭曲的面孔,一句一句祸国妖孽,不可姑息,十日之内,必遭瘟疫,徒令身子陡然一寒,他一声声、一句句皆那般笃定,纤纭感觉,绝非事出无因,信口胡说!

赵昂见纤纭面有异色,忙道:"你是身子未愈,太累了,歇息吧。"

赵昂异样的温柔,亦令纤纭凝眉,在她的心里,他是隐忍的君王,是内心暴躁的少年皇帝,这样的低声细语,眼目无波,却是她不常见的。

他的眼中,似果真流动着缕缕情意,由心而生,真真关切着自己!

她有略微迷惑,躺下身去,更加不了解赵昂的用心,他的眼神,到底哪一种是真,哪一种是假?他的心,又有几分是凉,几分是热?

都令人看不清楚!

赵昂看着她缓缓闭上双眼,微微叹息——

纤纭,为什么朕总是令你感到不安?是不是因为这种不安,你才始终封锁着自己,不肯将心,交给朕呢?

轻轻起身,锦袍掠起微微埃尘,缓步走出了内殿。

※

纤纭身子虚亏,足在床上躺了三日之久,方才能下地来,欧阳凤变换了不同的方子,尽量将寒毒的危害降至最低,可是纤纭却知道,冰魄丹的毒无药可解,是无法根除的,即使暂时压抑住了,日后若是受了寒气,便极容易牵动了旧疾。

三日,纤纭几乎是数着日子过来的,冬日已深,浓雪湿了窗阁,纤纭畏寒,水芙宫便终日生着有淡淡木香的炭火。这几日,欧阳凤看出她的心事,更听闻了祸国妖孽的传闻,赵昂虽命令不得传言,可这座皇宫不过一方土地,大不过天下,相互之间,早有传言。

这日,欧阳凤端了药,令纤纭喝了,望纤纭愁绪深深,幽思极甚,不禁道:"纤纭,有心事?"

纤纭不语,只幽幽望着欧阳凤,似乎只要望着他,便没有了一切烦恼。

欧阳凤走近身边,柔声道:"为了所谓'祸国妖孽'的传言?"

纤纭容色一动,随即漾开宛然一笑,他终究是了解她的,她的一举一动,一言一行都在他的眼中心里。

"近来,总是不安。"纤纭靠在他坚实的胸膛,她心中唯一的依靠。

欧阳凤轻轻抚弄她如绸秀发,慰道:"不要多想,你现在定要调养好身子才行,寒气郁积得久了,日后便再难治了。"

纤绘淡淡一笑，水溶溶的眸子漾着柔暖情意："只要有你在，我死了也行！"

修长的指按在她柔软的唇上："不许再这样说，以后……都不许，听到没有？"

纤绘敛笑，眸中似有感慨的泪意，他依旧是这样的口吻，依旧是要她听话，如同长辈一般，可他的眼神中却分明流动着别样的情致，她没有说谎，她对天发誓，若是就叫她就此死去了，她也死而无憾！

目光迷离，纤绘缓缓踮起脚尖儿，挨近他的唇，他薄如刀刃的唇，英逸好看，迷人风俊，她吻上他，便如雪珠融在了傲岸梅枝，雪水润了梅香！

"皇上驾到！"

一声惊断情意缱绻，纤绘一惊，忙抽身而出，秀眉凝了些许不悦，这个时候，他来干什么？

欧阳凤下意识抹了嘴唇，闪身在一边，须臾，赵昂一身紫金纹绣袍，洒然走近殿内，见到欧阳凤略微一怔，欧阳凤忙道："参见皇上。"

望一眼桌上药碗，方点头道："这几天辛苦欧阳御医了，淑妃的病可好些了吗？"

欧阳凤回道："好些了，只是娘娘现在十分畏寒，且不可再受了凉，否则日后便再难痊愈了。"

赵昂点点头，挥手道："好，你先去吧。"

欧阳凤眼光一侧，与纤绘目光交融，她眼中原是似水的情意，此时变作不耐的烦躁，瞪赵昂一眼，转身坐在桌案边。

纤绘向来这样任性的，欧阳凤转身出门，只望赵昂看在纤绘身子尚未痊愈，切不要难为她才好，不然他真怕纤绘会做出更加惊人之举！

他，尚需要时间，否则，他不会令纤绘在这个步步危机的宫里多呆上一天！

赵昂亦看出了纤绘的不悦，问道："怎么？不开心了吗？前天还好好的。"

开心？如何能够开心？

"这个时候，你怎么来了？"纤绘语声冷漠更胜从前，低垂着首，并不看他。

赵昂微微一怔，沉下口气："你到底还有什么不满意？"

"没有！"纤绘起身，一身纯白羽绸飞扬，掉头向床边走去："皇上去'紫芳宫'吧，我累了。"

腕上突地一紧，被赵昂牢牢抓住，纤绘身子本是虚浮，被他用力一拉，几乎站立不稳："干什么？"

赵昂望着她，黑暗龙眸掠过一抹冷光："我为你做的，还不够多吗？"

纤绘冷冷一笑："你指什么？郑子峰吗？"

纤绘无力甩开他的手，却以冷冽的眼神刺穿赵昂深暗的黑眸："你不是要拿郑子峰的人头来见我吗？哼，人头何在？"

赵昂一怔，目光倏然闪烁，缓缓松开握住她的手，纤绘腕上酸痛，转身而去："我说过，做不到的事，便不要出口，不要忘记，你的话……是金口玉言！"

心上似被什么生生碾过，赵昂立在当地，望她一身冷白，决然的背影，在眼里，真真犹似霜雪冰凉。

有时候，他真的怀疑她是妖星临世，或是天上摄人心魄的神女，否则，从来镇定隐忍的自己，怎会在她的面前总也控不住自己的心！

"皇上。"

正自怔忪，有内侍在殿口慌张唤道，赵昂静一静气，道："进来回话。"

只见赵昂贴身侍从荣意跑进内殿，跪身道："禀皇上，不好了，刚天牢传出话来，说郑子峰在牢中自杀，已然……已然……气绝而亡！"

"什么！"

赵昂大惊，望着荣意半晌不能回神，纤纭亦是一惊，自锦床之上缓缓站起，望着荣意慌张的样子，显然是真。

赵昂心内起伏，凝神间，暗暗稳下思绪，他想，以郑子峰为人，该是保命唯恐不及，如何会在牢中自杀？他绝不是那种以死明志之人！今日恰好是三日之期，自己本想见过了纤纭，便去天牢提审他，可偏巧就在这个时候，他竟自杀而望？天下竟有这种巧合吗？即使是有，亦不会发生在郑子峰那个胆小谄媚之人身上！

那么此事，便大有蹊跷！

连忙阔步而去，甚至不曾回看纤纭一眼。

纤纭亦怔怔地站着，这几日来的不安再次涌上心头，更有愈发强烈之势！

她就知道，此事不会这样了结，赵昂留下郑子峰便是留下了一个祸患，她亦没有想到他会自杀身亡，她深深地感到，真正的危险才刚刚袭来，不禁跌坐在锦床上，凝神而思。

郑子峰，究竟在玩什么把戏？还是，他不过是个玩偶而已，真正拉着那条线的人，始终隐藏在帘幕之后，待到现身，便已是尘埃落定之时！

心上不由凛然，若真真如此，那么，那个牵着线的人便必定是南荣景须无疑！

纤纭咬唇，忽的，思绪纷乱！

郑子峰横死牢中，以匕首割喉自尽，匕首握在手中，似乎无懈可击。

朝堂之上，气氛倏然紧张，赵昂端坐在龙椅上，扫视座下每位表情，赵昂紧紧攥住龙座金柄，眼神幽邃，深不见底，胸口却是说不出的憋闷。

朝堂之上，你言我语、聒噪非常，却字字句句围绕着郑子峰自杀一事，人人都言，郑子峰气节高尚、以死明志，妖星临世、祸国妖孽更加一说鼎沸朝堂。

南荣景须见情势已在高潮，眼角高挑，方上前道："皇上，郑国师虽不幸身死，然他为国为民之心犹在。"

说着，双手递上一纸奏疏，淡笑道："皇上，此乃郑国师临死前交于臣的亲笔血书，郑国师以死明志、悲天悯人，臣请皇上务必看完这字字血泪，皇上……"

眉眼一沉，声色便见了刀锋："祸国妖孽不除，只恐这十日预言难以逃避，天灾天谴不能

避免,那么到时候……"

"南荣将军……"赵昂沉声道:"将军征战沙场,见多识广,难道……也相信这怪力乱神之说不成?"

南荣景须冷哼一声:"皇上此言差矣,神灵自当敬畏,才可保我国风调雨顺、国泰民安,臣请皇上,定要将那祸国妖孽,严惩不贷!"

说着,朝堂之内再度沸腾,众臣皆附和上前,一言一句:"皇上三思。"

"皇上,切莫为一女子而误家国!"

"皇上,请为黎民计,严惩妖女。"

……

赵昂隐在龙袍广袖中的手早已紧握,容色却依旧淡定:"哼,你们……一口一个祸国妖孽,句句凿凿,朕却实在不知,这所谓妖孽,又意指何人啊?"

群臣一时错愕,良久,无人言语。

南荣景须冷笑道:"皇上,郑国师临死之前,便曾在册妃大典上拼死阻止册妃,又因淑妃克死小皇子,更于三日前,预言淑妃不除,十日之内必有大祸,所谓祸国妖孽,倒不如说是祸国妖妃更来得贴切,皇上又何必明知故问?"

"南荣将军。"赵昂漠然敛了龙眸:"淑妃……可是你南荣家世女!便一定要如此置人于死地吗?"

"皇上,所谓大义灭亲,与我大瀛朝百年基业相比,莫说是我南荣家远房亲戚,便是我南荣景须的亲生女儿亦不会姑息!"南荣景须言辞犀利,字字如针,更令朝堂之中一片赞誉。

赵昂手心忽冷忽热,眸光暗自闪烁,真好个南荣景须,拿来份所谓血书,朝堂逼宫,赵昂望着那鲜血淋漓的血书,心中却豁然明白,此事从一开始便是南荣景须的阴谋,他利用郑子峰,当众制造祸国妖孽之事,再利用皇后害死小皇子,以妖星临世转移视线,更能除掉皇后忌讳,一举两得之举实在妙哉!

而郑子峰横死,自然亦是南荣景须一手策划,除掉纤纭、逼迫自己、独揽大权,更是一箭三雕之精妙一步!

所谓老谋深算便是如此吧!

赵昂指节作响,望着南荣景须的眼陡然激起微微细浪,五年来,他皆不曾以这样的目光看过他,生怕暴露自己一星半点的野心来,可是今天,他不得不如此,不能不令压抑许久的眸焕出它本有的锐利光芒。

南荣景须与那目光一触,眉间略微一蹙,随而便平复了脸色。

哼,不道这小皇帝倒是真真爱惜纤纭,那样的眼神,从不曾在那一双恭谨的眼睛中出现过!

※

朝堂燥乱,后宫更加不安,祸国妖妃、将乱大瀛,字字句句,不胫而走,相互传言间,更加无人敢靠近水芙宫一步。

纤纭虽是从不出门,静心养病,可如此惊天传言,她又何能不知?

其实,自郑子峰自杀那天起,她便料到了今天。

赵昂该会震怒吧?抑或继续隐忍。也许,他明日便会将自己遣出皇宫去,近些日子,她不止一次地这样想,看来,姨娘的担心不是多余的,她一直担心有了欧阳夙,自己的心里便什么也不会再想,报仇之于她,再不是心灵的唯一寄托,也许……她会放弃吧!

此时,是真的累了,许是因着大病了一场,身子亦越发不如从前。

腊月,是冷雪飘飞的时节,水芙宫的梅花开得最是红艳,她常常望着院内悉悉索索的雪珠子落满枝头,红梅便似裹了裙装,细雪便如沁了梅香,松软软的雪,踏上去,该是极舒服的吧?

可是如今的她,却已禁不得那样的寒,今后的岁月里,这落雪时节,恐将会是她最难过的日子。

"怎么又站在窗口吹风?"身后是日思夜想的声音,纤纭回身,唇际是温然笑意,欧阳夙迎身走过来,手中端了热气腾腾的药汁,纤纭怔怔地望着他,她亦不懂自己,为什么,如今她得到了他,却仍旧日日夜夜,心中所思的,亦只有他!

"喝药。"欧阳夙将窗缝儿关严,揽着纤纭走回到床榻边坐下,纤纭将药水一饮而尽,她自小亦是与药相伴的,对于它的味道,早已熟悉。

欧阳夙见她一脸愁绪,心中亦是沉重的,如今,祸国妖妃一说早已沸沸扬扬,传说谣言甚嚣尘上,想纤纭心里定有许多苦楚吧?只是,她习惯了一个人承受,习惯了一个人难过。

"纤纭。"他轻轻握住她冰冷的手,疼惜地望着她:"我知道你很难过,郑子峰自杀,每一个人的每句话都向着你来,所谓人言可畏,你不必太放在心上。"

纤纭靠在他的肩头,幸好,此时有他,否则这身心的疲惫,自己早已支撑不下去:"嗯,我知道,我只是在想,南荣景须不会就这么放过我,你知道吗?他早已知道了我乃沐天之女,意在报仇,可是他说,他仍要利用我,那时,他便说我是难得的祸国妖女,足可魅惑君主,这样杨辰妃失宠,他自可以联姻拉拢杨家,于是,我格外小心,却还是被他利用了,我不甘心,间接……害死了菡烟……"

言及菡烟,纤纭眼中似有歉意,见欧阳夙不过平常神色,便继续道:"于是我想,他此时定是恼羞成怒了,他不再一步一步地利用我,而是要一举除掉我,恐怕这一次……"

"我们走!"欧阳夙打断她,英毅的脸,笼了几分凝重:"纤纭,你说过,你愿为我做任何事情!"

纤纭望着他,目光幽幽怅惘,是的,她愿为他做任何事情,死亦无惧,更何况是远走天涯?想那与他琴箫和鸣名的日子,那些曾经携手与共的岁月,都是她所渴望而不可及的。

她凝望着他,眼中有水溶溶的落寞:"我很怕。"

欧阳夙淡然一笑:"有我,你也怕吗?"

纤纭摇首，泪水已滑落在唇角："近来，我心中总是不安，我是个不受上天眷顾之人，上天，不会这样轻易地将你给了我，我只怕和你的日子……不会太多！"

欧阳凤蓦然一惊，又黯然心酸，是的，纤纭自小经历了太多的磨难与痛苦，三年前，偏偏自己又在她心里加上狠狠一刀，只恐怕这个伤口要痊愈，并不容易！

"纤纭，是我叫你如此不安吗？"欧阳凤拭去她唇边泪水，目光似细雪的柔润，然而纤纭的泪，却愈发难收，她扑倒在欧阳凤怀中，紧紧地抱着他，只恐怕她一松手，他便已不在。

她不知道为什么，她只是害怕，她之前从不曾有过的害怕。

她不在乎什么流言飞语，祸国妖妃，她曾经，亦不在乎为了报仇，而身死心亡，可是如今，她害怕，很害怕，她不怕死，只怕失去了他，从此离别！

若相聚，只为了离别的苦，那么，又何必相聚？

"长相思兮长相忆，短相思兮无穷极，早知如此绊人心，何如当初莫相识！"纤纭在他耳边默默念着，这曾撕裂她心扉的诗句，这曾恨他狠心离弃的诗句，如今念来，却竟更加蚀人心骨、断人心肠。

欧阳凤轻轻推起她，她泪水难绝，贪恋地望着他，任他的脸廓淹没在她的眼眸中，仿佛这一眼，便是一生！

"纤纭……"从小，她这般的眼神便令他心疼，欧阳凤吻上她的睫羽，熨干她眼角残余的泪水："纤纭，冤冤相报何时了，难道此时此刻，你仍不想跟我走吗？"

纤纭望着他，近在咫尺，柔软的唇，印在他薄削的唇上，微微一笑："我说过，这个世上，我只听你一个人的话。"

话虽如此，心内却难以压抑那深浓的悲伤，不知为何，越是这样看着他，他便好像越来越远！

欧阳凤不及言语，却听殿外一阵喧嚣，随而便是破门而入的声音，和莓子芊雪匆急的喊声："你们不能进去。"

"放肆！就凭你们？"

这个声音？纤纭依稀辩得是皇后，她来干什么？

不及多想，那脚步声渐近，纤纭与欧阳凤连忙分开，一刹那，皇后与一行人便已赫然闯到内殿来，一边跟着神色惶然的莓子与芊雪。

纤纭冷声道："皇后娘娘？不知皇后娘娘此来有何贵干？"

皇后眉眼一挑，道："奉太后懿旨，搜查水芙宫，若是查出诅咒小皇子的妖蛊之物，便将相干人等一并拿下！"

纤纭略略一惊，却蔑然一笑："哦？原来不过此事，便劳皇后您亲自动手，纤纭真是倍感荣幸。"

"少在这里花言巧语。"皇后说着，向左右侍卫示意，左右应声而动，行之有速，转眼，水芙宫中便乱作一片。

"皇后娘娘,你来水芙宫搜查,皇上知道吗?"纤纭料想,赵昂定是不知的。

果不其然,皇后横道:"这是太后旨意,清理后宫,纵是皇上也管不着。"

言犹未落,便见一侍卫捧着个精致木盒,上有明黄色锦缎,赫然写着殷红殷红的怪异文字,那人将木盒递在皇后手中,跪倒在地:"皇后娘娘,查到这个!"

欧阳凤一惊,阴谋的感觉便席卷而来,只见皇后挑唇一笑,凝丽的眉眼果然漫起丝丝骇人的明光:"沐淑妃,听闻你不仅容貌妖魅,才学更是绝世,却没想到亦懂得这巫术!"

纤纭亦是骤然惊悚,冰雪双眸倏然凝冻,这盒子……她虽不知那盒上所书诡异文字是何言语,可是,她却分明知道,那木盒绝不是自己的!

是谁?是谁将它放在了自己宫中而竟令自己全然无觉?

纤纭咬唇,在她身子最是虚乏之时,阴谋陷害却接踵而至,令她措手不及!

"给我带下去,由太后发落!"皇后攥紧木盒,洋洋得意,唇角笑意解恨的浮着。

纤纭怔然立在当地,转眸望向欧阳凤,他双拳紧握,深眸幽光丛遽,眼看立时便要出手,纤纭何其了解他,只冲他微微摇头,欧阳凤一怔,纤纭的目光,坚决而凄凉,眼里明明含了笑意,却又似有万般悲苦。

纤纭亦没做反抗,任由他们押住,此时此刻,心内反而安宁了!

她终于知道,那种不安来自何处!

自中寒毒,或说自得到了欧阳凤的心,她便没有了遗憾,亦没有了仇恨的心和斗志!

欧阳凤的武功,她是了解的,所谓双拳难敌四手,然若他二人一同被抓,又有谁来救她?忍一时冲动,以图日后之谋,欧阳凤亦是懂得了。

纤纭幽幽转身,心底一片寂然,她不知为何,总感觉这一劫,自己很难度过,那么便更不能牵扯了他,连累了他!

他的心里有她,她此生,便已足够!

一切都早有预谋,距离郑子峰自杀之日已有五日,每一日朝中众臣皆纠缠赵昂至午后,太后便利用此间时机,将纤纭关入天牢,天牢外,更有重兵把守,重重围围皆是以一当十的高手,南荣景须更亲自派人巡视天牢四周,凡有可疑人等杀无赦!

欧阳凤观望两日,毫无破绽可寻,如此重兵,丝毫不亚于战场屯兵,以自己功力不敢保可全身而退。

赵昂与太后争执不下,无奈兵权不在,宫内御军人数有限,亦不若南荣景须的兵强将精,只恐不敌!且,因此而与军队动手,只怕更激化了朝中矛盾。

无可奈何,只得盼着十日期限后,所谓预言破灭,再谋对策。

阴牢森寒,冷气袭人,自冰冷地板直入心里,纤纭身子尚未痊愈,寒由心生,便更多了数分阴冷。

纤纭瑟缩着身子,墨发长披,一身纯白薄裙,难以抵御这四周阴湿的寒气,瑟瑟发抖、难

以入眠。

冰魄丹之毒加上这样的寒重,便是她此次不死,却也只怕再难痊愈了。

突地,沉厚的牢门缓缓开启,一道明光映入,刺眼耀亮,随而整个牢室亮如白昼,纤纭侧眸望去,只见赵昂朱袍黑裳,眉目黯然地走进牢中,那眉宇间的暗淡,与那腾腾燃着的火把对比鲜明。

纤纭身子微微抖动,勉力站起身来,赵昂令人打开牢门,举步而入,身后荣意递上一碗药汁,纤纭淡淡一笑:"如今,我还需要喝这药吗?"

赵昂示意荣意,荣意趋步上前:"娘娘。"

纤纭接了,一饮而尽。

身上也着实寒透,一碗热药入喉,便好似暖火滚入到心里,那寒意便仿佛驱散了些。

"多谢皇上。"纤纭眼神淡漠,神情一如往常,没有哀怨、没有愤怒、更没有凄凄艾艾。

赵昂挥手,令荣意退出去,荣意转身出牢,把守的兵士亦暂时退了出去。

"欧阳御医向朕请求出宫几日,便将药交给了朕。"赵昂低沉的声音,微微嘶哑,恐是这些天来,说了太多的话吧?

纤纭心思却不在于此,她眉心微蹙,嘴唇微微颤动,欲言又止。

欧阳凤出宫?他为什么出宫?他怎么会出宫去?心内不安再度涌上心来,虽然欧阳凤乃从容淡定的潇洒男子,可是,她就是感到莫名心慌。

见她凝眉,赵昂道:"你怪朕,是不是?朕身为一国之君,连自己的女人都保护不了!"

纤纭举眸,赵昂眉间疲惫深刻,令人动容,然,她却不过清浅一笑:"皇上又何须自责?这些全是命罢了,况且……我实际上也并不算是皇上的女人,我若死了,皇上也不必有所不舍。"

"纤纭。"赵昂蓦的拉紧她的手,彻骨凉意自她指尖传来,凉了赵昂的心:"为什么,你至今仍要这样说不可?"

纤纭无力挣开他,只倦怠的笑:"事实如此,何须遮掩?皇上不该来,若是皇上因我而阵脚大乱,方才真正中了南荣景须一箭双雕之计!"

拉着纤纭的手骤然一紧,一箭双雕!不错!南荣景须此举实在阴险,自己如今已暴露了太多,更与众臣对峙,而他则是大义灭亲、大爱天下,更加赢得了人心。

他缓缓放开她,纤纭望着,漠然敛笑:"只要你记着,你的敌人,是南荣景须,纤纭便死也瞑目了。"

赵昂心头剧痛,纤纭的眼神从未有过如此无边的深沉,她好似看透了一切,却又好似还有恋恋不舍,而无可奈何!

"朕,自会记得!"切齿的一字一字落在纤纭心里,她舒了口气,缓缓坐回到凉冷的地上,疲倦地倚靠着黑冷墙壁,弱声道:"皇上记得就好。"

她微闭双目,容颜苍白,却依旧是倾国倾城的绝色姿容,却仍然是凌傲清艳的绝代风华!

只是不想,这姿容凄,风华殁,竟是如此沉静,静得几乎凝住了流动的空气。

※

三日,忽如一夜阴风至,雍城,古老繁华的大瀛都城,来往尽是病弱之人,更有当街死亡者无数,医馆药铺人满为患,哀鸣凄吼遍传千里!

大瀛龙元五年末,京都雍城突发"疠气"[1],此异气为"温疫"一种,非风非寒非暑非湿,来势汹汹、措手不及!

昔日繁华绮丽的都城,此时,一片萧索。

十日之内,必遭天谴的预言准确应验,国师郑子峰临死凄厉的嚎叫传遍民间。

妖星临世,必遭天谴,祸国妖妃不除,大瀛朝危矣之说沸沸扬扬、愈演愈烈、屡禁不止!

百姓怨声载道,病痛纠缠,已然民怨沸腾!

赵昂亦感震惊,于这鬼神天谴之说,他从来不信,可是为何此次竟如此契合?莫非南荣景须竟会为了陷害淑妃、逼迫自己而动了如此大的手脚不成?

朝堂之上,百官请命,人人上疏直言,众口一词——处死祸国妖妃!

"皇上,天意不可违,臣等恳请皇上处死妖妃,以安天下!"

"皇上,京城大小官员联名上书,祈求我主英明,将淑妃以火刑处置,以祭上天!"

……

言言句句,凌厉如刀,然而此时,赵昂虽是心气,却毫无办法,事实摆在眼前,郑子峰的预言灵验,又叫他如何再为纤纭辩护?

赵昂几次拂袖朝堂,却不能就此息事宁人!

又过两日,浩阳门外,因病而满身疮痍、满目愤恨的民众聚集城门,一眼望去,足有千人,汹涌的恨意令百姓几近疯狂,城门之外,喊声响彻云霄,嘶吼悲绝天地!

"皇上,睁开眼睛看看您的百姓吧?岂可为一女子而令你的黎民受此灾难啊!"

"天谴啊天谴,天要亡我大瀛朝啊!"

"恳请皇上,火刑处死祸国妖妃,以平上天之怒啊!"

守门督将匆匆跑回宫中,赵昂只若不闻,于是百官便在朝阳殿外跪了一地,你言我语,滔滔不绝!

赵昂心思烦乱,百姓们向来安生,就是龙元元年大旱之年,亦不曾闹事,此番,定是有人煽动!

正自烦乱,昔太后更与皇后来到朝阳殿。

"皇上,这个时候了,难道你还要说郑国师妖言惑众吗?难道……你还不准备处死那个妖女?"昔太后眼神如刀,字字狠咬:"我看,你是当真被那妖女摄去了魂魄!否则怎么就看不见臣子的忠心!黎民的血泪啊!"

赵昂咬唇,压抑道:"母后,此事多有蹊跷,巫蛊之说自来便有,却岂可信之?"

- 208 -

"赵昂！"昔太后怒目含刃，直直瞪住年轻帝王："你可当真是我的好儿子，大瀛朝的好皇帝！你这样做，以天下百姓的性命为代价，取悦一个女子，便不怕……"

眼中有凛冽的寒风扫过赵昂脸颊："便不怕群情激奋，逼你……退位让贤吗？"

赵昂心头大震，他并无兄弟，哥哥赵麟下落不明，唯一还有个弟弟，也早在太子之争后，被昔太后铲除，然若自己退位，那么……

心头陡然一寒，望向大殿外仍自滔滔不绝的群臣，忽的，心仿佛被一双无形的手狠狠抓住，越抓越紧，几乎窒息！

他双拳紧握，眼中流动不甘与幽深的恨意！

好个南荣景须，如此大的阵势，当真出乎我的意料、一时没了主意！

可是……赵昂狠狠咬牙，南荣景须，这一次，你到底赢了！

跨步出殿，群臣喊声更如潮水，赵昂却充耳不闻，径直走上城去。

浩阳门，曾庄严威慑的城门此刻只有阵阵凄厉的嘶吼。

有些民众不顾一切，声嘶力竭，有的更是喊声未灭，人便已然倒地，死了！

赵昂披一件深紫披风，临风站在城楼上，俯望着城下哀声阵阵的民众，心内悲怆油然而生！

这，便是他的子民，他的天下，他的江山吗？

萧索、狼藉、满目创伤！

乌压压的人群，好似乌云滚天，压抑在赵昂心头，浩阳门外已然水泄不通，被民众围得死死的，然后兵士们只是静静的站着，毫无驱赶镇压之意，人人面无表情，只看年轻帝王意欲何为？

负在身后的手紧紧握住，赵昂望着城下或振声高喊、或咚咚磕头的百姓，心痛不已！

自古而来，要创立百年基业，便要有人流血、有人牺牲，而作为帝王，这至高无上的权利，其实多么无力？

他不想，如今兵临城下的，竟会是他的子民！

这一次，不论为何，不论那"疠气"从何而来，是人为还果真是天意，受到苦难的终究是万众黎民、无辜百姓，他们无故被宫闱权谋所累，无故被权力斗争所害，作为一国之君，又于心何忍？

赵昂沉沉咽下口气，幽声道："传朕旨意，发放粮药，赈济灾民，凡因病而有家人去世者，发银饷抚恤，掩埋尸骨！"

身边立着的官员互相看看，却谁人也是不语。

赵昂冷冷一哼，自知他们心思，声音沉冷，犹似凄厉哀鸣天际的孤鹰："三日后，处死……淑妃……沐氏！"

官员们顿时雀跃，全然忘记了城下还有数千病苦黎民，纷纷跪倒在地，叩头谢恩："皇上英明，英明啊！"

一声声在耳中回荡,皆是刮骨钢刀!

城上,寒风凛冽,如剑如刀,深紫色披袍在风中舞动呼啸,仿佛妖鬼的哭喊,又似心底决然的嘶吼!

纤纭,原谅我!原谅我的无奈与绝情!

若这万里江山,果真需要谁的鲜血来祭,那么……我别无选择!

怆然闭目,泪水自从来干涸的眼池中缓缓落下……

三日,本想为纤纭争取一些时间,然而一切终归徒劳,三天,要赵昂想出应对之策,几乎不可能!

群臣堂殿之上,不仅声称要严惩祸国妖妃,更要按郑子峰血书所言,将妖星火刑处置以祭天怒!

三天后行刑,宫中上下已忙碌一片,浩阳门外,搭起高台,台上堆满枯木冷枝,烛台神坛,几名法师早早坐在台上,这三天,皆要诚心念咒,以表真挚。

夜深沉,南荣府却灯烛辉煌、碧彩流金,华贵府第,灿然如明昼!今夜,南荣景须宴请楚诏国公主漠芙,处处笙歌、舞乐彻天。

却唯有西园的角落,一人影落寞,借酒浇愁,南荣子修坐在纤纭最后一次来到南荣府时坐过的石桌边,一杯杯甘酒入喉,割痛心扉。

"南荣公子。"身后一声,深沉如夜,南荣子修回身,但见一青衣人影洒然风中,自一树青梅后闪身而出,梅枝抖落细细融雪,落在那人肩际,点点雪珠便消逝在青衣之上。

"是你!"南荣子修起身,醉眼望着眼前男子,欧阳凤,果然身手不凡,已这样近了自己的身,自己却浑然无觉。

欧阳凤凝眉,走近南荣子修:"南荣公子,可方便说话吗?"

南荣子修对他并无好感,有了酒意,便更是着了脸色:"我与你有什么好说的吗?"

南荣子修饮一杯酒,冷夜寒风中,子修单薄长袍随风飞动,他冷冷的笑,双手撑住石桌:"欧阳凤,你可知道,三天后,纤纭……便要被执行火刑,以祸国妖妃的罪名,祭天!"

欧阳凤闻言,一惊,一步夺在子修身前,望着他:"你说什么?"

南荣子修冷笑,唇角凝着醉意,眼中却是驱不散的冷霜寒气:"欧阳凤,你现在满意了吗?火刑,你可知道什么是火刑?"

南荣子修举头望天,深深凝望的眼,被漫天星色刺痛:"三天后,浩阳门外,纤纭将会被带到神坛之上,点起神坛上的火,将纤纭……活活烧死在祭坛之上!哼!愚昧的人,愚昧的人们啊!才会将这天灾归结在一个女子身上!"

"南荣公子,我来只是想问,那郑国师是不是你爹串通了来陷害纤纭的?"欧阳凤见他已然醉了,并不想再理他的烦躁,索性单刀直入。

南荣子修回身望向他,他英毅的脸廓,削俊的眉眼,深刻的眸光,他一时迷惑了:"你……到底和纤纭是什么关系?为什么,有时候我感觉你们很像?有时候又非常不像?她一身用毒本领定来自你,想必她的武功也是你传授的吧?我曾不止一次问过你,你们是不是师徒?可是,你都避而不答,难道……你们不是?"

欧阳夙垂眸,转开话题:"你到底想不想救她?"

南荣子修苦笑一声,晃悠的落座在石椅上:"我怎么不想,若是可以,她若是肯,我不做这个南荣家大公子,不要傅南霜,令天下人骂我不孝之子,始乱终弃,我都无所谓!可是……"

"可是你不能反抗你的父亲!"欧阳夙眼神肃然,一语中的。

南荣子修身子陡然一震,许久,涩然道:"我无能为力,从小,他就将我掌控在手中,我试图反抗他,可是……我无能为力!"

南荣子修的脸,在月色星光下凄迷无比,雪色映照着他悲伤的眼神,欧阳夙看得出,他是真真爱着纤纭的,只是造化偏爱弄人,即使没有自己,他们亦是注定的悲剧。

"你要不要救她?"欧阳夙没有时间耽搁,更没有时间与他对天长叹。

"怎么救?欧阳夙,早知今日何必当初?我爹做出的决定,无人……能够改变,更加不会令他的计划出现半点纰漏,他若想要谁的命,谁……就必死无疑!"子修放下手中酒壶,紧紧凝着欧阳夙的眼,此时似清醒了许多。

欧阳夙平静道:"南荣公子,你是太迷信你的父亲了,你不是不能反抗,而是从没想过要反抗他,已是你的习惯,你现在只说你想不想救纤纭?"

"我可以为她死!"雪光映在子修眼中,晶莹、明澈、坚决!

欧阳夙点点头,定然地望着他:"好,帮我做两件事。"

子修凝眉,不解。

"你能调动多少人?可能接近浩阳门神坛?"欧阳夙低声问,眼光扫视四周。

子修亦随着他的眼光望过去,这方才想到此处不宜说话,示意欧阳夙跟他来,南荣府,依旧歌舞升平、管乐齐鸣,这静寂的院落,便显得格外冷清。

子修与欧阳夙走到后园偏隅的角落,方长长一声叹息:"你说得对,从小我就不懂得反抗我的父亲,有过的那几次,也从没有反抗到底。"

"南荣公子,我们的时间不多,请回答我,你能调动多少人?可能接近浩阳门神坛?"欧阳夙焦急追问。

子修落寞垂眸,唇际有颤颤一动,他转回身,那背影便显得孤郁至极:"实不相瞒,虽说我是南荣家大公子,可是……与我爹熟悉的都知道,我在我爹面前从来没有说话的权利,他并不信任我,尤其这一次,他更加令人看住我,在皇上决定处决纤纭之前,不准我踏出府门一步!"

欧阳夙不禁一惊,他打量着眼前之人,他看似风光锦绣的外表下,却没想到有着如此的无奈与落寞。

"那么就是说,你无权调动任何人?"欧阳凤眼神突地严峻,南荣子修回身,默然点了点头。

欧阳凤沉了沉气,急道:"那么有可能让我与纤纭见上一面吗?"

子修苦笑,摇了摇头。

"南荣公子,难道,你没有半点办法吗?"欧阳凤从未感到如此焦虑,这几天,他到处游走,终于向人借到五百余人,可他知道,在南荣景须的军队面前,这几百人纵是江湖高手,亦不过如此。

他,还是需要有人能给他更大的支持,否则……他不知道计划是否能顺利执行!

"或许,有人可以。"南荣子修突地敛住愁绪,眼中闪烁一丝明光。

"谁?"

"我的弟弟,南荣无天!"子修急声道:"无天是爹最宠爱的孩子,深得爹的信任,便是这一次与郑子峰密谋,我想爹亦是不会瞒着他的。而无天自小沉稳,冷静睿智,心地善良,这朝中谁都知道,南荣家二公子恐才是护国将军府日后的主人!"

欧阳凤亦感到心头一震,仿佛曙光重现:"那么,他可愿相助?"

子修点点头:"能,只是这人马……怕他亦是心有余而力不足,即使他能调动来,却不敢保证人心齐!"

欧阳凤略一思量,至少,还可见上纤纭一面,至于人手,还好,还有那几百人,总算可以一试!

"好,那么南荣公子,一切便拜托你了。"欧阳凤望着他,坚毅目光恳切,到令南荣子修微微怔忪:"你究竟有怎样的计划?"

欧阳凤看看天色,已近了晨,恐这将军府不能久留,只道:"计划我定会告知南荣公子,只是此地不宜久留,明晚同个时候,我会再来,至于人手,我向人借了五百人来,总算能够抵上一阵。"

"五百人?"南荣子修摇首:"你可知,我爹在天牢附近安插的兵卫就不止这些,那一天只恐怕不是千军万马,亦是……"

说着,突地想到什么,犹疑道:"况且,你哪里借的五百人?据我所知,你欧阳凤三年前退出江湖,是因为……"

"别说了,总之,我借到了,到了那一天,还要公子帮忙。"欧阳凤打断他,心中却明白,自己退出江湖的真正原因,这世上并没几个知情之人,南荣子修既如此说,便显然是调查了他,心内稍稍安稳,看来,即使南荣子修将自己说得再是不堪,他终究还是南荣家的大公子,他的心思之细,行事之密,怕也不在南荣景须之下!

欧阳凤转身欲去,南荣子修却叫住他:"欧阳凤,你究竟是怎样借了那五百人?你不会……是重出江湖了吧?"

说着,不禁眉目一凝:"若真如此,可不是件小事,恐怕你……"

不待他说完,欧阳凤便一个飞身,跃出密匝的后园小林,细雪纷纷抖落,落在南荣子修眼前,瞬间不见!

此时,酒亦醒了不少,细细回味起欧阳凤的一番言语,他不得不钦佩欧阳凤的胆量与气魄,真真不愧曾风云一时的"毒圣",心内陡然一定——

要救纤纭,一定要救她!

※

次日夜晚,欧阳凤来时,南荣子修身边果然多了位少年,曾经,在南荣府时,他并未与他真正见过,偶尔错身而过,并未放在心上,今日乍见,却觉那少年相貌英俊,清逸绝尘,一双隽永如玉的眸子更似隐着天地卓然的高贵光芒,雪夜,那一双眼,便格外明亮。

对他,似曾相识!

然而时间不待,他没有太多时候可以耽搁,无天显然知晓了一切,神色却是暗沉沉的:"欧阳先生,大哥已和我略说了,我对你们的计划没有兴趣知道,只是,人手由爹统一调动,我无权干涉,而至于天牢……"

无天叹息道:"却恐怕……更加不易!"

"无天,大哥知道,你亦不相信什么妖妃祸国之说,那么你便要看着一个无辜女子这样惨死吗?"子修扣住弟弟的肩,急切道。

无天了解哥哥于纤纭的情感,只淡然道:"大哥,我当然知道,沐淑妃是被陷害的,而陷害之人就是爹!那么大哥,你也该知道,爹……是不容反抗的!"

"从小爹只信任你!"子修略有激动,来前,无天并未允诺行或是不行,他便全当他应下了,却不知,竟是如此!

"大哥,你不要忘记,你……姓南荣!而我,也是!"无天有着与他年纪极为不符的成熟与镇静,欧阳凤看在眼里,更感到这神情与气度哪里曾见?若非事实摆在眼前,有这般灵秀于天地气质之人,他绝不相信,会是南荣景须之子!

"那么二公子便是不肯相助了?"欧阳凤冷了声色,无天望向他,暗沉沉的天色映了他的脸色,便阴郁作一片:"欧阳凤,毒圣,叱咤一时的风云人物,请问此事与你何干?"

"淑妃乃我故人之女。"欧阳凤道,无天笑笑,眼神探究:"故人?何人?"

欧阳凤一怔,这少年犀利的眼神、探寻的口吻,皆与他这样轻的年纪极不相合,他的一字一句,一言一行,都透着周密与谨慎,难怪,南荣子修会说,他,才是日后南荣家的主人!

"恕在下不便相告!"欧阳凤冷声道。

"哦?"无天锦袍一甩,唇际有淡淡笑纹:"那么,亦恕在下不便相助!"

转身便去,南荣子修拉住他:"无天,你不是这样冷血无情的人,今天是怎么了?"

"大哥,你不是这样敌我不分之人,遇到那女子后,又是怎么了?"无天对上子修焦急的眼,眼中是动摇的。

子修叹道:"无天,你不是一直劝我善待大嫂、安稳傅家吗?那么,若你帮我这一次,我清是惊还是微微有喜。

　　为首的一身青衣，荡然风中，以软锦敷面，只露一双漆黑如墨的阴沉夜眸，寒光毕现，杀意腾腾！

　　身后之人，自高墙外不断跃入，亦有自城门处杀入的，百姓们慌乱四散，兵卫们执戟明刀，直对着为首的男子！

　　纤纭脚下亦是一动，不可置信地望着祭坛下的男子，那青衣萧萧、长剑如雪，一双黑眸凛然，点染了眸心中萧肃的杀气！

　　是他！是他！欧阳夙！

　　纤纭唇角颤颤而动，眼神凄迷，雾蒙蒙的水眸顷刻决堤！

　　"什么人？竟敢擅闯皇宫祭坛？"负责护法的军队齐刷刷将来人团团围住，欧阳夙哼道："你还不配问我！"

　　刻意沉哑的声音似自阴间而来，骇人心骨，只见他长剑一挥，快如闪电，剑锋凌厉，已穿过为首将领的胸膛！

　　鲜血四溅，溅在他青色衣袍上，他的眼神冷绝，扫视各方！

　　如此眼神，徒令人莫名生畏！

　　惊惧之余，南荣景须城上一声喝令，城下兵卫便如同领了圣命一般，精神骤然集中，刀剑挥动，与那仅仅的五百人顿时厮杀在一起！

　　欧阳夙一步步向前杀去，杀向祭坛，势不可挡、威可震天！

　　城上，赵昂紧握双拳，一语不发，他虽辨不清来人，可是，他们是来救纤纭的！

　　南荣景须只见欧阳夙身手不凡，所来之人虽是不多，却个个身手不弱，狠声吩咐道："无天，加派人手！"

　　说着，黑袍黑影翻动，飞身下城，欧阳夙抬眼一望，举剑横过头顶，挡开南荣景须临头一击，手腕微麻，可见南荣景须用了十足力道！

　　纤纭一惊，趋步上前，却被身边道人扣住，正欲运功，却突地感觉胸口剧痛，近乎撕裂了身体！

　　难道……

　　轻咳几声，她豁然感觉，难道是冰魄丹的毒未曾清尽，再糟了这连番的寒气，此刻毒已入心，但凡运力，便会心痛难忍？

　　水眸凝冰，望向台下，欧阳夙与南荣景须本便杀得不可开交，刀剑生寒，火星四散，皑皑雪地，已被鲜血染成茫茫血海，只是这一夕之间，天地便骤然变色，滚滚浓云自天际覆来，遮蔽了唯余的淡淡光亮！

　　只有身后，腾腾燃烧的烈火依旧熊熊，红光滔天！

　　刀光剑影、头颅血雨、残肢断臂、宫阶染红！

　　纤纭眼望着这一切，不期而至的心痛，令眸光颤抖，她眼望着煌煌宫阙，霎那间，便已血

流成河!

几个百姓,因慌张四散而被无辜殃及,刀剑无情,顷刻没命!

纤纭容色煞白,心下陡然生寒!

这一切,都是因为她吗?

都是因为她的仇恨,她的自不量力,而令生灵涂炭,百姓罹难,血染浩阳门!

泪水簌簌而落,心内竟有说不出的怆然,她本以为,她早已没有了心,可是,那原本的柔软,却在那一夜,欧阳夙的一眼深情下,尽皆融化!

突地,欧阳夙避开南荣景须致命一击,身后却有兵卫一剑刺来,欧阳夙闪躲不及,肩头被宝剑刺穿,血淋淋的鲜红染满青衣,滴落在莹光雪地上,散开凄惨的红!

"不!"纤纭惊叫一声,欧阳夙抬眼望去,但见那一双冰雪莹眸泪意翻涌,陨落决堤:"不,停手,停手,我不要你死,我不要……不要你为我而死!"

凄绝、伤悲、虚弱!

纤纭颓然跌坐在冰凉祭坛上,眼神迷惘空洞!

欧阳夙眼神一滞,随而便被阴森森的冷厉遮盖,南荣景须挑着唇角,淡淡道:"你是谁?"

欧阳夙不答,与纤纭对望的眼,划过一丝决然的冷光!

那是……

纤纭身子骤然一寒,难道他……

他要……

思想间,如雪屑般的白色粉雾自欧阳夙剑下飘散开来,瞬时,茫茫白雾,飘洒如雪,无色无味、无声无息!

"不,不要!"纤纭惊呼,他要玉石俱焚!

纤纭惊得站起身来,冻僵的身子瑟瑟发抖,望着一点点倒下的人,有兵卫、有百姓、甚至……有他带来救自己的人!

是噬骨粉!

欧阳夙独门秘药,凡吸入者,若无解药,骨断筋折,必死无疑!

不,不!

她不要他这样,他不能为了她这样,从来悲天悯人的他,从来心思细敏的他,她不要他为了自己而大开杀戒,不要他为了自己而背负上满身沉重的罪孽!

她可以死,可以被人唾骂在所不惜,可是欧阳夙不能,她不能让他死,不能让他身败名裂!

"不,不要……"纤纭悲绝地望着他,冰雪双眸,奔涌了她一世的眼泪:"给他们解药,给他们解药!我不要你这样,我不要你这样!"

血光漫天、横尸遍地、怨声载道、悲鸣如嘶、杀气腾腾!

这一切,竟由她而起!

纤纭仰天闭目,就算她不为所有人,只为欧阳夙,她……亦不能令这一切继续下去!

缓缓转身,望向城楼上眼神纠结的赵昂,她迎面望来的目光凄惨而绝望:"皇上,看在你我昔日的一点点情分,纤纭求你,不要杀他们!放他们走!"

"妖女,还在妖言蛊惑君王?"太后一声厉斥,赵昂却不理会,眼中痛惜不言而喻,毅然点了点头!

纤纭惨淡一笑,回望惨绝人寰的一方战场,尸体横陈,病弱声声,除城楼上之人,唯有欧阳夙与自己傲立在冷风与鲜血之中!

她望着他,凄绝一笑:"我们……来世再见!"

水红的身影,倏然如电,转身冲向那一片滔滔火海!

欧阳夙大惊,在场之人亦无不惊骇!

万顷火焰,随风滔天,风愈烈,火愈盛。

纤纭的背影决绝,欧阳夙来不及上前一步,只见碧天火海燃烧起她如血裙裾,她惨淡凄迷的倾国笑颜,最后凝留,眼中泪水跌落,火光映亮了她颜色绝尘的傲世容颜,瞬间,隐没在那一片汪洋火海中!

....

(1):疠气:《温疫论》是我国论述温疫的专著,对温疫进行了详细的论述。认为"温疫之为病,非风非寒非暑非湿,乃天地间别有一种异气所感。"指出温疫的致病因子是"异气",又称"疫气"、"疠气""戾气"等,是对温疫病因的创见。